福地粮仓

刘志灵◎著

远方出版社

图书在版编目（CIP）数据

福地粮仓 / 刘志灵著. -- 呼和浩特 : 远方出版社,
2019.12
ISBN 978-7-5555-1394-0

Ⅰ.①福… Ⅱ.①刘… Ⅲ.①长篇小说 ~ 中国 ~ 当代
Ⅳ.①I247.5

中国版本图书馆CIP数据核字(2019)第272245号

福地粮仓
FUDI LIANGCANG

著　　者　刘志灵

责任编辑　云高娃　王　福

责任校对　云高娃　王　福

封面设计　马奕兰

出版发行　远方出版社

社　　址　呼和浩特市乌兰察布东路666号　邮编　010010

电　　话　（0471）2236473 总编室　2236460 发行部

经　　销　新华书店

印　　刷　呼和浩特市达思特彩色印务有限公司

开　　本　170mm×240mm　1/16

字　　数　350千

印　　张　21

版　　次　2019年3月第1版

印　　次　2020年5月第1次印刷

标准书号　ISBN 978-7-5555-1394-0

定　　价　50.00元

▶▶目录

第一章·蛇盘兔　　　　　　　　　①

第二章·香粉 ⑨③

第三章·大脚

第一章

蛇盘兔

1. 荒原

除了一眼望不到边的茂密，荒原里只剩下一个太阳。

风不紧不慢吹着这些绿绿的草，像个喝醉酒的人东摇西晃。在草林的深处，却有数不清的野兔在草丛追逐嬉戏，华丽的野鸡梳理着羽毛，扑棱一声，一只大雁仰着高傲的头，向天冲去，嘎嘎地唱着快乐的调子。这并没有使静谧的草丛激起欢腾，那不远不近的湖泊里鱼儿悠闲地把头露出水面，一个前跃后翻，扩散出小小的波纹，虾弓着腰背着几条调皮的鱼转着圆圈。夜幕袭来，一切归于繁华后的平静。

突然，一阵急迫的马蹄突突声，由北向南，越来越近。一个身穿蓝布裤褂，头戴瓜皮帽的中年男子骑马飞奔，扬起的尘土围着他们一路向南。他的偶然打扰，只是惊起几只路边吃食的喜鹊和麻雀，随后便是一片寂静。半个时辰后，更多的马蹄声从北向南像开闸的洪水汹涌地流向南边，十几个人十几匹马，穿戴整齐，个个冰冷紧张的面孔，路边的草木都被震得抬起了头。刚刚孵出乳雁的大雁，再也没有离开窝里的儿女半步。野鸡没有打扮自己的闲心，探头探脑，小心翼翼地在附近觅食。野兔出没的速度比平时更快，随时准备撒开四腿，似乎预知一场异样的事情要降临。其实从这发生的一切开始，这片安详的土地再也没有平静过。

在这条三里远看不见一个人的地方，以卖柴火养家的赵全福背着一大捆柴，从南往北慢慢地挪着。旷野里的风只要稍稍刮来，他背上的柴就会拉扯着

他东摇西晃，这天背得实在是太多了，寸步挪着。到了地势稍凹的一个望不到边的草林边上，看见有两只野鸡悠闲散步，赵全福放下柴火，坐在地上歇息一会儿。他抹了一把汗，用手扇着凉风，一抬头惊呆了。在离他三四米远的草滩边上，一条碗口粗、两米多长的白蛇和一只大灰兔纠缠着，白蛇吐着舌信子，凶狠地进攻这只灰兔，兔子敏捷地躲闪着要缠在它身上的蛇尾，刹那间地上一片狼藉，周围的草林被猛烈的袭击发出唰唰声。缠绕半袋烟工夫，兔子惊恐的眼神逐渐变成挑衅。蛇追逐着灰兔，但一次次从兔子身上滑下来。一会儿，双方养精蓄锐，伺机进攻，又好似耳鬓厮磨。突然一阵烟土腾升，草林响动，白蛇发出哧哧声窜起一丈多高，灰兔吱吱地叫着两条后腿立起，白蛇甩动蛇尾袭击兔身，灰兔一个跟斗翻到蛇头前，一个泰山压顶扑了上去。赵全福扇风的手满是汗水。这简直是一场你死我活的大战。一个时辰后，双方偃旗息鼓。双方已是身劳神疲，或许是达成了和平相处的意向，白蛇体态优雅地盘在乖乖的兔子身上，兔子静静地伏在地上。

赵全福的眼睛没有转动，回过神想走近些看看，刚站起来，眼前的白蛇和灰兔瞬间踪影全无。赵全福大吃一惊，就是钻进地缝也没有这么快！他怀疑自己看花了眼，掐掐大腿生疼，揉揉眼睛，跑过去，那片狼藉的地方证实自己看到的是真的。他实实在在目睹了传说中的蛇盘兔一幕。他深呼吸几口，坐在地上，看看四周的草滩，不声不响记住了这个地方。

没过多久，这个讨吃要饭走西口，从榆林来到后大套的赵全福，领着媳妇和两个幼儿来到这里，一顿挥锹刨镢头地收拾，搭起来一个草茅庵，从此全家安顿下来。赵全福还是起早贪黑砍柴卖柴，等到这个草茅庵变成小土房，院子里已经有几个半大小子，再等到小土房变成围着院子的一排土房，半大小子变成几个壮汉子。等那片大草滩变成几顷田地，周围又有几处土房、几处草庵，这个地方已经叫赵家圪卜了。

这是我无数次听爷爷讲的村子名字的由来，而现在叫大桥村，是中华人民共和国成立后重新起的。关于住在赵家圪卜的这些人的故事，我听到了很多，都是喜欢到我家串门的爷爷奶奶辈们争相讲的，有他们出生前发生的，更多的是他们懵懂时经历过的。爷爷奶奶住的那盘土炕仿佛就是这些故事的源头，而随爷爷奶奶长大的我是这个源头的一溪流水，缓缓地流向延伸生命的彼岸。他们叙述的或许是激流，或许是悄然流逝的一汪平静，不过都是一种对故乡的感动。对这片土地了解的人，是经历过或正在经历生命的人，如爷爷们、父辈们、我们这辈。我整理思绪，将向你讲述……

天下起了雨，雨点毫不留情敲打着窗棂，把过年新裱糊的五颜六色的窗户纸冲刷成彩色细流，流到窗户最下层的那几块玻璃上，串成一滴滴彩虹般的珍珠。透过珍珠，我看到了从未见过的缤纷绚丽，这是七岁的我眼里的世界，真是太美了。天晴了，阳光吮干了所有的阴湿，斑斑驳驳、脏兮兮的窗户纸得换了，要换成又光又亮的光连纸，这样显得屋子亮堂堂。赵奶奶的大笑声，李爷爷的咳嗽声，赶走了一轮又一轮侵袭我的春困，让我又走进了那个世界。

2. 蛮会

　　一九二六年的太和镇（今杭后蛮会镇）最繁华，而且也聚集了财东富豪，堪称是当地的经济中心。早些年，这个地方的部分土地开始由后套的大财主、大渠头王同春赠给他手下的姚、李、杨三个渠头，其余的由蒙古王爷出租给这几位大户。近年来，西北军在后套屯田，这里也是军差收纳粮基地之一，并由姚、李、杨三家辖管，他们又拨十分之六给了三家，大收其租。其余本应政府回收，但杨、李两家向政府租种，并答应年年上缴充足的粮食，由此杨、李两家的三百顷土地变成三千顷，而姚家较李、杨两家的地少得多。这三家又把地反租出去，各自控制水渠。收成好坏，并非是水田有多少，还必须要有水浇地，这样他们就得巴结、孝敬渠头及其手下，才能顺利浇地。如有违背或说了他们不利的话，租户还有可能被赶出此地。除了上缴地租，产量多的时候，渠头就以极低的价格回收，租户、佃户辛勤劳作一年，还是温饱不济，而渠头手下的小管家个个富得冒油。此时这里的大量土地仍由三大财主各自掌控，加上他们有自己的水渠，呼风唤雨。但比起父辈，他们显然没有了那时的威风，因为自然灾害和不稳定的时局。

　　此时蛮会有三百多户人家，大小商店几十家，有邮电、垦务局、步兵连队等。上午九时许，这条直南直北的街道到了最热闹的时候。那两手插在袖口里瞎转悠的闲汉，把从店铺里飘出的炸油糕味、二锅头烧酒味、肥得流油的猪头香味，随着张开的鼻孔毫不留情地吸溜，穿肠过肚后又小心翼翼地让这香味停留在一下子胖了的鼻头上，双脚久久不忍离去。那些头裹毛巾、小腿裹着布带的小脚女人，对那些花里胡哨零碎的小玩意爱不释手，只能藏在眼里一步三回头地走，心中无比惆怅。卖吃的、用的几个掌柜们使劲吆喝着，这边声还没落，那边声又喊起来，好像谁的嗓门大就能卖出去。有几个附近住的小孩开心地跑来跑去，他们的衣裳在轻快的身姿中惹来一阵阵风的撩动，可以看到他们裸露的一块块肉皮，但这丝毫不影响他们快乐的情绪，能清楚地看到他们张大的嘴巴里缺了两三颗牙齿。

街道两旁摆摊售货的也多，陈列各色洋货、药材、烟叶、砖茶、葡萄干、冰糖、松香、布料以及广告画上的美人头像。东头是一长溜卖柴火的，有枳机、红柳、沙蒿、蒲草等。卖柴的穿着破衣烂衫，也在大声叫卖。喧嚣构成一幅太平画卷，打破人们听惯了的熟悉的鸡鸣狗吠。偶尔听到鸡的轻啼声，它在笼子里挣扎，不知道会成为谁家灶上的美味。主人圪蹴着抽着烟锅，木然等着买家。果然，一个头戴黑色瓜皮帽，穿着对襟夹袄，裹着裤腿的男人一阵风似的径直来到跟前，鸡主人心中狂喜，在地上磕着烟灰，打量着来人。来人脚上的鞋帮磨得快露出脚趾，比他已露出来脚趾的鞋强不了多少，不过看这一身衣裤要比一般人强多了，最起码衣服上的补丁数得着，而且看起来脸色不错，是个饱食之人，五官还算周正，走起路来生风，似有钱人家的跑腿的，鸡主人胸有成竹地琢磨起价钱该上调多少。来人端详笼子里漂亮的大红公鸡，没有狠杀回价，付了钱提起十二分不情愿呱呱乱叫的活货就走，又一阵脚底生风到了卖柴的人跟前，没说几句递上钱，看来是老主顾了。那卖柴人背起柴火跟着来人拐过巷道向南走去。此时鸡的主人满意地捏着钱，也打听到了买鸡人的来路，是渠头李其的管家李忠。

正午时分，嘈杂声平息了许多，有的人蹲在那里啃起了干粮，有的人从这往家里走，还有从家里往这里赶的人。往这里赶的人经过这条街时，不用看穿戴，光看那张泛着红光的脸，就知道他们才是这里真正有身份的人，这个时候，他们要做的事是一般人想都不敢想却又十分渴望做的事——赴宴。

逐渐模糊的影子越来越清晰，几个由远而近的人到了。三大渠头之一李其

家里正在宰羊杀鸡，春季开播前，宴请两位大财主杨怀义和姚生源，商议涨地租的正事，另外再请几位小财主和当地有头有脸的几位陪坐。几位财主的祖上都是当地有名的渠头，不乏当初从蒙古王爷手上跑马圈地得来的土地，也都和后套大财主王同春能扯上点关系。

杨怀义穿戴整齐，一袭暗色长袍马褂，头戴瓜皮小帽，准备去李其李财主家赴宴。杨怀义脸带微笑正着衣衫，此刻他认为靠着自己的本事，将父辈在后套留下来的家业打理得不错，家里长工短工、捉牛犋的也不少，加上他饱读文章，日子乐似神仙。他不与人为冤记仇，在他的世界观里，土地和钱财只是为了让他舒适自在地活着，同时祖上留下的家产他也必须发扬光大，如果有人窥视、掠夺属于他的东西时，他会变成一匹豺狼。仰视他的人，认为他是一个优雅大度的人，而他也做到了。对他有所求的人，他几乎有求必应，但他不做亏本买卖，与其给你送条鱼，还不如送你一副钓鱼的工具。在他门下的人，对他感恩戴德。让他本人更为得意的是，他偏好读《易经》《道德经》，又熟读了奇门遁。俗话说：看了奇门遁，来人不用问。这使他自认高人一等，时刻感到自己不可侵犯。

他也有不顺心的时候，娶了老婆樊东香十几年，她只生了一个闺女，又常年有病，气虚血亏，弱不禁风，受不了气，更受不了累。但善解人意的老婆默许他娶了二房。二老婆一开怀，就生了个儿子，这让他每天就像过年似的。对大女儿的娇宠，就是对孩子妈的爱。对大老婆，他是里外让三分，更何况外人对大房那更是敬畏。二老婆聪明本分，又有几分姿色，在家里会观眼色行事，姐妹俩处得还算不错。二老婆坐月子，就是大老婆帮着二老婆娘家妈一同伺候着，家和万事兴嘛。二老婆的娘家人原来是给杨家捉牛犋的张姓人家，杨怀义偶然发现张家的闺女左眉中间有一颗痣，这可是旺夫的标志！再看长相也清秀，是个温厚的女人，于是动心娶二房，马上托媒人提亲。娶了人家的青头大闺女后，他又大方地给了张家几亩好地和两头牛、一头驴，张家搬开杨家院另刨闹生活去了。二老婆在人面前长足了面子，他也高兴有了儿子续了香火，继续让开了怀的二老婆多生儿子，多增加资产。

8

外面车马已备好，十岁的大围女杨玉莲撒娇哭着要跟大大走。杨怀义哄不下，呵斥了一句，杨玉莲哭的声音更高了。二妈张柳儿赶紧拿了一块甜糕饼把玉莲哄走。杨怀义瞪了一眼，骂道："就这么个没出息，把你个女娃子惯坏了！"

到李家赴宴的都是周围有头有脸的人物，但坐马车来的只有杨怀义。

穿着一身用粗布做的黑衫黑裤，脚蹬纳底布鞋的小财主孟云和，背着手，外八字步走得很快，低着头在计算他的那本小账，临出门前，称好了做晚饭的糜糜，除去了自己的三两伙食。

醉八仙饭店的老板林玉喜，大背头好似胡燕儿的翅膀，一身黑色暗花绸衣绸裤，骑着一头和主人一样油光锃亮的黑驴，哼着酸不溜丢的小曲，心里还想着昨晚去那相好的门上，相好熬好一壶砖茶早等着他，又吃喝了自带的小酒小菜，一番轻言巧语，然后醉倒在温柔乡里，不由得美美地笑出了声。

后脚赶到的是步态轻松着长袍的私塾先生郭子礼。饱读诗书的郭先生，是从遥远的大地方来，经历了一个运动后，落脚在这里，并在蛮会开办私塾，吃着当地乡绅的供奉，用心教导学生。来他学堂的学生，不管穷富，一视同仁，有钱的收点银子，穷的分文不收，家家过年办事宴的对联、请柬，全部指着他张罗。短时间内，他在当地的威望甚高。

这宴会上还有天主教堂的"上帝儿子"哈利。这位哈利牧师是以传教的身份来到蛮会的，仗着手里的几条枪和腰里的钱，横行霸道，以教堂传播慈爱为名，收购了大量土地，笼络人心，说是分地给穷人，其实是吸收徒子徒孙。听说只要入教，就给二亩地，那些走投无路的穷人纷纷入了教会，一时成风。洋上帝装腔作势，欺压穷人，早有人看不惯，暗中反抗，背地还叫他"哈孙"。他跟这里的几位土豪互不相干，偶有往来，也是表面上的事。后套的地多的是，只要有水就能出苗。

春种马上开始，李其设宴招待当地声望高的几位头面人物，商讨今年地租往高提一成的事情。一溜四间房围成的大院，木头门窗上的黄漆七成新，"喜鹊闹梅"的剪纸画在裱糊的窗户中央还是很耀眼，和过年的对联有八成红。一

切打扫得干干净净，利利落落，显出主家的殷实和讲究。

李其双手抱拳在当院笑迎各位。大家入座，只差姚生源未到。李其道："姚先生恐怕有事耽搁，迟一会儿到，咱们边上菜边等哇。"众人随性聊着，互相问询长短。忽听见院子里大声呵斥，只见一个穿着破烂面容憔悴三十岁左右的高个子人站到门口，哀求道："大东家的，借点粮哇，全家一天没吃一口东西了，娃娃又生了病，可怜可怜哇。"

李其鄙视地看了他一眼，冷冷地说："又是你个穷小子程天保，去年冬天上来后套收留你，借的租粮还没给清，还来问我借！去去去，往远滚！"他话音刚落，八岁儿子李生财扑上去推了那人一下，嘴里还嘟囔骂着。那人没站稳往后倒退着，脚上的两只鞋已磨得没有后跟，鞋子已经脱离双脚，光脚向后退了几步。李生财不依不饶，抓起两只烂鞋朝大门外扔去，"去你妈的！"还要追上去打，那人赶紧捡起鞋走了。李生财双手叉腰得意地哼了一声，看着大大李其，又看看众人，等待着人们对他这符合身份的举止进行一番褒奖。

这时，在正房和粮仓中间的旮旯，阳光照过来只有锅盖那么大的一块明亮地上，在李其家做童工的十岁的程三娃抱着一个几个月的娃娃，看到大大程天保被李生财骂着推出门外，心里像被狗咬了一口疼，他无助地看着大大被人欺辱，眼里的泪流了出来，抽泣了一声。怀里抱着的娃娃哇哇大哭起来，他摇晃不动，被抱着的孩子哭个不停。李其的老婆心烦不快，走过去二话没说，笤帚疙瘩在三娃身上飞舞一顿，怒喝道："连个毛娃也哄不好？你这个费饭货！"然而这个站在角落的男娃哄不好孩子挨了打的事，众人都没有看到，他们只看到另一个有恃无恐一脸得意的男娃李生财。李其惊奇地看着儿子的举动，哈哈笑了起来，在众人没有陪着他笑而是露出惊愕的表情中，他一个人的笑声就大了。他有点尴尬，咳了两声，掩饰他骄纵其子的失态，及时训起了儿子："嗯，对待欠债不还的那些恶人、懒人，是要狠狠对待！"说"狠狠"二字时，李其是咬着牙的，胡子上下左右晃着。他又说："不过，娃娃做事还是要讲究场合的，在这么多叔叔大爷面前不能没有规矩！去吧。"

李生财似乎不服气地歪歪头，小鼻头呼哧呼哧喘着，如同老狼教小狼吃活物时要斯文一点困惑不已。众人互相看了看，礼节性地打了个哈哈。李生财被家人拉走。郭子礼没有笑，不屑地看了一眼这个学会了几个字就死活不来上课的李生财，摇了摇头。

被拉走的李生财无聊得很，又来找程三娃玩。程三娃是小长工，这会儿小娃娃被妈妈抱着吃奶睡觉，三娃拿着笤帚扫后院，看见生财进来白了他一眼，再没抬头理他。平时，李生财欺负三娃老实，三娃总是受气，但是李生财手里只要拿着吃的也总给三娃分一半，这样三娃即使猫着腰让生财当马骑也乐意，因为肚子不饿得难受。今天三娃看见生财欺负他的大大，他心里很难过，根本不愿意搭理生财。李生财看三娃不理他，咋说都不跟他玩，上去拉三娃的胳膊，三娃一下子甩开，生财又上去掐住三娃的胳膊，咬着牙，脸憋得通红。三娃看他推大大的时候也是这种嘴脸，立刻就像火山爆发，使劲推开生财，生财仰面四脚朝天，哇一声哭没了气。三娃气呼呼站在一边，见生财半天没有声音，心里害怕了，弯着腰看生财，见他没动静，又蹲下摇了两下，只见生财睁开眼，咧嘴一笑，"三娃，你还跟我玩不？"三娃没吱声，生财一骨碌爬起来，只说了一句："你等着。"三娃见生财没有死还是活蹦乱跳，心里松口气。一会儿生财拿了块鸡肉和白馒头悄悄跑来，递到三娃手里说："快吃，不要让我大我妈看见。"三娃实在经不住肉和馍的诱惑，咽口唾沫说："吃完我跟你玩，不过，你也当马让我骑。"生财手一挥，"行，你快吃，吃完你骑我。"

管家李忠走进了众人吃饭的正房说："东家，姚生源东家不来吃饭了，他在门口把借粮的程天保拉上马走了，还说要到程天保家给娃娃看病，让你老不用等他。"坐在旁边的杨怀义听见李其咬牙的咯咯声，李其面无表情的长脸在短暂地扭曲变形，半拉长的八字胡又一顿乱抖。又听李忠说："洋大人哈利也捎话说不来了。"李其哼一声："你这个哈孙，还瞎牛逼！"众人听了觉得话里有话，相互看了看。就听郭子礼说："外国人不来也罢，本来就是咱中国人的事情，跟他黄毛子有甚关系？"只见林玉喜忙用左手在左右胸各点一下，又在眉头点一下，双手抱了下拳。郭子礼轻轻哼了一声："等着吧，西北军来

11

了，就会把这些黄毛鬼子赶跑。"

李其眉头轻皱一下，看看众人，撇了撇嘴，忽而哈哈笑着劝大家吃陆续端上来的鸡肉、羊肉、猪肉的席面，又端起瓷壶倒满每人面前摆的酒盅，"生源老弟有事来不了了，来，咱们干。"这细微的变化，只有坐在他对面的杨怀义看得清楚，不免心里抽了一下，便呵呵笑着端起了酒盅，众人各自呷了一口，动起筷子。李其又开口："请大家来，一是弟兄们聚聚喝两杯叨啦叨啦，二是再谈谈涨地租的事。首先今年地租必须再涨一成，因为上面又征收了一次，共收了三次。"

"嗨！国民党留下的那些地还不是和你老的一样？给多给少，是你老说了算，涨不涨租子，也由着你。"已喝干一盅酒的林玉喜不失时机地巴结了一顿李其。

郭子礼厌恶地瞥了一眼林玉喜，说道："地租就是涨两成也行，但是得把渠水放开，让那些租户能接上水，才有好收成！你控制了几道水渠？你的手下按送的礼多少开渠放水，那不是越送不起礼的人越穷，去哪有收成！"郭子礼一针见血，刺得李其的脸立马青了，"我在太和镇这么多年，有我李其做人的底线。不吃苦哪有甜！穷人都是懒汉才受了穷，要说我的人收了礼才放水，等查清楚，我轻饶不了！"说完已是怒容满面。孟云和看着郭子礼点点头，显然是赞同郭先生的，场面一时紧张起来。杨怀义站起来，双手抱拳，"各位，今天李东家请我们来，就是商量涨地租的事，大家各抒己见，畅所欲言，提出合理建议，但不能伤和气。话说回来，我们是好兄弟，言语上轻重不会计较。大家继续。"

"对，杨东家说得对，兄弟之间不会计较的。来，再干一盅！"李其头一扬一盅下去，其他人也都干了。杨怀义用手抹抹嘴说："地租涨不涨不重要，关键是风调雨顺了，就是多要粮食也能拿出来，遇上天灾人祸，连肚子都吃不饱，再交上租，那不是逼人命吗？"郭子仪对杨怀义投去一道欣赏的目光。一顿饭还是在地租涨与不涨的分歧中结束。

姚生源在程天保两口子的千恩万谢中从茅庵出来，回到家，打发人给程天保家送去十升糜米、十升白面。

那个在太和镇的建筑里看起来比较整齐的教堂中，有许多没有地种的穷人在做礼拜，不停地念念有词，当然也不乏浑水摸鱼的。他们的念词流传甚广，轻启薄唇嘟囔着："圣母玛丽亚多会儿给我们分地呀，王亮滩嫌远了，北大滩有碱了，阿门！"看起来也是同长黄毛的那些人一样虔诚。郭子礼恨恨地看一眼教堂，哼了一声径直走过去。

在两大渠头及地方人物的一番商讨后，没有商议成涨地租的事，还是按照往年的惯例租种。但郭子礼的话，李其深记在心里。两年来他暗中观察是谁背着他，打着他的旗号在瓜分本该属于他的财物！在他家捉牛犋的人来来往往，他走起路来，马褂下面那个烟袋一忽闪一忽闪，好半天没有动过。李其觉得所有人都眼红他，个个想谋他的财。他家每次请人吃一顿饭，根本不算什么，也就是全院上下老少稍微节省半个月伙食的事儿。当然他也时常赶人家的宴请，他明白一个道理，请人不得不大方，过日子不得不仔细，把钱花在刀刃上。

他背抄着双手来到地头，一望无际的地里，几个人在耕种小麦。春风刮着他的长袍，吹动着他的胡子，面前停下一对耕地的人，恭敬地问道："你老儿在问甚？"他怔了一下并没有说话，原来是风吹的胡子一扬一扬，他们误以为是他在向他们问话。他朝他们不耐烦地摆摆手，扭身往回走，他想的问题是该把胡子剪短一些，就像把他的仇人姚生源除掉一样。好几次有这样的想法了，姚生源处处不给他面子，甚至让他下不来台。每次放水，姚生源总要和他抢水，显摆那几条大渠，总惹他生几肚子火。

那次国民党派了人来收粮，姚生源说："年逢干旱，种地的没有收成，粮食理当少纳。"李其想巴结国民党，趁机说："唉，那些租种户大多是懒汉刁民，咱们渠多水足，跟天旱有甚关系，是他们耍赖偷奸，抗租不交，我看还得严惩硬办。"姚生源立即厉声说："李东家，你咋能这样说话？你没见吃了上顿没有下顿的有多少人家！天干地旱有目共睹，那是事实。有渠有水的财主却是百般刁难，不痛痛快快开渠放水，租种户有苦难言，就是手头富裕的给小渠头送上礼，也吃不上饱饭。你却在国民党面前说刁民耍赖。那李东家你是大

好人大善人，你多出点，满足他们的需求，我和乡亲们给你修庙立碑！你看如何？"李其手指姚生源气得半天说不出话来。来人怕生出事端，耽误运粮行程说："好了好了，总督也是爱民如子，体谅百姓疾苦，既然天年不好，那就按照往年低一点，快快执行！"姚生源说："谢谢大人体谅民情，我姚某为表忠心，个人要按往年的数量上交。"说完，瞟了一眼李其。李其紧紧咬住牙，抬起头冲着那人尴尬地笑了笑，心里恨恨地想：哼，你小子好好显摆，你的那点底细，不要以为别人不知道，会个看病的手艺，满世界乱串，结交一些和国民党作对的疯子，我要让你扯上点关系，你就不敢张狂了，君子报仇十年不晚！

　　大地开始痉挛，一个让人惊骇的灵魂会随时跳出不一样的节奏，演绎完美与缺憾、痛苦和喜悦，自私、狭隘、悲惨已大跨步踏来，而且迟早会生生暴露在阳光之下。

3. 出逃

　　四年后，在一次国民党运粮队伍走出四五里路时，李其认为时机成熟，骑着马追上，向那人手里塞了一包银元，又附在那人耳边说了几句，那人的脸陡一变，"是这样！姓姚的小子，早就盯着你了！这回看我咋收拾你！"李其没听出其中的意思，但很快眼里反射出即将除掉后患的两道狠毒的光，望着远去的运粮车队，嘴角浮出不可一世的微笑。

　　姚生源坐在炕桌前，砌了一壶砖茶，抽着烟袋，看着八岁儿子比画着拳脚，说："行了，别练了，过兵，背一段《论语》。"过兵立即收了拳脚，立在那背着："孔子曰：知之为知之，不知为不知，是知也……天将降大任于斯人也，必先苦其心志，劳其筋骨，饿其体肤，困乏其身……"长得虎头虎脑的姚过兵心不在焉，结结巴巴背了一顿，窗台上的麻雀不识时务地叽叽叫了几声，姚过兵的手已经悄悄伸到兜里握住弹弓，就等大大的那句"好好用功，去哇"。姚生源早摸准他的心思，故意不说那句话，姚过兵站得端正，那双大眼睛看看这看看那，就是忍着不去看那只讨人嫌的麻雀，证明那只麻雀的存在与他无关。父子俩各揣心事，姚生源看儿子那副假听话的乖乖相，憋不住快要笑出声，侧着头摆摆手示意姚过兵走，第二下手还没摆出去，姚过兵已没了踪影。院子里一阵扑棱棱的麻雀飞，狗怪叫了一声，鸡惊得满院乱跑，只听过兵的妈大声骂了一句儿子："我的小祖宗哎。"骂声渐渐远去。姚生源喝了一口茶，脸上满是自豪，对这个大儿子，他自有他的说法和管教法，男娃子就是要

15

淘气胆大点，看这一身的力气，将来继承家业没有一点问题，即使现在不爱读书写字，但凭着那股聪明劲识点字，不费什么事。树大自然直，他信这个理，而且更坚信他这个渠头、会医术的人养的儿子，绝不会差到哪去！他会慢慢调教他的儿子，把他的医术，他的武功，他从私塾里学到的学问，他的几百顷地，他的几条渠全部一点点地移交给儿子。但他做梦都没想到，此时危险已经离他越来越近。

像往常一样大早起来，姚生源和儿子练了一阵拳脚。姚生源的拳脚功夫只是一些皮毛，充其量是防身，但这也在当地非常了得。这些都是姚生源的父亲姚年年从河北上来在后套打拼，脱了几层皮后，拥有第一条渠时，一个从河北来的同乡小工头教给他的，并强调是传他习武之道，以德胜人。小工头还给他讲《孙子兵法》、孔圣人的礼学。由此，只有十二岁的姚生源非常崇拜这位师傅，他后来能成为后套的渠头富豪，极受这位师傅的影响。可惜这位师傅挣了些钱后，执意要回老家，听说回去没多久得病死了，让姚生源痛惜不已。此时，姚生源想到每天让儿子锻炼身子，最主要的还是多学知识，儿子也不小了，性情必须要改。

刚点着烟锅要抽，听到大门咚咚大响，一个长工打开门，只见程天保上气不接下气推开那个开门的长工径直跑到屋里，一边压低声音急切地喊道："姚东家快跑，快跑哇，当兵的要抓你来了！"姚生源眉头皱了一下，示意他往下说。程天保焦急地说了事情的经过。

刚才在李其家，程天保准备拉牛耕地，在牛圈里听见一个老长工悄悄对李忠说，他认得一个当兵的，前几天当兵的碰见他，带着酒劲跟他说姓姚的要倒霉了，国民党要收回当年留给姚年年租种的地，这些地被姚年年开挖了不少的大渠小渠，说一收回这些地，把姚家的渠也要收回去。还说，姚生源私通党，马上就要抓，这不来了……李忠忙打断那个长工："不要瞎说，干你的营生！"程天保听到吃惊不小，心想：这可了不得了！便从牛圈折出来，慌忙中撞上了往进走的一个长工，那长工被撞得后退几步，骂道："着急忙慌挨刀去呀？！"他赶忙捂着肚子说："肚子拧得疼，拉屎去！"

　　路过院子，程天保看到不知什么时候从天而降的一群兵拿着长枪排着队。他以前也见过几次当兵的，都不是这阵势，姚生源真要大祸临头了！他跌跌撞撞就跑来姚家。一说完，程天保又焦急地催道："姚东家快跑哇，当兵的来抓你了！"姚生源还是丈二和尚摸不着头脑，"咋有这回事？"程天保扑通跪下，冲姚生源磕头，"姚东家，你快跑哇……你是我们全家的大恩人，我不会骗你，有人告了你私通甚党，当兵的来了要抓你。快快！家里人我会给他们慢慢说。"又站起来推上姚生源往外走。"好，我走！"姚生源也是走南闯北过来的人，在这个时候他首先想到的是平时老实憨厚的程天保不会撒谎，不管是真是假，能躲开就躲开，要是真的，显然是冲着他一个人来的，他离开，家里人或许能安全点，于是二话没说解开拴在树桩上的缰绳，骑上那匹红色的马，回头看了一眼跑过来的姚过兵。过兵叫了声："大！"姚生源说了声："听你妈的话！"翻身上马，脚一夹马肚，红马便如箭一样飞出去。等姚过兵的妈姚吕氏听见动静出来，马和人已经没了影儿，又听了程天保悄声大致叙述了一半，昏死过去。

4. 飞马渡河

　　姚生源一路挥马疾驰，惊起路边草丛里的野畜，这个再也不会平静的土地，他都顾不上再看一眼。他的思绪飞快转动，这是遭人陷害，就算平时和人结了梁子，对方能有这么大能耐调动兵马？李其忌恨他已久，是个小人，但是能鸣锣打鼓动用国民党的兵马，并非水渠和地租的事，背后还有他不知道的大事情，是要置他于死地的事情，那是什么事呢？他半辈子行得端立得正，不怕被哪个小人吃掉。程天保虽然心急但情真意切，他相信，可还是让他一头雾水。好汉不吃眼前亏，暂时避避。突然想到说他私通甚党，他心里咯噔一下，难不成说的是革命党，如果有了瓜葛，那可是杀头的事呀！这两年也听说了不少这些事，他朋友很多，都是生意上的往来，至于看病的多得数不过来，不至于害他。他听到一声枪响和隐约的马蹄声，追上来了。他急忙挥马鞭调转马头向南，不知跑了多久，到了黄河边。

　　红马惊恐地喷着响鼻，烦躁地原地转着圈。一片尘土滚滚，追兵快要到了，响起了枪声。姚生源明白，自己已经无路可走。杂乱的马蹄声由远而近，没有了退路。不能就这么稀里糊涂地死了！风吹着河边的红柳左右摆着，黄河水涌着一股股浪缓缓向北，明晃晃。他想着家里的妻儿老小，眼前宽阔的河流难不成是他的归宿？河那边的路却有无数条！突然，他睁大眼睛，骨子里不服输的横劲冲上心头，头一扬，缰绳一提，这匹马好似懂了主人的心思，仰天长嘶一声，姚生源高喊："马兄弟，是死是活就看咱们的造化了！"人马纵身跃

18

入黄河。马是会水性的，这是一匹充满灵性的马。水花四溅中，姚生源呛了几口水，他用尽力气提着缰绳，使他和马起伏一致，尽量在马起身时身子往上起，一颗掏空了瓢子的心在喉咙里上下翻滚，眼前是无边无际的水流！已到了河中央，红马速度加快，一起一伏犹如排山倒海之势。快要靠近对岸，马的身子突然沉了一下，起伏的幅度随即慢了下来，河水漫过姚生源的脖子，涌上的水浪几乎没过他的头顶，他用力一提缰绳，身子立起来，一脚踩在马背上，使出全身力气往前，大喊一声飞到河岸边，红马随着他下踩的力量没入水中。他眼睛喷血，马儿沉下去的水涡渐渐向四周散开，一个大大圆形的波纹消失了。他感觉到喉咙里发出狂乱的咚咚声，涨满整个胸膛，一阵窒息使他不由得张大了嘴巴！好久，平静的水面孵出一个黑点，越来越大，突然漾出一片水花，马头高高扬起，随着划向后面的波纹，马儿缓缓游向河边。姚生源万分激动，冲上去揪住缰绳将马拖拉上来。

河对岸的那些追兵惊呆了！他们看到了只有说书唱戏中才有的一幕。他们被这巨大的浪花惊骇，只是张大嘴巴，瞪直眼。当姚生源变成一个黑点，他们才发现这不是幻觉，让这小子从眼皮底下跑了。他们这才发觉，在做开枪动作的手，不知什么时候挪到胸口上。他们心里念着的是老天爷爷还是菩萨，每个人都从心底被震撼了。那带队的连长低声骂了一句："他妈的，这小子武功不得了哇！"转身悻悻回去交差了。

姚生源牵着同样疲惫的马慢慢在旷野里走着，这一天近两百多里的路程，又蹚过大河，人马只剩喘息的力气。天完全黑下来时，他才到了巴拉亥的朋友杜义明家。杜义明一番热情招待，做了一锅胡油炝葱花面片。姚生源慢慢向他说了这一天之内戏剧性的人生变故。当他说到命豁出去，骑上马过黄河时，杜义明瞪大眼睛，梦呓般嘟囔着，盯着姚生源，站起来双手抱拳说："生源哥哥，你不是人，是神啊！受兄弟我一拜！"姚生源苦笑着摆摆手。两人又说了一会儿话。临睡前，他去外面解手，顺便看看拴在马棚里的红马，只见大红马卧在那里一动不动。常言说：立马卧牛。姚生源见此情形心里一紧，不好！慌忙走近，借着月光见马儿看着他，眼泪一颗一颗流出眼眶，姚生源难过地上去

摸着马头，它几乎没有了温度，心疼地喊出了声。杜义明看看马的全身，没有外伤，手触到马鼻子下，只有呼出的气，小声说："姚哥，马不行了。"摸着慢慢没有了气息的马，姚生源心里悲痛不已。他使劲憋着那股要喷发的号哭声，低声但又坚决地说："义明兄弟，马是累死的。借我一套车，我要葬我的马。"义明也被感动了，唉了一声，心疼地摸了摸马，眼睛一湿，点点头。

在黄河岸上，一处最高处，他们挖了个大坑，葬了这匹赤胆忠诚的马，让马头向北，向着连绵的阴山，让它永远望着阴山下绿草如茵的故乡，四蹄飞奔，随时回到那里。姚生源又挖了两棵红柳树，栽在马的坟前，说道："只要我姚生源活一天，每年的今天都来看你。"满天的星辰洒满苍穹，月亮忧郁地忽而藏进云层，忽而又似露出凄美的脸。天又刮起了风，已是初夏，大地葱绿一片，姚生源身体却如流进一股寒流。等回到杜义明的家，天已经大亮了，困乏过度的姚生源一躺下，就进入沉沉的梦乡。

姚生源独自走在回蛮会的路上，突然草丛里哗啦啦飞起几只野鸡冲他咯咯大笑，紧接着跑出几只眼露凶光的野猪，两根长长的牙齿露出来足有一尺，支棱着半尺长的尖耳，他万分惊骇张大嘴巴，没等喊出声来，野猪红着眼睛向他扑来，他慌乱地用手抵挡，拼命要喊，在他头顶缠绕的野鸡用翅膀狠拍他的嘴，野猪的四蹄缠住他的双腿，让他想喊喊不出，想跑跑不动。绝望之际，面前出现一位身着红袍的壮汉，大喝一声，一阵拳打脚踢，嘴里发出可怕的咻咻声，只一会儿工夫，飞禽走兽消失得无影无踪，地上只有一片鸡毛和几只断齿。又见壮汉上前对他一躬，开口道："你平日待我不薄，和那些同为牲畜之身相比，我却从未有过耕田犁地的差事，免遭了鞭打。还因为前世你救过我的命，今世转马为生来报答你。这是你的福报，日后必有造化。咱们就此一别，你不必为我难过。"说罢，朗声一笑，唱着歌翩然而去。姚生源急着想喊"马兄弟"，可是喉咙像堵了一把干草，心如刀割，泪如泉涌，一急，醒了，原来是做了一场梦，发觉泪水湿了枕头。

阳光从窗户照射进来，暖暖的，义明的媳妇从外面抱回一抱红柳，准备烧火，他才知已到了中午，眼睛睁不开，觉得肿胀，梦里伤情，醒来头还晕乎着，心里系着无数疙瘩。他无心吃下义明媳妇做的腌猪肉焖面，只是碍于盛情勉强吃了半碗。义明说："哥哥是着了寒伤身了。"姚生源说："没事的，只是睡的时间太长了，活动开就没事了。"他不顾杜义明的挽留，独自上路，杜义明怕他还会遇到不测，牵出自己平日骑的马，让生源哥骑。生源却要那头掉了毛的老灰驴，要不就不骑。义明顺了他，又给他拿出一把杀羊刀防身，姚生源摆摆手，轻轻摇摇头。看着姚生源平静的神情，这让好兄弟杜义明大惑不解，提着心送出三里地。他知道生源兄的脾气，多说没用，就此告别。家里暂时是回不去了，姚生源要返身回到陕坝，那里熟人也多，兴许能打听这突如其来发生的一切。驴蹄嘚嘚敲着地面，如同敲着他的心，他姚生源没坑害过人，也没惜钱财帮扶过不少人，有谁要害他？这到底是见了哪门子鬼。

5. 姚家大院

　　姚生源家里乱作一团。姚吕氏奶饱女儿玉珍，小玉珍咿咿呀呀说着话，也没把披头散发的姚吕氏那无神的眼睛唤回到女儿粉嫩的脸上。程天保两口子牵着七岁的金柱，抱着四岁的金梅，后面跟着三娃，一家老小到了姚家门上。三娃妈和姚家的佣人忙活，照料姚吕氏。过兵和三岁的大妹妹秀珍已经和金柱、金梅在一起耍得欢实。十四岁的程三娃在姚家的牛犋里给父亲打下手，一般简单的农活一个人能独挑。姚过兵很懂事地和长工到地里忙活，照顾一群牲口。管家姚柱也是姚生源的叔伯哥，是他们在后套的唯一亲人，教姚过兵过目账本，把一天的出入记下来。

　　姚柱这个憨厚的本家管家，从小失了双亲，六岁跟着叔伯大爷姚年年从河北上后套，看着大爷长年累月苦一点累一点挣下家业，立足后套，可是大爷劳累过度得了哮喘，落下病根，不到六十岁就死了。姚年年活着时，就刻意培养侄儿姚柱，不忘从小一块长大的兄弟嘱托，把姚柱视为亲生。直到小姚柱五岁的姚生源长大，继承家业开渠租地发了家，他始终忠帮衬着姚生源。姚生源为人正直、聪明好学，迷上学医，交往广泛。在姚生源腾出大量时间发挥他的最大爱好，行医看病，城里乡下到处跑时，家里地里的大小事务几乎全指着姚柱。一笔写不出两个姚字，姚柱早已把这里当成自己家。眼下姚家出了事，姚柱急得一晚上嘴上起了火燎泡，万一生源有个三长两短，这一大家子咋办呀！就是他有三头六臂，家里地里的一大摊子也招架不过来，眼看就是浇水、除草捉苗时节，哪里安排不周也不行，自己的老婆也没本事，在家拉扯那几个娃娃，来帮弟媳的忙，也是添乱。他想到儿子龙旦能给他搭把手。

姚柱的大儿子姚龙旦已经十四岁了，也念了几天私塾。对这个顽劣成性、出奇捣蛋的学生，用郭子礼先生的话说，"孺子不可教也"。郭子礼对姚柱说："不用念了，人有七窍，龙旦已经开了八窍。回去只能好好管教，看管好，长大千万不要害人。"这个让满腹书香郭先生头疼的姚龙旦，胆量过人，是个瞅见个梯子要上天，拿把竹签就敢去捅人。捉弄人那更是眨眼一个计谋，一起念书的娃娃，没有没被龙旦耍弄过的，看着几个被他同时弄得哇哇大哭的同学，他却手舞足蹈做着鬼脸幸灾乐祸。他到哪儿，哪里四邻不安。家长们从诈唬到气愤，告状的踏破郭先生的门槛，郭先生严管惩罚，他却变本加厉。实在忍受不了，郭先生就让龙旦回了家，说让他学种地受苦，兴许好点。龙旦下面还夭折了一个弟弟、一个妹妹，十岁时，才又有了一个弟弟。他以前一直被家里宠惯，姚柱发现他那少见的淘气捣蛋后，没少狠狠管教，一点儿不见效。这是人常说的：蔫儿人出虎子。

在太和镇，不少人认识善良正直的姚柱，他口碑很好，人们都愿意和他打交道。姚柱有时也生气，咋生出这么个不着边际的灰小子！两年前，他就把十二岁的姚龙旦送到结拜朋友杨新宽那里，让儿子锻炼着学一些本事。杨新宽是杨怀义牛犋的管家，姚柱给结拜兄弟前安后顿，让人家就当是自己的娃娃，该打就打，该骂就骂。大人不在跟前，让他尝尝吃苦的滋味，在外面练练。姚龙旦本不是省油的灯，要是把他放到姚家牛犋里，整天再出拐论玄，给本家人找麻烦。可姚生源不这么认为，说这样的娃娃长大有出息。姚柱还是坚持自己的想法，说是块料，哪里也能成材，姚生源也不便再说甚。眼下姚家突然出了天要塌下来的事，大当家的几天没个音讯，更让人心急如焚。看事态，有当兵的干涉，人恐怕是回不来了，这一大摊子，总得有个合适的人帮着料理。家里没个主心骨，如今什么事都离不了姚柱，姚过兵还小，好多事不明里。姚柱才想起儿子姚龙旦也不小了，能来姚家大院帮着自家人，毕竟多一人多一份力，或许凭他那要愣装憨的劲儿，知道的人还不轻易遭惹他，这样姚家上下也

23

少遭人算计。

他和弟媳姚吕氏商议了一阵，姚吕氏盯着姚柱有气无力地说："大哥想得周全，全靠大哥你了。"姚柱点点头说："放心吧他婶，我们一个祖上的，到多会儿也是一家人，只是你好好往开想。"回头他又和过兵说："让你龙旦哥来咱们这院里做事，你愿意不？""愿意！"过兵欣喜地说。过兵和龙旦早就在一起玩了，打鸟、追兔子、驯狗、骑猪、上树，都是龙旦哥教他的，跟着龙旦哥在一起玩，威风！过兵巴不得龙旦哥马上就来。

在杨家两年的时间，圆头圆脸方耳大眼睛的姚龙旦学乖巧了不少。看着拜爹杨新宽讨好主子杨怀义的脸和对待长工们的一副脸，心里佩服起他的善变，去租户家收粮，那是铁面无情，哪怕一头蒜也要堵住苍蝇头大的窟窿，不能亏着；遇着天灾年景不好，明明是心软的杨东家安顿哪几家的租不收，他去了咋咋呼呼，捂着耳朵听着烂碗刮泥瓮刺刺响，撑着口袋等着，收到的粮食也不报东家，鬼知道去了哪儿。有几次龙旦看不过眼，又不敢说，只能忍着，心想：过穷人的日子，真不如死了痛快。又见过一个趴在死了的孩子身上大哭的女人，杨新宽就像没有看见走了过去，他想过去看看女人，又感觉自己实在是无能为力，连一个铜钱也没有。这是个什么世道？他心里第一次画了一个天大地阔的问号。慢慢地，他瞧不起杨管家为达到自己的目的而露出的奴才嘴脸。有几次杨管家明明生了气，却还在那笑，脸憋得通红，看得龙旦都快炸破脸皮了。他问杨管家为什么不来个眼吹火痛快，还那么硬撑。杨新宽看着他摇摇头，轻轻叹口气。

在龙旦离开杨家的前一天，喝了点酒的杨新宽对他推心置腹地说："人不为己，天诛地灭。该忍的还得忍，君子报仇十年不晚。你要是做大事的人，想要达到目的，该狠就得狠。有些人，你给他好处他都不说你好。人呀，要想出人头地，过好日子，就要要些手段，找准机会一喷头下去！指着租地看人头脸过好日子，这辈子只有睡着了会有，饿不死就算你小子命大。你的大大太实在了……"说完，倒头就睡去了。

姚龙旦坐在外面一块土坷垃上，反复琢磨杨新宽说的话，觉得乱而且不厚道，但又觉得是这么个理，为什么杨东家每天吃白面，而他们受了那么多的苦，吃的还是菜面糊糊？正在胡思乱想着，见杨怀义的大闺女杨玉莲一颤一颤走到跟前说：“龙旦，你那天给我逮的那只麻雀飞了，你再给我逮去，这次要逮两只。”姚龙旦看着这个浓眉大眼、大脸盘且面皮细白的姑娘。由于她刚午睡起来，面色粉红，很是耐看，不像平时那样风风火火，没个姑娘的文静气。龙旦的心思被她打乱，眼睛直勾勾地看着玉莲，如果她的嘴稍微小点，那就更好看了。他这么一看，玉莲倒不自在起来，好在他俩是同年，又经常见面说话，不生分。

从姚龙旦一来，两人便认识了，玉莲开始完全是把他当作一个小长工。见过几次后，玉莲觉得他俩在一起有话，重要的是这小子懂得多，玩的花样也多，就经常抽空来找他闲磕牙，听他讲些稀奇古怪的事情，不觉得拘束。这时龙旦也觉得自己有些失态，便笑着对玉莲说：“着急慌忙就说麻雀飞了，再给你捉。哎，逮麻雀就得两只，最好是一公一母，这样做了伴自然就不跑了，这你还不知道。”玉莲以为龙旦又是开玩笑，就佯装恼了，噘起嘴，“没个正经样儿，人家是说一只孤，有两只就不跑了。”又小声说，“谁说一公一母了。”脸更红了，剜了龙旦一眼，扭捏一下身子，小脚一颤一颤地走了，后背的大辫子也跟着身子一漾一漾。龙旦笑着冲玉莲说：“明天就给你捉一对。”玉莲回过头来娇羞地看了他一眼，扭着小屁股跑了起来。第二天，龙旦只和管家杨新宽打过招呼，就背着铺盖卷和姚家来找他的一个长工离开。

6. 姚龙旦

　　言语不多的姚龙旦两只大黑圆眼骨碌碌转，没两天就把多日不见的生源大爹家院里院外旮旮旯旯瞅了个遍，干起活手脚也麻利，只是懒得干不了多少，时常以当家的口气呼三喝四，背抄着手，盯着那些干活的。人们一直都是好好干营生，挣那口吃的，也没有偷懒，也都没把这个嘴上没毛的小子放在眼里。龙旦心眼多，姚家突遭变故，他已经在杨家打听得清清楚楚，是李其那个老小子暗中使坏，收买了国民党的一个连长，以抗租抗税对抗国民党为由，抓捕姚生源，并且收回早些年国民党从后套撤兵时租给姚年年的大量土地和姚年年租下的蒙古王爷的草地，那草地，姚家开成水田挖成了渠。

　　国民党扬言，只要姚生源一露面，立即枪毙。当李其知道姚生源骑马过河，国民党的兵马都没有追上，而且安然无恙时，他焦躁地在房子里碰墙撞门拍脑门，如果这次没有把姚生源压倒，以后就很难有机会了，好在给他们送礼追捕姚生源这件事神不知鬼不觉，就来他个死不认账！天高皇帝远的地方，谁能拿出证据？这帮人简直他妈的就是饭桶！就这样，以后还得给这帮饭桶上贡，而且还得加倍。

　　还是得拿出点厉害让姓姚的看看！在距离姚生源的渠最近的李其地里，李其顺他家地开挖了一条偏渠。这几条渠都被李其拦腰打断，很明显，是等他家的地浇足了，再让大渠的水流过。这让其他人家地皮裂缝的麦子地里一尺多长的青苗死了不少。真是欺人太甚！姚柱气得眼睛发红，要找李其理论，被路过的杨新宽拦住，"这个节骨眼上你去找李家，是鸡蛋碰石头。他这是给姚家下套，让姚生源回来，抓他个正着。但话说过来，这么长时间没动静，恐怕还有玄机，事情没有那么容易。李其是想杀杀姚东家的威风，我看还是让姚东家不回来的好，李其暂时也不敢咋样。"姚柱咽不下这口气，但毫无办法，满脸愁容回到家。

天擦黑，姚柱老婆搂着一个吃奶的娃子呼呼抽着。姚柱的老婆是个木讷不爱说话的人，眉眼长得一般，满脸只有一对大眼睛突出，还看起来不是那么活泛，只知道干营生哄娃娃。娃娃们不管问她个甚，伸手要个甚，她只说："问你大大去！"就紧闭起嘴。对上门告状的人，她就是对人家重复着说那几句好话，回头拿起笤帚疙瘩对龙旦胡乱一顿抽打，姚龙旦不跑不躲，这对他来说如抓痒痒。最后她骂儿子一句脏话："这个害大病的杂种！"又忙不迭哄那哭喊的小娃。告状的人只能无趣地走了。等男人回来，她就开始烧火做饭。男人是她的天和地，在她心里，男人是一个大有本事的人。

一家七口人，每天两顿饭都能吃饱，这是世界上最享福的事情，她很满意知足，认为自己是一个有福的女人。过年时，她随姚柱去给姚生源拜年，姚吕氏送她一支漂亮的银簪子，让她把这种满足升华到顶峰，一双小脚满院子撵两个会跑的娃子。她的针线活做得不好，粗针大线，可娃娃大人也穿得干净整齐。姚龙旦的衣服向来缝补不及，爬梁上树，衣服鞋子比一般娃娃烂得快，所以衣裳总是灰塌二虎、碎碎片片。她时不时骂一句在外爱惹事生非不省心的大儿龙旦，再做两顿饭，然后哄几个小的睡觉，往往是娃娃们没睡着，她就先扯开呼。

姚柱瞅一眼睡得忘乎所以的老婆，一边往烟锅里挖烟，一边长叹一口气。坐在一旁油灯下乱翻一本闲书的姚龙旦，抬头见大大的脸色已知道八九，把灯端到大大面前，点上烟，轻声说："大，你不要着急，有些事，装在心里比说出来好。"姚柱听了一愣，这个捣蛋儿子自从跟了杨新宽，这两年像是长大了，脸也干净了，衣裳穿得也整齐了，只是衣裳在身上显得他越发瘦小，裤子吊在二羊棒的上头，孩子妈把衣襟缝缀得一个高一个低。姚柱思谋该给儿子做

一身新衣裳了，现在又听儿子给他说了这么一句意味深长的话，不由得停止吸烟，看着龙旦。龙旦的眼睛眨了两下，凑上去耳语几句，姚柱怒目圆睁，狠狠给了姚龙旦一个耳光。

7. 真假鬼

转眼已过去一个月。国民党收回姚生源的部分土地后，以李其管理有方，诚实信用高，重新租给李其。一个当兵的背着一杆枪，指挥着，把分出的地重新丈量打堰子。姚柱忍不住要上去辩解，被几个当兵的拦住。一旁的李其眯眼看着姚柱，其实这些地算下来是他用半麻袋大洋换回来的。这点地远远不值这些大洋，还得填满那个龇着大黄板牙连长的大油肚。他心里疼得像细针乱扎，多少天蒙着被子想：究竟图个甚？为了在蛮会这小山中当一只虎?! 他恨不得把姚家和其他几家的地全弄回来，这样才能拔了心上的针。他用几乎听不到的声音骂了姚柱一句："一只看家狗。"一旁安静地看着量地的姚龙旦却听得清清楚楚，他恨不得上去照着李其的眼珠来上一拳，但人家人多势众，弄不好只能给大大添大麻烦，强忍了忍，心里却恨恨地想：有朝一日，我要让这些地还回到我姓姚的手里，它的东家叫姚龙旦！要让你李其活得比死都难受，比狗都不如！

那些忙着丈量地高喊低唤的一群人，谁也没在意一个黄嘴岔窝的毛头小子站在那里，心里正吃着龙肉，喝着虎血。那个背枪的人过来推了推龙旦，"走开走开！"另一个穿灰制服的人一大步一大步量着地。龙旦转过身，空旷的地里，高高的天空，飞着一串南来的燕子，它们要到哪里去？它们心里想的只是找窝觅食，而大地上站着的这个十四岁的穿着破衣烂衫的后生的志向却远远不只是找窝觅食，燕雀安知鸿鹄之志?姚龙旦突然想起了他很不喜欢的郭先生非要

叫他背诵的那篇文章。

姚家大院里，除了姚吕氏不住地擤鼻子擦泪，其他人井然有序地做着各自的营生。程天保老婆负责上上下下十几口人的吃喝，照顾姚吕氏和三个娃娃。程三娃跟着大大程天保，他是姚家牛犋一个得力的长工。姚柱又腾开一间土房，程家五口欢天喜地搬进来。

姚龙旦替父亲照看姚家的牛犋，接连处理几起偷懒、打架的事故。张二小是姚家的老长工，不免要耍倚老卖老的做派，根本没把姚龙旦这个嘴边没毛，办事不牢的二愣子放在眼里。他让一个新来的长工淘完厕所，又淘羊圈，做了本是他做的营生。吃饭点到了，他还嚷嚷着干完了才能吃。那人也年轻气盛，三言两语，动起了手，几招下来两人像两只皮球在地上翻滚了起来，尘土满院子飞，半天又气喘吁吁立起四肢，像两头发疯的公牛头顶着头转着圆圈。人们哪顾来吃饭，围住笑着高喊着，有的竟然拍起了手。龙旦被惊动，生气地大声呵斥，众人意犹未尽散去，又狠狠地罚打架的人不准吃饭，如果谁给他们吃的，就扣谁的伙食。

天黑下来，程天保最后一个从地里回来，他把套缨子、牛缰绳、皮鞭子挂在墙上，拍拍身上的土，拖着疲惫的身子去水缸跟前拿起水瓢，舀了半瓢凉水喝下去。姚龙旦走过来说："天保叔，快吃饭，你今天吃得饱饱的，多分你点伙食。"只见做饭的端出满满一大盆面条，往当院小桌子上一放，面条上还漂着几块腌猪肉。三娃看见只有特殊日子才能吃上的好饭，嘴里的涎水直往外流，心想：这可是碰到了好东家，走上了好运，大大能好好地吃一顿解解馋。三勺头子一碗，如稀里哗啦决口的渠水，一碗一碗又一碗，一直吃完第八海碗，盆见了底。满院子的人眼睛瓷了，惊得龙旦张大嘴巴，眼不见为虚，果然能吃！龙旦去房里告诉大大姚柱，姚柱听了笑了一下，便说："天保是能吃饭，能吃就能干。看你天保叔的身架子，那一身的力气，那就是庄户地里的一把好手。不怕吃，告诉伙房，以后多做两个人的饭。"

在这些看客里，有两个人悔青了肠子，嘴里的口水被咽干，那就是饿得眼珠发白的张二小和新来的愣长工。他们再也不敢没事找事打架了，再没有比没吃上白面条的损失更惨的事了！程天保喜滋滋的，这是他长这么大第一次吃这么好、这么饱的一顿饭。这顿饭让程天保夜里难受得睡不着觉，嘴里反着酸水，肚子鼓得放不出屁，心想是白天着了凉，心口一阵一阵地疼，撑得够呛。三娃看大大难受的样子，心里恨起姚龙旦，不把穷人当人。

半夜里，张二小饿得睡不着觉，出来透透气，站在墙根下小解完，圪蹴下吸袋烟。天上的星星一半被云遮住，月亮也耍起性子，露着阴阳脸。刚吸了几口烟，看见不远处有个火点或明或暗，或高或低，慢慢往他蹲的方向来，张二小大惊失色，难道这是传说中的鬼火？又看见白绒绒的一团东西，轻飘飘地越来越靠近他，他大叫了一声，想跑却两腿无力，站都站不起来，就地跪下，一边磕头一边作揖，"你老放过我吧，我没害过你，饶了我吧……饶了我吧，你老行行好……放过我吧……"声音带着哭腔，磕头如捣蒜，发出闷闷的声响，却听那鬼扑哧笑出了声。张二小一听愣住了，鬼也会笑？见那鬼径直走到他跟前，一把提起软得面条似的张二小，开口说话："你小子，原来就这点怂胆胆！"伸手朝张二小裆部摸了一把，哈哈大笑，"你小子真尿裤子了！"在张二小身上抹抹湿手。张二小睁大眼睛，原来是姚龙旦这孙子！白茬皮袄反穿着毛向外，手里拿着一根还着火的红柳棍。张二小软软地瘫在地下，有气无力地说："小爷爷，我服你了！"张二小被姚龙旦整得没吃饭，又被他吓得尿了裤子，怂了胆。长工们再没有敢闹事的，张二小私底下对人说："姚龙旦这小子肚子里的坏水多着了，提防着哇。"这件事成了笑话传了出去。

8. 小混混

姚龙旦趁着家中活计不多，耐不住寂寞，就和附近几个年轻人秦侯侯、王二毛，还有刚变嗓子的李生财在街上逛荡，一起嗑着瓜子，一边说笑着。

来到一个货郎担跟前，秦侯侯抓住几根给女人扎辫子的红头绳，顺手扯下来。戴瓜皮帽的老汉急了，"唉，后生，你不买看看就行了，扯下来弄脏我不好卖。""看你这老汉，我不买有人买呀，你着甚急。"看了一眼李生财，头一仰，生财走了过来。"看见没！财主就在跟前，怕不给钱？"李生财被秦侯侯这么一奉承，得意扬扬，嘴一咧，眼睛微闭，脑袋一歪，粗一声细一声地说："这几根红绳都要了！"王二毛讥笑着说："都要？送给谁呀？"李生财用鸭公嗓大声地说："送给相好的呗。"众人哗地大笑了起来。"相好的，你他妈能有吗？"李生财这刚发育的公鸭嗓子让卖杂货的老汉憋不住扑哧笑出了声，老汉赶忙用手捂住了嘴。只见李生财掏出几张票子，啪一扔，"不用找了。"背着手晃着脑袋走了。卖杂货老汉张大的眼睛和嘴能放三只勺头子，抓起几张票子连数了三遍，着急慌忙收了摊，不住回头望着，担心这群半头砖再追上来要钱。

秦侯侯、王二毛紧跟上李生财，挤眉弄眼，"不愧是财主爷，大气。让爷们开开眼呀。"秦侯侯扭过头冲姚龙旦努努嘴，龙旦哈哈笑了几声，"痛快！走，去个好地方。"挺起了胸，为了显摆他这身刚做的新衣裤，多绕了几条路。

　　路过教堂时，恰巧有一个穿黑衣的外国修女走过来。龙旦迎上去，修女看见有人站在路中间，扭过头从另一边走。龙旦又迎上去，"这位姐姐，你要红头绳不，可好看了。我们做点小买卖，赚俩小钱。"不知是要快点摆脱他们还是厌烦，那个穿黑衣的女子二话没说掏出两张毛票，递给龙旦。龙旦认真地递给洋人女子一根红头绳，又一抱拳，"多谢这位大姐。"修女看了一眼龙旦，走过去。众人看呆了，龙旦说："看看你们一个个割了羊头眼瓷了？对这洋修女不能过分，信教念经的女人和那个香香姑娘不一样，不是谁也能戏戏的。看这洋女人长得这么难看，大鼻子灰黄眼睛，怪不得嫁不出去，丑得没人要，身上还有股膻气味，熏死人。"说完，夸张地皱着眉头捏起鼻子，几个人又一阵大笑。

9. 逃到陕坝

　　姚生源从陕坝托人悄悄捎带回话，人平安无事，姚家大小人喜极而泣。姚生源在陕坝城里早打听清楚自己突遭变故的缘由，是叛徒供出的共产党名单里的那些人，大部分都被姚生源帮助过，所以他引起了国民党的注意。李其只是在这风浪中行驶的大船后，推了一把，并且还把大把的银元抛向了船里。比起那些做大事的人，和李其这种小人计较实在不值当，还不如把精力放在帮助这些朋友上。现在忙着打仗，国军队伍里调走的连长还能顾上给他李其、张其办事？解决那些私人恩怨？本来李其也蹦不了多高。姚生源计划下一步把家小接出来，方便照顾。经过那次飞马渡河脱险，姚生源已经淡然接受现实，毕竟自己还活着。

　　当年在去李其宴请他的路上，他在一堆垃圾旁看到一个嘴唇发白，奄奄一息的人，第一个念头就是治病救人。他走上前发现，这人失血过多。姚生源毫不犹豫，折回家取了药箱，为他很深的刀伤止血消炎，进行包扎，并且到附近人家要了碗水，灌进他嘴里。他知道这人没有了生命危险，向这人手里塞了两元钱。等到了李其家大门口，看见被李家赶出来的程天保，又去看了程天保月子里抽风的娃娃。耽搁了李其的宴请，他一点都不后悔，倒觉得回去拿了药箱，救了两个人的命，实在是高兴不过的事，有种比多收几斗麦子、多挣几两银子更让他充实的感觉。后来他更是以看病救人为主，为提高自己的医术，他更加勤奋地读书，骑马行医的同时，与各行各业的人交流切磋，还多次慷慨送钱和粮给朋友，免费治病的人更是数不清。四年后，他被追杀，到陕坝找他的朋友李明生、刘金辉，打算弄明白真相。

当他的朋友向他介绍一位胳膊有点残疾的人时，他才觉得自己应该做一个救死扶伤的大夫，而不是那个拥有大量土地的财主。当时他救的是在后套叱咤风云的政府行政主席——王召堂。王召堂感谢当年姚生源的救命之恩，盛情款待，在雅致的饭堂里，一顿寒暄，便端上来好酒好菜，更有当地硬四盘——酥鸡、丸子、扒条肉、羊肉，还有清炖黄河鲤鱼以及稀罕的雁野味。和这几个人三巡酒下来，他发现与这些人才有共同语言。家事国事，谈古论今，一个比一个明理，姚生源这才觉得自己是井底之蛙。第一次听说革命、三民主义等等。在座的人都尊称他姚先生，并建议他在陕坝行医挂号，开阔眼界，加入到革命中，在这里做出一番事业。如他想回去，也能帮他平息李其之事。在这个地方，姚先生这样文武双全的人太难得，他们需要这样的人。一直谈论到星宿满天，他们给姚生源安排了住宿，过后商量找房子租门面的事宜。

几日后，他们经过秘密调查，得知国民党的遗留部队大部分已撤离后套，暂往绥远，短时不会追究姚生源。李明生已为姚生源找到住的房子和行医的门面，在陕坝镇繁华地带大转盘西北角几户平房的中间，从西走向正北拐两个弯，过去五六户人家，有一个小门面带后院。门前正好是一条能进去驴车的东西走向的路，从东过去四五户人家右拐五百米，就能看见大转盘的商贸集市，向西有两户大院子的人家，也是做小买卖的，一家是卖小炒、瓜子、大豆、核桃等，香味传十里，让人馋得直流口水；另一家是做豆腐的，一股一股腥豆卤味道飘散四周，两种味道混合，由鼻子进入胃里，如吃了油炸糕又喝了一碗鱼腥汤，最后咋也品不出来是什么味。这两种味道几乎每天同一时间从巷道飘出，大家闻久了，就不觉得是怪味了，而是闻到了这一片人家生活的殷实。做豆腐的人家一天做两锅，是大转盘有名的张记豆腐。这两家再往西是十来户不挨着的零散人家，然后就是一片庄户地。

李明生为姚生源看的这住地不惹眼，又宽展。房子的主人搬走了，两个闺女也搬到绥远去了，将房子托付给邻居。一个中年男人拿着钥匙开了门。进去有三十多平方米，有一炉灶，墙上顶棚熏得黑油黑油。以前这是卖糖麻叶的人家，生意很好，后来随着出嫁的闺女到绥远做糖麻叶了，房子空了近一年。见地上零散有几只烂凳子和笤帚、簸箕，集了厚厚的一层土。地方不小，把锅灶取了放一溜药柜，靠西墙摆号脉的桌子，李明生心里计划好了。又到了后院，进门有三间屋，西头还有一间是厨房，可以放吃饭的大桌子。李明生挨着看了下三间房，一间没炕的可以做姚生源的书房待客室，另两间都是向北的通炕，窗户很大，亮堂堂的，李明生满意地直接放了定钱。回去找到刘金辉，去了姚生源的住处，他详细说了情况，还说以后一大家子住地方也宽展。姚生源谢过两位朋友，随即三人合计拾掇房子。

姚生源看了房子后，也觉得在这里居住、挂牌行医是再好不过的，最主要的是他们有了一个合适聚会的地方。在今后的工作中，姚生源的看病手艺和药房能起到举足轻重的作用。三人又合计为药铺起名，最后姚生源定为汇中堂。接下来就是出门采办药材和办理一些琐碎的事情了。忙过一阵后，姚生源想暂时不回蛮会，世事难料，说不定还有张其、王其等着，只要他一露面，还会滋生事端，再把国民党扯进来，定个罪名，那时就麻烦了。

10. 以人做坝

李其这几天病了，每天喝两碗稀饭，就一小碟咸菜。国民党撤走，他想靠的靠山塌了，遮风挡雨的大伞飘了，留下的小股队伍里一些没王法的人不想尿你，你就不是一只壶，不来遭害就昂迷躺房了。没吃着鱼肉，惹了一身腥。又听说姚生源在陕坝行医看病，姚柱也不是他的对手，由他说了算，可他也不能把姚家的水渠和地都霸过来。他和姚生源是井水河水两不犯。他病的原因是因为浇秋水。那几天秋水放闸，水流很急，一道渠突然开了口子，越串越大，等到人们发现，已经无法收拾。眼看着十几亩葫芦就要遭水淹，一群人急得团团转，一把把铁锹插到水里，再往里填土，可还是不管用。紧要关头，只见李其脱光衣服，扑通跳到水里，用人做坝。众人手忙脚乱奋力填土，半个时辰后，终于把缺口堵住。秋水凉，李其在水里泡得时间不短。等众人把李东家拉上来，他上下牙磕得说不上话来，穿好衣裳回到家就躺倒了。而在长工们眼里，李其的这一举动改变了人们对他心狠刻薄的形象，他的形象一夜之间变得高大起来。

11. 回春堂的红灯笼

一九三七年秋后，蛮会主要变化是街道东南扩展的回春堂。洋烟和女人，好多男人在这里乐不思蜀。那座堪与教堂媲美的泥瓦建筑是用泥抹下来，用粗竹竿收顶，上面又镶嵌了红瓦，露出的竹竿头一字排开，好不威风，这是一个闯荡过大地方——绥远的木匠设计的。松木大窗户的框架里雕刻有牡丹花、莲花，再配以弧度、方、圆的造型，似一幅古色古香的画，一到晚上竹头上齐刷刷挑着的五盏灯笼红艳艳地绽放，映出里面穿梭的人。打扮妖艳的女人，头发梳得油光，红腮放光，嗑着瓜子，从窗户外张望，看见有男人路过，扭捏地招招手，甩着宽宽裤腿，一块素素的手帕半掩着用红纸染过的嘴，媚眼一串一串抛在了路边。

大财主李其的儿子李生财前两年就学会了抽洋烟，已是这里的常客。是他的好哥们儿姚龙旦领他来这开了眼，从此魂儿也留在了这里。龙旦对李生财说："人就是要学会享受，你家里有的是钱，放在那不就是花吗？钱是甚东西，喂给毛驴也不吃！"李生财得意扬扬，腻上了回春堂那个长得最好看的叫香香的姑娘。初涉人事的李生财每日被香香揉搓得浑身稀软，就开始吸洋烟长劲儿，越吸越觉得是个好东西，离不开洋烟和那女人。李生财花钱如流水，都不敢回家了。李其每次教训完儿子后，大骂他不争气，咋生了这种没出息的东西！李生财哭鼻子抹泪承认错误，发誓以后一定改，再抽坏肚子烂肠子。李其生气过后也想，儿子年轻不懂事，长大就好了。媳妇领进门，小儿变大人。李其赶紧给李生财定了门亲，是家住新堂村姓辛的一个善良、光眉俊眼的闺女。一家人欢喜不已，打算上了冬就娶过门，让媳妇彻底拴住李生财的心。光聘礼就让那家人乐得合不了嘴。

有了媳妇的李生财确实很少出去，只是什么营生都懒得做，去地里转转也要骑驴、骑马，对长工指指画画，李其说他，他只是嘴里应着，该咋还咋。两年后，李生财媳妇生了一个儿子，李其也不说儿子了，心想：当了大大的人，应该懂事承担责任了。李生财偶尔出去，多晚也要回家，李其放心了。只是李生财出去多次后，也偶尔不回家。其实偶尔不回的李生财是赌博输了不敢回家，这是李其没有想到的。困住了的李生财找到姚龙旦，姚龙旦又给他出谋划策，"你家那么多羊，逮一只不就是钱吗？乔家肉店的老板我认识，给你个好价。"于是，李其的十来只羊便没影儿了。是狼吃了？也没见一根羊毛。一气之下，李其辞了那个放羊的。冬天地里没什么事，李其把重心转移到羊身上。一天晚上，他听到群羊被惊着在圈里跑来跑去，忙穿衣跑出去，看到一个黑影，他悄悄蹲下变着嗓音吼道："他妈的谁在那？看爷敲断你的腿！"那个黑影也瓮声瓮气地回了一句："你妈的，是老子。"等两个黑影确定对方不是贼，同时站起来，走近一看清对方，同时惊得打了个激灵。李生财万万没想到是他大大，吓得转身就跑，李其提着棒就撵，黑灯瞎火，跑了一段，连个人毛也没有，气得扔掉棍棒回了家。

李生财三天后心虚胆寒回到家，探进头从大门洞向里眊，眊见媳妇在外头杀鸡煺鸡毛。他妈端着一簸箕炉灰往出倒，看见贼眉溜眼的儿子，骂了一句："你还知道回来？你大大快让你气死呀，炕上睡了几天了！"李生财硬着头皮进门，一进门跪在他大跟前。李其躺了两天胡思乱想，老婆不住开导，今早上精神好点，见学说话咿咿呀呀的孙子冲他咯咯笑，抱起来逗着。看见儿子从外面进来，他开口就骂："你个不是人的东西！我李家出了大逆子！你给老子说实说，在外面你都干了些甚！"李生财眼珠一转，嘿嘿一笑，"大，那天晚上我是去看看羊。咱们家的羊老丢，不要让跑来的野狼吃了。北面那一带这一向好多羊被狼吃了，那天黑夜，大大也是看羊怕狼吃了？"李其气得嘴唇发抖，

"这一向咱们家的羊老丢，我出来看才知道吃羊的狼就是你这个逆子！"李其大声骂着，牙咬得咯吱响，狠瞪着李生财。怀里的孙子受了惊吓，哭了起来，李其赶忙软了口气哄孙子。李生财出了一身虚汗，不敢看大大。正好媳妇、妈端着鸡肉和糕从外屋进来，李生财的口水流下来。小守住哼哼呀呀看着饭乱抓，生财媳妇从公公怀里接过儿子，对李其说："大大快吃饭哇。"老婆把碗筷放在炕桌上，李其瞅了一眼生财没说话，他妈给生财使了个眼色。生财忙站起来，笑着把守住从媳妇怀里抱过来，在儿子肉乎乎的脸上亲了一口，又将他放到爷爷跟前，李其看见孙子就笑了，一家人总算吃了一顿消停饭。

12. 败家

实际上李其早已疑心儿子这个家贼，只是不敢相信，自从在羊圈逮住儿子教训了半天，也没见儿子收敛，他心慌了！当他又见儿子一天到晚不着家，回来就东瞅西眄，贼眉鼠眼，心神不宁，饭也吃得少，偷偷跟踪儿子到了回春堂。天黑了些，觉得没有人认出他来，就悄悄跟着人进了回春堂押宝的房里，里面的烟味、汗味、脚臭味熏得人立不住。他看见唯一的根——他的儿子袖子挽到半胳膊，红着眼睛，扭着脸，高声吆喝着开宝盒子，面前堆着十几个银元和一沓子票子，"独红幺！独红幺！"听见众人亢奋的喊声，生财顿时蔫了，面前的钱被另两只手揽了过去。而生财面不改色，又掏出几块银元拍在桌子上，"老子有的是钱，再来！"李其一晕差点跌倒，手扶墙赶紧出去，到回春堂后墙背风处，两眼又是一黑，闭住眼缓了一会儿，靠墙角慢慢蹲下，掏出烟袋，握着烟杆子的手颤抖得伸不到烟袋子里，划了几次才点着火，抽了几口，在地下磕了磕烟灰，擦了擦湿了的眼角，这该死的西北风！身子拖着两只脚飘悠悠回到了家里，爬了两次才上了炕。

他咽不下这口气，河曲到后套，只有他李其说人笑人，刚拔硬铮一辈子，咋能生出个败家子？也许儿子年轻不懂事，长大点就好了，李其给自己解着心宽，牙咬得乱响。不好好教训他一顿，就不知道他姓其，更不知道这个当老子的厉害！又对老婆说了他看到儿子不光抽上洋烟，还在赌博，老婆眼睛瞪得越来越大，听完后倒吸了一口凉气，说不出一句话，眼泪哗哗地往外流。李其冲

老婆吼了一句："他回来我抽打他，你不要瞎死声！"

第二天半夜，李其家传来李生财鬼哭狼嚎的惨叫声、求饶声和院子杂乱的脚步声，让人听了毛骨悚然。李其棍用棒、鞭子轮换着抽打李其，要不是管家李忠硬把门砸开，李生财的小命就没了。半个月后，李生财才从炕上爬起来，看见大大就发抖。李其心里疼，但没再给儿子好脸，从此李生财长时间守在家里，主动帮着大大照料牛犋，把地里的营生安排得很周全。他还对媳妇说，再也不去抽烟赌博，好好过日子。老两口听到后，心里高兴。李其也放心放些财权，让生财采购些家里大小用品。

李其家大业大，良田几百顷，骡马牛羊成群，又有牛犋，指靠女婿那是万万不能的。他的大女儿李花花嫁到了王家，女婿虽然是个穷小子，但也安分勤劳，老婆时不时偷着接济点，他也是睁一只眼闭一只眼。嫁出去的女，泼出去的水。儿子再不成器，那也是他的根，他也只有这么一条根。小女儿在三岁上出天花夭折了，他也不想和杨怀义那样娶个二房再生儿。

过了一年，冬闲时，李其便想让生财干点事情，打发儿子去包头，把在地里耕种不动的和刚长成样的十几头牲口卖了，省下的粮草紧着给出力的牲口。他想顺便看看这个唯一的从小也算聪明的儿子，改过自新娶了媳妇、有了儿后到底有多大能耐。千叮咛万嘱咐，李生财上了路，骑着那头高鼻枣红大马，穿戴一新，威风凛凛。一家人五明头起来把李生财送出大门。

二十多天过去，任性的西北风狂吹着，树上的叶子乱舞，地里的杂草枯黄，麻雀都不敢出窝，又是一个难熬的寒冬。而李其的家里宰了两头大肥猪，腌了一瓮猪肉，秋后新抹的粮仓口已经干透并且密实，任西北风怎样使劲，粮仓里愣是穿不进去一点风。一家老小围住生得旺旺的炉火，李其看着婆媳，逗着刚刚会笑的大孙子，焦急地等待儿子李其的消息。媳妇用红柳细棍挑着从炉子里的火，点着了那盏鼓肚的磨得油亮的生铁麻油灯，照亮了李其满眼的忧郁和苍老的脸。咯吱一声门响了，闪进来一个人，带进来的风差灭了灯火。这是出去打听消息的管家李忠。李忠打过招呼，看看那婆媳俩，李其便让她们回了里屋。李忠小声又着急地说了李生财的消息。

原来生财在包头卖了牲口后，碰到了姚龙旦曾经给他介绍的一个朋友范如森。这个人很有本事，在国民党部队里有朋友。他乡遇故知，他热情地拉生财下了饭馆，并且叫了几个朋友作陪。酒过三巡，一帮年轻人便带着这位土豪绅出去大开眼界。李生财玩足了面子，结果是输得身无分文，骑着那头大马往回赶，半路上，饿得眼花，用大马换了头瘦驴回来。他不敢回家，想在本乡田地捞个差不多再回，没想到手臭点背连衣裳都输了。李忠很快说完，又安慰着嘴唇哆嗦、眼珠子快要蹦出来的东家："东家，你老不要生气，当心身子……生财在门口。"当李其看见赤条条的李生财披着一件烂棉袄，蹲在大门口浑身发抖，他绝望了。他转身提起一把锹，像一只发怒的老虎嗷一声大吼，劈向李生财。众人被李其这种少见的举动吓蒙了，谁也不敢上去阻拦。李生财没命地跑，李其在后面拼命地追。李生财躲进一堆麦秸中，李其转了几圈找不见人影。李其被李忠拽住劝了半天，说他们几人分头去找生财，李其恨恨回了家。大寒天，寒风凛冽，滴水成冰，婆媳二人哭肿了眼睛，一夜未眠。

第二天一早，一阵急促的敲门声惊得一家人更是心慌意乱。媳妇跑出去开门一看，见两个人抬着浑身冻得通红的只剩一口幽幽气的李生财回来了。婆媳两人吓得哇哇大哭，李其大喝一声才止住，又骂道："让死去！"那两人不住地劝李其："不管咋，狗也是你养的，虎毒不食子，你不能眼睁睁看亲生儿子去死哇。"赶过来的李忠忙喊着让人赶紧熬姜汤，又忙打发人去喊离蛮会不远开药堂的瞿先生。李家上下乱作一团。原来李生财钻进麦秸堆，不敢回家，冻得没了知觉。起得早的两个羊倌把羊赶到滩上，去麦秸堆取暖，发现了李生财。这场伤寒差点要了他的命，李生财足足在炕上躺了一个月。这一个月里，李其表面若无其事，心里比谁都着急。老伴和媳妇日夜精心照顾，熬药、扎针，像伺候着坐月子的女人。他心里不住念佛：儿子，快好起来哇，钱财算个甚，命要紧呀。阿弥陀佛！可不能半路失子呀。趁没人，他盯着儿子的脸一看半天，又看老婆红肿的眼，他咒骂怪怨儿子死的心思早没了。算了，只要儿子病好了，他想咋作就咋作。李其沉默了。

李生财好了，只是浑身没有力气，手托着炕沿慢慢走，听见大大的咳嗽

声，吓得腿一软坐在地上。媳妇放下哭闹的娃娃扶着他起来，一边轻声说："你呀，自找的，放着好日子不过……唉！"生财听着儿子的哭声，看着媳妇哀怨的眼神，心里愧疚，有时心痒痒得想抽几口烟，就狠掐一把自己。老老实实在热炕头焐了一冬，春暖花开，五只老母鸡的肉汤使生财脸上有了血色，一家人高兴，他终于捡回来一条命，想着他以后会好好过日子。可当姚龙旦的身影像个不死的鬼魂闪过几回后，李生财的心里又像被猫抓了。有句话说得对呀，狗改不了吃屎。说出去上趟茅房没了影儿，他又偷偷上了回春堂。又过几天，来了两个陌生人，说："李生财输得没有钱，就拿麦子赌，赌输了，人跑了，他想赖账。我们东家放话，要是不还账，就收他一根手指头，你们家里人看咋办！"

李其神经质地干笑了两声，"输了多少？"来人说："二十石麦子。"李其恶狠狠地说："日他祖祖，这么点东西，倒想要个手指头？我还！"打开粮仓盘了二十石麦子，打发那帮人走了，又和了泥仔细地把粮仓抹好。从红日正午坐到日落西山，他突然想到，钱财来得容易，总会有一个散财的。他近六十岁才懂了这个理，明白得太晚了。善有善报，恶有恶报，不是不报，时辰未到。他老来得的子，溺爱的儿子李生财，终于让他有了现世报。他开始反省自己，末了，在地上重重唾口唾沫，自言自语道："这就是命啊！"

自从和大大从山西河曲逃荒来这西口大后套，吃了多少苦，受了多少罪，看够了多少人的冷脸，与多少人反目成仇，才挣下点家业。到了今天，却是败势如山倒，自己已经没有精力往回拉拽，趁活的时候把眼前有的握住就好，闭眼以后，那就是他们的事情，听天由命哇！还有一个六十年活了？李其心凉了，话都懒得和儿子说。这更使着了魔的李生财变本加厉，他掐住做父亲的软肋，表面温顺从不顶撞大大，把儿子抱到大大那里，哄大大高兴，背地里放开性子吃喝嫖赌，媳妇和两个孩子见他一面也费劲。

李其从骨子里是个不服输的人，他努力付出获得成功，却又瞧不起跟前所有的人，他认为，只有那些懒人、没有头脑的人，才过那样的日子，吃了上顿没有下顿，讨吃要饭。多少年来，他起得比鸡早，睡得比狗晚，不知有多少地是他披星戴月开出来的。他和一个富有的蒙古王爷结拜，可惜这个结拜兄弟没福早早死了。这个王爷还划给他百十亩草地。挖渠看地势，他凭着经验，自己总结了一套挖渠的手艺，就连挖杨家河的东家还亲自上门向他讨教。家里那些长工短汉地里干什么营生他都不放心，都要亲自监督。人们都知道他做事缜密，从不敢应付。到如今，在儿子名下，他真怂成个孙子！

在李生财明拿暗偷，家里的钱财流水般往出倒时，哈利来到李其家。他推开两扇大木门，门上的两个大铁环发出当当声，但没有惊扰李其沉思。见李其两手插在棉袄袖子里，在当院坐着晒太阳，他对李其说："你好！其。"李其眯缝了眼看看"哈孙"。"哈孙"笑着弯腰拍拍他，"到我那里祈祷吧，上帝会帮你的。"李其从鼻腔里笑出声，"哼，我能相信你这个上帝？黄毛头发二寸半，瓷怪子眼睛蓝疙蛋。你也想看我的笑话？哼！""哈孙"迷惑地望着他，不知道这句话是什么意思，忽闪着两只蓝灰眼，嘴半张着。李其睁开眼看他这副表情，差点笑出声来。"哈孙"左手在胸两边点了两下，在眉心点了一下，摇摇头没趣地走了。李其冲他骂道："不识抬举的黄毛狗，请你来你不来，这阵想起个来，滚你妈的蛋。"李其眯缝着眼睛又琢磨起在四大股渠畔碰到杨怀义时，他对自己说的那些话："儿孙自有儿孙福，你管不了他一辈子，折腾够了就消停了。"

13. 杨财主的大老婆

　　杨怀义和二老婆张柳儿坐在靠窗户的暖暖的那盘炕上，点着灯对抽着羊棒烟，喝着砖茶水，说着话。杨怀义身上出了汗，解开夹袄的扣子，噗噗吹着羊棒。张柳儿刚隆起了肚子，也呼呼地抽着，烟瘾不大。炕上躺着七岁的大儿子杨永福和四岁的二儿子杨永禄，在伸拳蹬脚踢打着玩，一会儿笑，一会儿哭。他还要二老婆再生，凑够福、禄、寿、喜。

　　大老婆樊东香走了进来，门没有随手关严实。她长年面色苍白，二十七岁时已经绝经腰干。女人就是活得一口血，早早没有血气，老得就快。不到四十岁，她脸上的皱纹横七竖八，大眼仁发黄，要不是腰杆还直溜点，就是一个六十多岁的老婆婆。比起面色红润、臀大腰粗的张柳儿，樊东香的女人韵味已是荡然无存。她从东厢房走过来，就气息微喘，要不是男人长年累月宠着捧着她，恐怕早已入了土。看见老大过来，二房张柳儿忙下了地。

　　大老婆站在当地，气咻咻地对杨怀义说："你也不管管你大闺女，每天疯跑不着家，那么大的闺女没个调数，不让人笑话！你可惯好了！"杨怀义瞅了一眼大老婆，"大惊小怪，她出去耍耍，还能咋？""一阵儿你过来一下，有事情商量。"大老婆颠着小脚走了，上衣盖着瘪瘪的屁股，后衣襟也随着走动一忽闪一忽闪。杨怀义不动声色，心里却想，有甚事还避着二房说，这人一天就是事多。又喝了一碗茶，嘟囔了一句，不情愿地趿拉着两只鞋，把夹袄襟一裹去了大老婆的房。张柳儿白了一眼进了东厢房的樊东香，恨恨道："哼，想男人就拿闺女说事。"

第二天，大老婆樊东香早早起来，打扮得体面漂亮。她要去有十里地远的新堂二妹家串门，脸擦了白粉，头发用涎水抿得精光，用红纸抿了嘴。戴上兔皮帽子，穿上裹大襟挂了面子的羊皮皮袄，坐在镜子前左照照又看看，这才满意地站起来，又揪了揪前后襟出了门。坐上早准备好的驴车，只听车倌儿一声"嘚儿驾"，樊东香身子舒服地前后摆动了一下。驴车出了院子，经过街道时，男人女人的眼光齐刷刷丢了过来。男人的眼睛看了樊东香那张脸，还不如看那头皮光毛滑的驴，那驴的笼头嚼子是用红绿两种绳子拧成，驴的眉心用红布挽了一朵花，目不斜视，像个新郎官神气十足。那男人心里道：有钱就是不一样，看人家的驴出来还打扮得花红柳绿，脑袋扬得老高，驴蹄子踩路声音还是"我踏，我踏"。再看穷小子李三牵着那头驴，低着个头，毛皮卷成刺猬无精打采，走路的声音都是慢慢悠悠，"没钱儿，想钱儿，没钱儿，想钱儿……"女人们那个眼睛啊，喷着红光，看着樊东香的穿戴，眼珠子都快出了眼眶，心想：唉，这身衣裳要穿在咱身上，保证比她好看，可惜到死也摸不着个边边，谁让咱没那命呢！拍了一下看见吃的东西就哼哼唧唧伸手的娃娃，女人们低着头走了。

樊东香心里兴奋得恨不能唱一段《挂红灯》，堆起的皱纹盖住了眼睛。昨晚训了一顿男人，让他管好闺女，谁家的青头大闺女随便往外跑。男人满口答应，又温柔地陪了她一晚。她说想去妹子家串个门，男人二话没说塞给她一些钱，所以她无限风光上了路。忽然，她在人群里看见一个女子像是闺女，定眼再看，那个像要避开她目光的人钻到人群就没了影儿。她心里哆嗦一下，是玉莲吗？这么早她出来干甚？不过她好像有些日子没和闺女好好说过话了。不会是闺女，她是爱睡懒觉的，这会儿不可能起来！她本是满肚子欢喜，就像一下子泼了碗凉水，带着一颗疑惑不安的心到了妹子家。

二妹家的院子里，她的驴车又引来不少邻居的围观，那些背上背着孩子蓬头烂衣的女人眼里是开了眼界的喜悦。樊东香掩饰不住的笑容，让她又干又松的脸如菊花绽放。二妹早已忙不迭地跑出来，妹夫跟在后面，妹夫的后面还

跑着四个半大不齐的孩子。妹妹樊东兰扶着姐姐从车上下来，妹夫上前点头问好，赶紧抱了些草放到毛驴跟前。赶车的长工卸了车，要去本家兄弟家，说好吃了饭过来。

樊东香被妹妹搀扶着慢慢走向门口，姐妹俩有说有笑进了家。妹妹又从柜子底下拿出一块黑老粗布铺在炕上，让姐姐坐到锅头，又倒了一碗水递到姐姐手里。东兰快人快语，喊着一群直往大姨身边靠的娃娃。大姨从口袋里掏出半把冰糖，挨个放到几个孩子脏兮兮的手里。孩子们得了宝似的，又被东兰一顿吼喊赶到外面玩儿去了。妹夫抱回一堆红柳柴火，东兰一边收拾做饭，一边和姐姐拉家常。姐妹俩从小就亲，财主姐夫接济她家买了几亩薄田，全家勉强能吃饱。

东兰和着面，边说："姐姐，你命真好，姐夫待你那么好，你活得这样袅气，我脸上都有光。闺女玉莲再找个好人家，你就心圆了。"东香想起在街上那个好像闺女玉莲的背影，心里又开始七上八下。东兰又说："玉莲十八岁了，该找个婆家了。那样袭人的好女子，又有这么好的家底，打着灯笼也难找。"东香说："提亲的倒是不少，玉莲不愿意，说还小。"东兰说："这不能由着她，女大不中留，留下是忧愁。咱们做娘的还得多长个心眼，是不是自己瞅好人了。这世道乱，得多长个心眼。听说要打仗了。"樊东香心更乱了。

很快面条做好了，胡油炝葱花，满家都是香喷喷的，闻见香味跑回来的几个娃娃又被东兰搡出去。樊东香端着一碗面条，虽然有点饿，但心里有事，勉强吃了一碗。再说，她家里每天都吃一顿猪肉臊子面，妹妹做的这个面对她来说有点寡淡无味。不过，这是妹妹家最好的伙食了。她嘴里也客套地不停说："真香，真香，早上吃得晚，这会儿都不饿。"东兰心直口快，也没想那么多，硬是给姐姐碗里加了一勺子面条。等姐姐放了碗筷，才把四个守在门口的娃娃放回来，一会儿工夫，半瓷盆面条被孩子们稀里哗啦吃了个盆光碗净。樊东香笑着看外甥们吃饭，心里却还在想心事。等回了家，一定和男人再说说闺女的事，不能由着她了。

等东兰收拾完锅灶，姐俩又拉会儿家常。太阳偏西，樊东香坐卧不安，一定要回家，这时候赶车的长工过来眊瞭东家。东兰一看留不住姐姐，便由了姐姐。天气起了点风，怕是变天。樊东香坐着毛驴车，天刚擦黑便回了家，进了院，下了驴车，也没顾得上自己风尘满面，红胭脂白粉刺进皱纹里，沟壑分明，油光的头发上面铺了薄薄一层粉尘，前面一绺头发乱了章程，调皮乱舞，直奔二房张柳儿的西房，把男人叫了过来，也不管张柳儿的嘴扁得成了鸭子嘴。男人一进屋她就喋喋不休说起闺女没完，还挤出几点眼泪，顾不上一路奔波劳累，下地又给杨怀义烧上砖茶水。杨怀义也感觉老婆今天不像个病娘娘，心里很高兴，想着以后多让她出几回门，顺着她的性子。外面天气阴沉沉的，一会儿又扬起了雨夹雪，地上黏湿，杨怀义自然留在了大老婆的房里。

14. 儿孙自有儿孙福

　　李其对儿子李生财失望了，留给他唯一的希望就是孙子李守住。他给孙子当初起名守住，寓意把他一辈子刨闹的财产守住。孙子憨敦敦、胖乎乎，咿咿呀呀爱说话，一笑两酒窝，爷爷奶奶亲得放不下，看见孙子忘了所有烦心事，孙子就是他们的开心果。自从儿媳妇怀上第二胎，老两口就把一周岁的孙子接过来和他们一起住。李其对孙子的爱，从心底说，超过了儿子。但他心怀愧疚，因为儿子有了今天，是他过分溺爱的结果。于是他对孙子采取和儿子不同的教育方式。孙子不吃饭，奶奶哄着追着喂饭，"命蛋蛋快吃饭。"李其夺过碗扔在一边，"不吃还是不饿，就是饿了也先不给吃，看他下回还敢不！"看到有好玩的好吃的必须大人同意，否则不许他碰，还养成早睡早起的习惯。孙子三岁，李其请了个先生。当孙子站在他面前摇头晃脑背"人之初，性本善，习相近，性相远"，李其由不住热泪盈眶，是他把儿子害了。又听到西厢房摔东西的啪啪声，夹杂着李生财的骂人声，李其明白，儿子的烟瘾犯了。孙子守住听到动静吓得扑到爷爷怀里。只见李生财跌跌撞撞从家跑出去，媳妇抹着泪追到门口。李生财又拿上值钱的东西出去抽洋烟了，媳妇擦鼻子抹泪。李其牙咬得咯咯响，看见孙子一脸惊恐，搂过孙子，摸摸脑袋说："不怕，不怕，爷爷这就给你讲故事，讲个王昭君出塞。"孙子笑了，爷爷哭了。

　　这一年，李其断了李生财的钱路。他把能搂到手里的钱财全部藏起来，给孙子留着。望着在他怀里睡得香甜的孙子，眼前浮现出儿子小时候的睡相，眼眶湿了。

杨怀义的家里也乱了。杨怀义大发雷霆，摔烂了一个茶碗。他听了大老婆的话，就留意起女儿。当看见女儿和姚龙旦眉来眼去那伤风败俗的举动，杨怀义就想打断闺女的腿。那姚龙旦是谁？小流氓混混一个，红皮黑鬼，家里薄田几十亩。我堂堂杨怀义的闺女送给你，吃葱想蒜，甚事也想干！杨怀义少见气得脸色铁青，吃不下饭。

其实姚家姚龙旦的父亲姚柱和姚生源是本家兄弟，在一个家长大。姚柱掌管着姚生源的家务，自己也算是中等富裕户。再说这些年姚生源除了给姚柱父子粮食，也给银子。姚龙旦好说歹说从父亲手里拿上属于自己的那一份工钱，雄心万丈又年轻气盛，凭着和父亲学的那些防身功，在牛犋里挑一匹出不了大力的瘦马，成天没事东游西串、走南闯北，还认识了军队里的一些小头目，倒腾些粮油吃喝，还在园子渠码头咋咋呼呼撇些浮油，跟着他那些狐朋狗友捞点外财，几年间，竟然挣了些钱，这是他大姚柱想不到的事情。龙旦看见大大整天愁眉苦脸，有两回还看见他大偷偷掉泪。大大心疼那些务义多年的地和费那么大财力挖的渠，在大大的心里，这个家就是他的家。龙旦心疼大大，毕竟一笔写不出两个姚字，凭他现在的实力，不应该袖手旁观。他觉得认识的这些人里，也有能疏通关系的朋友，把地要回来，那李其还能再和姚生源过不去？一个儿子就够他败兴了！于是他送银子送洋烟，果然，没多久，给姚家补回了不少租地，所以姚家并没有损失多少。如今姚生源在陕坝开铺行医，完全立住了脚，把老婆孩子都接到陕坝，家里就全部托付给姚柱。

一连几天，杨怀义为闺女的事吃不香睡不好，连书都懒得翻。姚家牛犋再大，那也不是他姚柱父子的，杨怀义恨恨地骂道，又想着闺女伤风败俗的事情，闷闷地闭眼坐在那把红木椅子上生气，心想：这个不争气的闺女，以后就是受罪的命。二老婆张柳儿不停好言温柔地劝说，闺女玉莲又死呀活呀地折腾，杨怀义有点怂了。真是"女大不中留，留下是忧愁"，听天由命吧。一想起那天在大街上看见女儿丢人败兴的样子，他气不打一处来，家门不幸，丢尽这张老脸啊。

事情是这样的，那天杨怀义吃了早饭，心情大好，说要上街逛逛。张柳儿伺候他穿戴好，棕色印花短马褂加长袍，褐色瓜皮帽，一双牛鼻鼻鞋是张柳儿新做的。他慢悠悠地这儿看看，那儿瞧瞧，买了半斤冰糖、二斤盐。碰见几个认识的人，他笑着打过招呼。东街里一个地摊前，围了一圈一圈的人，他不由得上去看个热闹。人们见杨怀义穿戴气派，也有认识他的，主动给他让个路。原来是耍把戏的艺人训练两只猴子。那两只猴子憨态可掬，戴着一顶官帽子，穿着花花绿绿的小衣服，学着人的样子，一会儿抽袋烟，一会儿跷起二郎腿扇扇子，逗得人们哈哈大笑。耍猴人不停地用鞭子抽打着，打一次换个花样，另一个猴子拿着一个破碗向人们讨钱。有给一个铜板的，也有给一个烧饼的。讨一圈下来，猴子再栽几个跟头。

他突然看见闺女玉莲也在人堆里，随着闺女不安分的眼神，他看见不远处的姚龙旦对着女儿挤眉弄眼，不怀好意上下紧盯着玉莲，直往闺女跟前凑。玉莲非但不恼，还抿嘴笑着低下头，一会儿又偷偷瞄几眼那小子，满脸粉红。他当时气得想跑过去把闺女捏死，但他想了想忍住了，趁人还没注意到他，逃也似的回了家。他满脸燥热，觉得背后有人猛戳他的脊梁骨。他几乎是小跑着回去的，一进大老婆屋里，劈头盖脸把大老婆大骂了一顿。樊东香正盘腿坐在炕沿嗑瓜子，稀里糊涂地挨了一顿骂，委屈地哭起来，鼻涕眼泪抹得满鞋底没个干净处，瓜子皮炕上地下漾得都是。

杨玉莲从小娇生惯养，又出落得板眉渗眼，是人见人夸的袭人女子。她哪受这样的冤屈，在她妈面前也是一把鼻子一把泪。其实五年前，她心里就有了姚龙旦，那时候只是想和他说话玩耍。自从姚龙旦离开她家，也见过一两次，都是远远看见没说话。自从在街上遇见姚龙旦后，玉莲的心就融化了，她想，这个男人就是她这辈子要嫁的人。十九岁的龙旦已经不是来她家时的那个样子了，黑密的头发，风吹日晒的圆脸盘不失男子汉的英武，浓黑的眉毛，神气逼人的大眼睛，健壮高大的身材，青白布衫，黑布裤子，一双厚底黑绒实纳鞋，连那一对扇风大耳也留在玉莲的梦里。姚龙旦对她说的第一句话是："呵，你都长成大姑娘了？"一口洁白整齐的牙齿闪着野性的光，玉莲红着脸抠着手，两只脚挪挪又并住，一只又向前移了移，咧开的嘴抿住又噘起又咧开。龙旦说他忙，走出几步回头看看玉莲还站在那朝着他的方向看。玉莲看见龙旦看她，又赶紧走开。玉莲慢慢往回走，一路思谋在龙旦跟前说了几句什么话，想着想着有点害臊，用手捂住脸笑出了声，路过的人奇怪地不住气看她。

现在任凭妈妈骂她不要脸，丢人现眼，她也不会在乎。玉莲哭累了，一仰头把大辫子往后一甩，回顶了她妈一句："你们要不往外说，谁知道我就要嫁给他。他家来提亲，那是情理之中的事情，女大百家求，谁能拦住人家闺女嫁人。"樊东香瞪大眼睛看着闺女，被闺女噎得没泛上一句话，坐在炕上的她转身找笤帚疙瘩，还没抓到，就被玉莲抢先拿到手，就见樊东香哇一声背过气去。

杨怀义坐在炕上铁青着脸，没有抽烟，在炕桌上叭叭地敲着那个羊棒骨。他又怕老婆生气再死过去，青着脸训斥玉莲，没有从三从四德说起，而是动之以情，晓之以理，但对闺女来说，这是对牛弹琴。杨怀义用带点府谷的口音说："闺女，你这么不听话，是不守妇道。真是身在福中不知福，你生在家中就是掉进蜜罐罐里，离开这个家，你嫁个田产没有几亩，人又是一个混混，以后的日子咋过？那时候你后悔想哭也行不上个调，想再享我的福，你就难了。以后路还长，听大大的话！"

玉莲从小就被大大宠着，对不轻易发火的大大没有那么畏惧，所以才养成了在别人眼里没有规矩的大姑娘。玉莲捋捋辫梢说道："大大，我生在这个家就是我本人的福气，不管走哪儿嫁给谁，我一辈子都不会受穷，照样穿金戴银，吃香的喝辣的。这都是我本人有这个福气，不是沾你的光。"说到这儿，她看见大大脸呈怒色，赶忙换了口气："当然了，做你这个有本事大大的女儿也是我更大的福气。"杨怀义气得眼睛瞪得老大，没想到闺女完全是用他平时说话的口气说这番话，一时哑口无言。玉莲从小听大大念叨这些，现卖了一顿，见大大生气也有点后悔，可话已说了没法收回，闭眼等着挨骂。玉莲睁眼看时，大大已向门口走去，只丢下一句："我杨怀义的德行叫你散完了，你要嫁了姓姚的小子，死活我不管，没一分陪嫁！"

　　林玉喜左手拿了一瓷瓶酒，右手拿了一个用麻质纸包着的熟猪肘子，受姚龙旦父子的委托，到杨怀义家提亲。林玉喜满脸堆笑地说："杨爷好！"杨怀义瞅一眼林玉喜，佯怒道："去去，滚。"林玉喜和杨怀义称兄道弟多少年，知道杨怀义是和他开玩笑，笑着指着他说："你呀你，你想赶我走，没门儿！"又酸眉处眼和柳儿打招呼："二嫂嫂好！"柳儿应和着，接过肘子在案板上通通一顿切，然后装在大碗里，又在豆芽上浇了胡油炝葱花，在酸蔓菁条条里拌了辣椒油，调了一盘小葱拌豆腐，削了一颗山药切成条，用开水笊了一下，又煮了些粉条，撒了醋、葱花油、盐，然后一齐端上圆桌。林玉喜笑着说："二嫂嫂真是好茶饭，看见就香。"张柳儿说："笑话了，没个现成的，就简单些，哪比得上你们醉八仙的大食堂。"说完，去东厢房看两个在大妈那玩耍的娃娃，顺便叫大姐樊东香过来坐坐。

　　杨怀义绷着脸坐在椅子上，林玉喜坐在对面忙着开瓶倒酒，一顿劝说，两人开始就着香喷喷的下酒菜连着干了三盅。林玉喜吃得满嘴流油，还在说："姚家看上你老的闺女，托我来提亲。姚柱现在看起来是小户，但儿子龙旦那可是个有出息的后生。这几年，认识的做买卖的、种地的人可不少，还做倒腾牲口的营生。那个姚生源在城里给人行医看病挣了钱，把老婆娃娃都接过去了，实际上这大院就是姚柱父子在管事。姚龙旦不但把家里上下的人管理得服服帖帖，事情办得顺顺当当，还给佃户免租减息，穷汉直给他卖命，还喊着姚家出了个大善人。龙旦前途不可估量呀，是个人才。你家闺女跟上这人一辈子吃香喝辣，享一辈子的福。咱们的眼光还是放远点，现在世道不一样了，外面反这反那，如果成了亲家，姚家也能给你做个后盾，那谁还能比得了你老啊。"杨怀义已喝得脸色泛红，听林玉喜说完后一声不吭，用羊棒骨抽口烟，吹出去，再装上抽一口，再吹出去。柳儿从东厢房一个人回来，上炕给娃娃喂奶。那两人继续吃喝。林玉喜又凑到杨怀义耳边压低声音说："听说龙旦把洋枪都弄回来了，这小子了不得，以后准成大器。"杨怀义眼一瞪嘴一咧，把筷子扔到桌上，"日他祖祖的，就怕他成精了，也是个蛇鼠子！"

　　夜里下了一场多少年罕见的大雪，大雪覆盖了人凌乱的心头，让人心变得很是清净。然而连续两天下了足有一尺深的雪，对一些本来就少吃少穿的人来说，又闹起了心。那几个废弃的茅庵被人们争先恐后拆了，人们拿着拆下来的柴火生火做饭。

15. 程三娃

姚龙旦叫上在蛮会镇的酒肉朋友，又把附近几个游手好闲的青年聚拢起来，悄悄练武、把枪。姚龙旦的皮毛武功是姚生源和姚柱教的，加上龙旦力气大，这帮弟兄佩服得五体投地，死心塌地跟着龙旦。一帮人在林玉喜的醉八仙散了后，姚龙旦去了他刚投资的回春堂烟馆，他和这里的老板三七开。姚龙旦看着斜躺在小炕上的李生财和香香姑娘吞云吐雾，眯着眼睛快活得似一对活神仙，冷笑一声，心想又把李生财的三亩水田弄到手了。姚龙旦轻蔑地看了看李生财，掉头走了出去。

天刚擦黑，姚龙旦来到程天保住处，在外面叫了声"三娃"。三娃和大大刚从牛犋回来，正喝热水，听到喊声，三娃应声出来。姚龙旦看见走出来的三娃，眼睛一亮，叫了一声。这程三娃已成一个铁塔似的汉子，一张黝黑俊朗的四方脸，一对明亮深邃的大眼嵌在又黑又粗的两道眉毛下，纯净和忧郁混合的眼神散发着超出他年龄的那种淡定，又透出一种倔强。他高挺的鼻子下有一张方阔的嘴，紧闭着，一个翻版程天保。这父子俩是姚家牛犋不可多得的劳力，力气大，人又实在，特别是三娃比他大干起活更有劲还更有窍道。见三娃穿一件面子发黑的皮袄，腰系一根黑色粗纹布条，穿一条中式大裆棉裤，裤腿绑得紧紧的，牛鼻子鞋头盖了两层补丁，但这丝毫不影响程三娃那一身健肌。从榆林来到姚家门上，这一家子再没有挨过饿。勤快的三娃每天大早起来把所有的院子扫干净，然后吃了饭和大大上牛犋没白没黑地干活。他明白有了地，会种地，人才能活命。

听到龙旦叫他，他赶忙走了出来，"龙旦哥，你叫我有事？"龙旦上前拍拍三娃的肩膀，"哈哈，你小子个头超过我了。走，咱哥俩喝一盅。"三娃说："不了，龙旦哥，天黑了我大大不让我出去，明天早起还要往地里拉粪。"龙旦一摆手，"我另找人啦，你帮我办点事。走，边喝边说。"三娃固执地说："不，不去了，有甚事就这说哇。"龙旦看拗不过三娃就直说："兄弟，跟上我干哇，不用你干活，就跟着我，我走哪儿，你跟上我走哪儿。"三娃早就在牛犋听说龙旦干的不是正事，大大也成天给他说："人家那是有钱人做的事，咱们受苦人干活出力才是做正事，跟他们不一样，两回事。"于是三娃有底气地说："龙旦哥，我一个穷小子每天指着受苦能吃饱饭就知足了，我这个睁眼瞎子跟上你做事，只能给你添乱。我没那个福分，还求你赏我现在这个饭碗哇。"龙旦眼睛猛地直盯着三娃，眼里闪过一丝凶狠，三娃淡定地迎着，两个高大壮实的汉子面对面站着，夕阳余晖下，两对眼睛如两只猛兽对峙着。三娃的念头里闪过李生财狠狠推他可怜的大大，那时他就发誓长大一定保护大大，保护全家人不受人欺负。三娃的眼睛里闪着坚定的光，那是一种不惧任何代价的倔强，慢慢地，龙旦恨恨的眼神缓和，继而又透出一种钦佩，最后冲着三娃笑笑大声说："好，好样的！在牛犋里好好干，碰到难处找我。"三娃的眼睛顿时一亮，赶忙说："谢谢龙旦哥，放心，我一定好好干。"龙旦转身挥挥手走了。三娃心里充满莫名的感激，感激龙旦没有强迫他，要不他说不定会说出对东家冒犯的话，给大大添麻烦。

身后就是家门，推门进去，大大问他："龙旦喊你有甚事？"三娃认真地说："闲说了几句，让我在牛犋好好干。"程天保知道儿子不会撒谎，龙旦大声说的话，他全听到了，小声说的话，三娃是不会告诉大大的。大大吸了两口烟又高兴地说："你姚柱叔给你说了个媳妇，是杨怀义牛犋里刚从府谷上来的一家人家的闺女。这家人和杨怀义是同乡同姓，投奔杨家。你姚柱叔看好你是个好受苦汉，在人家面前把你夸成一朵花，那家人也高兴得要见见你。"三娃羞得满脸通红，低声说："听大大的。"三娃妈高兴得眼泪都出来了。

几天后，三娃见到了这个府谷来的杨花眼，一根大辫子向后甩着，齐眉的刘海下一对水灵灵的大眼，眼梢还向上挑着，瓜子脸盘。她看见三娃低下头，小小的嘴巴向上咧了一下，一排贝壳似的牙咬着下嘴唇，两只手绞着衣襟。三娃看见这个身子不长不短、不肥不瘦的姑娘，穿着虽然千补万纳，但洗得干净，就心跳加快。那一双三寸长的小脚又让三娃妈心满意足。

16. 红火坑

蛮会有名的回春堂烟馆是一个河北人接手的，这个人有来头，是当时统辖后套地区的一个团长的小舅子，叫武德魁。龙旦和这个烟馆的老板相识并悄悄合股，纯属演绎了一出江湖义气的戏。一场酒喝下来，二人气味相投，一来二往成了莫逆之交。那时回春堂刚装修好不到半年，过罢年，春种还没有开始，闲散人都上烟馆吸几口，赌上几把，赢了钱的就留下来和那花里胡哨的女人打情骂俏。夜幕降临，回春堂的红灯笼照亮半条街，妖娆的红色照得黄土路都性感起来，只要是个身上稍有温度的男人，就有来这里碰狗屎运的胆量，哪怕最后嘴里塞满的是狗屎，也算见了世面。

无米下锅的李狗家，孩子哭得可怜，这个又犯了烟瘾如牲畜发飙的男人，提上家里仅剩的一碗米往回春堂跑，老婆追出去抢那一碗米，被李狗一顿拳打脚踢，女人坐在地上伤心地捽了鼻涕抹着泪边哭边骂着："枪打的灰个泡，狠心饿死娃娃，也抽那害人的东西，嘴上冒那一股烟，不顾我们娘儿俩的命呀！这个世道叫人咋活呀！我的天呀！"越哭越伤心，这个想不开的女人竟不顾一周岁的孩子哇哇大哭，一气之下跳了井。待人们漠然地看着这个李狗抱着孩子呼天抢地，男人们开始默默发誓再不去那个"红火坑"。但是回春堂的灯笼依然耀眼，依旧人声鼎沸。

又是一个已感觉到春风温润地贴着脸面的晚上，回春堂的灯笼摇摇晃晃释放着它让人迷醉的晕光。突然，里面一片大乱，女人的尖叫声在寂静的街上分

外刺耳。龙旦在姚家算开春日工账后，正在茅房解手，听见这不寻常的动静，提起裤子边跑边系腰带，刚跑到回春堂门口，就看见一个人手拿两把砍刀追着人乱砍，两只灯笼被砍得粉碎，红色的碎屑飘落在回春堂的大院子里，夹着人们惊慌失措的脚步和无助，四处传来男人、女人瘆人的哭喊声。有几个动作慢的人，已捂着胳膊护着头在那鬼哭狼嚎。龙旦知道来这里的人都是被洋烟和女人掏空了身子的，没那力气和胆量反抗拿刀行凶的人，跑堂的那几个吃货一时控制不了这个乱局。龙旦早已按捺不住，跑上去，猫起腰瞅时机，猛从那人后面扑上去，伸出脚一个绊子，那人一个趔趄，龙旦趁势对准他屁股狠飞一脚，那人一个狗吃屎趴在地上，右手里的刀飞了出去，龙旦扑在那人身上，用一只膝盖顶住腰，另一只脚踩住他拿刀的胳膊，左手扯过喘气如牛的头，原来这个人是李狗，一个赌钱输红了眼的大烟鬼，听说把孩子都卖了，卖孩子的钱没几天也让他祸害完了。

跑堂的和几个胆大的人在前，后面跟着一群战战兢兢围上来的人，都认出是多时不见的李狗，几个妇女骂了起来："这个牲畜不如的人，逼死老婆卖了儿，还有脸皮见天日祸害别人，不如买上二斤棉花碰死算了！"李狗折腾了半天，已经没了反抗的能力。就是这么一个过街老鼠，愣是没人能制伏，活该龙旦这小子走那狗屎运。只见龙旦站起来，一脚踩住李狗拿刀的左手，用脚把刀踢出去，揪住头发提留起人来，照着肚子就是一拳，李狗反扑过来，龙旦抬起腿冲着头又是一脚。见李狗晃晃悠悠倒在地上再也爬不起来，回春堂一群跑腿的才扑过来用绳子将他绑了，拖着面团一样的李狗走了。龙旦拍拍身上的土，骂道："你这个牲口不如的东西，还在老子的眼皮底下撒野！"

"好！"随着一声叫好，一个人来到龙旦跟前。这叫好的人胖胖的，黑油的头发向后梳着，一身大袍子，上面套着个黑马褂，满脸横肉，但带血丝的突出的大眼看向龙旦，眼里透出一个字——服。只见这人双手抱拳，腰一弯，"谢谢小兄弟，今天要不是兄弟，我可是难收场了。"龙旦也是见过一些世面的人，眼前这个不怒自威的人倒让龙旦有点另眼相看。龙旦生来就是个刺儿头，他还没怕过哪个长刺的东西，大方地把双手一抱，"没什么，小事一桩！"随后那人自报家门，说他叫武德魁。龙旦盯着他的眼睛说："本人姚龙旦。"武德魁眼睛一亮，哈哈一笑，硬拉着龙旦进去坐坐，要跟他交好汉朋友。出于好奇，龙旦也没怎么推辞。两个时辰以后，天地交辉，月亮照着蛮会这条唯一的街道上，长长的两条影子分分合合，等影子彻底分开后，龙旦的命运就此打开了另一个连自己都想不到的局面。在家里等他回来交账的父亲，更是无从知晓儿子在两个时辰里干了些什么，更不知姚龙旦在这两个时辰里发生的翻天覆地的变化，是他做梦都不会想到的。

回春堂，这个已经有姚龙旦股份的地方，早已恢复了嘈杂和浪声。这里透着一种诱人的也可以说是乱世的太平。西北风吹来，黄土飞扬，透过尘土，还可以看见不远不近犁地人的影子，看见穿着破衣烂衫的女人牵着孩子的手快步走着。而这些赌场上的人个个红着眼睛，平时称兄道弟的人，现在看来就是狼与肉，赢者为狼，输者是肉，一点情面都没有，恨不得自己先成狼，把所有的肉一口吞下。他们红着眼盯着宝盒，心里叫着祖宗、爷爷，宝盒一开，满堂红的，收了钱，然后哈哈笑着，迈着方步躲进里面去快活；砸黑瓠的，耷拉着脑袋，手没地方放，最后交叉捅到袖筒里，恓惶地回家，到了家，又成了王，吼孩子，打老婆，家里米干面尽，往墙角一蹲，肚子咕咕的叫声循环到眼里成了幻觉，一桌子饭菜正要猛吃，咕咚身子倒了，一激灵，自己真的倒下睡着了，一睁眼，老婆领着孩子早跑了。这是蛮会街上天天都在发生的事情，所以人们恨死了姚家人。抽赌嫖盛行后套，正是姚龙旦生意的巅峰时期，人们背后咒着姚龙旦，什么话都有，如生了娃娃没屁眼，那就是好话了。姚柱羞得简直没脸见父老乡亲，子不教，父之过呀。他又去找郭子礼谈心。每当遇到不顺心的时候，他总要和先生说说，顺便带些小米、白面、砖茶之类给先生。郭先生在他心中是圣人，他的那双细长的手指装着烟，吸着烟锅子，未老花白的头发梳得整整齐齐，那种对世事和人道的阐述，使姚柱这个庄稼汉都听得着迷，他在心里盼望那个光明的世界，盼那种好日子早点到来。

万丈雄心的姚龙旦又筹划了一个连他祖宗十八代都不敢想的事情，玩真枪真炮，是那种子弹上膛的洋枪。他在蛮会镇和陕坝投资经营的几个烟馆和回

春堂，有声有色，还都是他朋友出面经营，他出谋划策。姚龙旦从不抽洋烟，只是偶尔抽几口，借口赶紧离开。这就是姚龙旦的高明之处，他深知他的宏图大业还没有完成，不能光靠洋烟和窑子里的女人。窑子里的女人红脸蛋红嘴唇，脸上涂的粉像是在面瓮里扎了一下，看得时间长了，喉咙里有东西往出翻；那大宽裤腿，长青白衫，头发用口水抿得油光油光，没走近就有股隐约的臭味。姚龙旦看见这些女人，紧走还嫌慢。但有一点姚龙旦是深信不疑的，这是个赚钱容易的行道。每天回春堂除了大洋，还进大量的粮食，小到半升，大到几斗。人们用它换出去的是洋烟，那些上了烟瘾的人就差把老婆、娃娃拿来当了。就在这个夏天，武德魁得了一种病，浑身没劲不想吃喝。他的好兄弟龙旦请遍周围的名医，不惜钱财，巫婆神汉也看了无数回，不见他好转。最后武德魁的老婆眼睁睁看着自己的男人闭上了眼睛，大哭一场后，在好兄弟的张罗下，体面地打落出去，一片高出平地的圪梁上新添了一座大坟墓。那个在当地无依无靠的年轻女人，只好伤心地把店盘给兄弟龙旦，抱着不满一周岁的娃娃，带着钱财，坐着团长姐夫的朋友派来的马车回了老家。顺便说说，武德魁的姐姐在武德魁来后套的第二年就得病死了，团长姐夫有了新欢后，这姐夫也就不是亲姐夫了。听说小舅子武德魁死的消息后，团长姐夫只当这姐弟都是福浅命薄之人，只打发来一个送花圈的。当载着女人的马车扬起的尘土又落下来恢复平静时，龙旦眼睛里先升起一种忧虑，随后是一片灿烂，差点没笑出声来。

　　凛冽的西北风吹得人伸不出手，树上的麻雀都不想张嘴，这是三九天。程天保出来捡柴火，在渠里发现了李狗的尸体。他穿着露着肉皮的单衣，跟前放着一只烂碗和一根打狗棍。程天保恨恨骂道："报应！逼死老婆，卖了儿还能有脸活在世上！早该死了！"毕竟人死后一了百了，程天保领着三娃又吆喝了几个同乡，给李狗刨了个坑，脸上盖了块布埋掉，总算没让他曝尸荒野。

17. 成亲

龙旦看上杨家傻乎乎的玉莲，不光是看上她长得漂亮，还因为玉莲青青葱葱，像新长出的麦苗，有股清香味道。杨家管家杨心宽的一番话，让他决定娶玉莲，并且和他大他妈商量后，很快让林玉喜上门说亲。

亲事没费多少周折，就成了。姚龙旦另选宅基地盖了三间大房、五间南房，高高的院墙围起来，并在大门一侧的东墙，盖起了比院墙高出许多的城门楼子。这一盖就是近一年。他计划第二年冬天娶杨玉莲。先是定亲，定亲那天的排场，让杨怀义暂时打消了姚龙旦对闺女不好的疑虑。为这门亲事高兴的还有玉莲的妈妈，不管咋说，嫁个有钱人，一辈子吃穿不愁。

一进腊月，姚龙旦的房子彻底收拾齐备，风风光光娶回了杨渠头的女儿杨玉莲。娶亲的一切全部是龙旦自己和他手下的弟兄操办，程天保领着牛犋的人扫院子收拾房子，三娃妈和两个帮厨的提前过来忙着事宴上的吃喝。事宴当天，姚龙旦请了蛮会街上最好的厨子和抬轿子的人。这些人共坐了七桌席。三娃跑前跑后盯着厨子和抬轿子人的吃喝和用的。龙旦结拜兄弟秦侯侯、王二负责招待亲朋好友，采买东西，请了蛮会有名的代东——四十来岁说话出口成章的周呱嘴。周呱嘴时不时引得众人哄堂大笑。开饭前，周呱嘴先到厨房探厨，递给每人一块新手巾、一方砖茶和一小袋上好的烟叶子。他对忙碌的厨子说："多抽烟袋喝茶水，嘴上可不能亏。"又对几个端盘的年轻后生说："腿勤嘴甜，偷吃不嫌。"一群人笑了。

姚柱虽说气不过儿子平日的做法，但是娶媳妇这件事情，龙旦都是事先和大大商量的。他妈也从箱底掏出个包裹，拿出一个银手镯送给儿媳。儿子娶亲这天，姚柱穿了出门办事才穿的衣裳，刮脸剃头，换了新做的黑绸子瓜皮帽。龙旦妈更是高兴得早早起来梳了头，插上那只漂亮雕花的银簪子，穿上过年的衣裳，换了新裹腿、新软底鞋。二旦、三贵、两个小闺女都收拾得利利索索，被大人抱着领着坐到上房。新媳妇的轿子一到，噼里啪啦放了一顿炮。新郎官龙旦骑着枣红马，胸前的一朵大红花衬得他红了脸。一下马，在一群等着耍新人的年轻人的簇拥下，他把一身红的新娘背回新房。等耍笑够，到了时辰拜堂。姚柱坐到正当中席位，和亲戚邻居打过招呼后，脸上由不得挂着笑。龙旦妈更是少有的喜笑颜开。后套一个远方姑舅兄弟也赶来祝贺，算是龙旦的娘舅家，理应也坐正席。龙旦妈颠着一对小脚看了新房看厨房，还不住吼喊两个和一群半大娃娃嬉笑追打满院子跑的二旦、三贵，给小杏花喂口吃的。代东的赶紧过来把她拽到桌子上，让新人拜了堂，敬了酒。众人放开吃喝，吃的是硬四盘的重席面，喝的烧酒是陕坝朋友送来的两瓮好酒，满院人红光满面，满院烧酒气。人们吃喝尽兴，直到天黑才散去。

杨玉莲的嫁妆是个描金的红梳头匣子，里面的东西外人不详。其实那也是杨怀义让老婆樊东香准备的，说不给闺女陪嫁那是气话。"那盒东西顶得上一条渠了，他姚龙旦倒霉的那天，也饿不着自己闺女。"这是有人听到的杨怀义酒后的真言。聘闺女虽说心里不是那么十分乐意，但他也摆了五桌，自己牛帻的、跟前邻居和朋友都来贺喜，办得也红火风光。大弟杨永福还给姐姐压了轿。第二天闺女领着新女婿回门，龙旦给老外父结结实实磕了三个响头。杨怀义脸上笑着，心里还是变扭，拿出一个粗大的银镏子给了女婿，看着他戴到手指上。樊东香高兴得皱纹遮住眼睛，张柳儿出出进进招呼闺女、女婿，忙着看帮厨的那几人煮好了下马饺子没有。第八天头上，玉莲回娘家住七住八，龙旦骑马送回了玉莲，折回来时，他回新家拿了点抽洋烟的家具，又去老姚家大院看大大、妈妈和弟弟、妹妹。

姚龙旦的妈带着弟弟妹妹出去串门了，只有他大姚柱在炕上躺着。龙旦为他大点了个烟泡，想让大大尝个鲜，却被姚柱一把推开。儿子已经娶了媳妇成了家，用龙旦的话说，他们不高攀杨家，杨家不就有渠有地，过几年他们要强过杨家。姚柱后悔没有早点把龙旦当大人对待，不知这半吊子的儿子还有什么花花肠子。想起那年给了龙旦一个耳光的缘由，当时他只有十四岁，却那么有心机。姚柱心平气和地对儿子说："现在姚家的渠和地是生源大爹从人家老人手上辛苦挣下的，又传到他手里。人家一辈子待咱们不薄，咱们不能没了良心，乘人之危霸占过来。要是那样，我们父子还算人吗？"说完又躺下，丢给龙旦一个脊背。龙旦也觉无趣，说了声："大，你睡儿会吧。"姚柱突然又坐起来说："做点本分的事情，洋烟谁抽了也上瘾，种上这东西那是害人。你结交的人，也是平日瞎胡样砍的人，你可不能学坏了就去害人。"龙旦低头连说："大大尽管放心，我做事有分寸，肯定不让你老担心。"走出门，龙旦又回头看了一眼自家的土房，那个门扇变形向右倾斜着，他寻思明天就叫王工匠过来整修整修。等他的大房子院墙全抹好了，把全家搬过去，种上自己的地，不用给别人当管家，自己家里就有管家，让大大自己当东家，就是不知道这倔脾气的大大到时候去不去。想着想着，他不由得意地哼起了歌。

姚柱听到龙旦轻轻关门的声音，轻叹口气，又坐起来，拿起烟袋抽起来。他深知这个从小不省心的儿子胆大心眼子多，眼皮一眨一个鬼，一副不算丑的圆头圆脸大眼睛的面孔，却是带着一副凶相，尤其是那隐隐显出的络腮胡子。儿子被财主杨怀义的闺女看中，自己张罗着定了个体面的亲事，又张罗着盖房子，还上了城墙，把属于自己的那些地都用土泥城墙围起来，还留下许多缺口，好像等着再围哪块地。唉，人是大了，但总觉得儿子龙旦不走正道，他却又说不出个甚，只能不停地在儿子背后安顿着，让他不要做伤天害理的事情。

对于儿子身边的那些朋友，他没有一个看上眼的，一个个油嘴滑舌，抽洋烟、逛窑子，油头粉面，可人家对他毕恭毕敬，对儿子龙旦言听计从。他感到儿子要做什么大事，又喜又忧，喜的是儿子不听话但也自立了，以后他老了，不至于一大家子饿着；忧的是，以后的形势会成甚样。龙旦暗中买枪成立了什么队，要在这镇上称王称霸，到那时他这个老子再管也无济于事了。有几次他看见儿子一伙儿鬼鬼祟祟，黑天半夜还在点灯聚会，要不就是下馆子吃喝，说走就走，去五原、包头、陕坝如回家里。他骂了几回，龙旦说："眼看就要打仗了，咱们要自保啊，不能任人欺负，咋也得保住姚家的田产呀。大，你要回来收揽咱们自己的地，你老就回来哇。其实你老是说成甚也离不开生源大爹的那处院子的，我说也是白说。"他只好把好多要说的话咽了回去，儿子掐中他的软肋，生源兄弟把家里的一大摊子交代给他，他不会轻易丢下不管的。

他和郭先生说儿子的所作所为，说他实在无能为力管。郭先生沉思了一会儿，"乱世造人，造好了千古流芳，造不好遗臭万年。只要他不再祸害四方百姓，到关键时刻分清黑白，能为民众做些好事就行，但这还得靠你这个老子说教。这样吧，他有什么动向，咱们及时商议，再看咋样应对。"

18. 就种麦子

　　春分一到，家里就没有闲下的人，地里到处都是大人、娃娃忙碌的身影。龙旦骑马顺着地头走来走去，后面还跟着两个人，都穿着一身新的老布中式衣裳，晃着脑袋狐假虎威，耀武扬威。龙旦计划要在地上种不少的洋烟。

　　另一块地里，三娃低着头一锹一锹翻着土，那翻上来的新土泛着幽幽的红光，就好像是三娃用涂猪油的手挨个抚摸了一遍，不用说，这块地浇上水，肯定是种甚长甚。三娃心里开了花一样，挥锹的膀子如同捣蒜，一抬头，龙旦人马来到跟前。

　　龙旦下了马，走近三娃，抓起一把土对三娃说："三娃，这回听我的，这块地种上洋烟，你收的就是一袋子银子。"

　　三娃看着龙旦的脸，龙旦一头带卷的黑发像抹了猪油亮亮的，一对眼睛放肆地闪着不可一世的光。三娃坦然接受姚龙旦虽没有恶意，但让他不舒服的那双眼睛，听着龙旦说的话，心里想起了渠里冻死的李狗，跳了井的女人，还有妻离子散的那些破败家。三娃看着姚龙旦笑着摇摇头。

　　秦侯侯跳下马，端起长枪指着龙旦，"大哥跟你说话，你还带搭不理，你小子毛刺了，早看你日眼！"三娃看着秦侯侯这个他一只手就能摔倒在地的人，说："你把你那个烧火棍子放下，我没跟你说话。"

　　龙旦拦住秦侯侯说："我们弟兄两个说话，你就不要多事。"

　　三娃又对龙旦说："龙旦哥，这块地我还是想种麦子。"龙旦没再说什么，

上了马，回头又对三娃说："等你尝到种洋烟的甜头，你就服我了。"

三娃冲着龙旦的背影啐了一口，"服你？服了你就是多死几个李狗！我服的是地里长出来的白面，能填饱肚皮，死不了人！"

19. 赵家圪卜

热腾腾的茶溢出清香，李爷爷端起茶碗喝了一口，捋了捋山羊胡子，开始慢慢喝着茶水。大约半袋烟工夫，李大爷又开始讲起，姚家定亲、娶亲的排场，那夸张细腻的描述，让所有人都像在场目睹了一番。最后，李大爷扔下那只早已熄灭的旱烟袋，说了一句："当时那个排场可不是说了，来到赵家圪卜多少年，再没见过那场面！"扫了一眼盯着他的众人，又装了一锅烟，吧嗒吧嗒抽起来，没了言语，似乎是为后来姚家和杨家的破败而叹息惋惜，那是后话。我依稀记得他说那天那场娶亲场面是少见的，有八人抬着轿子，吹鼓手一色蓝衣红腰带，大街小巷挤满看热闹的人，那一位头罩红盖头，随轿子摇晃着的满心欢喜的新娘子，把那根盘在脑后的大辫子用一支漂亮的金钗插住，她的脸那么粉红，她的大眼睛那么明亮。可是，那双漂亮的眼睛里在上轿前流出过离开母亲的依依不舍的泪水吗？别人眼里不守规矩的她终于嫁给自己喜欢的男人，也许高兴还来不及呢。反正，她的妈妈樊东香差点哭晕过去……

赵家圪卜今非昔比，赵全福满院里吆五喝六，放羊的、放驴的、地里浇水的、家里做饭的，五儿两女七口之家各自干活去了。五儿就是五条牛，大牛、二牛、三牛、四牛、五牛，两女儿就是两只凤凰，凤凤、二凤。这就是人常说的："五男二女厅堂转，天生一个有福气的人。"赵全福越想越高兴，又来了精神。他的七个儿女从不娇生惯养，连最小的五牛也不闲着，拿着小筐拾粪。他自己拿上绳子、镢头出外砍柴火。他打算去蛮会买点东西，顺便再背上一捆

柴去卖，不空走一遭。他始终认定勤劳比天大。在这旷野中，他曾劳累得想大哭一场，祷告过老天爷让他全家不要饿着。他躺在地上歇着，睁开眼看见围着他的几条蛇，白的、黑的、花的，几只兔子撵着一群野鸡，那野鸡的长翎真好看。他不辞辛劳开垦了好多地，挑着水桶浇地。在自己和三个儿子的努力下，开挖了一条水渠，叫赵家渠。几个儿子在他的调教下，个个手脚轻快，而且力大无比，哪有过不好日子的理。他给两个仅差一岁的儿子大牛、二牛一齐定了亲，准备在一天娶媳妇。日子一天比一天好，赵全福心里比谁都清楚，是因为他占了这块风水宝地。"蛇盘兔，必定富。"天下少有的奇事，让他这个有福之人碰到了。他还要开挖水渠，开垦土地，子子孙孙来享受这好日子。瓜皮小白帽戴着，脱下那身干营生舍不得穿的一身黑老布裤褂，换上一身烂衣裳，穿上那双耐磨的实纳底子鞋，背抄手拿着麻绳、镢头又出去了。

20. 李家破败

李其死的那年冬天，连着下了几天大雪。人们背地里说："李其的缺德事干得多了，死都为不下个天气。"不过，人死一了百了，咒骂的话说多了，自己嘴上也缺德。再说他那现世报的儿子，已经让他颜面尽失，无地自容。院里的长工短汉早已被李生财打发得没几人了。那些记着李东家好处的人也来得不少，上门要债的也不少。李生财像模像样地打发了他大，临了，趴在坟头上又哭得死去活来，眼泪鼻涕冻在脸上，人们或多或少原谅了这个败家儿，看到了儿子对父亲的那份真情，转而又恨起这个逆子才是害死老子的罪人，毁了他大的一世心血。

"大大呀！你咋不看看我就走了……留下老小一家子……走了，我想你呀大大……"一只黑老鸹在坟头上绕了两圈，冲着生财叫了几遍，人们听清是，"害苦了哇，害苦了哇……"有人就说，这是李其的魂出来了。有人说活的时候不孝往死气，死了才哭给别人看，哭死也没用！李生财悲伤的情绪在一个月后平息了。当烟瘾犯了时，谁给他洋烟抽，他就认谁是亲大。实在受不了后，他拉着那个灰大个骡子往乔家杀场方向走，心里闪过一丝愧疚。现在是他一人说了算，再没个让他惧怕的人，他反而有点缩手缩脚。

"生财，你这是去哪？"迎面碰上背着大捆柴火的赵全福。"唉！看看有个好价钱没有，这牲口上岁数了。"李生财嗫嗫。"卖了可惜！留下来好好使唤了哇！"赵全福看着骡子啧啧嘴。"还有一头了，牛也有，够使唤

71

了！""那你就不要多走了，你卖多少钱？我买了。"赵全福确实也是想上蛮会看看牲口，想买两头小牛回去。李生财伸出一个巴掌。赵全福爽快地说："我给你六块。"又拉过缰绳，"你大活的时候都不舍得打一下这个牲口，这骡子岁轻力气大，卖命干活。"赵全福这样说试图引起李生财的不舍，让他反悔不卖，哪曾想李生财哈欠连天。赵全福心里痛骂，真是逆子，畜生都不如，塞给李生财六块钱，把柴火放到骡子的背上拉走了。

过了十来天，李生财又卖了五只羊。照这样下去，他李财主家的院子里不要说喘气的牲口，就是院墙的土坷垃也要没了。管家李忠实在看不过去，好言劝道："生财，你不能这么作害家业。我和你大都是从山西讨吃要饭半道上相跟着来的，这家业是你大大苦一点累一点挣下的，不容易呀……"没等李忠说完，李生财不耐烦地摆摆手，"去去去，你走哇，这不用你了，用不着这么多人，去把工钱结了。"

李忠气得说不出一句话，一跺脚大声叹口气，背上铺盖就走。几个嘴上没毛的牛犋里的人正挽缰绳卸套缨子，看见李忠的狼狈样，小声嘀咕着，还窃窃地笑着。平时李忠对他们吼喊得严厉，他们心里早不服气，现在落井下石，来一句："李管家，你这是干甚了，背上铺盖去哪？"李忠没好气地转过身骂道："我背上褡裢来后套，你们几个灰个泡还在你妈肚里了，笑话爷爷了！爷今天走了，明天就是你们走。"说完头也没回地走了。剩下几个愣头青你看看我，我看看你。李生财的妈李王氏一看这情形，气得几天没吃饭也没出家门，一日大早起来，背了个破烂包袱，说了一声："生财，我要去你姐姐家住去。"李生财以为母亲赌气，没怎么阻拦。三岁的孙子李守住拉住娘娘哭着不让走，李王氏眼睛红红的，一咬牙头也没回走了。让李生财没想到的是，他妈这一走，到死都没有回来。事隔多少年后，人们才知道，李王氏背的那个烂包袱里藏着惊天的秘密。

在李生财的好几次哀求下，一百多亩地连一道水渠，以每亩一块大洋的价格转让给姚龙旦。"龙旦哥，我实在是被饥荒逼得不行，他们几次上门，老婆要给我上吊！你就当帮我。"李生财可怜兮兮地说。姚龙旦笑了笑说："你我兄弟这么多年，我能见死不救？这样吧，这两天正好有事，三天后给你回话。"李生财道谢后走了。姚龙旦见李生财走后，看着他的背影。"哼！给你掏钱，晾你半年六月，你小子会白送给我。"拿起镶玉的烟锅子吸起了烟。

突然，姚龙旦眉毛跳了一下，这生财会不会上黄毛子"哈孙"那里卖地？他叫了声："秦侯侯！"秦侯侯应声过来。"老二，你去看看李生财那小子，不会把地悄眉各处卖给教堂里那黄毛子哇！吓唬吓唬他。"结拜老二秦侯侯讨好地说："请大哥放心，借他个胆子，他也不敢。只是多会儿让大哥程天保走？他的位置有人顶了。"姚龙旦说："毕竟是姚家老长工，多给几天期限，再多给几块钱打发走。知道太多，以后麻烦。看谁还碍眼打发了，我老子那里我应付。""放心大哥，这点小事，我定会办好。"秦侯侯急急走了。

21. 到赵家圪卜安家

程天保一早从姚家出来，步行二十几里来到赵家圪卜，凭着平日卖柴买柴的交情，找上了赵全福的门，"老赵哥，说起来咱们也是府谷、榆林的老乡，这次走投无路投奔你来了。"又把详情说了一遍。

原来，程天保知道姚龙旦把大部分的好地要种成洋烟，这不是坑害人？于是他悄悄告诉了姚柱，姚柱气得当时骂了一句儿子："这个人咒不死的王八羔子，就干这损德的事情！"赶紧去找郭子仪。郭子仪如此这般对姚柱耳语一番。后来，姚龙旦准备的洋烟种子被人偷偷蒸熟晒干放回原处。姚龙旦车牛大马轰轰烈烈种进半顷多地里准备大发横财的洋烟，一个月也没有发芽，还发了霉。姚龙旦挖开土一看，当时气得暴跳如雷，大骂要整死祸害他的人，气得几天吃不进饭。

这时，他大背着手走进来，"小子，我来是受死的，你随便整哇。"龙旦吃了一惊，站起来，赶紧让大大坐下。姚柱反手给龙旦一个耳光。秦侯侯、王二一看这架势赶紧溜了。姚柱指着龙旦道："你害人害够了哇，要遭报应的。我是救不了你了，我要给我孙子积点德，你是要生儿子的呀！这件事是我做的，要杀要剐随你。"说完气呼呼闭上了眼。龙旦一见大大这是真生气了，赶忙跪下，又是好话又是哄，说要再种洋烟天打雷劈，还说在那些地上种些葫芦、胡麻等。姚柱的气慢慢消了。

龙旦想着这件事不可能是他大一人干的，想来想去认定程天保，只有程天保有地不种洋烟，只有程天保是姚家的忠臣，只有程天保能随便出入他的院子。他不敢对程天保咋样，大大在那以死相逼，所以只好让程天保离开姚家。程天保也不想给姚柱添麻烦，就借故搬离蛮会。他想到了赵全福。赵全福一拍胸脯，"放心，老弟你来哇。这世道不一样，人也要变了，这姚家更是今非昔比，姚柱算是有良心的人。我那阵卖柴多亏你照应。人只要有手有脚，饿不起！"随即招呼程天保吃饭。饭后，又商议先搭个茅庵，让他们全家安顿下来。

赵全福开了碾房，那头威风凛凛的大灰骡子派上了大用场。他舍不得敲打它一下，可是那骡子通人性，时不时面向东北蛮会方向一站半天，仰起头呜呜吼几声。赵全福就摸骡子的脖子说："我知道你想李家了，等下次拉上你去看看。"骡子就低下头，蹭蹭赵全福的手，眼里有了水。大灰骡子从不偷懒，总有使不完的劲，赵全福总是摸着骡子的头说："你虽是牲口，可比人强啊！"好多附近住的人家都用他家的大石碾子，一年后大牛和大大商量开油坊，把地里种的胡麻集中起来，谁家有几斤领几斤的油，然后收取手工费，油渣子可以多喂几头猪。

春日里的白天一天比一天长，阳婆婆满怀心思慢慢挪到西山边上，把那件红霞外衣摔下，一头扎到山那边。程天保带着两个十来岁的一儿一女还在刨着地。他们租种了赵全福五亩地，自己和三娃又不停开垦，到年底也十来亩了。他开玩笑地对另一个早从府谷上来的领着一家子开地的刘根小说："不好好地在地里刨闹，想吃饭了，吃屁也闻不上个香。"两个男人哈哈笑了起来。这两人来到赵全福的地面上一叨啦，一个府谷一个榆林，也是老乡，老家离得不远，一来二去，两人无话不说。

原来刘根小早几年随二老来了后套。爷爷在府谷也是富户，可是他大大有个好赌的毛病，家底快输光了，被爷爷赶出家门。父亲带着他们姊妹弟兄来到后套，当时蒙古人的草场随便租种，挣下点家底。可是大大的老毛病又犯了，还抽上了洋烟，家里穷得只靠他给人揽长工捉牛犋。他娶亲时，是外父出的花轿钱。他们搬到这搬到那，几经周折才到了赵家圪卜，因和赵全福是府谷老

乡，安顿了下来。前两年二老相继去世，两个弟弟回府谷种祖上留下的地，妹妹刚出嫁，也随婆家回了府谷。以前两个老人有毛病，全靠媳妇伺候，唉，一大家子真是为难人家了，人家可是府谷有名的洪聚财财主的小姐。

程天保叹了口气，"逃荒走西口来到这，都有一本难念的经。如今地是有了，就看人们咋刨闹哇，我就说这世上多会儿也饿不死勤俭的人。"程天保第一次见到刘根小的老婆，感觉她和一般女人不一样，她有一双大脚，还有一个奇怪的名字——洪如花，但她和和善善，很是能干，热情地帮了他家不少忙，两家女人相处得就像姐妹，他庆幸遇到了好邻居。空旷的大地上，两家人的影子越来越模糊，星星已经眨着眼睛在往出跳。突然，刘根小放开喉咙唱起了：

> 妹妹你走西口，
> 小妹妹我实在难留。
> …………

程天保拍了一下刘根小的肩膀，"哎呀，你小子还会这手了。那块地里的李麻绳老汉也唱得不赖，回头你俩好好唱一段。"在他们地的北头，有个人也在弯腰干着，程天保告诉刘根小，那就是李忠，他在蛮会是财东李其的管家，会拧麻绳的手艺，人们就叫他李麻绳。

几个已经在一起玩耍的孩子跑到大人前面，激起一泡黄尘。程天保的大儿子三娃也成家另立门户，暂时在蛮会安家，种着几亩自己的地。这里补说一下程天保的大儿子为啥叫程三娃，在三娃的前面生了两个，一个出麻疹发烧没钱看病，眼睁睁死在程天保怀里；另一个生在天寒地冻的腊月，受了风寒，也夭折了。程天保两口子眼睛快哭瞎了，为纪念那两个来世上走过一遭的娃娃，第三个娃娃生下来排行老三，叫程三娃。二小子程金柱和刘根小的大闺女喜梅同年，天天跟着大人出地里捡柴，两人跑在最前面，后面一群七大八小弟弟妹妹追上来。

刘喜梅头发蓬乱，梳着一个小辫子，脸看不出黑白，每天脏兮兮的，一笑两个酒窝，背着一个弟弟，领着一个妹妹，还得随着大大去地里忙乎。程金柱不喜欢喜梅，嫌她脸不干净。只是小他三个月的喜梅见他就笑，露出两个好看的酒窝，甜甜地叫他金柱哥，他立马就像个大人，替喜梅的妹妹背个箩筐，哄哄弟弟，捡点柴火还分一半给她。初春的地头上，经常看到一群嬉戏的娃娃和听到两个男人唱二人台的声音。在空旷的大地上，一人拉着犁，一人扶着犁把，拉长的身影长过了没有边沿的地头，无数颗饱满的麦粒种子一行行撒进土壤后，补平了那一颗颗千疮百孔的心。

第二年秋天，在赵家圪卜的紧西头又搭起一个茅庵，是那个家业败光一贫如洗的李生财一家。李忠感叹："养个逆子，不如一棒悸死。败家儿不如穷人家的娃娃懂事，种地不舍苦，就等着喝西北风哇。"看见两个孩子可怜，也念李其的旧好，就送过去半袋小米、半袋杂豆、几碗白面，好歹过了一个年。李生财看见李忠羞愧难当，眼泪汪汪感激地说："忠叔，都是我不好，没好好听你的话，我不是人……"李忠叹口气说："你能反省就好，为了这个家，为了两个娃娃，再不能胡作了。"又对生财媳妇说："以后有了为难的，去我家，找你婶叨啦叨啦，咱们是老乡，到这就是一家人。"生财媳妇用袄襟擦着眼睛，点头应着声。

22. 大转盘绸缎铺的绿影子

姚龙旦在陕坝和几个朋友吃喝一顿后，已快过中午，回他的回春堂烟馆休息去了。春来人发困，柳树绿了，风吹来，能听到树叶的笑声。他不想睡，想出去转转，给媳妇玉莲扯块布料，做一身上回他在包头街上看到的时兴衣裳。出了门就是大转盘那繁华街道，背着手一直向南走，路过日用杂货和女红店面，他看都没看。路过皮匠店，一股熟皮子的味道让他直发潮，紧走了几步。又路过一个刘记铁匠铺，叮叮当当，伴着师傅的吆喝声，"快！轻！刘家的镰刀确实好，两天磨一次还飞快，用两年也不卷刃，姚家牛犋每年都来这买镰刀。"紧挨铁匠铺的是一家炒货店，牌子上写着"老炒货店"，几个小升子里，瓜子、豆豆、花生堆得满满的。不过节不过年，生意冷冷清清，守摊的小后生闭着眼睛，两手插在袖子里，就要睡着了，铁匠铺的声音是他的催眠曲。旁边是一家卖醋酱油的，路过一家粥铺店，就到了郝记绸缎铺。这是一家在陕坝镇上比较大、货物齐全的绸布店。一进店，柜台上摆着、墙上挂着五颜六色的布料，靠着北墙有一幅字——厚德载物。姚龙旦感觉眼晕。

龙旦的一身行头——黑蓝布面白布里子上衣，黑蓝裤子，白洋布袜子套着一双实纳底黑条绒布鞋——让店老板不敢怠慢，忙迎上去，递过一把凳子放在墙北下，"你老随便看，看好了说一声。"说着又递过一碗水，龙旦接过喝了几口，看了几眼各式布料，很有派头地说："挑最好的、颜色最艳的，女人穿，扯两身。""好嘞。"随着剪子的嚓嚓声，掌柜的说："好了。"龙旦看都没看，接过老板递过来的一卷布，放在一边，跷起二郎腿。右边还有一个门，一个人影闪了一下走向里面。这是一个店面套着住房的结构，龙旦也没在意那个人影。龙旦喝完碗里的水，有点内急，站起来说："不好意思，茅厕在哪，不妨用一下。"店老板把他领到店东墙，嘱咐："出门向右走出院子左拐。"龙旦一身轻松地从茅厕出来，原路返回，风一吹，晕晕乎乎，有点想睡的感觉，进了一个门。

这是一个挂着竹帘的门，午后的阳光慵懒地照着这个绸布店的后大院子，射进房间的每一个角落。踩着竹帘射进的细碎的光影，进了一个飘着女人香气的屋子，姚龙旦怔怔地看着，如入雾里，圆头圆脸大眼睛，两只平日咄咄逼人的眼睛此刻却显出孩子般的好奇，两道浓黑倔强的眉毛一仰一仰，乌黑茂密的头发自带着卷，简单地梳理后，一种柔中带刚的英俊配着高大结实的身材，此时站在门口却像一个迷路的秀才痴痴呆呆。

一个穿绿衣的娇小玲珑女子出现在他面前，不同于乡下女子的装束，她的头发卷曲地披着，用一个金黄色蝴蝶结卡子高高束着，刘海在眉毛上面耷拉着，弯弯长长的眉毛配着一双水灵灵的大眼，秀挺的鼻子，圆圆的娃娃脸，一张不薄不厚的嘴。这是一位妩媚轻灵同时散发出精干的女子特有的味道，有一种小家碧玉的气质。而她麦色的皮肤紧绷，透着健康的色泽，看得出这是一个待字闺中的女子。

看见贸然闯进来的不速之客，她一开始是一惊，而后如一个似曾相识的故人，上下打量起姚龙旦，一会儿用略带娇羞的又热辣辣的眼神看着这个英俊的略带孩子气的男人，没有半点讨嫌之意。姚龙旦一惊，酒醒大半。当明白自己在一个满是女人味道的闺房里，看一个娇羞的美人时，有一种麻酥酥的感觉，继而浑身燥热。绿衣女子嘴一抿，推了他一下，他退了几步到门外。在新媳妇那里尝到做男人的美妙滋味后，他有种想把这个娇媚的女人搂到怀里亲吻的感觉。正当他魂不守舍之时，听到门关上了，脑袋立刻清醒，轻咳一声，逃也似的出去了。打那以后，他的魂就被绿衣女子勾走了。

在经过两天寂寞的长夜后，姚龙旦叫人打听了一切。当天晚上他通过朋友

找了个中间人，认识了郝记绸布店老板郝德贵，宴请了新朋老友。姚龙旦斯文有理，拿出这几年走东串西长的见识和与人交往的技巧，和郝掌柜聊得十分融洽，而他的一伙儿陕坝同行朋友更是对郝掌柜小心翼翼客气起来。五天之后，当媒人对郝掌柜亮出姚龙旦的底牌，郝掌柜心里还是一惊，继而是高兴。要知道自从老婆三年前死了之后，这个十九岁的老姑娘一直是他的心病。等女儿找个好人家聘出去，他也要再娶一房老婆，他的家业不允许他独自熬过那难熬的长夜，但常换女人也是要花不少钱。当媒人说明提亲的是这个姚龙旦时，他看中这个有本事又一表人才的汉子，唯一的不足，也是大不足，就是人家已经有一房媳妇。他担心泼辣嘴快的闺女春梅不同意这门亲事，于是先推辞媒人，想找个机会和春梅谈谈。

郝德贵走进女儿的房，闺女坐在炕沿上缝着鞋帮，抬头看见父亲进来，站起来叫声大。郝德贵坐到地下的板凳上，装了一袋烟抽着。还是春梅先开口说："大，忙不过来就叫我去柜台上看货。你一个人料理这么多货，太忙了。"郝德贵在地上敲着烟锅，又吹着烟嘴通通气，说："不用，这些年你记账、做家务帮衬着，大省心多了。"停了一下又说："梅子，今天聚仙楼李老板上门给你提亲。这几年你挑挑拣拣没有相中的，我和你妈也舍不得早聘你。如今你妈也走了三年，你也十九了。人常说，女大百家求，不狸不虎就找哇。这次李老板说的人家，论家财、论人才没得说，就是……唉，爹怕你嫌弃。你要是不愿意，爹就给他回个话。"春梅听了个稀里糊涂，低声说："是个甚人家？"郝德贵悠悠说："这个人已经娶了一房媳妇，前两天还来咱店上扯过布料。"

春梅头一次失眠，心彻底乱了。要是娘还活着，问问她，娘肯定能出个主意。想到这，她不由得流下眼泪，恨自己苦命，娘生下她就得了血痨，不再生育，在她十六岁时娘就死了。母亲的娘家闫家家境殷实，在绥远县很有名气，给他们贴补了不少。父亲郝德贵有头脑又勤快，经营祖上的小店，常去绥远上货，一来二去，闫家人看上郝德贵，把闺女闫巧巧嫁了他。经过十几年的辛苦，经营起了这家绸布店，娘却短命死了。春梅心疼大没有人照料，有时真想招个上门女婿，照料大大一辈子。可是大从来不提再娶之事，更不提招女婿的事，自己又没法和大大提起，不能向和娘那样贴心交谈。那天，冒失地闯进她房里的那个年轻人，那个漂亮又带点野性气息的男子，是她第一次和一个不讨厌的男人这样近距离相对，一下子让她春心荡漾。无奈人家已经娶妻，她若是同意就是二房、偏房，委实是委屈她了。唉，还是算了吧。

当她迷迷糊糊睡着后，突然，她的房门轻轻打开了，走进一个人来，笑着靠近她，说："春梅妹子，自从见了你，心里实在放不下。你嫁给我吧，以后我会把你当祖宗供着，让我亲亲你。"说着把她搂得紧紧的，嘴唇贴着她的嘴唇，那温柔又奇妙的感觉像电流激过她每根神经。只听那人在她耳边轻声说："快二十的大姑娘，谁还要你，只有我要你了。嘻嘻。"春梅想撒娇，胳膊一动，一激灵，却是个梦。她出了一身汗，心咚咚跳着。怎么做了这么一个梦？不害臊，她自己骂自己了，又一想，这难道是缘分？唉，也是，这有本事的男人，哪个不是三妻四妾，皇帝更是三宫六院七十二妃，就那样女人还是愿意嫁给皇上。像她这个年纪的女人，孩子都两三个了。如果这个男人真和别人说的那样是个有本事、有出息的人，那一辈子跟了他享福，吃香喝辣的未必不是好事。她没有过过穷人那种少吃无穿的日子，罢罢罢，听天由命吧。不知不觉天已大亮，传来父亲扫院子的声音。

春梅做好了酸粥，到院里叫着："大，吃饭哇。"他大郝德贵拍拍身上的灰尘走向屋里。郝德贵坐到炕沿上，春梅双手递上一碗，上面还抹了大大爱吃的辣椒油。一顿饭父女俩没说一句话。吃完饭，春梅洗碗，郝德贵抽着烟锅子。春梅收拾好后，郝德贵看了闺女一眼，说："梅子，今天我给人回话，你同意不？"春梅头低下说："大，你看着办吧，听你的。"郝德贵表情复杂，烟锅子在鞋底子上嗑了几下，一声不响走了。他是希望闺女说不同意，这样他今后不会担心女儿跟上这个玩上枪的人。可是，这是几年来那么多次人提亲，女儿第一次痛快应承。他也没了主意，唉，闺女大了心思难懂。

接下来，便是提亲、定亲，一样不能缺，一样不能凑合。他郝德贵的闺女虽是二房，但礼数规矩不能输了任何人家。郝德贵拿出他做买卖的狠劲，逼着

姚龙旦发誓永远不会亏待郝春梅，否则，他这条老命是不会放过姚龙旦的！姚龙旦当场全盘答应，还说以后会像儿子一样孝敬他老人家。春梅当然不知道老丈人和女婿的协议。姚龙旦把事情定下后，瞅机会和春梅见了一面，望着春梅娇羞的浅麦色脸，只说了一句："你跟上我，不会让你受委屈的。"郝春梅这是第二次见到龙旦，更喜欢上这个英俊的男人。她还希望姚龙旦像梦中那样对她，脸燥热得低下头，又温柔地看了龙旦一眼。龙旦哪能不懂美娇娘的心呢，轻轻抓起春梅的两只手，紧紧握了握，龇着雪白的牙齿冲她笑笑，扬扬眉毛，头也不回地走了，从此留给春梅一个相思的背影。

杨玉莲又哭又闹，自己新婚才四个月，男人在外面又喜欢上别的女人，还要娶回家。姚龙旦又是哄，又是赔笑脸，玉莲却闹得越来越厉害。姚龙旦烦了，眼睛一瞪，"告诉你，杨玉莲，你要是识相，以后你是老大你当家，我向着你。你要是这么胡折腾，不识抬举，我一份休书送你回家。你大大要是翻脸，不要怪我无情，我这大院的枪是认不得杨财主、马财主的。我姓姚的说到做到。话说过来，你就是阻拦我娶二房，你还能管住我去嫖？"说完一摔门出去了，一晚上没回来，睡在他迎客的西厢房里。

听说了此事，姚柱老两口就从老房子赶过来。姚柱大骂了龙旦一顿，龙旦妈一颤一颤进了媳妇的东厢房。玉莲一见婆婆来了，又哭了起来。本来这当婆婆的是嘴笨不会说话的一个人，这会儿更没了词，她手捏着袄大襟，一条腿曲起坐在炕沿上，"媳妇子，你就想开点吧。你男人就是吃的碗里，看着锅里。你说，龙旦那个犟毛驴要是翻了脸，你说你咋办呀？"玉莲又气又想笑，这么个和善的妈，咋就养下那么个土匪儿子。

看见婆婆木讷地坐在那里，玉莲哎了一声。其实，玉莲心里也不止一次这样想过，她的大大是有钱有地，但他的大大从来不伤人，是个同情受苦人的本分人。大大开始不同意她嫁姚龙旦，早看出这小子不是个省油的灯。老人眼里有水，现在想甚也晚了，只能是认命了。有钱有本事就要娶几房老婆，似乎是理所当然，她彻底理解了妈妈给自己的男人操办着娶二房老婆。她咋和娘是一个命呀！

　　姚龙旦又因为别的事情耽误了十几天，回到家忙派人收拾西厢房，和二老商量之后，说是商量，其实是告诉二老一声，老人能说什么！龙旦的结拜老二秦侯侯派年轻的管家王二采买东西，准备迎娶二房郝春梅。姚龙旦这一忙乎，就是近两个月，郝春梅受到的煎熬是可以想象的。她甚至诅咒了姚龙旦，但马上又骂起自己，说不定他明天就来了。她觉睡不香，饭吃不下。郝德贵早发现闺女的异常，希望这是姚龙旦的一时冲动。他实在是对这个人没有把握，不想让闺女跳进火坑，害了闺女一辈子。当姚龙旦一脸真诚出现，郝德贵也是镇定自若，无可奈何。姚龙旦送来的彩礼、布匹、羊肉、猪肉，等等，比郝德贵想象的还气派。龙旦也定了娶亲的准日子，十月初八。

　　车马喜轿停在郝德贵的店门口，噼噼啪啪放起了鞭炮，屋里围着春梅的七大姑八大姨给春梅开脸穿衣。这个没娘的大闺女终于出嫁了。虽然是个二房，听起来有点低贱，但迎娶的那礼节派头，那高头大马拉着的那顶喜轿，方圆几十里找不出这阵势。那些嫁过去就是正房的大姑娘又能怎样呢？春梅心里满是欢喜。只是觉得自己出嫁，没有亲娘在跟前陪，父亲站在院里那一副恓惶的表情，春梅一阵心疼，泪流满面，不由得抽抽噎噎，一帮妇人忙劝解了起来。好不容易她止住了哭，她们便给她盖上红盖头，搀扶她到喜轿里。一上轿，撩起盖头，她悄悄掀起轿帘一小角，满世界寻找大大的身影，哪儿有大大的影子啊，一定是躲了起来，怕这离别的伤心，春梅想到这里，差点哭着喊出声。

　　郝春梅的洞房花烛之夜和她先前做的那个梦一样，只是龙旦不安分的手首先摸了她的脸，扶起她的下巴颏儿，狠狠咬了她的嘴。当她欣喜地接受了姚龙旦的甜言蜜语和熟练的动作之后，看着熟睡的男人想，这真是冤家，是前世的冤家，今生的冤家。这十九年就是在等这个男人，郝春梅含着微笑睡去了。姚龙旦大摆宴席两天后，人们欢喜散去。

　　新婚第二天回门，春梅一大早起来，梳洗完毕，就去了东厢房杨玉莲那行礼问好，"姐姐好，以后咱们是一家人了，春梅还得靠姐姐调教。"春梅一进门，带来一股奇异的香味，那个香味让人不禁想靠近她，好好吸吸。这个骚货，连女人都想上去抱住闻，更何况是男人，玉莲心里不免一阵醋意，只是礼

貌地笑笑。只见春梅从红纸包里拿出两块布料，一块紫红地带绿花，一块是黄底配小白花、小绿花。杨玉莲本也是大户人家出身爱打扮的小姐，但是她哪里见过这种好看的布料，心里也就不讨厌这个眼前的女人了。再看这女人，娇美的身材，一身合体的红衣红裤更是玲珑有致，一双三寸小脚秀气地放进红底上绣着绿花、黄花的小鞋里，弯弯的卷发在脑后挽着一个髻，插着一个金簪子，那皮肤色是麦色的。有句话说，白丑黑袭人，鸡膛色脸脸爱死人。春梅就是这种肤色，把个水灵灵的大眼睛衬得乌黑贼亮，小巧的嘴说出的话却是嘎嘣嘎嘣地脆响。

玉莲心想，这可是一张不吃亏的嘴呀，还有身上一股子的香味，这么个袭人女人，自己男人见了转不动脖子，就是女人见了眼睛也发瓷。自己管不了男人，就是让这个狐狸精把男人的心勾跑了收不回来，平白无故给她找个碍眼的。不过是她姓杨的先进门，以后还不是自己说了算。强按住溢满口的醋瓶盖，上前对春梅挤出一丝笑容，"妹子，你这么说，我倒不好意思了。既然咱们进了一个门，就是一家人。以后咱们一起过日子，不管咋也是相互照应，说不上调教。"说得春梅心里暖暖的，看这老大的长相、说话也是女人堆里拔风水的人，但是面相和善，之前的担忧、紧张的心平缓下来，下定决心要和这个女人相处好，这样自己才会有太平的日子。她不由得给玉莲鞠了一躬，玉莲扶起她嘱咐道："公公、婆婆说甚不和咱们一起住，离得也不远，回头去上一趟，两个老人也是善良人。再说你们也早点上路，娘家那边人也等着。咱们那口子人，心野得厉害了，以后做甚事，你还得多提醒。"玉莲不住地答应着，忙告辞走了。

玉莲为自己识大体说出的这番话而惊讶，有哪个女人愿意自己的男人和别的女人分享。事已至此，只能做一个正房女人。路是自己选的，头破血流也要走下去，以后她再不能像在娘家那样任性，由着自己，做好多事情，还得动番脑筋。想着这些，她心里真是想她的大大妈妈了，等忙过这几天就回去看他们，可是咋跟他们说这件事呀！她觉得心里实在委屈，心一酸眼泪流了出来。

姚龙旦要风得风、要雨得雨的乡绅生活过得气派潇洒，不管是想到的没想到的，他的结拜老二、老三和一群手下都已经替他做了，替他安排了。他沉醉在两个老婆的温柔乡里，体验到了和钱财一样重要的是女人，而且两个女人都是要死要活地嫁给他，现在每天过的是神仙的日子。女人和钱财同样给他带来无比的喜悦。

可是这种感觉在两个老婆接连生了孩子后，越来越淡了。杨玉莲少了往日的可爱，变得啰嗦起来。特别是自从二太太生了孩子，坐在镜子前打扮的时间少了，那股令人神魂颠倒的香味几乎没有了，每天只顾着要吃无数次奶的小娃子，对他明显不如从前，只是勉强应付他的强烈欲望。他也觉着没了兴趣，反而杨玉莲那雪白的身子生了孩子后丰满了不少，让他流连忘返。很快玉莲又怀上了，这让他不得不收起对玉莲的贪婪，转而向孩子稍稍大点的春梅那里。令他没想到的是，春梅的温柔和对他的强烈渴望，让他得到前所未有的满足，春梅对他每寸肌肤的渴望都令他无限欣喜。当杨玉莲第二胎生了个儿子后，龙旦一高兴说："就叫虎虎。"秦侯侯笑着说："大哥，你已经叫龙，儿子叫虎，不是说龙虎相斗？"姚龙旦哈哈大笑，"再厉害，这虎也是我的儿子，我的儿子就是虎，他就得听我的。"秦侯侯也笑着讨好地说："真亏大哥你想得出。"两人哈哈大笑。

23. 害人

　　姚龙旦对手下那些为他站高墙楼门的弟兄的作为，向来睁一只眼闭一只眼，他们看中的女人就去娶，选中的水田就去种，但有一样，必须给他足够的钱，否则他轻饶不了这帮跟随他的人。就这样，周边的农户恨得牙痒痒，无奈那高高的门楼有拿枪的人把守，田间地头也有挎着枪骑马巡视的人。说好听的，是保护一方百姓，却时不时地祸害近邻。有个邻村长得非常好看的小媳妇，已有两个孩子，被龙旦手下一个三十岁的姓张的瘸腿光棍看中，他领上几个弟兄，歪着嘴嚣张地把两块现洋和半袋子白面扔在那家人光板炕上，推开穿得破破烂烂刚把羞处遮住的男人和两个光身子的饿得哭不出声的孩子，大声训斥："没出息的男人，连个孩子都养不起，还能养活老婆！你的老婆我养活哇。"同来的那几人还支起了枪，把那个欲还手的男人吓了回去。张瘸子对这个抢来的小媳妇还不赖，给她从里到外做了新衣裳，吃的又好，十来天就养得白白胖胖。一个月头上，那小媳妇实在想家里的孩子，正好也长足精神，偷跑回去了。张瘸子暴跳如雷，拉上几个弟兄要往回找。龙旦听说此事，上去给张瘸子两个耳光，骂道："你他妈继续做这损阴德的事情，没规矩，老子宰了你！抢了人家的媳妇还理直气壮！跑了就算了，你要是再找麻烦，把你那条腿打断！"随后又派人张罗了一个寡妇给张瘸子做老婆，这件事算是彻底消停了。

　　几年光景，好多人家离开姚龙旦所在的地盘，在赵家圪卜安了家。按陕西老家的传统，人们称赵全福的住地为上院。上院已有十来户人家，全是沾亲带故的。

在蛮会小地主孟云和患病死后，姚龙旦把他的地全部买过来。不久，姚家独立队也正式成立。姚柱老了，他丝毫没有为龙旦骄傲，反而总觉得不安。他下令全家人不许轻易到龙旦的院里，让他们守着姚家的老院子过好日子。姚生源早就让姚柱一家搬到他的院子里住了，按照姚生源的意思，只要有从口里逃荒上后套的穷人，姚柱总是以最低的租息让他们种地糊口，地不好的，连租都不要。此时，到处都传绥远快要打仗了。

24. 打赌吃饭

姚家的牛犋里却是另一番热闹，人们说起几年前程天保吃了十二碗面条，说如今肯定不行了。程天保是个闲不住的人，这几天来姚家牛犋找姚柱，想另外挣点工钱，顺便看看大儿三娃两口子。安顿好自己的地，准备过几天回赵家圪卜。这是快收工时分，壮汉们饥肠辘辘，说到吃更是疯狂，有人说现在要是把白面条端来，他能吃十三碗；还有人说，黄米糕好吃，软溜溜的。说着说着，就打起了赌，谁要能吃了两升米的糕，这月工钱都给他。程天保一听这话，正巧大儿三娃娶媳妇借的钱没还，又能吃饱饭。他能吃，是出了名的大肚汉，打赌就打赌，一拍胸脯，"说话算话，我吃两升米的糕，一月工钱给我。"众人都愣了，正常一升的糕面三个人吃，程天保一个人吃两升米，那就相当于吃六个人的饭。人们嘻嘻哈哈起哄击掌成交，早早收工。众人三下五除二泡黄米、捣糕、罗糕面、烧火蒸糕，热热闹闹像过节。

糕的香气飘得很远，人们拼命吸溜着口水，看着程天保美滋滋地吃着糕。程天保越吃越慢，打着饱嗝还在大口吃着，吃到最后，脸上呈现出一种痛苦，人们屏住呼吸。只见程天保扶着墙慢慢站起来，不住地打着饱嗝，慢慢往长工们住的房子走。人们惋惜地看着盆光碗净的一顿香喷喷的软糕被程天保一人享用，现在只能就着软糕的余香吃着菜汤窝头。等姚柱骑着毛驴顺着自己的地转了一圈回来后，人们都已经吃了晚饭歇在炕上。

不到半夜，长工住的房里传来大呼小叫的喊声，一会儿人们全都知道程天保咽气了，是吃糕撑死的。吃了糕后饱，程天保临睡前又喝了半瓢冷水，生硬把个壮汉撑死了。人们好似晴天霹雳，那个爱和程天保开玩笑的人说："天保这是吃了自个儿的糕，自个儿把自个儿打落了。"程三娃在杨家牛犋听说大大的事，飞跑过来，抱着大大痛哭了一顿，背着大大到自家院里搭起灵棚。有人替他接来母亲、弟弟金柱和妹妹金梅。看到痛哭的一家人，姚柱痛惜得长声短气，大骂了牛犋所有的人。

第二天龙旦一早赶来，恶狠狠地下了命令，谁要没事再这样无聊打赌，赶快滚蛋，一个子儿也休想拿！长工们更是过意不去。姚龙旦让凡是参与打赌的人凑齐了一个月工钱，送到程天保家，帮忙打落了程天保。服了三天孝的程三娃挨家挨户把他大大赌赢的钱全部退掉，看着这个壮实、力气大的沉默的三娃不容推辞地放下钱走人，人们才感觉到这是个天大的错误，是由他们造成的，恨不得脱了鞋抽自己的脸。以后，言语不多的三娃在人们心中的分量胜过一个财主。

25. 风光

　　姚龙旦的世界里来一场暴风雨是再好不过的事情,不仅能让人知道他已经出人头地,受人巴结,还能让人们真正感受到他有了真枪真炮的厉害,他的大大更是大吃一惊。打起仗来,他储备的粮食和十几只枪会大有用处。现在他养活着三十几口人。在他的地盘上,不能有挨饿的,即使大街上有向他伸手讨饭的,他也毫不吝啬,他要的只是顺从。他收购大量的土地,并且还种着洋烟,只是数量不多,但也让他的收入翻了几倍。那些低三下四来求他租地的人,也让他好善乐施的心得到满足。他在无限得到中付出些许,就觉得自己已站在高山之巅。

　　他处在自我膨胀中,闯荡了几年之后,他的视野大大开阔,已不满足目前乡绅土豪的生活,他要玩出一种不同于渠头、渠霸、财主的格局,要的是那种大场面。事实上,他早已不满足当蛮会唯我独尊的一霸,绥远那个坑害了李生财的范如森几次登门要和他合作,用洋枪换他的洋烟。但他也自有主张,赔本的买卖他是不会干的,他想的是先能得到多少。

　　他的大爹姚生源托人要他到陕坝谈事,他不好推托。到了陕坝以后,他就把姚龙旦介绍给王召堂的秘书,借故离开。从那时起,姚龙旦才知道大爹是替一部分人在做事,而这些人要求他做的也不过分,似乎很在理——赶走日本侵略者,让所有人过上好日子。他能等到那个时候吗?这种话,他在郭子礼先生那里也听到过。那时他准备办喜事,提着礼品看望先生。郭先生对这个不在正路上走的学生可以说不喜欢，说了些家常，又说了一句意味深长的话："君子有可为有可不为，好自为之吧。"姚龙旦一怔，看着先生严肃又耐人寻味的目光，随即低下头，深深地给郭先生鞠了一躬，路上还在回味先生的话，心里想：要不是大大和先生的交情，郭先生恐怕不会见他这个学生。

他开始琢磨，最后定下规矩：回春堂的大烟以后只卖给有钱的财主和买卖人。可大爹介绍的那些人做的那种"生意"，他暂时是不会做的。那些人对他恰到好处的恭维，让他感觉到很舒服，甚至有点动心要为他们效劳，为国为民，但还是看看形势再说吧。他和秦侯侯、王二从陕坝起身，赶着马车连夜走包头办事。事情办得比较顺利，一星期后，他们往家赶。

车马劳顿，路过有名的红鞋店打尖，这里的繁华出乎姚龙旦的意料。红鞋店有一个来由……早先一个女人在此地经营住宿店，这个女人一年四季喜欢穿红鞋，貌美如仙，性情爽朗，善于调情，过路的商旅，骑马的蒙人，周遭的有钱人，为她倾家荡产的不计其数。这个手眼通天的女子因穿红鞋而著名，慢慢人们就把这个地方叫红鞋店。这是个有五间土房的院子，门口挂着三只红灯笼，后院的土房还有一扇油着红漆的大门，显得豪华气派。前院停着七八辆车，牛马驴拴在木桩子上吃着草。屋里传出男人女人的笑声，猜拳行令的吆喝声。在这人烟稀少空旷的地方，有这么一处红火去处，感觉如同在这荒芜之处见到一座宫殿……

第二章

香粉

1. 三姨太白葡萄

又一壶酽茶喝完，一袋旱烟抽完，太阳也偏西了，李爷爷几个人从炕上下地回家，经由牲口了，奶奶也忙着做下午饭。我打了一个长长的哈欠，从烟雾缭绕的家里出来和奶奶抱柴火。瘦高个张奶奶扛着锹正从地里往回走，头上包块黑蓝围巾，看到我们笑着打招呼："老姐姐忙着做饭呀？"奶奶说："是哇，你才从地里回来？""嗯，我也赶紧回家做饭。""回家坐会儿哇，你那鞋样子，我给你剪好了。""哪天我抽空来拿。"和奶奶打过招呼，她又冲我笑了笑，说："小拉拉长高了。"

我认得她，并喜欢上她，是因为我和她的孙女从七岁起就是好朋友。我和她的孙女第一次认识，是在各自的奶奶领着到村子中央看一场电影。人们吃了饭早早到了放映场地。那是一户人家的房后面，银幕挂在后墙上。离放映还有一个多小时，大孩子们早抢好了最佳位置，而大人们则是难得聚在一起热情地聊着家常。我俩穿梭在几位老奶奶腿中，互相盯着看，不知是谁先友好笑着走向对方，然后心有灵犀似的玩起来藏猫猫。不一会儿，我就知道她叫引弟。我们蹭着嘻嘻哈哈说笑着的奶奶们的腿，直到被烦得甩一下，拍一下，才暂时离开一会儿。我转了两圈，摔了一个大屁蹲儿，正想手托着地站起来，看见几双和奶奶一样的小脚，想着她们的鞋子肯定和奶奶的一样，我都能穿。意外发现在这群小脚中有一双突出的大脚，没有绑腿，齐脚踝的宽裤腿，鞋的样式和爷爷、父亲脚上穿的一样，我好奇地从脚往上看，见她比这些站在一起的人高出

很多，瘦瘦的，也是满脸的皱纹，嘴弯弯地笑着，说起话声音不高，脸比那些人也白了很多。

电影开演一会儿，奶奶便领着同样说不好看的我回了家。我们开始了每晚的睡前对话。"今天的电影不好看。""嗯，不好看。""引弟的奶奶穿着她爷爷的鞋，她家穷，她奶奶没有鞋穿。"奶奶扑哧笑了出来，"那是个大脚老婆，小时候没裹脚。""她要是裹了脚，就和你现在一样了？她咋没裹脚？""要裹了脚，比我这还小。我没问过人家咋没裹，反正人家年轻时穿得真好看，脸上抹的粉。""粉抹在脸上香了？""香，别问了，睡觉！"

晚上我便做了梦，梦见引弟奶奶的香粉放在板箱柜上，别人在说话，我盯着那些装在不同盒子里的香粉。我从来没见过香粉，只想打开抹在自己的脸上，又不敢去拿，心里着急就醒了。我和引弟每天在一起玩，我们还有一个共同的朋友小慧。每次去她家玩，看遍柜子的角角落落，都没有香粉的痕迹，问了引弟："你家有擦在脸上香香的粉吗？"引弟摇头说："不知道。"比起引弟奶奶脸上擦过的香粉，我更想知道她的脚为啥那样大。

一个阴沉沉的午后，东屋爷爷奶奶的那盘土炕上，照旧坐着几个老爷爷、老奶奶，谈论着他们的往事。他们照旧点上煤油灯，拿起羊棒骨，捻着小木头盒里的旱烟装到烟锅里，点着火吸一口，噗，吹一下，烟灰吹到地下，接着再装上，轮流吸着。我感到奇怪，平日看不着这些人抽烟，只要他们坐到一起，就开始吞云吐雾，好像是为他们的闲聊营造气氛。特别是夏天，他们去地里干活歇息时，去我家喝水。我奶奶烧好一大锅开水晾凉，以水代茶，让他们尽兴喝。奶奶也有熬砖茶的时候，那是因为李爷爷来了。他就爱喝茶，而且是酽酽的茶水。他一来，就打开话匣子，谈天说地，人越攒越多，喝着茶水，吸着羊棒骨，就像过节似的。我家紧挨着路边，在全村最南边，离庄稼地最近。他们聊的是过去的事，从地主、童养媳、土匪等那些我听不明白的话题开始，然后聊到谁家媳妇孝顺，谁家媳妇和婆婆打架，那孝顺里的肯定有我妈妈，这听了让人高兴。有一次，赵家奶奶说起穿件新衣裳真难，看人家谁也比她强。"强在哪？除了张武老婆穿的衣裳一簇新，谁新的？""哎呀，人家那也不是新衣裳，是人干净利索，穿得整齐。张武老婆年轻时，那打扮、那派头，谁能比上，谁敢比！压倒蛮会半条街，啧啧。""看人家，这辈子没白活。"赵家奶奶羡慕地说，并吐了口烟。李家爷爷大声说："不要眼红人家，看你们一个个长得歪瓜裂枣，有人要你们就不错了，二升米换回来的东西，哈哈哈。"赵奶奶上去蹬了一脚李家爷爷，童养媳出身的赵奶奶就是用二升米换的。一屋子人笑得直喘气。李家爷爷继续说："那张武老婆吃劲了，会使唤双枪，又是土匪头子，抢的金银财宝无数，就是老汉张武也是她拿枪熊住才娶的，小她六岁！"和这个张武老婆结拜的王家奶奶说："快不要瞎说了，是这么回事……"

爷爷们、奶奶们一个说完又一个说，一点不担心地里的营生做没做完。我觉得他们和我们小孩一样，出来玩够了，再回家，只是不用担心大人不给饭吃，再挨一顿骂。等我再去找引弟看见她的奶奶时，怎么也不能把她和那个叫红红的大美人联系起来。她的慈祥，说话的柔和语气，让我好羡慕引弟，她可以摔东西向奶奶发脾气，把手里的窝头扔到地上，大声喊着要吃白馒头片。她的奶奶不但不生气，还把她抱起来哄："听话，馒头片是你爷爷和你大明天出门的干粮，你这么哭，人家小拉拉、小慧不和你耍了，要走了。"听说我们要走，引弟赶紧从奶奶怀里下来，拉住我和小慧的手，有点不好意思。我也从家里带了块窝头吃。张奶奶看着我们，抿着弯弯的嘴笑着。我看张奶奶笑着的样子很好看。

我们三个在引弟家的院子里疯玩着，张奶奶洗完一堆衣裳后，又喂了一群小猪崽，才在小凳上坐下来，开始看我们玩。等我玩够了，想回家，一抬头见引弟奶奶不什么时候从小凳子上站起来，盯着远处，那么安详，好像在想什么，弯弯的嘴角流溢出的笑容有一种神秘，现在想来，那是从心底浮现出的一种满足和幸福。

是人就想过好日子，这是一条真理。我听了太多关于张奶奶的事情，让人觉得比脸上擦香粉更重要的是她那双大脚。这些没有被解开的疑问，不问个水落石出，我是誓不罢休的。好多年后的现在，我终于能把张奶奶的故事完整

地讲给大家听，从战争年代开始。可我不喜欢打仗的场面，是因为看了那场电影，所以张奶奶的故事就跳开战争的场面吧。

姚龙旦的生意彻底失败，骗了他钱的范如森，带着贩卖枪支的真金白银一去不回头。范如森又向国民党告密，说姚龙旦走私枪火，私通共产党，而且还有害死驻地武团长小舅子的嫌疑。这件事就大了！向武团长汇报，还得去河南或陕西，而且他老婆也换了几个，这武团长会不会把这事放在心上？如果武团长高升，或许趁此机会还能立功，于是下令马上缉拿姚龙旦。这几年他耳闻目睹了不少国民党的手段，龙旦一想到他这一大家子有可能被国民党抓了杀了，连累老人、弟弟妹妹，每天心烦意乱，吃不香睡不好，后脊背一阵阵地发凉，感觉到头顶有把利斧。他必须当机立断，规划自己的下一步。

三老婆白葡萄熬好了砖茶，利索地倒了一碗端到他的跟前，又给他的烟锅装好了烟，把火点上。姚龙旦闷闷地抽了几口，鼻子喷出几股淡淡的烟雾，烟雾绕过白葡萄的头顶，飘忽悠悠便没了踪影，嘴里又淡淡冒出一句："收拾一下，跟我出去一趟。"可怜可爱的女人，听到男人这么说，一次深情地注视这个把她当人看的男人，看到男人平静的神情里透出一股说不出的焦虑，略显忧郁的眼睛没有了平日的果断，第一次感觉男人老了，曾经一头浓黑茂密卷曲的头发已经开始稀疏，有秃顶的迹象，曾是孩子般的骨碌碌的大眼现在动不动睁得大大的，冒着一股杀气，全脸胡子几天没有刮了，显得没有了往日的精神，只有牙齿是白的。葡萄突然激动起来，眼前的男人令她万分心疼，她想紧紧抱着男人，用女人的温柔化解他的忧虑，使他在她的怀里忘掉一切。但是男人并没有迎合她柔情疼怜的眼光，只是抽了几口烟。葡萄眼含着一层薄薄的水雾，嘴角弯了弯，掉过头去换出门的衣服。姚龙旦抬起头看着白葡萄换衣服的背，咬咬嘴唇，闭上了眼睛。白葡萄穿上她最喜欢的一套白绸子中式衣裤，平时尽做家务没工夫穿。当家的好长时间没有和她说过话了，更不要说和他出外走一遭，她用手巾擦了擦脸，梳了梳头发。姚龙旦耐心地坐在那，吸着早已灭火的烟袋，看着老婆梳洗打扮。

两人骑着那匹长鬃白马，在自己的田间地头、城墙周围，一会儿飞奔疾驰，一会悠闲慢走，后来白葡萄索性跳下马，在芦苇地上跑起来，龙旦笑着看着这个美丽的像个孩子的女人。龙旦把白葡萄半抱半拉上了马，说着笑着。只有跟着这个男人，白葡萄才感觉到自由、幸福，她不怕别人异样的眼光，哪怕是他们不把她当女人当个妖精来看，她也乐意。马儿驮着他们来到姚龙旦和人合股挖的大渠边上，周围有一片片红柳和一片片芦草。太阳偏西，照得大地暖暖的。更加空旷的天地间，仿佛只有他们两人，葡萄从没有觉得自己的心情是如此轻松和幸福。

马儿低头吃起了草，龙旦跳下马，抱着葡萄下了马，可是他并没有把葡萄放在地下，他抱着这个嘴角弯弯、满脸粉红的美人，神情迷离。葡萄感觉龙旦的呼吸粗重了起来，喷到脸上的热气使她有些迷醉。突然龙旦把白葡萄放到红柳林的草地上，放肆地亲吻起来，那种热情、那种渴望就像第一次拥有了心爱的女人。一片薄薄的云遮住了太阳，轻轻摇摆的红柳枝惬意地和一直仰视它的芦草拉起了手。白葡萄接受着男人任性又出奇疯狂的爱。他的这种激情超越了对女人肉体的欲望，是对过去的辉煌和眼前迷失的补偿。这个温润的女人曾经激起他对战争的向往，让他想做一个更威猛的男人，也让他对女人有了另一种认识以及对生活产生另一种态度。他的狂欢把自己的思想升华到了蓝天之外，此刻只有他和最爱的女人在肆意渲爱，渠畔、红柳、芦草、女人，这是这片土地留给他的记忆，也是他要做的最后一件事情。他早已泪流满面。他是一个充满野性的人，在他理解的奇异的世界里，对于他曾经生活的世界之外，他终要探个究竟，哪怕是冒险，他也不想败。在他把过去甚至是悔恨，都发泄到这大荒滩上红柳林里，白葡萄沉醉在自己男人的疯狂里，她想到的是生一个和自己的男人长得一样的孩子……她感觉到脸越来越湿，那是他兴奋的汗水，幸福的她是这样想的。

2. 逃命

　　一九四二年时，后套地区还没有完全解放，这里发生了一场激烈的枪战后，国民党的势力几乎土崩瓦解。位于包头西陕坝东，有股势力非常的土匪，在听到共产党的炮声时，人心惶惶。当地有名的土匪头子姚龙旦见大势已去，偷偷做好潜逃的准备。"快！带上手里能拿动的东西赶紧走，把娃娃们领好！把那个烂木箱扔掉！"姚龙旦夺过大老婆那只很旧的木箱，扔在地上。此时姚土匪没有往日的威风，像个管家招呼着一家十一口人。家里上下大人喊，孩子哭，已乱作一团。他的三房老婆，七个娃娃，在汽车面前不知道咋上去。姚龙旦一手拿着一个包袱，一手抱着一个孩子往车上扶，却见他的另外几个孩子蹭蹭不住地被托上去，扭头一看，不知道什么时候过来的程三娃像挑麦捆子那样，稳稳地把几个娃娃挑到车上，又把三位太太扶到车上。他像没看见龙旦一样，转身走了。姚龙旦张张嘴想喊住三娃，只见三娃转过弯后，便没了人影。唉，这小子从哪冒出来的，好长时间没见了。其实，三娃是到蛮会卖柴，路过这里，一看龙旦院里的阵势，什么都明白了，要不是念在小时候与姚家的那点交情，他都懒得看上一眼。他当时想说句什么，又觉得多余，自作自受吧。

　　姚龙旦好不容易上了这辆军用卡车，看看他一手置办起来的家业，又往远处望望，有他的水渠他的地，这是生他养他的地方呀。父母在干甚？兄弟妹妹住在这里还安全吗？此时他们根本不知道他这院里现在是什么情况。他伤了他们的心，他们就好像没他这个人。他心里直怨自己，大大、妈妈以后有个三长两短，也是被他气死的，不孝啊。心一狠，脚一跺，走吧，是死是活自己受着。随着一声汽车的鸣叫，惊动了路上的老牛和羊群。路上不远不近的几个人对成日打仗的天下已经忧心忡忡，看到这个有四个车轱辘又轰轰作响的东西，瞪着眼睛，表情麻木地目送着不知何去何从，还从屁股里冒烟轰轰大响的怪物，只见汽车留下一路黄尘，在路上摇摇晃晃地远去了。一片狼藉的院子，姚龙旦早甩给他的结拜老二秦侯侯，让他们收拾去吧。出去办事几天未归，却不声不响躲到山里的秦侯侯，估计老大已走，像一个伺机多日的猎手，觉得该收网了。他早已有的野心，再次喷发。姚老大走了，他要东山再起。他姓秦的也有人脉，这回该轮到他了，江山没有这么快就会被谁拿下的。这么多年，他学会了见风使舵的把式，这就更使他得意扬扬。

姚龙旦通过当时国民党一个叫祁昌盛连长的帮助，逃到绥远县，后听说又逃到台湾。在包头临上火车前，那土匪头子姚龙旦不顾大太太、二太太的威胁，准备带着他美艳的三姨太一起走时，早已对三姨太垂涎的祁昌盛连长提出条件：把三姨太留下，再拿五百大洋，要不免谈！对那乱麻一窝的家，在没有前途的事实面前，姚龙旦只能咬碎牙往肚里吞，忍痛割爱，装了孙子。真是作孽呀，他和祁侉子四年前做了肮脏的交易，如今倒了个儿！让一个无辜的好女人再一次做了靶子。这是一报还一报！天意呀！枉做了男人！在没人处，他狠抽自己几个嘴巴子。他心里恨透了这个祁侉子，但只能咽下这口天底下最窝囊的气，一家大小的性命重要，只得甩开三姨太，带着大太太、二老婆及孩子仓皇离去。

当初在红鞋店，姚龙旦和祁昌盛为了三姨太这个女人争风吃醋，剑拔弩张。后来被形势所迫，为了利用姚土匪的势力对付共产党，祁昌盛顾全大局，隆重请了当时陕坝镇有名望的私塾先生唐文奎做中间人，在酒桌上化干戈为玉帛，祁昌盛拱手相让了美人，姚龙旦得意地抱着美人归。而今姚龙旦为了苟且偷生，又把这美人让给了得意扬扬的祁昌盛。

3. 红鞋店的美人

　　三姨太的命真是应了那句"红颜薄命"。她父亲二十年前只身一人从外地一路乞讨，加上本人会一些杂耍把戏，来到包头西（今乌拉特前旗一带）。因长相英俊，能说会道，他和当地一个父母双双染病早亡的姑娘成了亲，过了两年太平日子。这个自称王天成的来自当年王昭君的故乡，又是王姓同宗的后人，说是踩着祖宗的足迹寻过来的。这倒是引起人们的同情，不过在那个饥寒交迫的年代，就是王昭君本人来了，谁又能顾得了谁？一年后，他们有了个女儿。认识几个字的王天成给女儿起了个就是如今的人听来也很香艳的名字——王叶芳。在小叶芳三岁时，母亲得病无医撒手而去。无依无靠的王天成痛哭一场后，抱着嗷嗷待哺的女儿沿路乞讨，向西北行。小叶芳吃百家饭长到八岁时，父亲慢慢地把耍杂的一些行道，自己所会的几个字以及生存的技能一点一点教给这个聪明懂事的女儿。他正准备用几年里攒的钱做个小本买卖，寻个安身之地，不幸被疯狗咬伤感染，睁着大大的眼睛，望着还有一双天足的可怜的女儿离开人间。

　　只有八岁的王叶芳再聪明懂事，也还是个孩子。那些好心善良的人们轮流给这个可怜的小人送点吃的，但这并不是长久之计。有一个赶大车的姓白的人在一户人家讨水喝，听说了此事，见到了这个眉清目秀的小姑娘。这个见过世面的人认定这个可怜的闺女就是凭着这脸盘子，也不会饿死。他对众人说，他领着这个闺女找条活路。姓白的把小叶芳领回家，给她改了姓名——白葡萄。

本来已经五个孩子，又添上一张嘴，生活更加拮据，即使葡萄再识眼，挨打受气也是常有的事。可不管怎样，她感觉到这是家，第一次尝到家的温暖，能吃饱饭和这些兄弟姐妹一块玩耍的快乐和过年时一家人的欢喜，让她忘了以前还有个名字，只在梦里梦到过自己和亲生父亲流浪在荒无人烟的野地里，野狗追着他们乱咬，父亲为了护她，被疯狗咬了，正当疯狗肆意地扑到她身上，赶来的几个种地人一阵乱棍打死它，随后眼前是一片苍茫。在这个家里快活地生活了四年，她的聪明和懂事赢得了家里人的喜欢，她认定她白葡萄本来就是这家人的孩子。要不是赶大车的父亲在路上被土匪打死，白葡萄会一直生活得很幸福。万般无奈的母亲只好让她和一个姐姐、一个妹妹做了童养媳。也许这就是命吧，十二岁的白葡萄还未到做童养媳的这家人的家里，被中间人翻手以几倍的价钱卖到红鞋店，从此她和白家的人天各一方，断了音讯。

几年后，在临河到陕坝这段为过往行人打尖的几家土屋里，常有过不下日子，在此卖笑为生的女子。这里的女人以红鞋店（今干召庙）而名扬。此时，这里一个叫红红的姑娘风姿绰约，美艳无比，好多赶牲口做买卖的、有钱的地痞都来一睹红红姑娘的风采。这红红识文断字，还会戏文里的武艺，又有个性。凡见到红红姑娘的芳容，都惊为天人。那非三寸金莲的天足，也为这个不同寻常的女人，盖上了一层神秘面纱。红鞋店名震一时，大有车水马龙的势头。

姚龙旦便在此认识红红，并日日独占花魁，舍得金条银元，喝酒唱曲，醉生梦死，只为换得美人一笑。早在姚龙旦之前，国民党驻留部队的一个说一嘴山东话的连长祁昌盛，也慕名来到这，与红红有过几夜风流，后军务在身，去绥远走了一个月。回来听说名花易主，祁昌盛一拍桌子，"你这个姚卷毛，敢在老子头上拉屎！"领着几个勤务兵冲进红红住的屋子，惊起一对正在快活的鸳鸯，姚龙旦没来得及披挂一点遮羞的东西，两支枪对着他。红红在门被撞开的瞬间大惊失色，后看清是老相好祁连长时，明白是怎么回事，冷笑一声，围着被子坐起，"祁连长息怒，小女子本是风尘中人，以卖身养活一家老小，看银子不看人。这一向承蒙姚东家的厚爱，免遭猪狗众男人的侮辱，过了几天人

过的生活，祁连长有甚怨恨尽管冲我来，不要为难姚东家。"姚龙旦听到红红这样说，感激地回头看了红红一眼，暗暗佩服：不一般呀，我的亲亲，老子这一向没白疼你！祁连长忌恨得一张脸由红变白，又由白变红，盯着红红无所畏惧的脸和姚龙旦平静中隐藏着杀气的脸，突然哈哈大笑一挥手，几个人转身走了。姚龙旦和红红莫名其妙地看着对方，随后长长舒了口气，一切兴致皆然无存。姚龙旦摸摸红红的脸，狠狠亲了一下，低声有力地说："你等着我！"头也不回地走了。

第二天，姚龙旦和几个弟兄正要安排为红红赎身，祁连长托人给姚龙旦送来一张请柬：明日聚福楼小聚，恭迎龙兄光临。姚龙旦捏着请柬，在地上来回踱了几步，心中思量自己与祁昌盛素日没有交往，况且为了女人差点命丧他手，祁昌盛在大酒楼请酒，究竟葫芦里卖的啥药？不过话说过来，在后大套他姚某人惧怕过谁，那一夜够丢人了！哼！这次他要做个周密安排。和几个弟兄如此策划一番，第二天他准时赴约。

祁昌盛在门口抱拳相迎，又介绍了在陕坝大转盘设立私塾的唐文奎唐先生，姚龙旦对唐先生早有耳闻，两人客套一番，入座开席。祁昌盛端起酒杯，诚恳地向姚龙旦道歉："那天冒昧，愧对龙兄，兄弟实在有罪，还望龙兄大人不计小人过，饶恕兄弟一回！"姚龙旦对那晚心有余悸，祁昌盛当时要自己的命如捏死一只蚂蚁，想他突然离开必有蹊跷，还要看他咋演这台戏，打定主意拿祁侉子一把，扬头哈哈一笑，"我姚龙旦在大后套行走江湖这么多年，得罪过人，想让我死的人也不少，咱俩甚时候结过梁子，请兄弟明说，让我死得明白。""不敢！不敢！"祁昌盛连忙站起，满脸堆笑，打躬作揖，"你这是骂兄弟了。"向唐先生使了个眼色，唐文奎及时站起，开口道："二位都是深明大义的好汉，冤家宜解不宜结，想必是一场小小的误会。常言道，宰相肚里能乘船。祁连长诚心诚意给姚东家赔礼，姚东家领了这份情吧。正所谓，好男儿志在四方。眼下兵荒马乱，狼烟四起，二位英雄惜英雄，何不联手造就一段乱世枭雄呢！对眼下不值一提的儿女私情，那算什么？一打仗苦的是老百姓，大后套人杰地灵，土肥草旺，二位能把这方沃土保存完整，保得百姓安宁，我代表大后套上万人谢二位了。"说到动情处便跪下来，祁、姚二人赶忙伸手扶起，唐先生已老泪纵流。

"为保四方百姓安宁，龙大哥，我祁某人今天就实话实说吧。"祁连长扶着姚龙旦入座说，"国共交锋，难免一战，日本人没打进后套，傅作义将军功不可没，眼下共党快攻进临河县，请龙大哥务必配合我不能让共军得逞。"姚龙旦此时才明白祁连长盛宴的真正目的，祁连长看上他的几十支枪和那伙不要命的忠心的人，但是这辈子他从没做过亏本的买卖。在后大套，他姚龙旦轻车熟路，跺跺脚，后大套的地摇三摇！他故作为难，"只是我的那些兄弟……"祁连长看穿姚龙旦的面目，爽快地说："大哥放心，我祁某人这些银子还是能拿得出的，不过大哥我还要给你一个惊喜，明晚我会让大哥你洞房花烛！"又故作神秘地凑近姚龙旦，"那个红鞋店的小娘儿们肯定想你了。"说完眯起眼酸不溜丢地笑起来。起初还装糊涂的姚龙旦，想起红红对祁连长那一番言辞，对他狼狈走出红鞋店时那多情的一眼。此时他觉得祁昌盛这张猥琐的脸侮辱了红红姑娘，恶狠狠地瞪着祁昌盛，随即一脸正色地说："多谢兄弟的理解，我姚某领你的情了。即使一个子儿不要，愿为兄弟效劳！"唐先生冷眼看着这对兵匪，自嘲地冷笑，感觉自己像个皮条客。这三个人各怀心思，同时哈哈大笑起来。

第二天，祁连长领兵全副武装，荷枪实弹来到红鞋店，用枪比着正抽大烟骨瘦如柴的曹掌柜和一脸横肉的掌柜老婆，说要领着红红姑娘走。掌柜的老婆一见祁连长动了真格，抖抖一身肥肉说："养活闺女十来年，花费不少。我这是小本买卖，如果红红走了，我们的店就算完了。"祁连长二话没说掏出十块大洋，往地下一扔，用枪指着他们，"你们给我能走多远走多远，红红的事情再不许对任何人提半个字，否则要你们的狗命！"曹掌柜两口子接手红鞋店十几年，哪里见过这阵势，赶紧跪地磕头求饶，几个兵用枪托把桌子上的水壶、抽洋烟的烟具推到地下，哗啦啦地响。曹掌柜湿了裤腿，老婆心有不甘，手抖得抓住曹掌柜的胳膊，只能低着个头偷翻白眼。红红看都没看地下跪着的干爹干娘，走到自己住的西屋。

一切收拾妥当，祁连长一行走上那条尘土飞扬的路上，他发现红红两手空空什么也没带。红红此刻的心情是无法言说的，她终于离开那个让她痛恨的地方。她早已经发过毒誓，如果二十岁时还脱离不了这个"红火坑"，她就去死。在这个世上，她早已无牵无挂，在大姐青青、二姐兰兰的下场里，已经看到自己黑暗的未来，现在她终于离开那个地方了。

这时，他们远远看到迎面走来一队娶亲的喜车，枣红马头戴大红绸花，拉着一顶轿子。这是有钱人家的喜车，红红痴迷地想着。此时，就在这条路上，另一个十九岁的姑娘坐着这顶花轿颠颠簸簸，稀里糊涂想象着那个陌生的婆家是什么样。她被父亲母亲娇宠着长大，她是人人羡慕的小姐。她可以在父亲的地面上骑马放羊，穿红着绿，自由自在。她也长着一双不是三寸的小脚，那是因为家里人心疼她大哭大喊而偷偷松开她缠在脚上的裹布。生活在一样的如花岁月里，她们有着不同的命运，在这条路上相遇。白葡萄美美地想着这位新娘就是自己，嘴角弯了上去。那帮人拥着喜轿继续走着，看到对面走来的骑马着军装的人群，领轿的那个人远远对这帮挂枪的人讨好赔着笑脸。双方都没有停下来的意思，只是速度慢了下来。一个骑马的兵放肆地掀起红轿帘子的一角，他并没有弯腰去看。祁连长正扭头和另一个人追上来的兵说话，那个人似乎有什么要事报告。只有白葡萄和轿子里略显惊慌的新娘四目对视了一下，同时被对方惊呆了，红红分明看到这个轿子里的新娘是她自己，或者是和她长得一模一样的女子，惊出一身冷汗，马停住了，再一看轿帘已盖得严严实实。世上能有这样的奇事吗？红红想肯定是自己看花了眼，心跳个不停。放过了喜轿队伍，白葡萄随着祁昌盛的人马继续往北走，越走越发对自己以后的路迷茫，无所适从。在这条尘土飞扬的路上，她不由得对轿子里的那个女子的命运担忧，一模一样的两个女人擦肩而过，又匆匆一瞥，真有这么巧的事？人生如戏，红红不由得轻轻叹了口气。

见到姚龙旦，祁昌盛把马上的红红交给他，简单说了事情经过，便向东扬鞭飞奔。事情的大突变是祁昌盛接到上面的紧急通知：留在后套的部队速速撤离到绥远。姚龙旦不费一枪一炮得了银子抱了美人，窃喜道：此乃天意！

一九三九年春天，大地已呈绿色，死灰一样的冬天已经过去，从此十九岁的红红跳出火坑，被姚龙旦纳为三姨太。

从离开红鞋店那天开始，红红恢复白葡萄的身份，至于为什么，也许那段温暖的家庭生活让她刻骨铭心。对红红那段伤心往事，至死她都认为已连根拔掉！除了身上穿的一套衣服，她连一根线都没带，甚至没有回头看一眼干爹、干娘，比当初青青大姐走的时候更狠，更干脆。她对姚龙旦是心怀感激的。姚龙旦也确实喜欢白葡萄，领着她走五原逛陕坝，给她穿好的吃好的，骑马挥刀，走哪都能扬起一片黄尘。

"我想看看我大的坟地，给他老烧点纸。"当红着眼睛的白葡萄向姚龙旦提出这个要求时，姚龙旦紧紧抱住这个可心的女人，心疼地说："咱们现在就去。"凭着记忆，白葡萄找到埋葬父亲的地方，荒草遍野，坟堆几乎成了平地，白葡萄跪倒在地，号啕大哭。八岁离别，十九岁上坟，十余年的苦楚，多少伤心、多少思念，多少次从梦中哭醒的可怜女已肝肠寸断，让跟前的几位男人都抹开了眼泪。好不容易在姚龙旦的安抚下止住哭声，她一句话都说不出来。姚龙旦用只有对葡萄才有的柔情说："你现在是我的人，我会把你大的坟重新填好，尽闺女女婿的一份孝心。"

十天后，白葡萄再次来到父亲的坟前，坟墓已堆起来并立了碑，这个曾经叫王叶芳的女人又哭得死去活来。从小讨吃要饭，孤苦无依，又误入非人之地，尝尽人间苦辣的白葡萄自认为找到了幸福和依靠。

回到姚龙旦大院里，白葡萄主动讨好大太太、二太太，她把准备好的礼物送给两位太太，但人家并没有领她的情，大太太哼一声，二太太嘴一撇。她照常行了见面礼后告辞。她一走，两人骂着三太太白葡萄："来路不明的一个大脚婊子，咱们掌柜还当宝。""不能让她得逞，否则咱们的名声也跟上她臭了，再说，人家年轻，把当家的哄得五迷三道，以后不一定咋对付咱们！"二太太咬牙切齿地说。二人对她所有的不满和嫉恨，她都装聋作哑，逆来顺受，她决心重新活出个人样来。

白葡萄来到姚家大院数月光景，姚龙旦就带着几个弟兄出远门办事去了。

姚龙旦的生意做得风生水起，西到磴口，东到隆兴昌、包头。提起姚东家姚龙旦，无人不知，无人不晓。龙旦的心沸腾着，假如他是一个循规蹈矩听大大话的人，他就没有今天坐收三千白银的光景，就没有三个稀罕他的女人，就没有给他卖命的一群弟兄，更没有堂堂陕坝的政要主席亲自请他吃饭。但是当他想到不拿正眼瞧他的大大，不和他多说话的妈，见他就躲的弟弟妹妹，心里说不出的痛。好多次的夜里，他一个人走出家门仰望天上的星星，每一颗星有一个位置，地上的他也要一个位置，要一个发着光且别人无法能及的位置，那就是他想要的。要不是他的这个位置，他大大挣下的那点家产早被姓李的、姓杨的吃了，他只不过是绕个弯子去摘那个桃子，没有正面和任何人起争端，把桃子拿到手，如今他不会把桃子轻易让人，并且他也知道怎样摘到更大更好的桃子的门道，不会轻易放弃任何一个摘桃子的机会。他有一笔生意要来了，临别时，他亲了一下给他系扣子的三姨太的脸，闻闻她香喷喷的味道，心满意足地骑马走了。

　　一大早，白葡萄换了一身家常布衣来到厨房。她在白家时，她就懂得女人一定要勤俭，挨了多少次的打以后，她学会了做家务。女佣是个三十多岁中等个妇人，人们都叫她李嫂。看见白葡萄进来，她停下手里的活问："三太太好！"白葡萄回了一声，便坐下和李嫂剥着刚摘回的青豌豆角角，边聊了起来。李嫂告诉白葡萄她已经有六个孩子，一个半瞎子婆婆给她看着四个，老大是个小子，已经跟着他大去地里做工了，大女子十岁时给一家光景不错的人家做童养媳，今年十一岁了，前不久随着那家人搬回梁外老家。"我们是想让闺女少在家里挨饿。"李嫂这样说着，眼睛里流露出的是万千不舍。白葡萄笑着说她："多子多福。"李嫂苦笑着说："穷汉儿多。"不知不觉两人就像老熟人了。白葡萄把嫩些的豌豆角角留给孩子们生吃，老些的就把豆剥出来，熬了一锅香喷喷的糜糜青豆稀饭，蒸了一锅玉米面的窝壳壳，切好咸菜，等着一大家人吃早饭。从此，白葡萄觉得她的生活开始了，她总认为多干营生，掏出心来对每一个人，总能和他们成为真正的一家人。

　　白葡萄把又要出门的姚龙旦送出大门，姚龙旦回头安顿："不要和她们一般见识，忍着点，我有个十来天回来。"白葡萄抿着弯弯的嘴笑了，把姚龙旦戴歪了的绸缎瓜皮帽扶正。白葡萄第一次真切地感到有人疼怜的滋味，这让她从心底欣喜，甚至是感激，无比留恋起这个有股横劲却又英俊的男人，希望他早点回来。她每天早早起来，利索地梳洗打扮，收拾好自己住的屋子，把那把姚龙旦坐的紫木椅子擦好几遍，喝茶的小铜壶也被她擦得亮亮的，等当家的一进门，随时熬好砖茶。她弯弯的嘴一天向上翘着，看着那个太阳都是那么那么的圆。

柳树又绿了，燕子飞来了。燕子在筑窝，一口一口衔泥飞出飞进。它们有了安逸的窝，又忙着生儿育女。白葡萄知道她现在的一切来之不易，所以要和大太太、二太太好好相处下去，每天抢着和下人干活。她一米七米的个子，有的是力气，倒是李嫂清闲不少，天天给她讲着东家西家的事情，白葡萄就是足不出户，也知道今天东街张家的小子说了媳妇，明天西街李家要聘闺女了。李嫂还对着她悄悄说："三个太太中，顶数你长得最好看，最勤快，最心善。"她叮嘱李嫂："对外可不敢乱说。"李嫂认真地点点头。这样的日子过了半年有余，有一天李嫂红着眼睛，不说一句话，低头干活。白葡萄问她："咋了，今天不说话？"李嫂边流泪边说，昨晚梦见大女儿穿得破破烂烂飘飘悠悠哭着说，姑娘婆婆用火剪戳她的裆部，把她给戳死了。女儿说完就走。她大声喊都喊不住，想拉又拉不住，拼命哭，哭醒了，心里不好受，哽咽着说："这是个不好的梦，太奇怪了，你说咋办呀？三太太。"又哭起来。白葡萄赶紧安慰说："这是做梦，是你这几天想她了。""想死也盼不上，这么远的路。"李嫂伤心地说。白葡萄又安慰了几句，说："不如向从那地方来的人打听一下女儿过得好不好，不就放心了。"李嫂说她也给男人安顿了，打听打听女儿的消息。李嫂晚上没有洗碗，三太太让她早早回去了。

三天后，李嫂的男人来替李嫂辞工，说做童养媳的大女儿婆家来话了，女儿得了急症死了，他们要去看看。白葡萄想起李嫂的那个梦是真的，要是真的被人家折磨死，小小年纪就走了，那不要了做娘的命吗？她想起自己的命又好在哪里去了，不禁一阵难过，流下了眼泪。外面呼呼的风声让她难以入睡，如

果当家的在，会来到她的房里，搂着她说一些好听的话，然后他的呼噜声消除她的孤寂和从噩梦中惊醒的恐惧。

　　杨玉莲身着一身白漂布宽裤肥袖的衣服，扇着扇子从房里走出来，孩子还在睡午觉。干燥的天气没有一丝丝风。玉莲奶孩子的一对大乳快要从衣服里蹦出来，大热天里，白嫩的脸，更是白里透红，乌黑的头发后面，那个发髻略微松垮了点，倒平添了些慵懒、妩媚。她像一只蓄谋已久的母狼，只是肚子饱饱的，看着那个鲜嫩的羔羊，打算等自己饿了的时候饱餐一顿。可是没等她饿，美味可口的食物已填满了肚子，让她没机会下手。只见那只不会跑也不会叫的羔羊从眼皮底下温顺地走过，"姐姐，喝口绿豆水哇，天气太热。"一碗绿豆水适时端到她面前。看了一眼三姨太，她接过碗大口大口地喝起来，一阵舒畅，突然萌生一种想和这个女人好好说几句话的想法。至于为什么有这个想法，她自己都觉得奇怪，可能是因为她的胃实在太饱了，根本吃不下这只羔羊，看见这个羔羊有想触摸的感觉。当一个女人看到一个比自己各方面都优秀的同类，或者是恨，恨得咬牙切齿，或者喜欢，喜欢得如同看见自己心爱的男人，但后者少之又少。白葡萄介入这个家庭，使本来明争暗斗的两位太太一致对外，联盟抗敌。白葡萄当然也是见过世面的人，处处以守为攻，又加上姚龙旦处处偏袒，实在没有什么可被人挑剔的。除了在背后说笑一下白葡萄的那对丑陋的大脚，两人轻易不敢造次。她们的孩子三姨太给哄着，她们在月子里，三姨又花着心思伺候着，勤洗衣裳尿布，嘴上挂着笑，没有一丝不情愿，还要人怎样呢。

　　太阳跨西，白葡萄出去找在村外玩的杨玉莲的儿子虎虎。来到不远处的小渠上，天还尚早，看到和一群孩子玩得正欢的虎虎，她没有喊他，打算让虎虎多玩一会儿。已近中秋，渠里的水还是温的。她看见渠水中有几条鱼游来游去，便忍不住伸手去抓，鱼儿受惊，加快速度，东躲西藏，一会儿跑得没了影儿，一会儿又停留到原地，好像和葡萄捉迷藏。葡萄高兴地挽起袖子捞鱼，鱼儿惊慌失措，随着波纹起起落落，像是在跳舞，白葡萄一个人笑出了声。十多年来，她很少有机会这样自由开心地在田野里玩。看着这些绿草，闻着青草的清香，呼吸着新鲜自由的空气，蓝蓝的天，若隐若现的山，绿绿的草，清清的水，一望无际快熟的庄稼，一切都是那么美。她第一次觉得生命还会这么灿烂，心像爆开的云雾，越散越淡，越散越淡，直到和眼前的清凌凌的水一样。若不是她出来寻孩子，这些景色算是与她无缘了。她的心越来越亮。她无限欣喜的是自己是自由之身，即便她的皮囊受苦受累，根本没有什么。

在劳作闲暇之余，她突然觉得自己很幸福，不是如花的年纪，却有着如花的心事。那疼爱她的男人，那群离不开自己的孩子，虽然孩子不是她的亲生，但她对他们是完全付出的。她过着没有人打扰的日子。在这阳光下，明媚安静地站着一个经历过死劫的女人，她迷离着双眼，就像在梦里一样，突然有种想哭的感觉。低头发现水中竟然映出一个面带微笑的女人，齐眉的刘海，杏核似的细长的眼睛，小巧的鼻子，向上微翘的弯弯嘴，永远在笑着。她的手在水里像五根细长雪白的葱，第一次发现她的皮肤白得异同寻常。在这里自顾欣赏自己，忽然让她有点害羞，偷偷看看身边并没有人，赶忙用手搅乱了水中的自己，水纹渐渐散开，又恢复平静，那几条鱼又自在地游来游去。

"三妈，你在看甚？"虎虎来到她跟前。葡萄站起来指着水里的鱼说："三妈想给你抓鱼，你看鱼多好，不过今天不行，哪天咱们还来。"虎虎高兴地说："好，咱们明天就抓鱼，要不我大回来，我就出不来啦。""好，三妈答应你！"葡萄轻快地应着，拉着虎虎的手回了家。

李嫂不在，所有的家务活都是葡萄一个人的，她没有怨言，相反白明黑夜干着活，觉得这样心里才踏实，才更像是这家里的一个人。需要开支，她就去征求大太太意见。大太太用一家之主的口吻对她说："哪上面也要节俭，家大人多，不住气地添人进口，吃得不少了！"她附和着。她对大房、二房的孩子更加疼爱，大太太三个孩子，一男二女，二太太两个女儿，再过四五个月，大太太又要生第四个了。自她来到这个家，这几个孩子跟她不生分，她给他们点好吃的，梳洗衣打扮他们，教他们认个字，孩子们对她以三妈相称。"三妈，给我梳个小辫！"大太太的大女儿慧慧七岁，老是黏着三妈。白葡萄笑着应了声，坐下给慧慧扎小辫，还轻声讲了一个《狼来了》的故事。慧慧说："三

妈，以后天天给我梳辫子，讲故事。"两人又认真地拉了钩。她让三妈在脑门上亲了一口，才蹦跳着走了。

后来白葡萄不轻易出大门，经她之手，家里变得有条有理。对姚龙旦的所作所为，她不敢过问，暗中帮助那些挨饿受饥的穷人。她听李嫂说过不远处王贵仁家的事。他每天帮别人做点苦轻的营生，到杂货铺帮着卖东西，附近有红白事宴主动帮个忙，要点吃的，或出去要饭养活一家。老婆是个疯子，每天往外疯跑，丢下两个孩子无人照管，有时还几天不着家。大女儿才五岁，连衣裳也穿不上，哄着几个月大的妹妹。家里连个炕席都没有。五岁的姐姐每天哄着妹妹在外面玩，秋凉了，还光着身子。白葡萄听了可怜两个孩子，好几次偷偷出去给孩子们送点糜糜、送点白面，让那两个饿得哇哇哭的孩子吃上东西。白葡萄又打听到，当时后套有名的两大财主争地盘打仗，王贵仁是刘土匪的一个小卒，看到一路上不住地死人，当了逃兵，挨了一枪，伤了肺部，当时昏死过去，一场大雨救了他，让他死里逃生。胆小的媳妇听说王贵仁打仗死了，月子里受了惊吓，得了产后风，半夜没看清从门外爬进来的就是大难不死的王贵仁，转成心疯病。两个人都有病，没有钱医，一个留下咳嗽的后遗症，一个彻底疯了。

对世事心灰意冷的王贵仁，看着两个少吃没穿的闺女，才知道人除了活命，别的都是小事。他心头莫名恨起了财主，他们有吃有喝闲得没事，还整天算计别人的钱财，不顾别人的死活，让别人提着脑袋给他们打仗卖命，落得妻离子散，家破人亡。在那场枪战中，他们分队刚打退了对手，比他年轻的后生杨七蹲下来问他要锅烟抽，他从腰里往出掏烟袋，只听噗的一声，杨七的头骨碌碌滚出两步远，两只眼睛望着他，那只手还冲他伸着。他两眼一黑，觉得一个东西重重压在他身上，原来砍杨七头的那个人，被后面上来的人捅死压在他身上。战场大乱，没人顾得上他的死活，他推开身上的死人，偷偷往家的方向跑，被后面的黑枪打中。不知多长时间，一场雨下过，他睁开眼睛往回爬，吃草喝渠水，像个牲口活了命，又不知过了多少天才爬回家。从此，他就想，就算像牲口那样活着，也不为那口吃喝去给有钱人家做工。白葡萄看王贵仁和两个小闺女实在可怜，掏出两块大洋递到王贵仁手里，"给娃娃们穿身衣裳哇。"王贵仁扑通跪下，"三太太，您是女菩萨啊！"

冬天的夜很长，姚龙旦大概半个月没有来她的房里，但那种寂寞想说心里话的念头一闪而过，他不来，白葡萄反倒觉得一身轻松，曾经受过男人种种的侮辱，对于男人那只图一时之快的行为，她厌恶至极。身边睡得香甜的丑丑，那眉眼酷似她父亲姚龙旦，白葡萄笑了。这是二姨太的第二个女儿。二太太刚生了儿子正在坐月子，四岁的丑丑哭着找妈妈，白葡萄哄着抱着她，晚上就跟白葡萄睡了。大太太杨玉莲感冒了，哼哼着向姚龙旦撒娇。这个女人生了孩子容貌还是漂亮的，只是皮肤发了黄。给姚龙旦生了两儿两女，孩子姥爷杨怀义又有几百亩好地，自然她在家里的地位更高了。二太太郝春梅的娘家开的绸缎铺，也不比杨家差。二太太小巧玲珑，嘴泼手巧，比大太太脑子圆滑，如今又生了儿子，立了功，姚龙旦赏了她一对金手镯，白葡萄像喝了半瓮醋。她跟了姚龙旦两年，没有怀孕的征兆。她想起十六岁时感冒，干娘给她喝了一碗甜酸味道的药。当她端起药的一瞬间，看见干娘的眼里闪出一丝丝不安，不过一闪而过，随即又恢复了白葡萄十二岁时熟悉又害怕的冷酷凶狠的眼神。葡萄当时以为干娘是为她的病而担忧，心里有过感激。

从那个赶大车的爹把她接到家里，过了几年有家的日子，到一个陌生人把她送到现在这个干爹干娘的两处土房时，小小的葡萄就开始处处讨好这个满脸横肉的肥婆。她的两个干姐姐每天都在妈妈的打骂中和男人笑着玩，有时还喝酒，那种露骨的调笑和他们在里屋发出的淫声浪语，让人脸红，背地里她却看见两个姐姐经常流泪。她十四岁时，她的二姐兰兰患了"脏病"，一个大夫来了号脉，开了方子，表情冷漠地走了，没有一个月，二姐就死了。干娘只是象征性地干号了几声，给二姐裹了一张席子，让几个人匆匆抬走。自从二姐死后，大姐变得更不爱说话，有时盯着一个地方看老半天，要不就唉声叹气，流眼泪。可几天后，她像变了一个人，不用干娘骂，主动出来招呼客人。葡萄经常为忙得顾不上吃饭的大姐端一碗饭，大姐苦笑着看看她，动情地说："妹子，这就是命。"当她十六岁那年喝了那碗药之后，迷迷糊糊睡去，被一阵疼

痛弄醒，一个男人趴在她身上疯狂地扭动，她想叫，却无力发出声音……

她时常想到大姐那意味深长又爱莫能助的眼神。可怜的大姐快三十岁了，干瘦得像四十岁，尽管脸敷白粉，唇涂朱红，穿戴时兴，但就是一朵秋霜打蔫的花，娇艳不起来。干娘榨干了青青大姐的血汗后，一个从外地来后套做买卖的五十多岁的老头，用二两银子、一头黑瘦的毛驴赎出大姐。大姐穿了身新衣，跟着那个老头走了，倔强的眼睛没有一丝留恋，头都没有回一下。她突然有了怪念，这个老头子千万别把大姐卖了，心里念了几声佛。而干娘的眼神还是冷冰冰的，她甚至没有出来送送大姐，只是推开门，一脚在门槛里，一脚跨在门槛外站了一会儿，啪地把门关上。葡萄听人说过，这两个闺女是干娘亲生的，只是她们的父亲不是现在这个男人。绝望的白葡萄想，现在轮到她走两个姐姐的路了！

她恨透了她的干娘和那个满嘴黄牙瘦得柴棍似的干爹，她想起那晚被那个有钱的五十多岁的胖财主祸害自己三次，就像吃了无数只苍蝇，呕吐了一天。她希望干爹、干娘快点去死！外面到处是讨吃要饭的，卖儿卖女的多了，难道走到哪都没有穷人的一条活路吗？可是干娘对她突然好起来，给她买好几身新衣服，给她做好吃的，她知道这个黑心婆是要利用她多挣钱。从那么多人对她的赞美奉承，她感到了自己的价值，她要报复一下她的所谓干爹、干娘，为了两个姐姐和没有前途、没有下场的自己！她把接客的价钱要得很高，这使她的干娘喜上眉梢，高兴得肥肉堆满一脸。

她想起亲爹活着时，教给她的那些行走江湖生存的话，看人脸色，说好听的，然后指靠着这些人活着。她唱爹教给她的《小白菜》《穆桂英挂帅》，把这些从记忆里挖出来，根据男人给的钱多少，或给他们唱歌，或给他们表演几段杂耍，比如侧翻跟斗、踢腿等武术花样，或是讲几段从白姓赶大车的养父那里听到的奇闻乐见，那些个男人拍手叫着好。她用一切方法保护自己，要拿得出钱让她陪过夜的男人变少，观看她表演皮毛的人变多。她不高兴时，可以打那些想占她便宜的男人的耳光，喝几口酒，不想吃饭时，可以笑着摔一个盘子。她已经人不人鬼不鬼了，她要整得那个干娘心疼、肺子疼，还要让干娘说不出个所以然来。她不能像她的两个姐姐那样人老珠黄，死得死，散得散。她要把害她的人折腾死，然后自己了断。

她不知道她的名声越来越大，直到遇上山东侉子祁连长和土匪头子姚龙旦。她从干娘的家里临出来的时候，用不容置疑的口吻对祁连长说："把那个家抄了！"祁连长扭头吩咐几句，不一会儿便听到噼里啪啦的声音和干爹干娘的惊叫声、哭喊声，白葡萄面无表情，从兜里掏出那个小时候她羡慕两个姐姐擦的盒粉——盒上印有美人头像——狠狠扔出去，啪的一声回音，听来刺耳。祁连长问："你扔的那是个啥？"她淡淡地说："一颗烂心！"祁连长稍稍愣了一下，若有所思地笑了。

白葡萄原以为跟着姚龙旦过上了正常人的生活，而且他不嫌弃她不生养。哪曾想世事无常，做梦也没想到四年后的今天，自己的男人姚龙旦领着大老婆、二老婆跑了，生生弃她而去！此时处在陌生的包头城的她咋能不伤心，四年有过多少难忘的回忆！忘不了当她给姚龙旦讲述完这些屈辱，再也当不了妈妈而伤心地哭泣时，姚龙旦伸手替她抹了眼泪，温柔地搂住她，"不生养也没关系，前两房已经六七个了，你一样疼他们就行了。等将来老了，他们也会记得你、孝顺你的。"白葡萄破涕为笑，忙给当家的脱鞋上炕，伺候他洗漱、睡觉。唉！想这些还有甚用？现在人家姚龙旦带着明媒正娶的两个老婆和一群孩子跑了，撂下的还是她白葡萄，就像扔一块烂抹布，没一点怜惜。这都怨她的出身！那场红柳林醉生梦死的欢爱，也是她和他爱恋一回的谢幕。她坐在旅馆三天没吃没喝，最后还是想开了，这就是命！不管咋说，是姚龙旦让她成了一个正常的女人，给了她想过好日子的希望，给了她一个女人渴望有过的家，她对那个姚土匪恨不起来。

祁连长来到旅馆找白葡萄，看到这个曾经被人从自己怀里抢走了的女人如今又回来了，并且还附带着银子，解了心头夺妻之恨的窝囊，不免心里美滋滋的。三天里，白葡萄就打了个盹，梦见慧慧喊着让她梳小辫，大小子虎虎帮她往伙房抱了几根柴，小丑丑哭着要找她，让她抱，一激灵醒来，满脖子都是泪。她不由得盯着门，好像这群孩子随时会从门外闯进来，围住她，叽叽喳喳

抢着叫她三妈，争着和她说话。门开了，她一怔，激动地站起来正要迎上去，来人却是祁昌盛。他摘了帽子，头发胡子乱糟糟，眼睛透着一种狡猾，只有身板永远挺直，一身灰色的军装显出他的威武，当初，就是这样的形象吸引了水深火热中的白葡萄，她想从这种威武中找到她的归宿。然而，他始终缺少一种对女人的体贴和安全感，说走就走，连个招呼都没有。遇到姚龙旦后，白葡萄认准的就是敢作敢为，给她十足安全感的男人，所以把心全部给了姓姚的，自己连个缝儿都没留。一想起这些，白葡萄的五脏六腑都碎了，她用手扯着胸口，眼泪都干了。祁昌盛看着这三天里白葡萄虽苍白憔悴，但还是秀丽异常，天生的美人坯子，梨花带雨更惹人怜，帽子往桌子一放，大骂起姚龙旦："那个姚卷毛龟孙子跑得比兔子还快。小人一个，格局不大，能他妈干出什么大事？放个屁都怕把腰闪了，怂包一个。要不是有你，我他妈早崩了他，那个王八蛋！"转而话一软，"葡萄，你跟了我吧，我会对你更好。"

白葡萄脑袋轰一声，眼前一片迷雾。她只想到姚龙旦逃跑前，骗她去一个熟人家取东西，还让她利利索索一个人去，眼睛里闪过一丝不舍犹豫。白葡萄想都没多想，只认为乱世中忙人无智，哪承想，东西没取着，回来已是人去楼空。三天了，陌生的包头城里她没敢再出去，怕没有哪扇门让她进去，就要流落街头的恐惧时时袭扰她。她用一个女人敏感的思维，在经过无数次的思考后，终于想到姚龙旦这次是和当兵的祁侉子扯在一起，莫非四年前的喜剧要重演吗？男主角互换吗？她不敢往下想……

店家几次催要房钱，连说不给钱赶紧走人！白葡萄疯了似大声骂道："催命鬼！催什么，三天后自会有人结账！"店家对她上下打量，也许看她的行头打扮也不像一般穷人家的人，再没有说什么，气哼哼地走了。白葡萄说这话自己都后怕，为什么会说这种话？要是没人来呢？当祁昌盛站在面前，她什么都明白了，干涩的眼睛绝望地看着这个有点陌生的男人。就在今天，就是第三天。她在冥冥之中也许就是等着这个人出现，来结这本冤孽账！唉！在这个时候出现的也就这个人了，否则过了今天，她就只能吊死在这里，她已经准备好了绳子。她又一次和自己赌命！白葡萄盯着对她讨好地笑着，牙齿被烟熏黑的祁侉子，过度的心酸让她一时无法承受这一次次喜剧式的变故，命比黄连还要苦的她非得吞咽又一次人间的悲果？突然间她莫名地哈哈大笑了起来，笑得自己都缓不过气来。

祁连长吓得站起来打量着白葡萄，小声说："不是疯了吧？"好一阵，白葡萄突然停住笑，再次擦干脸上的泪，站了起来，指着祁连长一字一顿地说："祁侉子，你听着，我愿意跟你。你以为我不知道你背后做的那些见不得人的勾当！你要是还把我当作红鞋店的婊子那样图个红火，娘娘现在一剪子戳在自个儿胸口，死在你面前！"祁连长赶紧过来扶住她，"哎呀，我的祖宗，我的娘娘！借我十个胆也不敢，我要明媒正娶用轿子抬你。行了吧？"白葡萄对着他突然柔媚放浪地笑了，像喝醉了酒似的有气无力地说："我饿了。"说完一头栽倒在大土炕上。

在三排整齐的连队军营房里，张灯结彩，当兵的个个脸上挂着喜气，连长要娶新娘了。新房用红布装扮起来，小土炕上两卷红绸铺盖整整齐齐摆放着，一对红红的鸳鸯绣枕放在被子上。听说连长的新媳妇是个绝世佳人，这群当兵的光棍在新房就受了红色的刺激，一个个猴急猴急要抬着轿子去接人，已经等不及起混，放肆着低声说着荤话。迎亲的时辰一到，只见新郎骑着一头威风的棕红色马，胸前戴着一朵与马头上一样的大红纸花，帽子也戴得正正的，一身军装精精神神。这简单的操办也算压压乱世的慌乱。还算正式的一班乐手使出吃奶的劲，吹吹打打穿过一条大街。行人看这迎亲的队伍夹杂着几个兵，觉得来头不小，胆子大的跟在迎亲队伍后面，决心看个热闹，在宾至如归旅店的门前停下。

白葡萄坐在镜子前，木然看着镜子里的自己，好像坐花轿的不是她，看镜子里的自己，也像看一个不相干的人——穿着红丝绒旗袍，梳着漂亮的发髻，穿一双大红绣花鞋的女人。祁昌盛请来的梳头师傅为新娘梳好头后，已经走了。此时她身边没有一个亲人，没有一个送她出门子的人，她抓起红盖头，胡乱盖在头上，起了身。店掌柜喊了一声："恭喜姑娘！"为她开了门。她停住脚步，感激地对他拜了拜，转身跨出房门，眼泪夺眶而出，这是她这辈子听到

的最美的一句话，也是她第一次坐花轿真正出嫁。来送她、祝福她的是曾经向她讨要住店钱并要赶她走的人，盖头蒙着的脸，已经被泪水冲了个稀里哗啦。

祁连长是个四海为家当兵的粗人，娶媳妇没啥礼节和讲究，这倒让白葡萄心里感觉无比轻松。早有一个兵为她掀开轿帘，她低头凭着余光坐进轿内，扯下红盖头，闭上眼睛，置身世外。轿外边，娶亲的队伍一路吹吹打打进了军营。她一下轿，一群兵围过来，祁昌盛笑呵呵走上来，不知谁先下手揪了红盖头。"啊！"人群发出惊叹。"嫂夫人是天仙啊！""哎，这不是……""嗯?！"祁昌盛立马拉下脸止住那人脱口而出。好多人已经认出这位嫂夫人，也知道嫂夫人的来路，不过总归是连长娶媳妇，又不是爹娶哥娶，知道底细的不知道底细的又怎样，他们嬉笑着，浑笑着，喊着要连长抱新娘子入洞房。

白葡萄始终弯着嘴笑着，那种淡定和沉静像一个见过大世面的大家闺秀，其实在她死灰一样的内心，已经没有什么惧怕的了，这种死猪不怕开水烫的从容，也可以叫作气质吧。祁连长乐颠颠抱着新娘子，走向新房。人们散去，又跑到早已备好的酒席旁大吃大喝。只有这一天，连营里传出欢声笑语，不像是兵荒马乱之年。一个走投无路的女人无奈地坐上那顶小花轿。这个已是她男人的祁佫子心急忙慌地把她扔在炕上，宽衣解带，对她百般温存、百般温柔，木然的她觉得自己是个刚出嫁的不涉人事的小姑娘，她在回味坐花轿的心情。此时，她犹如坐上了颤颤的花轿，祁昌盛的手就像阴暗的天即将到来的雷阵雨，大睁着双眼的她似乎看到了许多她的亲人，她那被疯狗咬死的大大，让她有了温暖的家的感觉的白家大大、妈妈和几个姐妹兄弟，又感觉自己是个一无所知只想任性哇哇大哭的婴孩。当祁昌盛的嘴狠狠裹住她的嘴时，瞬间她晕死了过去。

4. 活下来

这个祁昌盛连长也着实让她风光了一阵，她住在包头城里，穿着时髦的衣服，烫了头发，进茶楼，去赌场，俨然一副阔太太做派。有时偶然听到临河、陕坝或蛮会那让人惊心动魄的消息，似乎又让她听到了枪炮声和老人娃娃的哭喊声，这让她心悸，不敢想象那曾经让她看到生活光明的地方，有了血腥的味道。她借故赶紧走开，不论是记忆里还是现实中，她都不愿去想，也不想听到这些打碎她美梦的事情，这是她无能为力的一种逃避，她茫然了。她只想在这个陌生的地方重新活出人样，表示自己还会呼吸着。

她手勤，做饭洗衣，把家收拾得干净利落，特别是做一顿山东人喜欢吃的大饼卷葱蘸酱，祁连长龇着满嘴黑牙直呵呵。这天中午，她从街里买了一堆家里日常用的东西，往那一扔，点了支烟说："以后不想去那些地方瞎转了，东西越来越贵。"

"那想去哪？"祁连长歪着头问她。

"我想打枪。"她小声撒娇地说，又吐了一个烟圈。只听祁侉子哈哈大笑，"你他妈还真不一般呢，好，我的甜葡萄妹子，哥哥教你。"摸了一把她越来越粉嫩的脸，拉起她走了出去。

训练场上，那些兵散漫地做着动作，有的还在说着话，看见连长，迅速站成一排，齐刷刷敬礼。连长青着脸，"都下去吧，下次再看见这样吊儿郎当，重重处罚！"又听齐齐一声喊："是！长官！"

　　白葡萄小时候跟玩杂耍的爹学过双手使小飞刀，又跟姚龙旦学过枪法，只是射击目标离靶心还远，祁连长耐心地交给她好多要领，手腕用力，胳膊撑稳，眼光要集中一点，枪的后坐力大，反弹回来容易伤着。半个月下来，连祁连长都惊得张大嘴巴，白葡萄竟会双手同时开枪，几乎枪枪命中。枪法玩腻了，祁连长宠着白葡萄，又让她到当地几个朋友家里学打麻将。白葡萄去玩过几次，看见那些打扮怪里怪气的女人虚情假意，比着男人的钱，比着男人的地位，却远不如李嫂能和她说一些体己的话。可怜的李嫂现在不知怎样了？她的那个女儿被婆家害死还是病死的？那个王贵仁家的小女儿现在还好吗？已经会走路了吧？这些个可怜的人来到世上就是受罪来了。那渠畔上的草又绿了吧？那几条鱼还在吗？她自己都纳闷，咋老忘不了这些，又想起这些，抽烟上了瘾。祁连长去绥远政府部门办事，给她拿回来几本画报。她看着这些新鲜的东西想，这些个好看的女人真是在天堂里活着，李嫂和那些村里邻居姐妹就是活在地狱。这人和人的命运差得真是太大了！这个世界上，到底有多少命运相似的人呢？她也不明白为什么总想在姚家的那段生活，有时梦里还想梦见那里的人，他们吃饱了穿暖了，站在那条渠上招手让她去呢。有时又特别想那几个孩子，可别有什么不测，她内心是希望那一大家人平平安安，她相信姚龙旦是个有本事能保护一家人的大男人！也许人家早已经跑到什么地方享福去了，尤其小孩子忘性快，说不定又有了新的三妈、四妈，早把她这个他们的大大不要的三妈忘了！

　　她的心慢慢静下来，觉着祁连长虽不是她可心的男人，但跟着祁连长过日子也挺好，拿轻夺重的营生有勤务兵给干，吃穿由着自己，确实活出一个女人样，这是不同于乡下女人的一种新活法，有一种小家庭的幸福和温馨，也很快活。可是只要看到祁连长接到任务那紧张的神情或听到枪炮的声音，就有一种不安全的感觉，她多么希望现在这种安宁日子长长久久下去。她也尽家庭主妇的能力替连长操持好这个小家，竭尽全力照顾好自己的男人，学会了喝茶，学会了抽烟，每天为祁昌盛端茶点烟，而自己也想陪着他，和他说说话，找到共同语言，似乎这就是夫妻间很自然的事情。

　　她跷着二郎腿，抽着烟，翻看着放在膝盖上的画报，晃动着穿着绣花鞋的脚。书从膝盖上掉下来，她弯腰去捡，瞄见了自己那双大脚。她第一次觉得自己的脚和那些一起打麻将的阔太太的小脚的区别，觉得有些羞愧。这是她长这么大，第一次感觉到自卑，而她又拼命想着在祁昌盛面前做过几次这样的动作。此后她更注意她的裤子、裙子的长度。有时自己也奇怪，她从哪天开始抽起了烟。她曾经多么厌恶那个拿着长烟袋，眼里发出白冷的光，对自己的亲生女儿都冷酷无情的干娘。可日子一天天总是在她夹着白色烟卷，吐出缭绕轻舞的烟雾中慢慢消失。有时无聊寂寞中，她不免会想到一个家庭最不应该缺少的一样——孩子。

　　慢慢地，她发现这个满嘴山东话直性子的连长男人经常坐卧不安，避着她，和一些当兵的叽叽咕咕，她多了个心眼。第二年，她悄悄托人抱回个女娃，对外说是自己生的。这个可怜的像猫样哭的女娃是一家从山西逃难的女人半路上早产的，实在养活不了，他们才送人。一看见这个女娃，白葡萄的心就被揪住了。她在姚家有伺候孩子的经验，抱回来后，赶紧把白面炒熟，又托人买回白糖，用米汤冲好，拿奶瓶喂这个女婴，饿极了的女婴吸饱后沉沉地睡去。她白明黑夜精心侍弄，一个月后终于会笑了的女娃小脸蛋粉嫩，一个肉嘟嘟的闺女，白葡萄欢喜得眼泪都流了出来，终于有了自己的孩子。她给女娃取名祁女女。

5. 姚二旦

　　姚龙旦走后，弟弟姚二旦一夜之间也长大了，他去地里干营生，都要领着弟弟三贵、大妹妹桃花、二妹妹杏花。二旦和他的亲哥龙旦好像不是一个娘养的，同样都长着大眼睛，二旦的大黑眼睛永远装着善良，看见耕犁的人抽打黄牛，他能心疼得掉下泪来。家里是妈妈的好帮手，做饭洗衣都会，他还特别爱读书。大哥一家走了以后，生死未卜，年迈的父亲一夜间白了头，只顾着低头干营生，没有言语的母亲眼睛经常红红的，一家人过着比从前还要沉默的日子。大哥留下的大院子，跟他们没有一点关系。郭子仪先生常说，姚家将来成大器的是二旦姚建业。这个名字是郭先生亲自起的。可家大人多，姚柱手头也不富裕，觉得让二旦识点字就行，早点回家帮衬他们拉扯弟弟、妹妹，再学会种地手艺，不能和老大那样走上邪路。二蛋没有丝毫怨言，家里地里都不闲着，有空就拿起书看。弟弟妹妹就爱黏他，他也不烦，还给他们讲《三国演义》《杨家将》的故事。

　　此时，弟弟妹妹在院子里玩耍，他眼睛无意间又盯着地下那个只有他知道的秘密。那是大哥在走之前的前一个月，他领着弟弟妹妹在地里挖一些霜冻过的野菜，顺便捡柴火。远远地，他看见大哥骑着马过来。他比这个大哥小九岁，对大哥还亲，底下的妹妹和小弟对大哥就像见到生人，不敢往前凑。龙旦对这几个弟妹不是不亲，只是年岁差很多，一说话就像大人，老不回家也不常见，自然说不了几句话，有点生。龙旦下了马，挨个儿摸摸头叫了弟妹的名字，自己也有了孩子，看着弟弟、妹妹也特别亲。他掏出几块银元，递给二旦，"天凉了，拿着给小弟小妹买点吃的穿的，看看，一个个像小讨吃子。"二旦的手往后甩了一下说："大哥，不能拿你的钱，大大知道不高兴。"龙旦生气地说："你偷偷拿，大大能知道？听话，拿着！"说完跨马一溜烟儿走了。二旦趁家里人没看见，把大哥给他的五块银元埋在院子里。谁曾想大哥这一走，几十年杳无音信。

　　姚龙旦逃跑之前的所作所为，他的父亲姚柱几乎没有办法阻止。人们咒骂姚龙旦，让他在人前抬不起头，而姚龙旦已经让他这个父亲无法管教，一切已经为时太晚。这两年来几乎断绝了父子关系，只有媳妇们领着孙子来看望他们，带些东西，等媳妇们走后，他还会赌气让二旦把这些东西还回去，他的心里和这个大儿子有了一道鸿沟。不愁吃喝的日子，咋就让亲生儿子走上了土匪的路子？如今儿子死活不明，做父亲的哪有不揪心的。他自言自语："是不是祖坟上有问题？"郭子礼笑着摇头，"跟祖坟没关系，是时势造人。"他恨起了自己，给了自己一个耳光。抬头望着圆圆的月亮，月光洒满大地，麻木的脸也被月光映得柔柔和和的，他不由自主念了一声"佛"。他去找郭先生说话，郭先生又出去了，这些日子郭先生不知忙什么，经常神情严肃匆匆出去，回来有时高兴，有时叹气，有时家里还有陌生人出入。姚柱见了不便多问，只知道郭先生懂得多，事情也多。此时远在绥远的枪声已经响起，天下乱了。

6. 童养媳

当年，两个挨饿的八岁小姑娘走在同一条路上，跟上牵着她们手的人走着，她们的命也在那只手上。王姓的女孩成了孤儿，世上再无亲人，被赶车人领着走向另一个命运轨迹，成了现在的白葡萄。另一个单姓的女孩失去亲生父亲，被后继父用两升米换给人家做童养媳，稀里糊涂地沿着四面空旷的路上走着，不知道哪是尽头，走着走着快要睡着了。那个本姓王的女孩，四年后被人领到一个陌生的地方，她看到一个眼光凶狠的胖女人，正在为她讨价还价，因为她脚大的原因，价钱砍了一大半。而单姓的女孩已经来到赵家圪卜的婆家，一个人正在磨房推着碾子吃力地磨糜子。这个连名字都没人叫的小童养媳，只知道自己姓单，叫偏头。自从来到这个家，所有人叫她赵二家的，于是那个难听的名字从此消失了。

她的婆家和赵全福同姓不同宗，这个算是有不少地人家的二儿子是她的丈夫，一个流着鼻涕穿着开裆裤的七岁男孩。这个赵二家的，可不是个爱哭的人，哭的总是她的丈夫赵二。她干活重肚子饿得快，伸手抢了丈夫手里的东西就吃，婆婆拿起笤帚追打着已经跑远的她。婆婆还要追，被赵二的爷爷拦住，说："能吃就能干活，以后管肚饱！"她哄着小丈夫玩，要是他不听她的话，就把这个丈夫揍一顿，赵二不住气地哭，但还是爱跟这个姐姐玩，晚上还跟新来的姐姐睡觉，老跟在她屁股后面，不住气地叫着姐姐、姐姐。婆婆烦她，过来过去狠踩她的大脚，再骂一句"大脚鬼"，又嫌她干活不利索打她，骂她是饿死鬼转的，趁没人的时候，笤帚疙瘩狂风暴雨般落在她的身体上，还不准她哭，只要她哭，又挨一顿暴打。公公也警告她："不许欺负你男人。"上去踢她两脚。只有她婆婆的公公——赵二的爷爷祖护她。

她虽是个女娃，但力气大，不光脚大，个子大，头大，脸大，手也大。她的两只脚只是稍稍缠了一下，比起没缠过的脚指头弯了一点点，但她从没有感觉到这是什么见不得人的事。否则，到了十五六岁时，地里那些老爷们儿的活她是干不了的。早上，她拿着一把锹去翻地，或者去放牲口、犁地、种麦子，比男人都利索，男人都比不了她。后来终于明白婆婆打骂她、嫌弃她，是因为她没长一双小脚。如果她长着一双小脚，那可就是另一番人生了。她也这样想过，而且肯定不是用两升米换了做人家的童养媳，肯定能换比这多好多的粮呢。可别人都说她是投错胎才成了女人，要是彻底是个男人多好，只做地里的营生，不用做饭，不用学做针线活。

她实在受不了婆婆用脚踩她的大脚。多少年了，每次婆婆使劲踢她的脚，她都感觉钻心地疼，也并不是婆婆踢得有多疼，因为婆婆的脚也就三寸长吧，是婆婆的恶毒辱骂让她钻心疼，大脚鬼、大脚王八。现在她长大些，婆婆开始骂她大脚婊子。看见婆婆不高兴，找她的茬，又过来踢她的脚，她赶紧坐到炕上，把脚伸到火炉子下面，火掉到鞋上烧着，她没感觉，等觉得疼了，婆婆也骂够了，脚面子已经烧伤了，疼得直掉眼泪，可家里的营生一点儿都没少做。让她暗自高兴的是，自从她的脚烧伤后，婆婆没有踢她，骂她的时候也少了，但她每天防着婆婆突然过来踢她的脚，让她受伤的脚雪上加霜。几天过去了，一个月、几个月过去，婆婆再没有踢她的大脚，而且几乎听不到骂她的声音。她心里高兴，甚至感激婆婆的开恩，于是更加勤快、更加卖命地干活。

劳累的她从地里回来，赶紧烧火做饭，饭好了，第一碗端给爷爷，吃完饭，还跑去给爷爷装袋烟，还一天到晚嘿嘿笑着。她婆婆有时还骂她有娘生没娘教，她就像没听见，没日没夜地干营生，心情是轻松的，感觉婆婆终于把她当作自家人了。离开家在空旷的野地里，她还骑驴骑马玩。有人传话给她婆婆，一顿臭骂之后，铜勺头子飞到头上，嘴里又开始咒骂："我打你这个死了

不偿命的大脚婊子!"她委屈地哇哇大哭。这次爷爷也没说啥。晚上她收拾一家人吃完饭的锅碗,爷爷对她的公公、婆婆说:"八月十五,给赵二家的梳头哇。这世道不知咋乱呀。再说等有了娃娃,赵二家的性情就收敛了。"

她和赵二是在她十六岁、赵二十五岁时圆的房。赵二从小怕她,到十二岁才不叫她姐姐,知道她以后就是他的媳妇,但那也怕她,怕她那大手。新婚之夜懵懵懂懂、畏畏缩缩,还是大脚老婆一把抱住他又是亲又是摸的,这才开了个窍。他十七岁的冬天,当了爹。当了娘的赵二家的,生了孩子第三天就下地干活,奶水还直往外冒。赵二人长大了,力气大了,不顺心了就打老婆,但第一次和老婆交手,第一个回合就惨败下来。赵二家的自从生了孩子后,身体开始横向发展,屁股像两砣磨盘,胳膊也像两条橼,力气大增,赵二不是她的对手。

其实赵二是想显显他做了大男人的威风,他看到和他年纪相仿的马长生也娶了媳妇,那媳妇踮着小脚低眉顺眼,不说话,不笑,看见人就低下头,马长生说甚应甚,不像她的媳妇,老远嘻嘻哈哈,说话声那么大,而且骑在那头不听话的黑驴身上,那驴前撅后跳,而媳妇骑在上面丝毫不害怕,反而很开心。周围看热闹的男人哄笑,他也傻傻地跟着大笑。他以前觉得和这位媳妇姐姐一起玩很高兴,媳妇姐姐也让着她,觉得心里踏实,慢慢地,听到的见到的多了,感觉他的媳妇姐姐和他母亲说的一样,缺少妇道。女人嘛,就该像马长生家的那样,有个女人样,让她守妇道,就是要让她必须有所畏惧。他要拿出男人的气概,管住老婆。常言道,打到的老婆,揉到的面。他要给老婆点颜色看看。

那天媳妇的几句言语不入耳,要是以前,他就不吱声了,但现在他是她的男人,上去就是一个嘴巴子。他的媳妇先怔了一下,突然呜哇一声吼扑上来,把他掀翻在地。这一股子猛劲,就是一头牛犊子也被扑倒在地了,媳妇骑在他身上一顿耳光拳头。结果可想而知,当赵二一只眼睛乌青,出现在全家吃饭的炕上,谁也没有想到他是被媳妇打的,因为赵二家的一大早就去犁地了。那乌眼青是自家大黑牛的牛角顶的,已是不争事实。此后,赵二只有在全家人面前威风凛凛喊骂媳妇几句，要动手确实还要掂量掂量。

有了第一个娃娃的赵二家的，确实心性安静了下来。这个生下来十几天就会笑的闺女，激发了她天生的母爱。婆婆看着这个白胖的早早会笑的孙女，说："长得真是喜色！就叫喜人哇。"她拿起针线活儿，问婆婆怎么做。空闲时，背着孩子手纳鞋底去找同龄的小媳妇们串门说话，或者做针线，或者到刘婶家学着做衣裳。

"他婶，你这是给谁做鞋呀？""给娃娃他大做的。""做得还不错哇。""上帮子时，你教我，问婆婆，她又骂我笨。""行，没问题。"所有女人把赵二家的改变看成她终于走上妇道，对她的任何帮助都十分乐意。女人们在这方面才显出她们在地里干活虽然力气小，但有一双巧手的优势。

穷人的惆怅莫过于吃饭的嘴多粮食却少。从八岁离家到现在自己也当了妈，还是没有娘家人的音讯。多少年来，她也在打听老家和她的那些兄弟姐妹，始终没打听出个下落。她又接连生了大儿拦住和二闺女克西，更像一个守妇道的人了。许是管教孩子的同时，也明白自己哪些能做能说，哪些不能说不能做。好在来到赵家，虽然没少受到打骂，但终究这是她的家，一个一辈子都离不开的家，受苦受累伺候老人都是应当应分的。自从有了孩子，她是多么想念亲生母亲啊。可是母亲在她四岁时，生同母异父的弟弟难产死去，所以她对母亲连个模糊的印象都没有。但恋母的那种情怀，任什么也不会抹去的，此时唯一的寄托对象便是她的婆婆，她似乎觉得她的血都已融入这家人。在空旷的地里，赵家的土地虽然不少，但水田地少，只能吃饱肚子，是没有余粮的富裕户。

长大了的赵二也是她地里的帮手，但仅仅是帮手。赵二有个致命弱点是懒，地里那些需要力气的活儿，他能逃避就逃避，唯有放起羊群活力四射。懒汉爱放羊，形容他最合适不过。可赵二的放羊技术，一辈子都无人能及。他有一条特制的羊鞭，一边拴着长绳，一边是小铲子。他扬鞭一甩，鞭梢上的风就把头羊行走的方向扭转，反过来用羊铲捡块土坷垃一挥，准确地打到那个调皮脱队的羊，让它迅速回到队伍里。他有喊羊的口令，不同的声音发出，羊群或

分散，或吃饱归队，或跑远迷路的羊顺着他的声音回来。一辈子是大有名气的赵羊倌儿。你看，赵二躺在斜坡上，鞭杆一戳，搂着热腾腾的太阳，眯起了小觉，等到收工时分，坐起身子，嗨嗨几声呼唤，肚子滚圆的羊儿像听话的臣子乖乖向他靠拢，他又向地里远近的人们抑扬顿挫地喊道："收工回家嘞！"

同村新逃荒来的一家姓单的人落脚在村子里，正好和赵二家的同姓，心里平添了一份亲近。赵二家的时常去帮个忙，偷偷给那家没奶的孩子拿点吃的，一来二去，和单家媳妇成了好姐妹并结拜成干姊妹。有次赵二发现媳妇往衣襟里塞东西，过去抢来一看，是块窝头，指着鼻子臭骂媳妇一顿。赵二家的自知理亏，没了言语。赵二越骂越上劲，一拳照着媳妇脸上挥去，赵二家的顿时流出了鼻血，三个孩子一见吓得哇哇大哭。赵二家的只顾用烂布擦血，一抬眼赵二已没了影儿，赵二家的只能咬咬牙。如果交手，赵二未必是她的对手，但看着自家孩子也确实没有多余的一口吃的，只能抹着孩子的眼泪，无奈地叹了口气。而赵二似乎找回了第一次失手的尊严，回到家声音比平时大了很多，只有挑水不用媳妇说，主动找担杖钩。

河套平原的西北风是很有力度的。它吹绿一个渠畔又一个渠畔，那渠畔上的各种野菜绿草便是生命延续的营养液。每天渠畔上几乎都爬着快乐的人群。秋天它吹遍大地，同时让曾经的绿枯萎。渠畔像一个守望的老人，迎来送往的是一群群牲灵，它们吻着覆盖它的草由绿色变得枯黄，成为一片荒原。

7. 玄机，世道变了

　　杨怀义戴一副镜片凸起的圆圆的眼镜，坐在他的专座上——那把漂亮的红木椅子，想着大闺女玉莲那么绝情，走也没有来看看他，白疼一场。不过嫁鸡随鸡，就随着鸡远走高飞了，落到哪儿，那是她自己的命。唉，要是她妈在，早就跑几十回了。这大大就是不如妈妈亲，叫起妈妈上下嘴唇碰着，叫起大大上下嘴唇开着，错远了。揉揉眼睛，收起心，他拿过一本厚厚的书翻到夹着一根小木棍的页数，聚精会神地看起来。多少年，有管家杨新宽，他不用操心，只有在种收的时候，他会忙几天。这时，他的大儿子杨永福摸着椅背探头看了一下书皮，书名是《推背图》，随即问："大大，这书是甚意思？"杨怀义看着已经十一岁的大儿子，便放下书，摇头晃脑讲起来。杨永福看大大神秘兮兮，一会儿声大，一会儿声小地讲着，听得是一知半解……天下要乱了，要换新主子了；多少年后又换主子，天下还得乱……大大讲到这便说："这些奥秘很多，一时半会儿你理解不了。"大儿子永福听得似懂非懂，跑出去到外面玩了。杨怀义吩咐道："早点回来，学算盘。"杨怀义要把他的另一个绝技——双手打算盘，教会儿子，再把他种地的手艺传给儿子，如提耧的间距、行距、深浅，每亩地里种多少斤小麦种子，一点都不浪费不说，一年下来还数他的收成好，不用发力凭脑子运作，只管教照长工的本事，只有他杨怀义能拿下。他看得出，大儿子有这个天分，性格成稳，言语不多。

四岁的三儿子杨永寿哇哇大哭了起来，原来手里的一块饼被八岁的老二杨永禄抢去，委屈地大声哭起来。张柳儿听见哭声走过来，照着永禄的屁股就是两下，又忙着去看锅里快熻了的粥。永禄咽下最后一口香饼，没事人似的在屋里转来转去，学着永寿的哭腔逗着弟弟，老三永寿听到这压倒自己响亮的哭声怔住了，张着嘴不出声，看着对手，眼泪蛋蛋流到了嘴里，吧唧了一下。永禄的大声喊叫招来张柳儿手里的笤帚，永禄立马住了喊声，笑着和妈藏起了猫猫，又向外面跑去。老三永寿看到妈妈没有打到哥哥，自己的干粮也没了，更委屈地大哭起来，已经又隆起肚子的柳儿费劲地抱起永寿，变戏法似的掏出一块饼，暴风骤雨瞬间平息。

杨怀义面无表情地看着三个儿子的戏，早木了，咧着嘴并满足地摇摇头，心里欢喜地看着他的三个儿子，下一个不用说还是儿子，那就是喜，杨永喜，一定凑成福禄寿喜，这样杨家门风更了不得啊。他不由得沾沾自喜起来，家丁兴旺啊，而且只有如此丰厚的家业和福气大的人，才能享受人生大运势：福、禄、寿、喜。他又拿起那本厚厚的《易经》摇头晃脑。杨永寿嘴上吃着高兴，底下顶了出来，蹲在大大的脚边拉了一泡。忘乎所以的杨怀义浑然不觉，永寿拉完屎痛快地到外面找妈妈擦屁股。一会儿，杨怀义看书看得激动，领悟到其深奥处，霍地站起来走动着，这是他多少年的习惯。当张柳儿一边擦手，一边招呼一家人吃饭，进了里间，一下子脸都白了，只见杨怀义踩着那泡屎在地下踩了几条不同寻常的路，脑袋还在摇晃着，张柳儿不由得叫了一声。杨怀义莫名地看着张柳儿，随着柳儿的眼睛向下看，也吸了口凉气，张着的嘴半天合不拢，睁大眼睛看着张柳儿哭笑不得的脸。

然而，杨怀义的美好夙愿随着老婆张柳儿的生产，随风飘散。不是他等来的儿子，而是一个哭声细弱的闺女，自感杨家的运势将要发生大的变故。这就是，天不遂人愿，命运背道而驰。杨怀义没有来得及弄清其中的玄机，很快搬到赵家圪卜。来到赵家圪卜的杨家，除了多了几麻袋书和一头牛以外，和普通人家一样。杨怀义之所以离开蛮会，是感觉风雨欲来的势头使他压抑得喘不上气来，心神不安。那动不动在街上排队走过的军人，隔三岔五家里丢失的东西，更有些打着军队旗号的人，对他不恭不敬开口要钱，说要支援前线。张柳儿的一姑舅兄弟莫名其妙失踪，全家急得快疯了，却带回消息说，参加了打日本鬼子的队伍，让家里人放心。而他得力的管理牛犋的管家杨新宽，凭着自己老谋深算的手段，用当地上等洋烟结交了一位撤兵路过此地的西北军的一个团长。这支西北军在后套东北面和日本人较量了一顿，就要撤走，只一月有余。这个团长看好杨新宽是个精于算计的买卖人，又是甘肃老乡，打算把他留到身边，为自己的仕途做打算。他暗暗让杨新宽收购大量洋烟，以随军为名，带上杨新宽的家小，承诺日后会有享不尽的荣华富贵。杨新宽本是从西边甘肃民勤逃荒来后套，家乡还有亲人，正有此意回去。在西北军逃出后套时，杨新宽一家也人去屋空。

杨怀义明白天下已是阴云遍布，遭逢了乱世，暗忖势头不好，便有了尽快离开此地的打算。还是没有闺女玉莲任何消息，那个杨怀义一直看不上的女婿就是此时在，杨怀义也不会去和他商量搬家的事，尽管女婿在别人眼里是有大本事的买卖人。嫁出去的女，泼出去的水，何况玉莲亲娘已去世。体弱多病的樊东香在玉莲嫁出去的第二年夏天中风，半身不遂在炕上瘫了半年，张柳儿伺候着咽了气。玉莲感激二妈，也给了二妈一些金银首饰，但回娘家的次数明显少了，各过各的日子。如今闺女没有一点音信，这也是杨怀义在这个地方唯一的牵挂。杨怀义几番盘算后，变卖了一些东西，甩开一切田地水渠，安顿了在牛犋多年的老人，为求得一家老小的平安清静，挑个日子，趁人不注意，搬离了不能久留的地方。

8. 抓兵

再说程三娃，自从娶了温顺又好看的媳妇杨花眼后，就离开了姚家，租种杨家的地，顺便圆了媳妇要暂时帮助娘家人来后套立下根的愿望。杨怀义是厚道财主，加上和三娃外父门上又是同乡，一直照顾程三娃。刚娶过媳妇三个月，大大就出了那档子事，这让三娃心里很痛苦，受罪的大大活了半辈子，为了吃饱个饭，活活撑死，连个孙子都没见着，这让三娃想起来就心头滴血，的大手抓住一把泥土，指甲深深抠到地里，为老天的不公，为自己有满身的力气却无法改变家人的生活而愤怒。只有干起活来，他心里才会暂时忘记一切烦恼。

深秋的白天短了，太阳匆匆晃了一圈就要落了，程三娃挥着大锹还在挖一条小渠，速度快得让人眼花。这个挥汗如雨的壮汉，打算痛快淋漓地完成这个目标后，就带着媳妇回赵家圪卜和母亲在一起，没有感觉到累，更没有发现有人注意到了他。从北走来几个排着队，肩上挎着长枪的当兵人，看见挖渠的三娃胳膊上的大块肌肉，啧啧赞叹。一个领头的上去说："兄弟，身体不赖呀！看看你用的这是什么家具。"抓过三娃的锹，扭头使了个眼色，五个人不由分说架起三娃就走，还说要给三娃吃顿好的。三娃使出浑身气力，无奈人多，又干了一天活，没力气再折腾，心想：看你把老子能咋样。没想到的是，到了地，几个人就把三娃塞到一个破房子里，递给他一块窝头。烂房子里还有几个人，一个个和他一样穿得破烂，失魂落魄。其中有一个说，几天后就带他们去打仗。三娃听后，吃惊不小，他是被抓来当兵了，不停想着咋跑出去，但是肚子擂鼓般响，由不得他多想。管他了，先吃饱再说，几口吃完窝头，天完全黑下来，三娃的心里像猫抓，想着刚有身孕的媳妇见不到他回家，不知道着急成什么样。再说母亲弟妹一大家子也不能没有他，他还要好好保护这个家。一想到这些如山的责任，顿时身上来了精神，闭眼稳着狂跳的心，脑子急速盘算咋跑出去。

好不容易熬到半夜里，外面刮起了风，没有丝毫睡意的三娃忍受着这些人左一泡右一泡的尿臊气味，确定他们都发出酣雷声，过去轻轻推了推松动的门，慢慢用力抠门上的合页，五个指头抠出了血，门扇终于松了，他一用力，大拇指的指甲盖掉了，疼得眼泪流出来，咬着嘴唇。他停了停，听见里面几个人还睡得香，外面有了凉意，除了风声没有其他动静，蹑手蹑脚打开门扇，身子一闪蹲在门外，又把门轻轻放到原处。程三娃个子高，干脆趴下，两个放哨的兵在低头扯着呼，一个似乎听见动静，仰起头左右看看，又把头低下，衣领往上拉了拉。风刮得更大了，这时天助三娃，一片云遮住月亮，大地似乎被一块黑布遮住，这是逃命的机会！可一会儿这块黑布又要被任性地掀开，云走月明，如果黑布遮月的那瞬间还没有离开，那就完了。三娃清楚这块黑布遮月的刹那，就是他活命的机会。

只见三娃手脚一并用力，速度像只野猫爬到房后，还学了声猫叫，往外又爬了十几米，钻进了一片红柳林，越往里越钻不出去，没了方向，听到杂乱的脚步跑来，他更是没命地往里钻，粗硬的柳条扎着他，他像没了知觉继续往前钻。过了好久停了下来，听见没有追上的动静，继续往里钻，红柳越来越稠密茂盛，根缠着迈不出步，他怕刺着眼睛，微闭着眼，手和脚压住刺，踩过去，有缝时侧着身往过挤，浑身麻木，像没了知觉，里面的活物被惊动乱窜。此时，他辨不出方向，更不知道到了哪里，心里慌乱，要是追兵来了，就全完了，大手扫着柳枝刺条，抬起膝盖压住，突然听到哗啦的响声来到自己跟前，又似听到一句"往这"。他惊了一下，但此时根本来不及细想，顺着声音的方向跑去，三娃不顾一切紧跟，大约一袋烟工夫，忽然感觉四周凉飕飕的，脚下

顺畅。他一直跟着的像兔子的东西停住，他也停住，只见那像兔子的东西停了一会儿，突然又像长长吐出一口气，嗖嗖往北方向去了。他正要细看，月亮被云遮住，一片漆黑。一会儿月亮从云里钻出来，显出北方隐隐的大山，才看清他钻进的是一片红柳、哈茂、杂草连着的一片荒滩，无边无际，人们叫这地方"死人瞅"。他已经跑了大几里，如果不是跟着那个发出声音的东西跑出来，这一个劲儿地往里钻，恐怕连命也丢了。一股风刮过，他身上一紧，早已被汗水湿透的衣裳在林子里撕成一缕一缕，风一吹又成了剥离肉身的硬壳子，他猛地惊醒，回想那个声音像是大大叹气的声音！难道是大大的魂救了他？！他不能多想，冲着那个像兔子的东西跑去的方向磕了三头，拼命往家的方向跑。

回到自己家的门窗下，稳住狂乱的心跳，轻声叫着媳妇。媳妇杨花眼开门看到的是浑身被划得没有一点好处血胡拉碴的男人，惊吓得说不出话。三娃顾不得细说，只是催着媳妇快走，又伸出满手血已干，脱了指甲盖的大拇指，媳妇"啊"了一声，眼泪开闸般流下来，着急慌忙从被子里掏出棉花，在灯头上烧了按在三娃的指头上，三娃疼得又出了一头汗。已是五明头，鸡叫二遍，三娃背着媳妇绕过小道，专走渠壕圪卜，坑坑洼洼，颠倒爬起，爬起颠倒，一路踩荒跑，到天亮时，到了赵家圪卜见到母亲，总算逃过一劫。三娃一下感觉见到他的天和地，心里发誓以后再不会离开亲人半步，他要以一家之主的身份领料起这个家。一家人沉浸在劫后余生，有惊无险的喜悦中，三娃妈更是哭一阵笑一阵。

话说，早上当兵的发现少了一人，两人嘀咕了一阵，也没敢声张，这可是掉脑袋的事情，装得就像没有这回事，正好到了吃饭时，吩咐一个后勤再上两个木闩。那些烂房子里的人，打着呵欠，揉着眼睛，当发现有人在晚上跑掉，惊讶得嘴巴骨张开再也合不上，有的后悔睡得像死人没发现关他们的门其实是虚掩的，有的人觉得每天有饭吃，咋都是为了活命，真是人生百态，各自有命。再看那些当兵的，也没觉得逃了一个人有什么损失，何况烂房里的人更不会为逃出去的人庆幸。

程三娃死里逃生，好多天都不敢出门，只是晚上去地里干活。媳妇肚子里将要出世的孩子，是家里唯一的希望，他暂时忘了大大程天保突然离开带来的伤痛。程三娃不管外面乱糟糟的事态，只认一个理，好好种地刨闹日子，养活一家老小。勤快、孝敬的媳妇杨花眼顶着大肚子，做饭、缝补衣裳，和婆婆拉家常，也让老母亲寂寞的心得到宽慰，弟弟能干，妹妹听话，他心里确实也踏实了许多。

过了月数光景，三娃见老东家杨怀义也和自己一样搬来赵家圪卜，上门叨啦了一顿，彼此感慨一番。杨怀义没力气干地里的重活，三个儿子福禄寿都小，于是三娃经常给杨家干活，耕种耧耙，又见张柳儿颤着一双小脚担着水，接过扁担蹭蹭挑满水瓮。每当杨怀义看见三娃给他家干完活，就让三娃坐下歇上一会儿，递给他一根羊棒，点上灯，两人对抽着，无话不谈。杨怀义经常给三娃讲一些东西、《易经》、佛教、道教。程三娃听个三七，稀里糊涂，没往心上去。杨怀义说：“命里没有不能强求，顺其自然。你这次死里逃生大难不死，必有后福。人呀，一辈子就是谋事在天，成事在人。”三娃把后两句记下了。

张柳儿也经常去程家和三娃妈亲热地叨啦叨啦，对年底坐月子的媳妇杨花眼更是关心，早早地给没生出的孩子缝了一双虎头鞋，还把刘根小的老婆叫来算算准日子。刘婶接生过好多个娃娃，有经验，娃娃头朝下是顺产，她叫三娃媳妇多走动，到时候好生。年末，三娃的儿子出生了，全家高兴得一天不吃饭都不觉得饿。三娃让杨怀义取个名，杨怀义看见咧着嘴兴冲冲的三娃，低头想了一会儿说：“就叫兴旺，以后程家的日子会过得兴旺发达！”是呀，这兴旺发达的日子从哪里来？添一个人多一张嘴，日子还得一天一天地过。

三娃比以前起得更早，一起来就拿着镢头和绳子去滩里弄柴火。他扬起的胳膊带着尘土，尘土里裹着头上的汗水再摔到地下，和大捆大捆的柴火搅和在一起。三娃背着山一样的柴垛往陕坝走去，去卖柴。二十里的路上，他弓着腰移动的柴火是这黄土路上的一道风景。他的肩膀上皮脱了一层又一层，最后成了厚厚的老茧。怀揣卖柴的钱回到家，是他最幸福的时刻。母亲的疼爱，妻子的体贴，儿子的小红脸，让他满足。看着对他怯怯地笑着的兄弟金柱，胡须已长，该给兄弟说一门亲了。

三娃开的地里，长着绿绿的麦苗，兄弟程金柱小心地锄着草。望着那边大哥不知劳累地开地挖渠，他的心总是痛，大哥为家里付出太多了。金柱学着大哥起早贪黑从不偷懒，除了把地里的庄户务义好，有空就帮大哥砍柴，这让母亲心里无限欣慰。收工回家，花眼和妹妹金梅已经做好饭，母亲程吴氏哄着孙子。

三娃像一个一家之主，多余的话不说，在家人面前和妻子不像以前那样说笑，鞋一脱，坐在母亲旁边。花眼将饭端到他跟前，吃完一碗，妹妹金梅赶紧再盛一碗，三娃接受得理所当然。饭碗一推，花眼奶孩子，金梅赶紧擦桌子洗碗，而金柱替大哥赶紧装烟袋。这实实在在是一个一家之主。花眼看了一眼三娃，心里骂道：哼，放不下你了。等睡在一盘炕上的全家人睡着后，三娃迫不及待钻到花眼被窝里，花眼踢了他一脚，咬着耳朵骂他："看你那相术，真以为你是了不起的当家人，你一天板着脸吓唬谁？家里谁都没闲着！"说完咬着三娃的耳朵。三娃疼得不敢出声，小声说："媳妇，不敢了，不敢了。"

可到了白天，当三娃拖着疲惫身子卖柴回来，杨花眼心疼得眼泪在眼眶里打转，忙过来给三娃脱鞋。三娃没闲心看她一眼，接过金梅递来的一碗水，一口气喝完。她又忙着把锅里的饭端上来，心里想：唉，原来是她第一个把自己的男人当大爷对待，男人本是养家糊口的当家人呀。摸着男人肩头厚厚的老茧，看着男人用力过度砍柴发红的眼睛，想着那惊心动魄背着她舍命逃跑的夜里，让她感到这宽厚的脊背，就是她这辈子温暖的归宿。突然，她觉得跟着这种男人过日子，是天底下最大的幸福，不由得笑了，而眼睛里却涌出了一股热流。

三娃不停地掏柴火去陕坝卖柴火，也去蛮会卖。蛮会驻地的那一群兵，像刮过的一阵龙卷风，转眼无踪影，对人的威胁虽然小，但也刮跑了不少浮皮打眼的东西，不过人们总算心安了下来。星星点点的草芽在向阳处已经冒出，探头探脑呼吸着大自然的生命之氧。

怀揣卖柴的钱，三娃高兴地往回走。下了第一场春雨，和泥巴的路实在难走，三娃手里提着鞋来到水渠边，准备洗洗沾满泥的脚，看见清凌凌的水，忍不住双手捧起，喝了个够。

9. 又搬来一户人家

　　赵家圪卜又搬来几户人家，悠悠冒出烟的烟洞有十几个。晌午时分，一个牛车拉着只露出五颗头的孩子，男人驾着车，女人怀里抱着一个，坐在车帮上。在牛车下桥坡时，牛控制不住小跑了几步，车上的一只瓷瓮滚下来打得粉碎。牛车停下来，女人跳下车，看着一地碎瓷片，猛坐在地上哭了起来，越哭声越大，几个收工回家的女人走过去劝着那个哭得伤心的女人，让她不要吓着怀里的孩子。走过去的男人们就和那家的男人攀谈了起来，他们是要搬来赵家圪卜，投奔老乡多的地方。一说起来是老家山西的，这当然有认识的。众人七手八脚把这家人安顿到废弃的烂土房里，除了几个月大的那个躺着，六个孩子都在撒着欢。这时人们知道这家男人叫吕五愣，看起来老实木讷，女人叫张水水，能说会道，要命的是，人长得那个美，就是女人见了也想多看两眼，尤其是那一头黑漆漆能埋人的头发，梳着一个漂亮的大发髻，插着一根簪子。她对众人说了一堆感谢之类的话后，男人们抽烟，女人闲叨啦。这空隙，张水水拧干一块手巾擦干净满脸灰尘的脸，这张看去如画的眉眼，更让她家的男人显得猥琐，一群过来帮忙的人隐约感觉这家人似乎有什么事。

　　这一家是从离赵家圪卜四十几里路的红柳疙旦搬来的，家当没有多少，但都是挺上眼的，不像穷得揭不开锅吃了上顿没下顿的逃荒人家。不久，人们发现，这家果然是女人当家，男人只有应声的份儿。女人还是对男人挑三拣四，呼五喝六，不过家里安排得倒是井然有序，也像是过日子的。这可是赵家圪卜

的稀奇事呀！谁家都是男人当家，打老婆、骂老婆，对老婆呼来唤去，理所应当，老婆哪敢还嘴。不过，也难怪，人家女人那么漂亮，嫁一个比武大郎强不了多少的男人，哪能不委屈，男人们心里都嫉妒这个五愣，每天看着如花似玉的老婆，就是打男人几下，也心甘情愿，心里舒坦。

没多久，这家子的事情人们都清楚了。

从小许配给五愣的水水不满意自己这个木头一样的男人，可是毫无办法，媒妁之言，父母之命，只能顺从。即使她人长得好看，也不能当饭吃。男人是稀罕她，把她头上顶着、贡着，也只是过着饥一顿饱一顿的日子。

这张水水以前是个唱过二人台的戏子，家穷，兄弟姐妹多，跟上一帮唱二人台的走村串巷，时分八节给有钱人唱戏，混口吃喝。白净的圆板脸，弯弯的眉毛，尤其那双会说话的大花眼，勾人心魄，被人奉承得多了，就显现出心高气傲的性情。唱戏时，她和一个叫王来响的年轻后生台上台下情哥热妹，关系暧昧不清，村里村外出了名的美人戏子。当张水水第一回见了从小许配的吕五愣，死活不同意嫁这个家又穷人又怂，身材不高大，三棒打不出一个响屁的人。可她的大大厉害，不悔婚，还拿出家长王法，从戏场拽回闺女，硬把她嫁给这个老实、能吃苦的吕家老五，任凭张水水哭成个水母娘娘，她大也不心软，说以她的性体，找个老实的，挨不了打，受不了气。

吕五愣虽说人木相丑，但家里家外特别勤快，有吃的喝的紧着老婆。开头两年，水水心有不甘不安分，生了大儿连成，女儿秀英后，心性也被穷日子磨平了。可突然有一天照照镜子，还是可怜起自己来。唉，咋就这命呀，这生的娃娃，没有随娘的优点，长相身材都随了他们的大大，这是五愣他的种啊。五愣喜得更是把老婆、娃娃当成宝，地里营生不让水水做，可这也担心拴不住媳妇的心。张水水还是喜欢追着看走村串户的二人台戏，吕五愣稍有阻拦，水水就来个发憨耍泼，直到五愣答应，乖乖在家哄娃娃。五愣心想：娃娃都两个了，她还能飞了？

张水水匀称偏高，往人群里一站，就是鸡群里的凤凰、羊群里的骆驼，打个喷嚏都是洒出来的甘露。认得她的人多，与台上台下的男人打情骂俏，回到家，更是看见自己的男人不顺眼。天性喜欢热闹风流的张水水，彻底看清自家男人的本性。那些平常惦记她的男人本来就不少，现在张水水没事的时候，就梳妆打扮一下，自然招蜂引蝶。趁着五愣不在，不怀好意的赌棍无赖就上门调戏水水，吃不上也酸一酸。一来二去，众多男人把个张水水调弄得成了见了男人就没有骨头，嘴皮练得如风月场上的老手，说话的声调如猫叫，相好的男人给点钱扔下点吃的，就能偷腥占便宜。

张水水过后也想，过日子不是这么回事，毕竟有娃娃，这样做对不住男人，心里有了一丝愧疚，先把男人的心笼络住。于是张水水对男人吕五愣的态度来了个大转弯，做熟饭等男人，和男人拉家长里短，把衣服洗干净缝补好。五愣看见老婆不常见的笑容，顿感受宠若惊，如打入冷宫突然又受到百般宠爱，开始还有些不自在，但他认为女人有了孩子就拴住了心，更加勤快刨闹日子，可一家四口的嘴难填满啊。家徒四壁，任怎么节俭，炉灶上经常架口空锅，奶水不足，孩子经常饿得大哭。

来他家串门的男人多于女人，爱耍纸牌的她在说笑声中打发空虚的光景。水水能和那堆男人说到一起。总是顺着她的本村财主关大头舍得给她花钱，每次出门回来，给她买些罕见的脂粉之类的女红，还给她值钱的东西，更让她动了心的是关大头的男人气概，走南闯北的见识，这让水水无限向往，这个世上真有那么花里胡哨、稀奇古怪的事？许多的好奇藏在水水那颗本就多情的心中，每回看到关大头，她就看到新鲜，由新鲜到喜欢，生出更多的情愫来。这是在自己的男人身上，这辈子也无法找到的。她心中的关大头越来越像个英雄，一个真男人，有那么多的地和水渠，还有那么多人对他俯首称臣，还有两个低眉顺眼的明媒正娶的老婆，他比所有男人都强。她觉得，有这种男人对她百般示好，是一种幸福，于是对那些本是拈花惹草、占她便宜的男人冷淡不少，把激情全部投到关大头身上。

哪有不透风的墙，吕五愣听到了人们的议论，谁见了他，都要拿他开开心逗个乐子。家里突然宽裕起来，水水说，有人让她唱一场二人台，给点钱，要不就说娘家兄弟发了财，给他们捎来的。他知道水水骗他，但也没办法，再问

得厉害，水水就说不和他过要走，要不就腿一蹬死过去，吓得他两腿筛糠，呼奶奶唤娘娘的，让她快醒来，两个娃娃哭成一锅粥。看来这个家没有张水水这个女人还是不行，况且他也舍不得这个如花似玉的老婆，老婆真要一拍屁股走人，这辈子别指望娶老婆，就剩打光棍了。他看着哪个男人都好像和他老婆有一腿，但他没有把柄，心里窝着一堆腐烂酸粥。第三个孩子出生，腿长手长，面皮白净，五愣没看出像他这个大大，心下安慰着：那就是像他妈了。水水又给儿子取名二人台戏里的人名——宝童。五愣感觉自己头上抹的泥越来越厚，捉奸成双，打定主意悄悄行动一回。

这天，五愣说去远点的地里割麦子，中午不回来。张水水动手给五愣做了糜糜酸粥，还拌了肉酱，又在苦菜上倒了葱花油，用笼布包好给五愣带上。五愣走出去，水水又追上，提着五愣忘了带的一罐子水。水水这是真心的，这本是她的男人，又是孩子的大大，受死受活也是为了这个家，正是龙口夺食的忙季，吃得舒服点。五愣走远了，关大头在自己房后瞭见吕五愣出了家门，走得没了影儿，忙朝吕五愣家走去，一路上想着和张水水那点露水情，自认神不知鬼不觉。一进门，他上去抱住张水水就要亲，水水推开他，把两个大点的孩子打发到外面。关大头喘着粗气，忍不住宽衣解带……不曾想五愣已来到窗台底下，听见炕上唧唧哼哼着，关大头像一只狗呼呼直喘，五愣血液涌上当头，提起大片锹一脚踹开门，关大头如受惊的狼，跳到地下。三儿子被吓醒，哇哇哭起来。五愣使出浑身力气，对着一丝不挂的关大头腰上狠劈下去，关大头哇地大叫一身，张水水吓得嘴里咬着衣裳，浑身乱颤，抱起哭得快断气的儿子。关大头跪倒在地，头捣蒜般磕头求饶："兄弟，五愣兄弟，是我不对，我是牲口，你饶了我哇，兄弟……你也知道你老婆，她勾引我，我家里还有两房老婆……"

五愣举起西锹还要劈下去，关大头的求饶声突然没了，关大头知道，这个红了眼的愣货，现在要他的命如同捏死一只蚂蚁，眼一闭软软倒在地上。只听张水水颤声喊道："娃他大，你就看在三个娃娃的分儿上，不要做那没的，你要有个三长两短，我们娘儿几个咋活呀，呜呜……"水水怀里的孩子哭得更响，水水把一只奶头放到孩子嘴里。五愣举到半空的那把大锹慢慢放下来，又指着关大头的脑袋，发狠地说："再让老子看见你，老子活剥了你！说，你是牲口毛驴！"

此时的关大头哪有一点财主的派头，活脱脱一只斗得没毛的公鸡，连声说："我是毛驴牲口，我是毛驴牲口……"吕五愣照着关大头的头上唾了一口，"赶快给爷爷滚！"

关大头光着身子抱着他的一堆衣裳跑了。张水水披头散发，吕五愣上去重重扇了张水水一个耳光。张水水呜哇一声，把吃奶的孩子往炕上一扔，一下子倒在炕上喊了一句："我不活了……"喊完，就像是断了气似的，胳膊一伸腿一蹬，四肢挺硬，咬着牙，嘴里吐着白沫。

从外面回来的一儿一女看见妈妈光着身子躺在那里，吓得一齐哇哇大哭。五愣扯了烂被子盖在水水身上，见水水像死人躺在那儿，着了急，赶忙叫着水水，一摸，手脚冰凉，掐人中，窝腿窝胳膊，只听张水水"呜"了一声，眼睛睁得大大的，看着五愣，突然嘻嘻笑了。五愣倒抽了口凉气，"是疯了？"又见张水水大哭起来骂道："你这个丑八怪，王八蛋，娘娘一天伺候上你，你就欺负娘娘，娘娘是见不了人，活不成了……"骂着骂着竟然唱了起来，唱的全是二人台的调子，五愣听懂几句："我本是天上的仙女下凡间，到了你门上遭了罪。你要敢对我有不忠，我让你灾祸上了身……"唱完拼命揪自己的头发。三个娃娃已经哭得没个调子了，五愣蹲在地上捶自己的头，唉，真他妈的好像自己做了理短的事，不如装了眼瞎不回来？三个娃娃哭得他心如刀子刮，窝囊呀！他实在忍不住了，扑通跪下朝着水水磕头，"仙女娘娘，我听你的！你不要糟践自己，看在娃娃小的面子上，求求你发发善心，以后听仙女娘娘的……"果然，水水停止撕扯头发，又唱道："仙女我护她身，以后不由你管。我来去自由身。保你大人娃娃都平安，有吃有喝有福享。我下凡超时辰，马上就要起空了……"一阵摇头颤抖，只见水水又躺在炕上四肢僵硬。两个大的惊吓得早住了声，那小的还在挣命地嚎。刚消停了一会儿，地下的两个大的看见妈妈还没起来，又大声嚎了起来。咋办呀！想到老婆这阵子对他的好，把他当个男人对待，罢罢罢，谁叫自己命不好，娶了这么个祖娘娘。于是，他站

起来坐在炕沿上，抱起小的，对喘气已经匀称的张水水说："娃他妈，你说你是个人也好，神也罢，你把野男人领回家，叫我当了活王八，我咋活人？你要是三个娃娃的娘，以后再不能唱戏，更不能跟那男人来往，否则，我舍出去了，不信你就等着看！"

张水水听完这些，忽然翻了个身。本来她和关大头胡乱折腾，以为吕五愣会扑上来把她打死，又听见外面玩耍的两个娃娃回来大哭，知道五愣的心乱了，又耍了一顿泼，脑子混乱，四肢麻木，嘴里不知说了些甚，事后没有一点记忆，原来这就是后套人说的顶上神了。她也后怕，当时五愣蔫人发了威的那股劲，就如一只猛虎下山。她害怕当时出了人命，更没想到那关大头原来是个稀软脓包蛋，臭驴粪蛋子，白长得五大三粗，关键时候男人的气概被狗吃了，被猫叼了，顶天立地的形象在张水水眼里瞬间稀碎，像个脚底下的臭虫！唉，人家是来寻花问柳来了……她噌地坐起来，扯开被子，赶忙穿好衣裳，抱过三儿喂起了奶，娃娃一顿咕咕咕，狼吞虎咽。地下的两个看见妈妈不哭不唱了，也爬到炕上，围在妈妈身边。吕五愣肚里还鼓着一肚子气，出气都是长两口，短三口，摔了门又向麦地里走去。

此后，吕五愣只要回家，就看见张水水把家收拾得干干净净，炕棱被米汤浆得油亮亮的，饭已经做好，三个娃娃嘻嘻玩耍，不时听到水水吼着闹腾的娃娃，叫道："赶紧叫你大吃饭！"看见五愣回到家，先倒碗水递给五愣。善良的五愣心里暖暖的，这才像个家呀。最让他心中高兴的是水水再没有出去看过戏，更没有唱过戏，时间一长，他就把那档子丑事忘了，水水也忘了她做过的丢脸事，一切又如往常平静。第四胎生下来是一对双生，一儿一女，男娃是和五愣一样结实的男娃，女娃是和水水长得一样的漂亮女娃，取名银银、秀秀。两口子好不高兴，龙凤一齐来，顶如双喜临了门，高兴过后，愁的是又多了两张吃饭的嘴。愁归愁，只要仙女附体，张水水就开始唱，五愣哪敢得罪仙家，说甚应甚。过后，水水当然不高兴就骂，一边做营生一边骂他没出息，娃娃吃不饱，自己没有一件件新衣裳。五愣抽着烟锅吧嗒吧嗒响，心想：就这张烂嘴，随她去，这年头，有几家每天吃得好，穿得好，除非那关……哼，那个老牲口现在看见他绕着走，是怕了他了，怕他拿锹劈，哼！

可世事难料，就有那不怕死的，是那个和水水一直唱对手戏的"王八戏子"王来响。以前戏台上哥哥、妹妹叫喊，摸一把，捏一下不算甚，有一次还偷偷在水水脸上亲了一下。那种少男少女的初次甜蜜，成了他心头难忘的记忆，要不是水水的大大棒打鸳鸯，那水水就是他王来响的老婆。王来响想到水水没有要死要活地嫁他，也是怕以后跟上他讨了吃。他见水水嫁了人，自己没了指望，就跑出去刮了野鬼，有的人说他回了老家。王来响从小没了爹娘，长得白净，有模有样，只是从小没人调教，没个收揽，不知道过日子，穷得叮当，跟上唱戏的挣了一套铺盖，走哪吃哪住哪，更别想娶媳妇。就是和张水水郎才女貌，才子佳人，有情有义，那都是在戏里，在梦里。张水水就是看上仪表堂堂的王来响，作为女人也不会真的嫁给他这个手无缚鸡之力，讨吃拉不起棍的男人，但是张水水就是忘不了王来响对她贴着耳畔说的酸情话。当时她不愿嫁吕五愣这个又丑又不会调情的男人，也是受了王来响的诱惑。好在她的大大硬是把她嫁给吕五愣，最起码吕五愣会种地勤快，能填饱个肚子。张水水早就知道，自从她嫁人，王来响的希望破灭，就开始和各村的闺女、媳妇调情，好在唱戏唱得好，人们爱听，真成了刮野鬼货。

那天刮野鬼的王来响刮到红柳疙旦，给一家娶媳妇的人家打坐腔，爱看红火的水水觉得不远，禁不住丝弦撩拨，打发大人娃娃吃饱睡觉，便跑去看热闹。当她和王来响的眼睛一对视，感觉自己的心狂乱不已。这两人，一个已生了孩子，一个是情场老手，再不是那毛手毛脚的生瓜蛋子。这眼神一碰撞，火光烧红了大半个阴山。半黑夜，王来响挣命唱，越唱越酸，眼睛没离开过张水水。回到家的张水水，旧情复燃，情不自已，睡梦里，梦见两人唱戏，差点喊出"来响哥哥"。

那王来响没等阳婆上来，就在红柳疙旦转悠，他知道水水肯定出进，也就知道她家住哪了。他看见一个五短三粗的男人，拿着镰刀背着绳子向村外走去。太阳还没露脸，他钻进了水水的院子。屋里面的人睡得暗无厅堂，他敲敲窗户，没反应，一推门，门就开，一个大人、五个娃娃香甜地睡着。水水听见

动静，以为是男人五愣，眼睛都没睁。激动的王来响走过去抱住水水的头，水水没睁眼，张嘴就骂："不要脸的东西，老的小的欺得娘娘睡不上一个囫囵觉。"只听来响在她的耳边轻软地说话，听的人瞬间魂都飞起来，"妹子，是我，你的来响哥哥。"水水一惊，翻坐了起来，看见激动得满脸绯红的王来响贪婪地盯着她光光的上身。水水赶紧用被子遮住，压低声音喊道："滚出去！"王来响冒火的眼睛没离开他曾经爱过的女人，早已浑身颤颤的。水水连惊带吓，没有任何力气反抗王来响的热情。

阳婆上了四竿高，五明头出地的五愣从地里收工，顺便背着一捆柴回来。他满心以为和平时一样，老婆做好饭等他，一进门见老婆睡得呼呼的，像赶了几天的路那样乏，五个娃娃，两个小的显然是吃饱奶，咿咿呀呀，挥胳膊挥腿，三个大点的光着身子，玩得把枕头扔在地上。他喊了一声："甚时候了，还不起。"

张水水半睁开眼，从窗户射进的阳光刺得她赶忙又闭上，揉揉眼往起坐，一边自言自语："咋睡过头了。"忙穿上衣裳下了地，头发乱蓬蓬，脸儿红扑扑。五愣看得心疼，袭人的女人不梳头不洗脸也耐看，操心娃娃太累了，心里一肚子火气没了。张水水端起尿盆往外走，他也跟在后面抱柴火生火。

以后，红柳圪旦上空飘着王来响凄怨的唱曲声：

> 头一声声高来二一声声低，
> 我给父老乡亲三朋四友唱上两声刮野鬼。
> 转圈圈旋风当中一卜滩滩水，
> 可怜哥哥这咋会儿刮野鬼。
> 为一个男人娶不上一个好媳妇，
> 还不如跟上妹妹出来蛮山曲……

走哪哪就是家的王来响，在红柳圪旦很快成了红人。人们闲了，听他抖几曲山曲，唱一段二人台，不管好赖饭，谁家给吃就行，帮着这家翻个地，那家割个草，晚上就到另一个村金毛圪旦一个光棍汉的家住。那个光棍汉老家在南方，爱吃辣子，外号夏辣子，时间长了，两人还有点交情，互相有个照应。王来响只要看见五愣不在，就像偷吃惯了的猫，和张水水死去活来红火一回，彼此得到最低级的满足后，想想咋样才能长久下去。

张水水怀孕了，算一下日子，是王来响偷跑来那一次有的。不管是谁的种，揣在她的肚里，养在他的炕上，肯定是吕五愣的。不愧是耍嘴唱戏的，不久，王来响就和吕五愣叨啦得热火朝天，不爱多言语的五愣被这个红的能说成黑的，死了能说成活的王来响逗得哈哈大笑。他帮着五愣在地里干营生，倒是五愣抽着烟袋看着这个不要工钱，饭也不吃的劳力，心里满是高兴。到他的院子里，王来响拿个劳动的家具，就能叨啦两句，出入多次也规矩。这王来响对水水真是动了情，从水水发现有孕后，再没来打扰过水水，一直到水水的孩子满月，才瞅机会进家坐了一会儿。水水坐月子的这段时间，王来响倒是和五愣交了朋友，他帮五愣做地里的营生，这样五愣有时间料理家里。有一次，王来响给坐月子的水水从门里扔进几斤白面。还有一次，在地里干了营生，五愣硬是留下王来响吃饭，来响蹲在院子里吃着，趁五愣不注意，从怀里掏出半斤红糖，塞给在外面喂鸡的水水。水水自从和王来响好了后，她也很矛盾，事情迟早会暴露，到时有他们苦头吃，跟着来响过是不可能的，他自己还有一顿没一顿。要是就保持这样，也挺好，可是，能长久吗？这是水水的第六个娃娃，是儿子，取名小魁。

水水开始下地劳动，操劳家务比以前更勤。六个孩子张嘴吃饭，操劳一天的五愣力不从心，往往是来响补缺。红柳圪旦的人发现这个唱戏的来响，戏唱得更有激情，给五愣家干得营生更多，不管白天黑夜。于是，风言风语传到五愣的耳朵。五愣哪有心思割草，背着小捆的柴火半晌午回了家，一进院，一股肉香，扔了柴火推开门，看见躺在炕上的水水肚子上放着小儿子小魁，身边围着五个孩子，再看炉灶旁半蹲着添柴烧火的王来响，吕五愣轰一下头大了，眼睛红了，原来王来响一直是给自己拉帮套的！谣言是真的！顿时，他浑身的血全涌上头，一下不知道咋办，转了一圈看见门后的顶门棍，拿起棍照着来响的腿

狠狠挥去，王来响惨叫一声，倒坐在地上，几个孩子同时吓得大声嚎起来。只见五愣提着棍走到水水跟前，水水吓得欠起身子，流着眼泪。五愣举起棍，只听见来响大喊道："五愣哥！你不能！你老婆才满月身子虚，不能受了惊吓。几个娃娃小，不要吓坏了！锅里熬着羊肉汤，给娃娃们解解馋。"说完吸溜着气，疼得龇牙咧嘴，扶着门慢慢站起来，一拐一拐走了。

水水低声抽泣了几声，随后强忍着哄几个娃娃，慢慢地下了地，揭开锅盖，肉香味热腾腾充满了整个家。娃娃们一时忘记了恐惧，好像大大刚才用棍子打出去的是一只想偷吃肉汤的狗，他们像小鸡看到米粒一样叽叽喳喳扑到锅跟前。水水往碗里舀着肉汤，呵斥他们离热锅远点。娃娃们等不及碗里的肉汤晾凉，烫了嘴唇哭起来，又馋得直往嘴里送，水水忙着吹凉气，又用小勺子搅和得凉了一些。娃娃们好不容易安静下来，不顾一切往小嘴里送肉，脸上还挂着泪蛋蛋。

五愣抱住头，圪蹴在地下背靠着墙，唉！常年见不上荤腥，他这个一家之主真是没本事呀！看到娃娃们狼吞虎咽，不争气的眼泪涌了出来，又使劲咽回去，几个娃娃瘪瘪的肚子和自己要的大男人样子哪个最重要，他不会认真地去想了。水水端了一碗肉汤给他，油花花转出诱人的图案，香气穿透大脑和每根神经。要是自己买来的肉，这吃起来得该有多爽啊！可这是老婆的嫖头买的，给他头上糊泥使他变成泥头的野男人买的。这时，他应该像个男人一样，打掉水水端来的肉汤，把娃娃们手里的碗打掉，把锅里的肉汤都倒掉，臭骂一顿老婆，再狠狠打一顿……可是，娃娃们小嘴没有离碗的吸溜声，压倒了他内心的痛苦。他们的喜悦和满足来自喷喷的肉汤，没有看见大大那张变形的脸，更不会理解他们的大大此时是什么心情。水水端了一碗，给两个双生喂着汤，不时偷偷看一眼五愣，眼睛红红的。五愣站起来，走向院子，四周看起来光秃秃的，他到哪都是没边没沿的，自己家烟囱里悠悠几缕炊烟，被轻风一吹无影无踪。

水水自从有了小魁，加上王来响的事被男人知道，性情突然变得安静了，不爱串门赶红火，娃娃们哭声少了，笑语多了。她稠一顿稀一顿早早做饭，一有空给大人、娃娃缝新补烂。

六岁的大儿子连成在外面玩耍着凉，又不知在地里吃了什么野菜，上吐下泻发烧两天不退，水水急得直哭，那个仙女神不知为什么咋请都不来，五愣头磕烂也没顶用，也许仙女神云游天庭顾不来，只是在水水身上打了个哆嗦？

一大早，阳婆刚露了脸，水水拿起扫炕笤帚，拿上小连成的衣裳，到外面叫起了魂："连成子，回来！"五愣在后面应着："回来了！"张水水唱戏的嗓子发挥了作用，只是脆生生里裹着一层焦虑，村子里的人都听到了，心里生出几分同情，几乎家家都做过给娃娃叫魂的事，一叫魂就知道是娃娃生了病，是娃娃受了惊吓丢了魂，等魂回来，病就好了。第三天，儿子不见好转，还昏迷，五愣点香磕头还是不顶用，实在没有别的招，搓着两手看着儿子在地下转圈。水水边哭边骂："你倒是想想办法呀，娃娃咋办呀，你这个没用的人呀……我可怜的儿呀！"五愣带着哭腔说："去哪看呀，没一个钱呀！"水水还在骂着，可刚满月不久，虚弱得吼不起来。

推门进来一个人，是那个胆大包天，不知死活的王来响。他背着半袋子白面，放到炕棱上，正要说什么，看见紧闭双眼，脸烧得通红的连成，惊讶地弯下腰，哑着嗓子说："娃娃这是发烧了哇，这么厉害！"又摸摸屁股下面，全是水，说："娃娃是发霍乱烧的，我知道金毛疙旦住的夏辣子，他家有个祖传秘方专治霍乱。这样哇，我带娃娃赶紧去找夏辣子看病，不能把娃娃耽搁了。五愣哥，你在家里招呼的。"说完脱了自己的破褂子裹在连成身上，背起就走。五愣冲着来响翻了个大白眼，但还是赶紧给开门，看着来响一拐一拐急急出了大门，水水哭着小声骂着什么，心里早有的打算更加坚定：搬家！

10. 神婆

赵家圪卜的人们日日早出晚归，鸡鸣狗欢。新的环境，加上热心的乡亲，时间不长，吕家和这里的人打成一片。张水水爱说爱笑的性格同样受到人们的喜欢，家里常常是人攒堆，男人叨啦个外村的奇闻怪事，女人们看个水水的打扮，探听个唱戏的人在台下是甚样。一年后，吕五愣有了地，有了收成，成了坐地户。好几次，张水水的仙女神不请自来，吕五愣问起给儿子看病咋请不来。仙女神回："水水身体弱，怕她受不了，神来一次顶如千斤附体，你凡人想象不到，以后不准欺负她给她气受，否则带她回天庭！"这一说不要紧，吓得吕五愣出了一身虚汗，可了不得呀，这一大家子哪能少了水水！跪下发誓祷告，以后再不让张水水生气！

一次，一群女人闲叨啦，杨花眼说起婆婆这几天精神不好，睡不着觉，吃不进饭。赵二家的说："正不如让他五愣婶的神给看看，讨点神药吃吃就好了。"张水水不好意思，又一想，刚来赵家圪卜，站稳脚跟扬扬名也好，于是认真地说："好，晚上星宿全了我给老人看看，看好了给姊妹我扬扬名，一颗麦子不要。我家那口子实在，以后还靠大家的帮扶。"

杨花眼请来张水水给婆婆看病，也是趁三娃去挖杨家河，得走几天回来，要不那个倔卜头肯定不同意。张水水盘腿坐在当炕，前面放张小桌子，桌子上放一个盛满米的碗，碗上插了三炷香，碗前放了几张小长方形的黄纸。花眼烧了一张黄纸，念："神神显灵，给我家老人治治病。"只见张水水哈欠连天，摇头吐气，难受得不能自已，哼哼唧唧，啪，拍了一下桌子，如豆灯火跟着颤了几下，让人心惊胆跳。金梅吓得早缩在炕头，用被子蒙了头。杨花眼赶紧跪下磕头，嘴里念叨："灵神神不要怪罪，不要为难，给我们老人家看看病。"突然张水水唱了起来，真不愧唱戏出身，又脆又甜的嗓音听得众人入了神，就像听一场二人台，三娃家门上窗户上爬满了看热闹的人。从家里往外一看，黑压压的全是脑袋。

杨花眼不住磕头回着神仙的问话，香碗里放着一张黄表纸，不知什么时候成了一些香灰似的灰面面。张水水像喝醉酒似的拿起灰面，半闭着眼说："请这位老人家喝下去。"三娃妈跪着双手接过来，一口倒进嘴里，呛了一口，咳嗽起来，杨花眼赶忙把水端过来，喝了两口水，才止住。张水水继续唱着。忽然窗户的黑影像被突如其来的飓风刮没了，就听到外面有人大声说话，门上的人小声喊了一声："三娃回来了！"花眼赶紧站起来开门，三娃满脸怒气连嚷带喊："这是干甚了！妈哪了？"屋里的人顿时没有了声息，三娃的眼里放出一道比油灯亮百倍的光，射向端坐在当炕的披头散发的张水水。平时就对这个妖精女人没有好感的三娃，这时连呼出的气都带着不满。张水水被这特别强大的气场逼迫得睁开了迷离的眼睛，气流覆盖了她的意识，只见水水脸色一变，唱声也戛然而止，低下头。杨花眼能听到自己的心跳声，张大嘴，好像自己偷了人被人发现。人们的呼吸似乎凝固了。同样，三娃也被这突如其来的安静弄蒙了，他的眼睛只顾满世界找着母亲，只见母亲虔诚地跪在新搬来的这个女人跟前，满脸平和，洋溢着高兴。媳妇花眼傻愣愣地看着他不说一句话。

"这是咋了？"他又问了一句媳妇，语气平和了不少。这一声和气，使在场的人活泛起来，有的人笑着。赵二家的说："他三娃叔回来了，呵呵，请来仙家给大婶看病了，看完了，我们走哇。"赵二家的话还没说完，张水水已经穿好了鞋，神仙早已回天，避开三娃的眼睛，推开门走在前面，后面的人相继出去，刚才还万分虔诚的场面，转眼散得就剩自己家的人。花眼收拾桌子。

三娃坐在妈妈的跟前问："妈，你没事哇，咋了？"他妈笑着说："没甚事，这一段睡不着觉，不想吃饭。你媳妇给请来五愣家的仙家看了看，吃了

点药。哈……"打了个长长的哈欠，又说："我想睡觉。"花眼赶紧过来铺好炕，伺候婆婆躺下，把起早已熟睡的兴旺放在奶奶身边，又叫醒金梅。金梅睁开眼睛，看着这个，看着那个，纳闷满家的人什么时候走的，大哥咋回来的？但她挡不住瞌睡虫来袭，躺在妈妈身后又睡着了。

三娃瞪了一眼花眼，"再不要胡闹整这些，看那个女人不是正路人，哪来的神仙。"花眼赶忙拦住三娃，"不要瞎说，人家顶的灵神神。"三娃说："就她顶神，那是顶上鬼了！"花眼害怕他再瞎说，赶紧打转口问金柱的情况，说金柱小，挖渠太吃力，多帮金柱。三娃气哼哼地回了句："这还用你安顿！回来就是带点干粮，金柱年轻饿得快。"两人又悄声说着话，只听三娃妈已经打起呼噜。

第二天，花眼早早起来烙了十来个玉米掺白面的饼子，又开始和面做面条，见婆婆睡得很香。"哎呀，这五愣家的顶的这堂神真灵啊，看病如手捏。"花眼高兴地边擀面边和烧火的三娃说。三娃冲着媳妇说："以后少遭惹这种人。"花眼就像没听见，扫地的金梅冲大嫂偷偷做了个鬼脸。吃了早饭，三娃又上了工地，婆媳俩做针线说着话。"病看好了，就该给人家点酬劳，摇头打散不容易呀。"婆婆精神十足，边捻毛线边说。花眼应了一声，又小声说："兴旺他大可是不信。"婆婆说："别管他，信神信鬼信病了，我这不是好了，多少天没睡得这么好。"花眼看着婆婆点头应着，想起神婆水水看见三娃的那个败兴样儿，扑哧笑了。

村里人知道水水顶的灵神神给人看病灵验，看好了好几个病人。东头赵老大的儿子赵长命刚娶回来不久的新媳妇，晚上突然翻着白眼胡言乱语，说她在阴间快穷死了，少吃没穿，受人欺负，没人管她，哭一阵骂一阵，一家人吓得够呛。赵二媳妇听说，赶紧找到张水水来看。原来这新媳妇跟上死了好几年的娘家妈，她娘家的人信天主教，不给死了的人烧纸钱，谁知这鬼找到女儿来要钱。张水水一顿火烧水泼，又用一把刀和麻纸把鬼送了出去，新媳妇立马安静下来。当知道她怎么胡说折腾后，新媳妇觉得特别不好意思。第二天，赵老大打发儿子赵长命小两口去给没见过面的丈母娘多烧点纸钱。众人听说这件事，笑着说："看来相信天主教的人不给死了的人烧钱是不行，这人去了阴间还得受穷了。"有的人说："要不就是这媳妇本来就有病，这鬼还真找见闺女？哈哈。"村西王家的娃娃发烧几天不退，请去张水水看。她说娃娃的魂丢了，一顿跑出去叫魂回身，晚上娃娃就不发烧了，第二天活蹦乱跳在外面耍。

看好了几个病人，人们对张水水更加另眼相看，也知道张水水的脾性不是省油的灯，嘴快，爱占风头拔个尖，说翻脸就翻脸，但过后就没事人似的，人们也不和她一般见识，但惧怕她，惧怕她的什么都不怕。"我不怕！"这是张水水和人吵架时的口头禅。但是张水水在程三娃家给他妈看病那天，看见三娃的眼睛，心里就莫名惊慌，过后老想三娃的那双骇人的眼。从吕五愣第一次打了她之后，她就疯了。和王来响扯不清，五愣埋怨、咒骂过，她又疯了。她的疯能唬住五愣。为了达到目的，她能神志不清几天。五愣点香磕头后，她醒了，说是上天游了一顿，如果还让她不自由，就不回来了。看着几个鼻涕流到嘴里的娃娃，五愣彻底怂了。"顶神"了的水水，有神仙附体，又用她天生的好嗓子唱出一个又一个四六句子的腔调，还会给人治病，驱邪除魔，显了神通，而且还治好了几个，并且随着神仙的要求，喝点酒抽袋烟。

有一次，程三娃给杨怀义家犁完地，两人圪蹴在地头抽烟锅。说起张水水顶神给人看病的事，杨怀义唾口唾沫擦了把嘴，抽口烟说："这世间万物其实很玄妙，是有一种看不见摸不着的能量。就拿顶神来说，这也是大后套古时候流传下来的。我活到现在没少听说这种事，也不是谁想顶神就能顶的。你说她大字不识一个，四六句子张口就来，还给人看好病。不过，信神神在，不信也不怪。"程三娃想想笑着说："我看是人一半神一半，那个女人就是半妖半人，呵呵。"他们又说起李忠走起路咋那么快，任何人休想撵上。杨怀义说："那就是飞毛腿，他脚底下长着毛。"程三娃说："这倒没留意，真有这事？"两人抽完一袋烟，站起来继续犁地。程三娃和杨怀义一起叨啦的事多了，说话和杨怀义的口气一样，对自己的想法感到奇怪。

张水水穿着一件新做的裹大襟蓝花衫，甩着裤脚，没裹好的一双大脚迈着碎步，扭着肥大的屁股，捻胸凹腰，从村西往村东走。三娃和刘根小提着犁牵

着牛说着话，边往西面的地里走。张水水老远看见高大的三娃，停住脚，定定神立刻向南拐去，在渠壕里顺势蹲下，等三娃他们过去才站起来。她实在是害怕三娃那双能看透人的眼睛。

这样的日子也算消消停停过了一年。一天，一个讨吃又会唱二人台的男人来到赵家圪卜，说是和吕五愣认识，还是吕五愣小儿子的干大。说来也巧，吕五愣房子后面正好有一个用红柳搭的废弃小土房，这个讨吃来的王来响就住了进去。第二天有人听见吕五愣骂人摔东西，嗨，难道五愣一夜之间翻了身？人们几天没见水水，发现她脸色有点不好看。但是娃娃们高兴成一团，围着这个讨吃来的人亲热得不得了，就像一家人似的。随后看出门道的人就捂住嘴笑了。吕五愣家的长得袭人，穿得整齐，心肠也好，如果来看病的人家光景不好，什么都不收对方的。水水回家以后懒得干活，总看病熬夜也歇息不好。五愣地里忙啊，所以王来响从偷偷摸摸到理直气壮，在五愣的家里地里忙个不停，烧火做饭，哄娃娃，背柴火，干得热火朝天。他不信五愣能守在老婆身边，老虎还有打盹的时候。王来响自己都感觉这辈子是离不开这个女人了。张水水发现，只要她的神附了体，五愣就服帖，那些求她看病的人对着她磕头，烧香，而王来响舍命追到这里，挨白眼干营生更是毫无怨言。

王来响置办了几个锅碗瓢盆，用泥抹了抹烂土房外面，把塌了的炕收拾一顿，窗户上糊了白麻纸，屋子显得整洁干净。从地里回来后，他开火做饭，一有了烟火，也就有模有样了。吕五愣从仇视到漠视到默认，但是在路上遇到王来响，如遇大山和洪流，绕弯而行。五愣在家里的地位提高了，有了发言权，水水也很少骂他，多数听他的。孩子虽然和叔叔亲，但看到大大回来，也都跑过来。来响呢，更是低着头看五愣哥的眼色。五愣享受到一家之主的威风，对于王来响这个人视而不见，变成一个瞎子、聋子、哑子。

来响的唱功赢得人们的喜欢，听他的戏和李忠的《打连成》、刘根小的《种洋烟》，人们两顿饭不吃都不觉得饿。不到一年，他在赵家圪卜安家分了地，俨然就是这圪卜里的人。秋天庄稼收回了家，地里还有一些没有拉干净的玉米粒、葵花籽不舍得丢，好些人还在往回收揽着，顺着风没听到王来响唱曲的声，却听到他含着早已熄火的烟锅子的叹气声。李忠最早看出端倪，看王来响没亲没顾一个人也可怜，地挨着地，劳顿歇息抽锅烟袋，叨啦叨啦，时间一长成了无话不说的朋友。看着愁眉不展的来响，他说："老哥咋说都是为你，你是个男人，一辈子这么给人拉帮套？你该想想以后。你有手有脚，娶个媳妇，不愁刨闹日子。这有的是地，还怕没你种的？那个女人再好，也是人家的老婆！"一席话说得王来响眼睛湿湿的。

王来响背了一捆柴火，放到五愣的院子里，推门进去，几个娃娃立即围住来响。这几个娃娃就像豆苗上结的豆角，一个比一个高点，甩着鼻涕咧着嘴，穿开裆裤的露着，不穿开裆裤的也不囫囵。王来响恨不得像前几次一样掏出几个甜饼子给娃娃吃，可他晌午饭还没做。老大连成更是拉着叔叔往炕上推。来响蹲在地上，看看脸色铁青的五愣，"五愣哥，有个事和你们商量，把小魁送我哇，我养活，随我姓，保证吃不了苦。你们两口子商量商量。"说完站起来走了。

张水水正儿八经和五愣商量，"娃娃养多少，关键是能吃好穿暖。"一顿软话说得五愣没了主意。他想：这年头，吃饱饭就能让娃娃不受罪，再说，又不是有多远，还是吃他妈的奶。至于姓甚，自己还有三儿二女，老婆还能生，于是同意了。

初秋，被太阳晒得暖烘烘的院子中，张水水坐在小凳子上，靠在那盘石磨上，盯着蓝蓝的天。她这个人就是少心没肺，从来没有想过多少事，倒头就睡是她多少年的习惯，就算吃了上顿没有下顿，她也没有愁过。这时只有她一个人的院里清净得出奇，突然她有了好多心事，却没法对人说出来。孩子们都大了，连送给来响的四儿小魁都五岁了。王来响把房子盖到村西头，离她的家远了些，还给小魁找了一个哑子娘，不过哑子娘脑袋不大中用。那是不行的！有了后娘，就有了后爹。她心里最清楚，小魁是她和王来响红火过后的种，送给王来响，是让儿子跟了亲爹，人们知道的是吕五愣的儿子送给了王来响，谁也别想瞎鬼嚼个甚。

张水水有意挑拨，王来响借故哑女人不会料理个家，连顿像样的饭都做不

出，把一年多不生养的哑老婆休了。那些想靠近王来响聊骚的女人，都被她三下五除二拿下。她理直气壮地认为，这一切都是为了儿子小魁，要是儿子受了罪，她就抱儿子回来。不过王来响是不会同意的，不光是小魁越长越像他这个亲爹，更因为他对这张水水难以割舍。谁都能想到，有了小儿子，她和王来响就会藕断丝连，两院出入更是理所当然。

日子一天一天过，她的前院、后院还就这么糊里糊涂。有时，她恨五愣的懦弱，恨他不怕盖泥头，怕没了老婆活不成的怂样。她恨王来响的贱，恨他贱到从开始死缠烂打自作自受当狗、当孙子没个男人样。可他们都是男人，对她张水水百般好，对她死心塌地。现在她都不敢想象失去任何一个是怎样的感受，甚至觉得神附体说她前世是个了不起的男人，有两个女人，今世她转世为女人，那两个前世的女人转世为这两个男人。她命中注定就是有两个男人。她慢慢地把一头黑密的头发放下来，头发已经长及大腿，因为坐在凳子上，头发垂到地下。她拿着那把漂亮小巧的篦子慢慢梳头，从上到下梳着，也梳理着她少有的愁绪。头发梳理顺了，她烦乱的心思也淡了。她把头发用手缠绕起来，最后在后脑勺下边绾起一个漂亮的大疙瘩，用一个本色的雕花卡子卡起来，站起来拍拍身上，理理裤脚，进屋做饭去了，吃饭的一群人要回来了。

11. 在包头

一九四四年二月，不太平的包头，祁昌盛连长身边换了一个新的勤务兵，叫张武。他手脚利索勤快，人也老实憨厚，逗着祁女女，不停地帮着白葡萄干这干那。彼此熟悉后，白葡萄知道了他家里的一些事情。十八岁的张武，五岁时随父母从山西逃荒到这，半路走失，被一对孤寡老人捡回去。去年养父母先后去世，亲生父母又不知流落何处，无亲无故、无牵无挂的他追随了一队从他家门前路过的队伍，以当兵为出路来养活自己。今年他调到连长身边。连长每天太忙了，出门带着荷枪实弹的两个人，他就在家看门。每天，他和同样孤单的太太说两句话，两人也算是同病相怜。一连多少日子，祁昌胜连长连问候她们母女的空闲都没有。白葡萄也是经见过一些世面的人，看到连部出出进进的那些人表情严肃，甚至还慌里慌张，她预感要出事。不久，祁连长带着几个兵骑上快马办事情去了。

两天后，她在街头无意听见有人说"起义""投奔""共产党来了"，还有她听不明白的一些词。她回到家，在院子里听到女儿的哭声和打骂声，慌忙推开门，她大吃一惊，家里乱作一团，桌子、椅子倒在地上，茶碗碎片满地，衣服扔得到处是，只见张武和两个兵厮打着。那两人边打边骂着："连长早跑了，你这狗还看个什么门！"小祁女女坐在地上哇哇大哭。原来这两人是趁火打劫，抢她家东西的。情急之下，白葡萄拿起那把她藏在炕铺下面的枪，朝天花板开了一枪，用枪指着那两个兵大骂起来："谁敢给老娘胡来，老娘一枪毙

了他。"那两人听到枪声吓得够呛，又看见太太拿着枪要杀人，吓得丢下东西慌忙跑了。

她问张武原委，原来，两天前副连长知道要打一场大仗，拉了一部分兵和武器跑了，脾气火爆的祁连长带了几个亲信快马加鞭沿路往南追去。有的说，连长被副连长的埋伏打死了，有的说赶上傅作义的大部队走了，生死未卜，总之是回不来了！祁连长走时交代了后勤的副连长，但副连长现在管不了要造反的逃跑的这些人。白葡萄倒吸了口凉气，事情比她想象的还要可怕。祁女女吓得不会哭了，刚到一岁的人抱着妈妈的腿抽噎着。白葡萄噙着泪水，想起自己早逝的爹妈，自己的身世和过往，再看看可怜的闺女，肝肠寸断。她举起枪的手颤抖着，咬着牙齿，她要活下去！哪怕别人再把她看成土匪、婊子。她必须赶快做出决断，突然她把手枪指向张武……

12. 红柳林走出一家四口

春夏交季，斜阳西下，一望无际的土地，偶尔有几个人吆喝着一群群羊，稀稀落落的人或牵着一头牛，或弯腰在地里刨着。顺着脚下的路，有水洼的地面长着芦草，红柳、枳芨一片挨着一片，好多红柳被人砍得只剩老根，但对那大片的茂密来说只是星星点点。远看突出的小圪梁梁，像一根根带子，走起来也是深一脚，浅一脚，走到积水处，脚底下松软的地发出啪啪的声音。

从靠南一片红柳林里走出来一对蓬头垢面的疲惫的男女，男人担着一个担子，一面是简单的行李，一面箩筐里坐着一个娃，女人手里也抱着一个娃，另一只胳膊挎着一个烂包袱。哎，这个年头，逃荒来后大套求生的人都一样凄惨。可刚才，就在那片红柳林里，女人钻进去要解手，突然听到一个婴儿微弱的哭声，吓了一跳，赶紧系好裤子往出走，继而哭声又起，断断续续。女人壮了壮胆，循声过去，看见一个刚出生的女娃在蠕动，她又惊又喜，这女娃命不该绝呀！忙扯下头上的烂头巾，包住女娃，跑出红柳林，眼含泪水，朝着男人小声说："当家的，我们把这个女娃养上哇，叫她张二女女，行不？"男人虽然一脸疲倦，但看得出他的英俊和慈厚，他看了看女人，轻轻点了点头。这样一家四口朝着远处升起烟火的那几间土房走去。路上女人又高兴地对男人说："当家的，我们有活路了，不要再往远走了。"

王贵仁收工回家的半道上，碰到逃荒来的一家四口。当他第一眼看见白葡萄，认出她就是救过他们一家性命的姚家院里的三姨太，大吃一惊。三姨太那

曾经白净的脸庞，如今显得憔悴疲乏，苗条的身材装进男人才穿的衣裤里，衣服肮脏并且破烂不堪，已没有了从前的风韵，只有双眼的柔光闪着善良。她怀里的小孩子饿得哇哇大哭，牵着她衣襟的小女孩泪眼汪汪，嘴里塞着自己的手指头。挑担的男人一脸无奈，东瞅西望，也找不见能使一家四口歇息的遮风挡雨的住处。

饥饿使人的记忆模糊，白葡萄没有认出眼前这个头发蓬乱胡子拉碴，补丁摞补丁，光着两个大脚板子的男人就是曾经在蛮会的故人。攀谈几句后，王贵仁热情地领着逃荒的一家四口，到了他那破土房里，进了家，地下有两个比讨吃要饭强不了多少的女娃，一个八九岁，一个四五岁，正在玩。王仁贵吼喊起两个闺女，让他们上了炕，从外面抱了一抱红柳，一会儿做出一锅胡麻油炝葱花的白面疙瘩汤，那三口人吃得稀里哗啦，女人用面糊糊喂了小女儿。

自从他们进了家，王贵仁就看见白葡萄眼神里那种恐惧，知道白葡萄认出了他们父女。他们做梦都不会想到，在这个叫赵家圪卜的地方又碰到了。王贵仁没有丝毫表露出认识这位逃荒女人的任何表情，和男人张武又热情地叨啦起来，"都是逃荒要饭到这的穷人，分什么你我，不要见外。"当晚，两家七口人挤在炕上。第二天，王贵仁割了一堆粗粗的红柳棍，打成两块耙子，又和了一堆泥，帮着张武一家搭起红柳茅庵，暂时安顿下来。王贵仁终于能报答当年救他父女三人命的恩人了，但为了恩人的新生活，王贵仁暗暗发誓，就是打死他，他也不会泄漏恩人那些伤心的前尘往事。他又背了些白面和糜糜送过去，说用炒熟的白面和米糊糊喂养没奶的娃娃，照样能喂出个憨娃娃。

13. 包饺子

程三娃家里的饭熟了，兴旺吃了几口，然后心红得和几个孩子跟上刘根小的扭秧歌队伍走了。后套安安明明的，傅作义的队伍到别的地方打仗去了。赵家圪卜来了几个穿军装的宣传队，他们组织起秧歌队，说人民翻身当家做主的日子不远了，三娃高兴得像个孩子，卖柴火买了一斤肉，又买了过年都舍不得买的一串小鞭炮，一个人噼噼啪啪放了一顿。兴旺从外面回来看见地下的炮渣，嚷着也要放炮，三娃答应儿子过年买两串大鞭炮。

一阵锣鼓声响过，好多大人娃娃们跟上扭秧歌的队伍跑了。三娃让媳妇做了一碗扒条肉。杨花眼说："半迟不早吃甚肉，过年再吃。"三娃笑着看着眼睛笑起来有细碎皱纹的杨花眼说："过年给你做一身新衣裳穿，好好打扮打扮。"杨花眼笑得大眼睛眯成一条缝。三娃得寸进尺，"可是今天我就想吃顿饺子。""吃吃，吃成馋猫了。"杨花眼嗔怪地剜了他一眼。三娃知道，花眼一会儿就会去包饺子，除了腌猪肉焖面和猪肉烩菜锅贴子，再好吃不过的是饺子，不觉呵呵笑出了声。他知道金柱大早起来就已经跑得没影儿了，这帮新青年，这一阵忙坏了。不过他发现金柱还是跑根小叔家多，是喜梅把金柱的魂招去了。他闭眼盘算卖柴攒的钱够给他们办喜事了，想着想着沉沉地睡着了。他太累了，趁这阵好好睡一觉，醒来正好饺子熟了。他还真想听根小叔和李忠叔唱二人台，王来响那小子也唱得带劲。

果不然，东厢房走出来母亲和妹妹金梅。金梅一身过年的打扮，一条大粗

辫子甩在染得不太均匀的桃红色的大袄襟后面，衬出一张粉白漂亮的脸，一双和大哥一样目光深邃，睫毛长长的，刘海齐齐，在细弯的眉毛上头，一条粗黑老布裤子显得稍有点短，一双带襻的黑绒鞋，青白布袜子，满身喜气。她拿来和面盆，一边和面，一边还往外看着，昨天就和喜梅姐约好今天看扭秧歌了。杨花眼看一眼小姑子心不在焉，笑着推开她，"去，赶紧看去哇，喜梅等不及了。"金梅笑着说："真是我的好嫂子。"人已经跑到外面，她妈又喊一句："早点往回走！"金梅跑得没影儿了。花眼把面和好，用盖帘盖好，拿出肉在案板上切了一多半，开始乒乒乓乓剁着肉馅，剁得碎碎的，放在一个瓷盆里。婆婆剥了几根葱，她又把葱剁碎搅在肉里，撒了盐搅和了一顿，盖上盖帘。过了一会，她把面揉了一遍，揉得光光的。婆婆说："和面是三光，手光、盆光、面光，吃饺子的面揉得有筋气才好吃。"

花眼不住地应着，白菜洗了两遍控干水，又剁碎，和腌好了的肉搅拌均匀，放了盐、花椒、胡油后使劲搅和，闻闻，又撒了点盐，搅拌一顿用盖帘盖好。她把面揉了一会儿，放在另一块案板上切成小块，拿出一块搓成条状，揪成匀匀的面剂子，撒上干面轻轻揉搓一顿，用小擀面轱辘开始擀皮。婆婆盘腿坐在炕上包着饺子，说："今天的饺馅子闻着也香。"用筷子把饺馅放到皮上捏起来，又用两手一挤，挤出一个圆鼓鼓的小耳朵，一边包一边骂起金梅："这死女子，还不回来包饺子，人多包得快。"花眼说："年轻人爱红火，就让她多耍一会儿，不着急，咱娘俩儿慢慢包。他们三个饿了，不用喊就回来了。"婆媳两个又叨啦起金柱和喜梅的事情。

唱了几天二人台的李忠，和几人圪蹴在桥头抽着烟锅叨啦，听到一阵敲锣声，是那个离赵家圪卜三四里路的村子新成立的一个小洋教堂的打差人敲的，他嘴里还有腔有调地喊着："谁不要，我要，谁要，我给……"他们都知道，这是教堂育婴堂的人，他们要把谁家养活不起丢到野地里的娃娃收回去，然后把娃娃送给想要的人家，这样好些生育旺盛的和不生育的人家都不用再担心娃娃的来去处。

李忠又一次动心了，他生了四个闺女，还没有个小子，眼看老婆不能生了，那就抱一个小子哇，好好务义，和亲生的是一样的。打定主意，他和那个敲锣的一说，就相跟着向小教堂走去。李忠抱回一个健康乖巧的男娃回来，双脚又风轮转似的背了半袋子面送到小堂堂，给儿子起名叫李面换。

14. 碾场

村子北头的大场面上，收回的麦子垛成一大堆。开始碾场了，今天是刘根小家碾场，一群人在扬镰挥权。他们把麦垛子抛下来，再拿四股权挑匀，围成一个大大的圆圈。程三娃和程金柱弟兄两个比主家还先到，一提麦捆就是十来捆，拿在手里的四股权就像孙悟空耍的金箍棒。赵四牛也早早来了，挑了一阵麦捆，回去牵着两个一红一黑的马又来了。铺好场，一人抽了一袋烟，套上骡子拉上大石碾子转着圈子撵场。刘根小手里拿着长鞭，腰里套着骡子头上的缰绳，在麦场中间轻移双脚，慢慢转着圈，驾着拉碾子的一对牲口，放开嗓子吼两句山曲：

> 阳婆婆上来人勤俭，
> 有吃有喝活的就不冤。

其他人不停翻抖着麦子，让碾子压过所有的麦穗。碾子不停地旋转，直至把麦秆压成金黄色，再开始用叉子抖出去，然后起场。人们用手推板把麦粒和麦枳子推成大圆堆，顺着风向用木锨扬麦子，随风飘走的是麦枳子，落下的饱满鲜亮的麦子成堆，麦堆上还有少量的麦枳子，再用一个长长的新扫帚轻轻浮扫。这一连串作业是村里男人的拿手绝活，女人也有利索的，是赵二媳妇，这次她没来。人们用大扫帚扫完麦堆后，麦堆放出紫红色的光，一袋袋新麦归了

162

仓。庄户人的心情在扛着一麻袋又一麻袋麦子时是最开心、最幸福的，有了麦子就有了好日子。

刘根小的补丁摞补丁的蓝灰老布裤子洗得干干净净，这是一条煮染过的蓝色老布，几年后已分不清是蓝色还是灰色。针脚细密的补丁归功于他的大闺女刘喜梅。当年那个头发上长了虮子，脸脏得分不清黑白，整天背着小弟弟、领着大弟弟的丑女子，如今出落成一个白净清秀的大姑娘，那两个酒窝藏着两窝蜜，能甜到人的魂里去，黄毛毛的头发长成两条又粗又长的大辫子，心灵手巧。有人说，喜梅活脱脱跟了她妈那精巴。爷爷、娘娘相继没了，长大了的她是妈妈的好帮手。家里六口人的针线活儿全是她一个人做，地里营生一样拿得起放得下。

女大十八变，十八岁的喜梅，走到哪，程金柱和赵四牛的眼珠子就转到哪。这两个小子明争暗斗，使劲讨喜梅的喜欢，抢着给喜梅挑担提水，抢着给她家劈柴割草。可喜梅有自己的想法，对谁都一样好，对谁都一样客气，把两个愣头青闹得五迷三道。程金柱大喜梅四岁，本来信心十足——小时候看不上这脏女子整天追着他，如今反了个儿，他紧着追刘喜梅——可人家不把他当根葱，这让他每天少魂忘事，寝食不安。但是他还和以前一样，只要喜梅家的苦重活，他默默地帮着做，因为喜在还小，出不上大劲。那赵四牛呢，是费尽心机，识得几个字，老给喜梅讲个故事说个笑话。只要喜梅两酒窝圆了，白牙露出来了，他就高兴得想跳起来，说得一串一串。他的那股架势，就是为了喜梅死都没有二话。

本来三人是一起长大玩尿泥的好朋友，如今慢慢变得生分起来，不像小时候那样有好吃的分着吃，有什么事情说出来，互相从不隐瞒。喜梅向着哪个，又舍不下另一个，这种感觉随着年龄的增长而越来越强烈。这令喜梅很苦恼，索性谁都不理，这样才好受些。

男大当婚，女大当嫁。怀春的少女，怎能看不出这两个优秀的后生对自己有意？她内心无数次翻腾起狂风暴雨，甚至一晚上失眠，第二天无精打采，少不了挨妈妈的一顿骂。当两家大人侧面或当面将小时候的玩笑变成一本正经地说亲，刘根小老两口才发现问题的严重性，一家是对自家有恩，收留了逃荒要

饭来的一大家子，又给了他救命的地，全家才活下来；一家是老人活着时的好朋友，无话不谈，家里地里没有不帮忙的，从大人到娃娃，相处得跟一家人一样。两家同时提出和他刘家结亲家，而且还是两个干营生、长相都出类拔萃的好后生，叫刘根小犯了难，和老婆叽叽咕咕半天也没有商量出个名堂，推给闺女那更不适合，一时没了主意。两口子都犯了愁，每天吃饭都不香，却见喜梅这几天喜笑颜开，不住地哼着二人台小曲。他们奇怪，前一阵还看见这闺女唉声叹气，心事重重，咋转眼就雨过天晴，阳光四射。

从小聪明伶俐的喜梅，也喜爱唱二人台，只是从不在人面前唱。教她唱的就是和她大常在一起打玩意儿，又会搓麻绳手艺的李忠叔。这个外号叫李麻绳的李忠，自从被李生财赶出李家，搬到赵家圪卜，耍起了刚来后套时的手艺，唱起了二人台，还很会讲故事。喜梅除了爱唱二人台，还爱听李忠叔讲故事。前几天，李忠叔来串门，正好大大在外面经由牲口，弟弟、妹妹缠着李大爷给讲故事，喜梅也一边干营生，一边听。等李忠叔讲完后，喜梅顿觉豁然开朗，心事放了下来。

李忠叔讲的故事是这样的：有一个好闺女同时看上两个好后生，这两个后生都是好人才，一样勤劳能干，同时上门来提亲。这个闺女左右为难，拒绝谁都觉得可惜，每天茶饭不思，很快消瘦下去。他父亲看见闺女这样为难，就给闺女出了个主意，让闺女拿上针和线分别给两位后生，让他们一人缝一件衣裳。从两个后生穿针引线以及缝衣裳的过程中，让闺女选定其中一个。两个后生听到做法这么简单，都欣喜地回去。有一个把穿了针的线拉得长长的，他想缝的时候不用老去穿针，但没想到在缝的时候由于线太长，不停地打结，越着急越是解不开，急得满头大汗。而另一个线拉得不长，缝得又快又细，轻轻松松的。于是闺女毫不犹豫选了那个穿针拉线短的，过上了和和美美的好日子。

喜梅听完这个故事，琢磨了好一阵，心里有了底，不由得看了一眼李忠叔，却见李忠叔意味深长地看着她。她才明白，这个故事是李忠叔故意讲给她听的。李忠叔也知道好朋友刘根小不好做决定，他这样做，其实就是让聪明的喜梅自己来选择。

赵四牛抹干眼泪两眼发直，在渠畔上坐了半天，抽了十来锅旱烟，看着眼前的雾柳随风摆动。直到黄昏时分，麻雀停止了叽叽喳喳的叫声，雾柳停止了摇摆，四牛也理出了头绪。四牛啊四牛，人活着不会一路顺畅，也没有什么事让人活不过来。虽然自家的地全分给了村里的人，但他家还有地，凭他一双手照样过好日子。在好多事情上，他还要替父亲担着。喜梅是他多么喜欢的人，她拒绝了他的热情，那种心情，真叫人难受，这就叫痛苦。

他跑到离村子远远的四大股渠畔上，痛哭了一场，望着西下的圆圆的太阳，心里又一阵激动，今晚过去就是新的一天。他突然开朗起来，喜梅啊，从现在起，你已经走出我的生活了，愿咱们从小一起长大的好朋友都能好好过日子。他从心里原谅了喜梅，他这样做也是成全金柱，让金柱全心全意爱喜梅。从他偷偷发现喜梅把那块腌猪肉压在油汪汪的焖面碗底，含情脉脉地递给金柱时，给喜梅家打麦吃饭的他就明白了，但当时想不开。程金柱有他优秀的地方，更适合喜梅。如果他纠缠下去，最后也是伤三个人的心。庄户人，过日子本是踏踏实实，欢欢喜喜，只要填饱肚子，就没有什么过不去的坎。

他一激动，想起见过两次面的娃娃亲媳妇，她看他时的眼神是那样清亮惊喜，脸红扑扑的，她才是他的，他用力揪起一把草，腾地站起来，清清嗓子，自顾自唱起了和李忠叔学的山曲儿：

> 白喽喽（鸽子）飞起一伙伙，
> 左看右看没妹妹。
> 马里头挑马一般般高，
> 人里头就数妹妹好。
> 大青山上盖房还嫌低，
> 妹妹在跟前还想你……

一阵风吹过，把山曲声带到无垠的旷野中，他眼里充满泪水，匀称稳健的两条长腿，是那么有力。

15. 治病救人的姚先生

在陕坝，来汇中堂看病的人能踩烂门槛，坐堂的姚先生温和慈祥，小到感冒，大到疑难杂症，几乎手到病除，病人甚至和姚先生交谈几句，就觉得病已去了一半，人们感激不尽，称姚先生为华佗再世。有一个远道来的病人得了个怪病，不吃不喝，浑身无力，气息悠悠。这人正值壮年，又是独子，上有老下有小，亲人愁得暗无天日，无奈之下准备好了棺材和老衣。他们忽然打听到陕坝的姚先生，死马当活马医，连夜来到汇中堂。姚先生认真切脉，翻了眼皮，撬齿观舌，开了只需二毛钱的一个偏方，就让病人回去了。三天后病人就能下地，十天后活蹦乱跳。父子俩带着锦旗进门给姚先生磕了三个响头，一时传为佳话。

姚生源姚先生给最后一个病人开了药方，搁了笔，一个小徒弟手脚麻利去抓药。姚生源揉揉眼睛，用手抚摸桌子边的那匹红色骏马的雕像。这马腾空欲飞，形象逼真，连马鬃和睫毛的纹路都很清晰，一看就是用上好的红木雕成，红得发亮。他凝视着红木马雕，回味着渡黄河救了他命的那匹忠义的马，就像马儿时刻在陪伴他。每年的春天，不管多忙，他都会放下手里的事情，到黄河边祭奠他的那匹马，看看他的老朋友，每回都让他精神大增，觉得要做好多事情。想到这，他穿好衣服，安顿了徒弟几句，回到家，进了院子。老婆已经在院子里的那块地上种了不少蔬菜，葫芦、茄子、豆角、西红柿、小白菜、辣椒，吃不完就送邻居。进了门，桌上的饭菜已经摆好，他洗了手坐到桌子前，准备吃饭。儿子姚过兵也从外面回来，看见大大喜滋滋地说："大，想跟您商量个事。"正说着，他妈又端出一盘酸蔓菁条条上来，也坐了下来。姚生源吸溜几口面条，看见蹒跚走来的小儿子老五冲着他笑，弯腰抱起，喂了儿子一口饭，一边抬头看了一眼过兵，"甚事？""我还想回蛮会看看。""算了，回去也没事，过了年就去绥远上师范哇。这阵子外面乱，老实在家待着。"过兵也没再说甚，低头吃着饭。过兵妈吆喝两个女儿玉珍、秀珍、二儿胜兵吃饭，又将老五小兵放在腿上。

姚生源经常回想起当初他逃出蛮会的那场生死劫，好像儿子一回去，就会走那一遭似的，不同意儿子回去。姚过兵自从搬到陕坝，经过老师和那群多数是经商之家的同学的熏陶，小时候的顽劣和野性不见了，俨然成了一个文质彬彬的大后生。他深信抗日救国，把日本人赶出中国，人民才能过上好日子。现在赶走了日本鬼子，但国家又出现另一种局面，他决心以文治国，像老师那样，做一名爱国育人的先生。

姚生源吃了饭，水都没喝一口，也没顾上看打扮成洋妞的大女儿玉珍和刚上初小的二女儿秀珍，匆忙去了王主席王召堂的家。作为王主席最信得过的私人医生，几年来两人几乎到了无话不说的地步。他们每天在按摩治疗中，商讨一件大事。王召堂坐在椅子上，姚生源找穴位按着。经过姚生源的中药调理和每天两次的按摩，他的头疼病再没犯过。姚生源不光治好了他的病，对这个直言不讳、慷慨仗义的汉子，他打心眼里敬佩。在蛮会执行任务时，他接到上面的命令，秘密调查发展农会的共产党名单，差点被隐蔽的农会激进分子打死，多亏姚生源出手相救，才捡了条命。

王召堂近来有很多心事，对国民党的一些不作为，从内心感到失望。这种失落压得他喘不过气来，他曾经的远大抱负，在这条风雨飘摇的船上，越来越感觉上错了。只有在这位老朋友面前，他才想痛快倾诉一番………姚生源那双明亮睿智的眼睛瞬间放出光辉。他们谈了很多，时而争得面红耳赤，时而微笑颔首。直谈到太阳落山，街里都上了灯，姚生源才告辞。

姚生源走在街道上，并不着急往家赶，而是像完成一件大事那样轻松。他的药铺开在不起眼的地方，此时还亮着灯，徒弟还在守着。在这里，他找到了他要干的行当——治病救人。这几年，经他之手治好许多病人，成就感远远超过在蛮会当财主。他爱交朋友，他特别佩服那些明事理能为受苦人说话的人，也曾解囊相助。在蛮会，他的好朋友李明亮虽然行踪有些神秘，但是性格开朗，为人侠义。李明亮做什么事要是不与他说，他从来不问，只要朋友需要帮助，他从不推托。

那次莫名被国民党追杀，他才明白李明亮是活跃在蛮会和陕坝的地下共产党，而且有一个秘密成员组，他没少帮忙。后来李其告发，所以遭受牵连是难免的，但后来安然无恙。他把家小接到身边，还要归功于王召堂，因为他救了被李明亮他们差点打死的王召堂。后来，他们之间的关系越来越微妙，客观地说，他们正在一条路上行驶，这其中有姚生源的功劳。作为两人握手和解的纽带，他们接下来商讨的事情重于个人和家庭，是有关民族的事情，他不再介入，不再参与，他明白，这超出了他的原则范围。

他明白，不管天有多高，地能有多阔，只有齐心合力，才能让人们过上好日子，吃饱穿暖。不卖儿卖女，不逃荒要饭，这就是人们的愿望，他出点钱和力气，甚至是祖传的家业，他都愿意。他在蛮会的土地由姚柱大哥做主，除了解决自己的生活，其余都让那些穷人白种。身外之物生不带来，死不带走，儿孙自有儿孙福，留着兴许会害了子女。像李其那样，图个甚？他明天把王召堂的想法转告给李明亮，他的使命算是告一段落。接下来，他还要干他最重要的事情——给人看病，这是他下半辈子的事业。他又想起巴拉亥的朋友杜义明捎话，让他在陕坝帮自己的儿子找个学校，这个忙，他是一定要帮的。现在他思想上重大的包袱卸了下来，无比轻松，就想去好友唐文奎那里喝茶说说话，一吐为快，于是向左边的胡同转弯，走了两百多米，就到了。这家院墙一人多高，两扇大门的铁门环随着开门发出沉闷的咚咚声，姚生源直接推开唐先生的家门。

唐先生家里如豆灯火一跳一跳，夫人、孩子已到卧室休息，不时传出嬉戏声。唐先生笑道："我说灯头跳火要来客，这来的客人就是你呀，我那一瓶正宗二锅头的香味你闻见了？哈哈。"摘下眼镜，并递上一根雪茄。姚生源接过烟看看，"哎呀，真不愧唐先生，抽上这洋玩意儿了。"唐先生得意地说："是啊，前几天一个学生来看我，特意送的。我这个学生已经在绥远政府谋职，做了省委机关的秘书，回陕坝办事，专程来看我。"唐先生又从椅子上站起来取酒，姚生源忙止住，说："酒一口不喝，先放好了，下次不醉不归，今天就喝茶。"两人一边喝茶，一边聊天。

姚生源把自己捐地捐财的想法告诉了唐文奎，并希望利用唐文奎在当地的声望，让商户捐资捐款，毕竟国家有难，人人有责。唐文奎脸色越来越严肃，听完姚生源一番话，激动地站起来道："在汉朝，有一场政治抟夺，名为借商。据《汉书·食货志》记载，西汉武帝时，由于常年对匈奴作战，导致国家财理枯竭，雄才大略的刘彻便向商人开刀，发布了著名的诏令，鼓励全国商贾之家的奴仆告发其主人偷税漏税的行为，偷漏一千文，既成罪状，要抄家查产，充军发配。此举一下使汉武获得无数财政收入，同时使商贾们彻底破产。唐朝玄宗、肃宗、德宗也学刘彻这一套，不过他们稍稍文雅些，名为借商，每次借款为上百万赀，结果自然是刘备借锦州，有借无还。谁还斗胆向皇帝讨债。换个说法，做官最赚钱，又是最安全的买卖。"说完意味深长地看着姚源生。

姚源生看着他，突然一拍桌子，站起来，脸憋得通红，怒斥道："现在国不安定，民不聊生，饿尸遍野，有什么信心谈论官职，我从无此心。能送出一碗饭，救活一条命，凭我的微薄之力，能帮助那些救国救民的人，我此生足矣，即使搭上条老命，也在所不惜！"唐先生也激动地站起来，"你舍弃千顷良田，大小水渠，把祖业双手奉上，并无求官之意？"姚生源又转头怒视唐文奎，"你我相识多年，你这么看我？"唐文奎也用严肃质疑的眼光看他，两人对视着，唐文奎慢慢面露喜色哈哈一笑，向姚生源一抱拳，随后又指着他说："你呀你！"姚生源脸色逐渐缓和，随即两人会意地哈哈笑了起来。唐文奎叹口气，"当初你的本家侄儿姚龙旦若有你如此胸怀，咱们这片地方就是另一番

光景，他也不至于夹着尾巴出逃，走上一条不归之路啊。"姚生源有些黯然，"人各有志，他始终走不出禁锢自己的圈子，自己的那颗心最终装满的还是自己，体会不了真正的义、诚。"唐文奎就这个"义""诚"的话题展开讨论。所谓诚者，毋自欺也。做到了诚，就有良知。一个人如果不诚实，别说仁义礼智，就是义也无从谈起。这一聊，二人更觉精神百倍，刚来时疲惫的感觉也无影无踪，直谈到东方发白，姚生源方才告辞。

姚生源的这一举动，让很多人不理解。他给了堂兄姚柱一些地后，把牛犋、水渠、土地全部上交。姚生源对姚柱哥讲明他的做法。姚柱说："你做事自是有一番理的，只是祖辈辛苦打下来的家业说没就没，以后的日子还得亲手刨闹。说到底，只要手勤还能发家，也饿不起咱们。"姚生源感激地看着哥哥，心想：这么明事理的人，咋生了龙旦那么个土匪儿？唉！幸亏底下几个都是听话温顺的。他又问了哥哥家里的情况，最后安慰哥哥说："这样也好，操劳的心少了，娃娃们大了能帮你，好好歇着，注意身子。"弟兄两个分手，姚柱在地里转了一圈，回家吃了饭，睡了一个大觉。

姚生源没有了田产，一大家子的日子虽然清苦，但也过得满足，凭着自己的手艺养活一家老小。他清瘦的脸上蓄起了一把胡子，曾经乡绅的影子一扫而光，眼神深邃坚毅又宁静慈祥。姚生源安排好一切之后，没等走到蛮会边界，地方政府相关人士，早已迫不及待逢迎上去，顺利拿走了姚家的一切，他就是蛮会的新富豪秦侯侯。实际上此时的秦侯侯就是把姚龙旦、姚生源扔掉的龙椅捡起来盖上了一张虎皮，作威作福，哪料到福薄命短，两年后被镇压，一颗子弹灭了他的美梦。

16. 到绥远去

过了年，姚过兵要去绥远上学，因为一些事情又拖到秋天。走之前，提前过兵提前一天收拾好行李，坐在窗前看着自家院子里的小菜园，几条翠绿的嫩嫩的黄瓜头顶着小黄花，在快要下架的蔓条上低垂，几个茄子吊在发蔫的秋架上闪着紫莹莹的光，几个红亮亮的辣椒使整个菜园有了一种生气，而这种生气似乎有种艳压群芳的暧昧，惊艳时光，一种莫名的情绪涌上心头。在姚龙旦还没带全家逃走时，姚过兵在父亲面前好几次说想回蛮会看看，自从搬离开，没回去过。姚生源也想到蛮会有姚柱招呼，也出不了岔子，勉强同意，又如此这般地安顿了一回。

过兵到了蛮会，龙旦热情地将他请到家里。哥俩吃喝一顿不过瘾，还要叫上几个好哥们儿陪。过兵在家里被父亲管得严，一身轻松来到老地方，还真想出去看看。绕着城墙转了一圈，看了看自家的地，看到的是人们穿着破衣烂衫，闷着头在地里刨闹，到头还是吃不饱肚子，想到这，他轻轻叹口气。这种势头怎样才能改变？即使他们家的土地全部不要租子，那又能改变多少？老师说得对，救国才能救民。

龙旦说还要领着他去个红火地方。从不远处望过去，那几只红灯笼摇来晃去，与这些地和人的色调那么不同，他感觉酒后有点恶心。过兵听父亲说过，龙旦走的不是正道，和他最好不要来往太近，于是借口酒喝多了头疼，转得累了，想睡觉。龙旦也没有多想，打发人安排兄弟休息。现在想来，龙旦是贪欲

太多，过于精明，到头害了自己，料到前途不妙，抬腿就跑了。过兵想着这些看不透的东西，仰起头看见窗户外的天空漂浮着白马苍狗……

陕坝临时政府已正式搬到绥远。姚源生一直教育子女，有了知识，懂得许多处世的道理，说不定以后能干点大事情，窝在家里，就是那井底的蛤蟆，只能看到井口大的天，好男儿志在四方。接下来他最关心的是大闺女秀珍，女儿每天书读得不咋样，大大咧咧有点男娃的性格，却越来越讲究起梳妆打扮，旗袍穿着素的又要做绿的红的，好好的大辫子剪了，头发乱蓬蓬披散着，十八的大姑娘没有一成稳气。女儿手里抱着厚厚的书，看那书名就让姚生源生气——《出走的娜拉》。姚生源指着她妈问道："你养的闺女，问问她，她想出走去哪，一天到晚不好好念书，花里胡哨，脑子里究竟想干甚？"没等她妈说话，闺女笑个没完，又说："我什么也不乱想，这不都追求民主，我是进步青年，敢于破除封建思想，可我还不是在家待着？不过，我要求上进，就是想和我哥一样去绥远念书。""你这个想法，我不会同意！"姚生源当即果断回绝，又厉声教育女儿，"一个闺女家，如果不想在本地念书就不要异想天开。"匆忙穿衣戴帽出去办事，根本没看女儿秀珍的嘴噘得能挂一个油葫芦。她妈也剜了一眼秀珍，扔下一句"不识体统"，到院子里翻晒干豆角去了。秀珍见父母不理她，美好的愿望被打了回去，委屈的眼泪在眼眶内转，拉过枕头把脸埋进去。

在别人眼里，姚秀珍就是在天堂里活着，在陕坝这个地方，有几个姑娘能上学？每当漂亮的秀珍穿上学生服或旗袍，都能引起人们的议论，那艳羡的目光能随着秀珍穿过中山街，拐过大转盘到奋斗学校。班上少数几个女生更是主动靠近她，因为她柔和又开朗的性格，优越的生活，出众的打扮，有一种让人遥想的美好。秀珍懂得很多，大上海的明星轶事她都能给她们讲出来，偶尔拿来一本过期画报，那上面风情万种的明星，能让这帮女学生比看到一幅名家油画都惊喜。而男生看她的眼神是怯怯的，她那天生高贵的气质和傲人的眼神，使同学们不敢和她对视。在秀珍的潜意识里，她觉得这个地方腐朽、死气沉沉，不适合她，她觉得这个在别人眼里是天堂的地方容不下她，她的心在更繁华更刺激的远方。一想到这，她就莫名激动。那一遍一遍朗诵的自由诗，那些大胆的西方爱情故事，那些追求男女平等的自由，追求解放传统思想的进步，都是她的梦，一个很久以来她一直做的梦。枕边的娜拉陪伴她许多个日日夜夜。她突然想到大哥，要马上给大哥姚过兵写信，诉说自己的想法，请求援助。她写好信，告诉母亲说要找同学有事。那封信寄出去以后，姚秀珍每天处在焦虑盼望中。

终于，一个月后，姚秀珍在焦急不安中等到大哥的回信。信里说，这里的女学生思想很积极很开放，如果她要来，单凭一腔的好奇和冲动是不够的，还要有足够的勇气和胆量，还有热忱的心。所以，她最好说服父母。这是一个充满激情使人振奋的地方，但也请妹妹三思。秀珍把这封信反复看了几遍，等一颗澎湃的心平静下来，头脑冷却下来，才慢慢咀嚼大哥的话。是啊，光有冲动是不行的，她有一个优势，那就是长着一双没有缠过的天足。父亲是开明的，可以说她的兄弟姊妹是在一种自由、民主的家庭气氛中长大，这在同学的家长中是少见的。比如妹妹在学校唱歌跳舞，父亲也同意她穿那种露腿露胳膊的裙子；弟弟隔三岔五骑车和同学出去玩耍不回家，父亲也没有过多责备，只是叮嘱他注意安全。所以他们家长大的四个孩子个性十足，是学校里的风云人物。

秀珍暗暗为绥远之行做准备，觉得具备了闯荡外面世界的条件，决定把身上的那些小资情调抖掉，事事主动独立，一改往日的娇气，每天帮着妈妈做饭，和妈妈交谈，雷厉风行，大包大揽家务事。在妈妈眼里，快出嫁的闺女知道心疼妈了。她帮着妹妹洗衣服，温习功课，告诉妹妹要多帮助妈妈做事。几天后，一个打扮帅气的男孩提着行李箱走出姚生源家的大门，人们不会注意一个出出进进的半大孩子。第二天，姚吕氏在姚秀珍的枕头下发现一封情真意切的信，接下来姚吕氏一顿痛哭，姚生源长长叹息。

17. 安逸是流血换来的

西北军的一小股兵马来到上院赵全福家里，赵全福送了些吃喝，安抚住兵匪，保了一方受苦的人。这几年，赵家圪卜除了接受逃难来西口的人以外，还有从附近搬来的人家，茅庵、土屋飘起了缕缕炊烟，鸡叫狗吠，刘根小和李忠时不时来一段二人台《挂红灯》：

> 正月里来是新年，
> 纸糊灯笼挂门前，
> 风刮纱灯陀螺螺转，
> 越刮越转越好看。
> 二月里来是春风，
> 三妹妹爱扎红头绳，
> 红头绳绿扎根，
> 问声三哥亲不亲。
> 三月里桃花杏花开，
> 桃花杏花果子花开，
> 桃花杏花我不爱，
> 单爱三哥好人才……

每次唱到这，众人看看姚桃花、姚杏花姐妹俩，这小姐俩不好意思地笑着跑开，引得众人大笑。姚二旦、姚三贵领着两个妹妹料理了父母亲的后事后，也随着程三娃来到赵家圪卜了。

赵家圪卜的西边，赵全福头戴着那个黑灰色的瓜皮帽，中等个子，一身打补丁的黑老布衣裳，裤脚打着绑腿，一双八成新的牛鼻单鞋。他扛着锹头去看地，想再挖条渠把水引来，开一片水地。这个有几百亩好地、几条大渠的赵全福看上去和一个受苦的壮汉没两样，唯一不同的是眼睛里那两束坚定的光芒和一双大于常人的满是粗茧的手。不管他转到哪头，都能看见野草林里、红柳林里不住地飞出长着长翎尾巴的野鸡，跳出几只兔子，窜出几条蛇。他来到东边的四大股渠上看水的深浅，就见满天飞着长脖子的雁和机灵的捞鱼鹳嘎嘎地叫着。有灵气的活物就爱往旺地来，赵全福心里欢喜，圪蹴在渠畔抽起烟。

这个地方留下了不少走西口逃荒要饭的人，在这住下的人都是能坐下来拉上家常，端出一碗水、一碗饭让人吃喝的人。来到这的人，还有一堆前肠子后肚子的事情，流一顿眼泪，抹一鞋底子鼻涕，最后就在这里相互诉苦。寒来暑往，过了一年又一年，一户一户人家快要住满这个有福圪卜。常有人说他积了德了。他也这么想，他五儿二女，正是常说的"五男二女厅堂转"的大富大贵之家。他要多开出地，这样后辈儿孙就不愁吃穿，不会受穷。想到这，他身上的力气大增，又转回西头，做好挖渠的路线，准备明日就动工。

又一支在赵全福这里得到好糜糜、好白面、现大洋的国民党人马离开赵家圪卜，随即北上到了蛮会，说是捉拿一个革命分子。在几天的搜查打听当中，在另一个王姓牛犋做短工的不声不响的年轻人被锁定。这个叫邓明的人在地里干了一上午活，正准备吃午饭，刚端起碗，闯进几个拿枪的穿着灰衣裳的人，其他的人不知发生了什么事情。邓明扔下刚端起的饭碗跑出院子，只听一声枪响，邓明趴在地上，异常痛苦，扭曲着身子，艰难地抬起头，呻吟道："我要求你们再给我一枪。"本来是想抓个活的，从他嘴里问出那个郭子仪和白家山的下落，结果那个新兵冒失地给了致命的一枪。一个当兵的赶紧上去揪住邓明的领口，"你们把郭子仪藏在哪里，你快说！"邓明用手推开当兵人的手，闭

住眼睛，鲜血顺着伤口流下来。那个拿枪的看见这个生不如死的革命分子，砰，又一枪。刚才还是一条鲜活的汉子，一瞬间被这伙人抬着草草掩埋，端到手的饭一口也没吃到嘴里。几天后，人们发现邓明的坟前有烧过的纸灰，还多了一个木头桩子。几年后，这个木头桩子长成一棵柳树。几十年过去，这里成了小树林，那棵最大的树旁立了一个大理石碑，上面写着"邓明烈士之墓"。

郭子仪先生几次冒险掩护反对国民党的地下党白家山等人，引起驻地军的注意，但是郭先生他们早已转移到山里。凌然正气的郭先生对他的学生白家山等人说："大丈夫死不足惜，怕就怕黑白不分。乌云不去，哪有光明！"随即借着国民党与教堂的矛盾，又把地下党早已经联络好的积极分子召集起来，策划与洋教堂抗争，夺回自己的土地，灭洋人耀武扬威的气焰。饱受洋人之气，血气方刚的当地人士冲进教堂，狠狠打击了洋教会的头目。动乱中，郭先生被一个拿枪的假洋鬼子打了一个黑枪，冲上去两人保护郭先生。白家山举着刀追上去，见那假洋鬼子扶着教主哈利慌乱逃跑，从小道跳出，手起刀落结果了那人。扯下假洋鬼子头上的黑布，白家山大吃一惊，这个假洋鬼子是原聚仙楼的老板林玉喜！白家山气愤地骂道："这个人鬼不分的东西，就是这么一个哈孙子！"扔下林玉喜去追哈利。哈利一边开枪一边拼命逃命，见后面又有几人追上来，哈利飞身上了马，向西狂奔，一口气逃到了磴口教堂。

白家山心急如焚返回，和几个人把奄奄一息的郭先生背回土房里，放到炕上。这个多日不住的房子，落满灰尘，布满蜘蛛网。一辈子以教书育人的郭先生用瘦弱的手指着西边墙上一摞摞的书，吃力地说："我一辈子只有这些了。我一人来到这里，受了这里众人的恩情，就把我埋在这……"白家山抱着老师越来越冰冷的身子，泪如泉涌。郭子仪孤身一人，无儿无女，众学生和邻居偷偷把他埋了。白家山简单收拾了郭子仪先生的遗物，一本书里掉出一张年轻女子的相片，这是一位清秀端庄，梳着两条大辫子，一身学生装束的女子，相片背后写着两个字，是先生的笔迹："不忘！"白家山明白了，这是先生一生的痛啊！这背后究竟发生了什么样的事情，生生压在先生的心里一辈子！白家山的眼睛又一次湿润了。他把先生的一切拜托一户邻居，匆忙连夜向东走去，之后再无任何音讯。

第三章

大脚

1. 新生

　　日子就是锅里烧着的开水，滋滋冒着热气，淡淡地，细细品却有种甜滋滋的味道。饿了的娃娃时不时哭一顿，劳累一天的男人脾气上来，干家务烦躁的女人忍耐不住，两人就干起仗，乒乒乓乓一顿响，一会儿就是风箱呱嗒呱嗒的声音，女人继续做饭哄着孩子，还得把男人第二天要出门的干粮准备好。男人嘴一抹，把家里的水瓮填满，院子扫干净，偷偷用疼怜的眼光看着操劳过度的女人眼角的皱纹，女人发现后剜一眼男人，眼睛潮了。男人不好意思地笑了，女人脸上却涌出少有的红晕。

　　男人柔声告诉女人，后山的巴图捎过话来，让他过去看看。天旱草场不好，羊价不高，他想买几只羊。女人心疼又装着不高兴地说："地里才忙完，草料也没有，在家割几天草哇。"男人没吱声，又低声交代女人几句，亲了亲小儿子，背起褡裢——褡裢里有女人装好的干粮和水——哄住追他出来的两个闺女，迈着大大的步子走了。女人望着男人宽宽的背影，穿着她粗针大线缝补的衣裳和一双做得有点走样的实纳鞋，心中有些自责，又不由得漾起无限幸福。一会儿收拾完，她还要去刘婶家学做针线，她要让男人穿上她缝的最好的衣裳。唉，当时从包头逃跑时，她拿枪指着张武，要这个可怜老实的小兄弟和她一起逃出去，越远越好，避开兵荒马乱，跑到一个能活命的地方！没想到的是，张武冷静地夺过枪，压低嗓门说："太太，我一定带你们母女跑出去！"

　　他们乔装打扮一番，东边是不能去了，只能向西跑。后来，他们随着逃

难的人群顺利出城。一路上，一有风吹草动，白葡萄就担惊受怕，怕连部的兵追上来。她再怎么强势，毕竟是个女人。年纪不大的张武却异常沉着，处处表现出一个男人的果敢，保护着她们。春寒大地未消，一路上他们不敢打尖，风餐露宿，不停往西北方向走着，每迈出一步，腿就像绑了块石头。白葡萄几次嘟囔着："这样活着，还不如死了。"张武恼怒地喊住了她。这十来天，比她小话又不多的张武，反而像个大男人那样有主见，给她安全感。不知不觉，白葡萄依赖他，几乎忘记张武是个比自己小的男人，已经把他看作是自己的保护神，即使追兵到了马上死去，她也会笑着。一路上她宁可自己饿着，尽量让张武吃得多点。他们慌忙出逃带的那点盘缠节省着用，不敢轻易去讨吃的。两人都省着给孩子吃。

快到临河，看见十来个骑着马，嘴里嘟嘟囔囔，驮着好多东西，穿着蒙古袍的人，要搜他们的身。正当张武摸着枪要拼命时，一个穿蓝袍的年轻人对另一个人说了一阵，一行人扔下他们快马加鞭扬长而去。走在队伍后面的穿蓝袍的年轻人勒住马头，从怀里掏出一大块奶酪和一小布袋炒米，扔给了他们。大约两袋烟的工夫，东边传来一阵激烈的枪响，过了一会儿，又零星地响了几声，便再没了声音。张武和白葡萄抱着孩子慌忙躲起来。

天将黑下来，张武出来找水，看见一匹马驮着一个人在路上嘚嘚走着，走进一看，是那个给他们扔下吃的穿蓝袍的年轻人。原来那几个蒙古人碰上了往西追逃兵的一群兵马，没说几句打了起来，一顿乱射，结果只有穿蓝袍的人带伤骑马跑出来。那群兵杀了蒙古人，又抢了银两吃喝，掉头就走，不敢再向西进，也算是满载而归。老天有眼，受伤的蓝袍年轻人碰上了出来寻水的张武。

为救这个年轻蒙古人，他们就近住进了一间废弃的小土房里，算有了一个临时的家。这样又耽搁了半个月。其实应该说是蒙古人救了他们的命，要不然追兵追到他们，后果不堪设想。年轻蒙古人只是子弹穿过胳膊，流血过多昏迷。白葡萄扯了包袱皮一角，给他包扎好伤口，止住血。张武出去买了点酒，擦在伤口周围。年轻人喝了几口水醒了。两个人细心照料几天，会说一些汉话的年轻蒙古人告诉他们，他叫巴图，因为他们的王爷领着人马去了绥远投奔大部队，他们是最后要赶去的一批人，却遭到不测。他还是想回后山去，那里有家人和好多草场、羊群，还有不少的牧民。张武和这个穿蓝袍的巴图相互磕磕绊绊地交流，无话不说，结下了深厚的情谊。

白葡萄至今都清晰地记着，当张武送走伤好的巴图，一天一夜未归，她的恐惧不亚于像被一群困兽围堵。她从巴图的眼里看出，他对他们夫妻关系的疑惑。她把张武不归的原因想了千遍万遍，不敢想张武是随着巴图远走高飞！她浑身战栗，这比姚龙旦的抛弃、祁昌盛的逃避更让她伤心绝望，绝望像一阵旋风过后，留下死一样的沉寂，仅有的一点意识也变成无边无际的空白。好久，女儿的哭喊唤回她就要远游的那缕魂，直到那缕魂完全附上了她的身体，她突然清醒了，抱着女儿，没有一滴眼泪。女儿的一声"妈妈"，比初学时叫她还让她激动。这就是她白葡萄的命啊！她再次认了。为了女儿，即使像一条狗，她也要活着，她要让女儿看到她的眼睛是柔和的。她用冰凉的嘴碰到女儿满是眼泪鼻涕的脸，女儿双手搂着妈妈的脖子停止了哭泣。

她把女儿捆在背上，推开那块堵在门上的破红柳笆子，眼前是她的世界，张武站在门口……想到这，她觉得自己的脸微微发烧。当时她不顾一切地扑上去号啕大哭，紧紧抱着这个小她六岁的男人。张武和巴图在分别时喝了一场大酒，他平生第一次醉得不省人事。没想到这个让他动心的女人为他再遭劫难，这实则让他心痛。实际上，一个来月里，两人患难与共，张武早觉得这个长得美丽、身世可怜的女人有种非凡的魅力，胆大、坚强、心肠好。那种和母亲一样疼人的温柔，时时让他心潮澎湃，这正是他求之不得，却又不敢奢望的事情。为弥补过失，他从胸口掏出还有余温的两个烧饼，动情地说："吃完我们就拜堂。"又高高举起吃饱了的女女，父女两人咯咯笑起来。这是白葡萄一生中吃的最香的一顿饭。

2. 对着灵棚梳头

解放后，人人分了土地，日子过得平和充实，充满希望。

赵全福已经几个月不下地了，浑身没劲，吃了几服药也不管事，家里人让他好好歇歇。坐在炕上，从窗户往外看，他的磨房、油坊、牛犋都被队上收了平分给社员。院子里人来人往，用驴车拉的，人扛着、抬着，把他置办的家具全部拉走，他还看见这些人里就有他的四个儿子。那些他触摸过数不清次数的东西，连个道别的意思都没有，哪怕是从推它的车上突然掉下来，对他、对这个院子也算是有点留恋，然而他看到的它们稳稳当当任人抬起来放到车里，就像是一群孩子看戏似的满心欢喜，他似乎听到这些家具和抬它们的那群人有说有笑。他还看见三儿子从凉房拿出两个新做的套缨子放在车上。他知道这两个套缨子是给灰驴和黑骡子做的，骡子的大一些，驴的小一些，三儿子知道这些，不会套错。他的心从一抽一抽到平平静静，他想：这些东西和人一样总归想要有个去处的，比如他总归要变成一把黄土。

赵全福本是凭着他的勤劳和不懈成了人称的财主。他有他生活的原则，他用严厉的家法管教几个儿女，但只要孩子们是对的，他也鼓励他们去做。他不娇惯儿女，只要到了能拿动小箩头，就让他们出地，他要让儿女们知道过好日子是凭着勤劳的双手。从他一家住到这个福地，到现在已经是十几户人家了。有一次他多喝了两盅，悄悄把这个地方是蛇盘兔的秘密说给送他回家的那个人，以后，一传十，十传百，好几户人家不声不响求到赵全福，搬到这里。看着这里的人个个起早摸黑，开地挖渠刨闹过日子，赵全福还笑着说："咱们是女人当男人使，男人当毛驴用。"不过，这里确实是个好地方呀，种甚长甚，井里的水比哪个村的水都甜，做出的酸粥就像放了糖。他赵全福从没有为难过人，今天的这种场面，也是顺应时势，全国解放了，世道就会有所改变。虽然所有的一切都是他一滴汗一滴苦挣来的，但是财是身外之物，生不带来死不带走，至于儿女们，他们有手有脚，自己会刨闹自己的光景的。

看看外面，不到半天工夫，院子里空荡荡的，只剩下几只慌乱的找不见窝的鸡，老婆又开妇女大会去了，心慌了一下，他知道这几年的老毛病又犯了。一股腥痰涌上喉咙，他咳了两声，掏出小手巾吐出来，是鲜红的血。他心里掠过一丝慌乱，这是几年来又一次吐血，挖渠、砍柴早伤了身。他深吸了口气，随即又恢复平静。

第二天，赵全福早早起来，破例没有下地劳动，吃了老婆做的面条。他把正要出去的四牛叫住："四子，你也快二十的人了，该成家了。媳妇我前十年就给你找好了，赶紧娶回来。这几天我就打发人操办。你大侄子童养的媳妇也十五岁了，给梳头哇。"四牛本想推说不，但一想到喜梅的心在金柱的身上，就如拔了气门芯的车胎，顿时心灰意冷。他这个娃娃亲媳妇见过，长相也袭人，高个子，不知道咋，他就是不想娶她回家。现在世道也变了，就听大大的，好好让大大高兴高兴，于是点点头走了。

赵全福觉着浑身没劲，白天也懒得下地，到了夜里发起高烧，满嘴说着胡话："蛇成精了，变成龙，兔子上天了，进了月里了……"老婆吓坏了，说是跟上鬼了，赶紧让大牛请来神婆张水水。张水水半夜偷偷拨撩了一顿，安了土神，怕被人们发现，程三娃、大牛、二牛和吕愣几个人在外放风。张水水的神下来，连续叫了七晚上的魂，赵全福略微好转，只是吃不下饭。程三娃感觉苗头不对，就和大牛、二牛、三牛商量，赶紧把四牛的媳妇娶回来，人遇见喜事，说不定就全好了。

娶亲的日子就定在阴历九月十八，只有十几天时间。赵家张罗着亲事，把西边的房收拾了一下，简单采买了点东西，至亲好友请了几位，就等着放炮

娶媳妇。十七晚上，赵全福高兴，吃了一碗面。自从病倒，这是他吃得最多的一次饭。有了点精神，他就让四牛把程三娃叫来，说有事商量。不一会儿，程三娃来了，坐在这个长辈身边。程三娃说："赵大爷，都安排好了，你就放心哇，保证娶亲的事出不了差错。"只见赵全福拉住三娃的手哭了。三娃安慰他说："大爷，咋了这是，好好的，又办喜事，等明天我们几个小的陪你老好好喝两盅。"赵全福摇了摇头，"我不行了，怕是等不上天明。"程三娃心里吃了一惊，可不能和喜事掺在一起。又听赵全福说："娃娃的喜事那是早就定好的，正赶上我咽气，也叫他们不要害怕，说不定对后辈儿孙还是个好事，只是千万不要让他们嚎，还办喜事嘞。"喘了一会儿又说："咱们这是个好地方，蛇盘兔的地方。'蛇盘兔，必定富。'我亲眼看见。你替我看着，不要让他们离开，后辈儿孙肯定能过好。我死了，让几个儿子不要难受，要好好勤俭劳动，你经常说道着点。你再把李麻绳匠跟刘根小叫来，王来响的二胡拉得好，让他们给我唱上一天二人台，我就爱听他们俩唱。"说着就咳起来，吐了两口血，又缓了缓，他对早已哭成泪人的老婆说："把大牛叫来。"

五个儿子齐刷刷站在炕沿，赵全福声音一会儿比一会儿弱。大牛趴到大大的嘴边，赵全福用尽力气说："我死后想回老家梁外，在那长大，想那个地方，也不想为难你们。"五个儿子一口答应。大牛说："大大放心，就是背，我们弟兄五个也把你背回梁外。"赵全福闭上眼睛，两颗泪珠从眼角滚出直落到枕边。老婆把赵全福头上那顶由黑变灰的细布帽子摘下来，从炕上的箱底下拿出赵全福平时舍不得戴的暗花黑缎子瓜皮帽，轻轻戴在赵全福的头上。这顶暗花黑缎子瓜皮小帽，是赵全福这辈子最奢侈的物品了。家里顿时一片抽泣声，程三娃背过身去，胸上如压了一块石头。

一早太阳刚出来，程三娃吼喊着娶亲的队伍先走。其后，赶紧安排人搭灵棚，把赵全福早给自己预备好的榆木棺材放好，入了殓。离门纸钱往出一挂，老婆金氏就晕死过去。"今天是喜事，谁也不能哭。死者为大，咱们都听老人临走时留下的话。"程三娃不停地安顿着弟兄五个和三个媳妇，还有闺女凤凤、二凤姐妹。

正午，娶亲的队伍回来了，村里看热闹的人挤下一院子。一切典礼仪式改在灵棚前举行。新媳妇先来到灵前对着灵开始梳头。"对灵梳头，全都免过！"三娃高声念叨着，"都过去了，全都免过！赵家老人家一辈子行好习善，积了德，丧事就当喜事办！"一对新人对着灵磕了三个头，就走开了。一会儿人群里有人喊："快看，唱戏班的来了。"只见刘根小和李麻绳匠一身戏来了，众人高兴地挪开地方，打开场子，给他们拿了凳子。第一场戏，就是赵全福最喜欢的两人拿手的丢丑戏《种洋烟》。两个唱戏的人把一辈子的本事拿出来，在赵全福灵堂面前表现出来，诚心诚意慰藉这个帮助过多少穷人的好心人。这个有不少土地的人，又给了众人那么多地养家糊口的人，如今躺在那里，静静地看着他扶持过的这些人。人们也好像他还活着一样，如戏里的繁华，戏里的王，丧事就当喜事办。只听李忠和刘根小在灵棚前唱起：

晴天蓝天湛蓝蓝的天，
什么人留下个种洋烟。
道光登基一十三年整，
外国人留遗下个种洋烟。
洋烟本是外国人带，
留下洋烟害良民。
十亩地八亩田，
留下二亩种洋烟。
过罢大年是春天，
家家户户种洋烟。
哥哥我在前扛犁头，
小妹妹在后把籽溜。
哥哥拿锄勾壕壕，
小妹妹小手手就把洋烟籽溜。
…………

刘根小的大辫子不停地用力一甩一甩，妖气十足，两坨填在胸上的大棉花一颤一颤，一会儿噘嘴瞪眼骂外国人和洋烟，一会儿又把胸前的棉花往上扶一下，跟上"情哥"李麻绳种洋烟又娇又憨，洋相百出，人们笑得前仰后合。王来响的二胡拉得仰头弯腰激情四射，一条腿踩着板凳，后来索性站起来拉。但细心的人发现刘根小的眼眶一直是湿湿的，红脸蛋上有两行泪水冲过的细沟。

直唱到半夜，刘根小的嗓子发不出音，王来响接着又唱了几场才散的。第三天，村里主动帮忙的八个壮劳力抬起棺材，向挖好的墓地走去。全村男女老少几乎全跟到坟前，人人眼里都噙眼泪送这个好心老汉。赵全福想要死后回梁外的愿望，必须等到三年后才能迁坟。赵家的院子恢复平静。那悲喜两重的人生大事，同一天发生在赵家，娶亲应有的喜庆，出殡的悲壮，冲撞着赵家所有人的心。他们把悲哀压下去，这是对死者最大的敬畏。赵全福老婆背着众人，几次偷偷抹去决堤的眼泪，强忍着装作若无其事，和来家里的亲戚说着话。有两个年轻的小媳妇来看四牛的新房新娘，老婆实在熬不住，没有过去搭话，软软地躺在炕上。

3. 无条件离婚

　　不久，成立的合作社里，摆满了布匹、针头线脑等日常用品，眼花缭乱，人们去上一趟，就如同见识了大世面。一群经过改造，思想也解放的妇女，也和男人一样下地劳动，一路上说说笑笑，"哎，今天咋没看见赵二家的？"有人问道。张武老婆说："肯定是吃饭迟了。"这群人刚锄了几步远的麦子，看见赵二家的低着头，快步走到地头。队长的吆喝声传到西边路过麦地放牲口的那几人耳里，这边传出赵二家呜呜的哭声。她明明肩膀上扛了个锄头，来到地里，却发现是个担杖钩。几个女人扔下锄头，跑过来，才听赵二家的哭诉，说赵二又打她了，嫌孩子哭闹，嫌她做饭慢了。她顶了几句，赵二上来劈头盖脸打了她。她只顾哭，拿锄头去锄地，到这一看是担杖钩，糟心呀。众人听后哭笑不得。多嘴的王家老婆李存女说："跟他离婚，他打你就不跟他过。现在无条件离婚，只要说离婚，人家工作组就给离！"几个女人互相看看，谁也没有搭理她的话。

　　几天后，在村子东边，已经改成队委会的土房子里人头攒动。王家老婆李存女红着眼睛拉着个脸。她是铁了心要和男人王侉子离婚，说是那时候父母包办婚姻，现在人民翻身做主，自己要给自己做回主，解除包办婚姻。在几个工作宣传队的人面前，男人一直耷拉个脑袋。男人王侉子叫王成安，从河南讨吃来到后套，会擀毡的手艺，娶了从山西来后套的李姓闺女，在赵家圪卜安了家，生了一个儿子。王成安少亲无故，老实厚道，受着老婆的压制。他越让着

老婆，老婆越是得寸进尺要上头，现在还要跟他闹离婚。

按说他们也过得安然，可是这女人天生没什么本事，还不省事，做鞋没样子，唱戏没嗓子，只是长得不胖不瘦、不高不低，脸面红润清秀，爱赶个新潮，就自己放不下自己。爱听二人台，前几年，她和长得英俊的王来响眉来眼去，勾勾搭搭，不把王来响的哑老婆放在眼里，却被黄雀在后的张水水找了个碴，撕扯了一顿，揪了一缕头发，再没有长出来，露出鸡蛋大的一块头皮。反正头发多，梳子往嘴里一放，抿一口口水，把头发缝往偏了一梳，照样油光可鉴，少了的那块头发根本看不出来，发型还挺时兴，李存女头一扬，就和什么事也没发生一样。而张水水当时也给王来响下了最后通牒，要抱回儿子小魁，让王来响领着哑老婆彻底滚蛋。后来听说王来响跪着发了誓，张水水才算罢休。

如今，李存女哭闹着找到了宣传组的同志，要和没感情的男人王成安离婚。宣传组去调查，王侉子始终不敢说一句话，他确实因为受不了老婆的胡搅蛮缠，打过老婆一次，现在任由老婆一顿胡说，手印一按，领着哭闹的儿子王有良回了家。

自由身的李存女，更像空中展翅飞的雀儿，自由自在，开始走上了一嫁再嫁的路。在她嫁了第四个男人后，这个男人不久也一命呜呼。人们认为她是一个倒霉的人，而且不是一般倒霉，就叫她大倒霉。连续四个男人被她"克"死，人们说，这回没人敢碰着大倒霉，谁碰了谁死。可就是有那不怕死的，变得丰腴还有点光彩照人的李存女，把一个人的眼睛刺得睁不开，就是老婆刚过百天的蒙古人吴巴特，外号吴皮匠、吴秃子。吴秃子不顾儿女的坚决反对，像一匹耍性子的骟驴，使别人无法阻止他要和李存女在一起过的决心。有了新头主的大倒霉，出乎人们的意料，又风光起来。吴皮匠对大倒霉表现出前所未有的热情，用一件最时髦的羊羔皮皮袄和一辆少见的自行车作为聘礼，又用披红挂绿的二饼子牛车把大倒霉娶回家，大倒霉又成了会挣钱的皮匠的老婆。

天气变得暖和了，大倒霉还披着里外崭新的羊羔皮袄，头发偏着缝，梳得油亮亮的，到处串门，今天去结拜家，明天来眊眊儿子，见了谁都有说不完的话。本来村子里的女人都是穿裹大襟棉袄和扎着腿脚的大裆棉裤，看到李存女少见的羊羔皮袄，都盯着看。很快瘪瘪嘴说："嫁了几条汉就是为了个穿？身子倒是闲了，不用干地里的营生，看她那点灰名声！"又反过来问她："天气这么好，穿上羊毛皮袄热不热？"她面不改色气不喘，"我身上有风寒，棉衣裳一直脱得比你们迟。"直到皮匠又为她缝制了一身新衣，她才脱了羊羔皮皮袄。这一身新缝的月白细布衣裳，穿出来又让人们蹦出了眼珠子，褂子是斜襟上和袖口上镶了蓝布边的样式，裤子是不裹腿敞开的宽裤腿。这样的裤子也能穿出来？谁让人家遭逢了一个不讲究女人出风头就是丢人的蒙古人，又是个会缝衣裳的男人了。有人当场预言，全世上也就数李存女最风流。

就见李存女迈着一双稍微裹过的脚，推着一个半新的自行车去合作社，绕着从赵家圪卜的大桥上下来，有人碰见打趣地说："哎呀，没见过这么袅的人，不说话，真还没认出是个你，去哪来？"大倒霉提高声音说："到合作社买点东西，看看我那小子，你看见没有？"那人笑着说："没看见。"李存女扬着头掩饰不住嘴角的笑意，还转动了一下车把上的铃铛，铃铛声不清脆，闷闷的。

她每一次出现，村里人都会停住手头的营生，望望此时无限风光的李存女，交换一下意味深长的眼神。有一个人看见她的影子就低头，身子还让草林、庄户林掩住，这人是王侉子王成安。李存女或许真的想见儿子有良。有一两次，她见着儿子忙掏出一把糖，儿子很高兴。后来，儿子永良看见她就跑得远远的，不到她的跟前。儿子大了，听懂了满村子人对他这个妈的传言，尽管这些人是避着他说的。李存女老是推着自行车不骑着走，知道的人才说，她根本就不会骑。她就这么推着个自行车绕过村子。村里人笑着说："这个大倒霉，也不嫌费劲。"李存女听见后，鼻子一哼，"我愿意，你眼红了？"

4.赵家圪卜的闺女们

一九五六年，成立互助组，就是几户人家根据牲口和农具的搭配，自愿组成一个小组，家里成员几乎全部出动。赵二、刘根小、王贵仁三家为一组，程三娃、张武、李忠三家为一组，其他人家也都各自组成小组。家家忙得不可开交，白天的村里，看不见一个大人、娃娃。在一望无际的麦田里，人头从麦浪里晃出。今年又是一个丰收年，人们争先恐后地在龙口夺食，家家户户都是送饭到地头。王大猫领着妹妹在地里，挥着镰刀像一个后生那么起劲，十二岁的二猫不甘示弱追赶着姐姐，汗水流到脸上、流到嘴里，又流到脖子上，偶尔直起腰用袖子抹一下，又急忙弯腰割。另一块地里，喜人和她的妈妈挥着镰刀头不抬眼不睁，她比她妈当年还利索，克西在后面拼力追着。头上顶着斗大滚烫的热球，熟透的麦芒炸碰到皮肤，如针扎一样疼。麦穗散发着开花馒头的清香，麦茬子散发着土香，满地是蹦跳的麻雀和蚂蚱，只要坐在麦铺上歇息下，蚂蚱就跳到人脸上和身上吸水。大猫连续几天不知道累，只有大大送来饭，她才放下镰刀，在渠里晒得热热的水里洗把脸，开始吃饭。大猫这么不歇气地挥镰刀和麦芒较着劲，有一个人看得直心疼，那就是互助组里大猫的未婚夫——二十一岁的刘喜在。

穷人的孩子早当家，十六岁的大猫过早地出落成一个大姑娘。去年妹妹哭着要上学，家里哪有闲钱供她上学，这时早对大猫有意思的刘喜在让他大刘根小托人上门提亲。大猫认为喜在是一个能干的长得周正的后生，没少帮过她的忙，二话没说答应了，这样妹妹也有钱上了学。自大猫懂事以来，这个家就是她在操持，父亲没白没黑给队里放着牲口，小她四岁的妹妹，就是她哄着长大的。夏天，姐俩提着箩头掏苦菜、捡柴火，碰到能吃的野菜，能坐在地上吃上半天。妹妹总是饿得哇哇大哭，皮包着骨头，她心疼妹妹，有吃的总是先给妹妹吃。那个被吓疯跑了的娘，只在她心中留了个影子。在她的生命里，妹妹占了一多半。刘喜在是个善良的人，自从定了亲，再也不用避着别人的眼睛，他们公开在一起干营生。现在他们又是一个互助组里的，刘喜在暗暗把脏活累活抢着做完，好让这几个女人少干点。

阴雨绵绵，给秋燥的大地带来生机。割完小麦后，白菜、蔓菁刚露出头，正好享受着甘露，这是一个好兆头。赵二家的热情地叫王大猫这个未过门的儿媳妇吃饭，吃一顿腌猪肉西葫芦焖面。大猫从小和赵喜人一块长大，自然亲热，见面知心话说不完。赵二家的针线活一直得到刘婶的帮助，老乡如亲人，真是亲上加亲。腌猪肉从热热的锅里散发出香味，那股香味飘得满家都是。吃饭时，赵二家的不住地给王大猫挑肉，大猫从心里感激这位像男人一样性格的婶子，有着这样细柔的心肠，这让从小没享受过母爱的大猫，看到温馨圆满的家，心里暖暖的。想到到了冬天，就要嫁到刘家，她有些不舍自己的家，好在一个村里，她还能照顾上父亲和妹妹，但毕竟就是两家人了。想到这，她不由得一阵心酸，偷偷擦了把要流出来的泪。

晚上，春花、桃花、玉玲、玉英、喜人、克西几个姐妹，在喜人家的炕上、炕棱上坐着做针线，纳鞋底，缝鞋帮。不一会儿，春燕和吕秀英来了，玉玲说："咱们就像早就约好的，晚上咱们……"话还没说完，就见杏花推门进来，桃花笑着说："看看，开会也没来得这么全。"几个年龄小的在玩毛线绳游戏。又听见李忠叔在外面喊："赵二在家不？"里面人应着："在。"喜人赶紧从炕棱上下来开门。喜人的大大赵二斜躺在热锅头，看着几个闺女做针线，听见李忠的声音应了一声，坐起来从窗台上拿过灯，克西从水瓮旮旯拿出灯树放到炕棱上，赵二把灯插到灯座上，点着了麻油灯。

平时只要有空，李忠也爱来和赵二抽一顿烟袋，天南海北聊一顿，这群

年轻娃娃也爱听李忠叔讲故事。李忠进来鞋也不脱盘腿坐在炕棱，两个大人开始对抽着烟锅，没说几句闲话，几个闺女吵着要听李忠叔讲故事。李忠清清嗓子，说道："这人啊，多会儿也要讲个良心公道，尤其是女人，一家人的风水全在女人。所以在一些家务事和人交往上要讲究些，更不要贪图小便宜，要不迟早会报应的！从前呀，有个闺女出嫁了。她的邻居是个瞎大娘，光景不错。她就多了心眼，经常去问这个瞎婆婆借米，用笸子借，满满一笸子，让瞎婆婆摸是满的，等还的时候呢，用笸底子还，瞎婆婆摸了也是满的。不久瞎大娘的一泥瓮米就见了底。有一天，那闺女不明不白地死了，她死后变成一只母鸡，来到瞎子大娘家，每天给瞎大娘下颗蛋，下蛋后，还扯着嗓子叫着：'咯咯咯，下蛋了，笸子借米笸底子还，上辈子欠下这辈子还。'"几个闺女听了，眼睛盯着李忠叔，"真是这样？"李忠瞪着眼睛认真地说："那是！"几个女娃子互相看看，把故事牢记心里。

过了小雪，王大猫和刘喜在的喜日子到了。刘家在当院里放了几个麻雷，娶亲的两个长辈走在前头，刘喜在推着个手推车，车上铺着一条白条毡，胸前戴一朵大红花，一群年轻后生左呼右拥，嘻嘻哈哈，又拉拽着喜在的胳膊，扭着车把往大猫家走。接上新媳妇，一群人又扭着刘喜在的胳膊，推着新媳妇的车歪歪斜斜，三步向前，两步退后，一个村子没几步路，一顿好走，走了半上午。新媳妇穿着蓝底子上有小红花、小绿花、小白花的棉袄，棉裤是红底子上的小绿花配着小蓝花，做得有棱有角又合身，真不愧是村里一等手艺的婆婆做出来的衣裳，选的料子都眼光独到。大猫辫子上又扎了一对桃红的绸子，脖子上围着一块桃红的围巾，衬得脸胭红似白，只是眼睛红肿。喜在又向大猫保证，她的大大和妹妹就是他的亲人，有他一口吃的，就有他们俩一口吃的。这让大猫心里很感激，觉得自己没看错人。

刘喜在和王春华结婚的第二年，弟弟刘喜军考上盟里的师范学校。这个喜讯在村里热浪了几天。全家愁上了学费的问题，姐姐喜梅给弟弟做了一身新衣裳，做了一双新布鞋。大哥刘喜在刚成家日子紧巴巴，嫂嫂春花开通，把压箱底的八块钱拿出来，这让喜军感动得眼睛发热。喜军的好朋友、同学杨永寿，炒了两碗葵花籽给喜军送来，让他路上吃，解闷。姚老师送给他的得意门生刘喜军一支钢笔。姚建业教了多少年书，没有考出几个学生，大多数是刚吃饱肚子穷人家的孩子，而且学校建在离村子不远的初小，升高小要到十几里的公社去念，多数的孩子勉强念完初小，就到队里的大集体劳动了。赵家圪卜这一茬念书的，只有刘喜军学习好上了高小，考上师范，所以姚建业比自己考上都要高兴，拿出两口子省吃俭用的十五块钱给了喜军，这让刘家一家老小心里无比感激。家里卖了一头猪、几只鸡，总算凑够了喜军的学费。暑假一结束，刘喜军背着铺盖卷上路了。这个赵家圪卜第一个考上学校走出去的娃娃，步走二十里到陕坝，然后坐车到盟里的师范学校，走进了一个新天地。

5. 亲套亲

麦苗长得一尺多高，绿油油的，地上的打碗碗草开着紫色的、白色的花，渠畔上爬满了绿茵茵的青草，刚浇了水的麦地，一股潮湿的土香随着清风扑鼻而来，说不出的舒畅。燥热的天气里，传来要在队里放电影的消息，赵家圪卜人心中的好奇和期待变得凉爽爽。他们听都没有听说过甚是电影，这可是千载难逢的一件稀罕事情。

太阳刚落山，公社来的放映队已把白色的银幕挂到队房后，全村男女老少都站到银幕前盯着那块白布会出现什么。发电机嗡嗡响起来，胶片在圆形的齿轮上刺刺旋转着，那白银幕上突然出现了会动的山和树，男人女人说开了话，底下的人们张大了嘴，瞪大了眼睛，手里的瓜子皮握在手里攥出了水，他们惊奇地看到了另一个世界。连续几天的话题还是这场又说又动的电影，他们的内心向往着一个神秘的天地。而现实中，一个翻天覆地的世界也悄然而至，他们不会想到，再怎么变化，能撤了庄户人炉台上的酸浆罐？腌猪肉的瓮能抬到队房的锅灶旁？但真的就发生了，这一切发生得似乎顺理成章。

同年里，已是大龄青年的杨永福和在蛮会的一个成分不高人家的闺女结了婚。两家早年时就认识，说杨怀义是个好人，帮扶了不少人，闺女嫁给杨家放心。私下里，杨永福和人人都夸袭人的叫徐丑女的新媳妇开玩笑："我家人多劳力少，穷得叮当响，你家的成分不高，咱俩是黑老鸹不嫌猪黑，凑合过哇，嘻嘻。"

姚二旦的大妹妹桃花也二十了，两个哥哥成了家，她和嫂子相处得像亲姐妹。女娃大了总是别人家的人，早该瞅个好人家了，二嫂程金梅常和她念叨。这日金梅悄悄地对二旦说："我好几次偷偷看到杨家二小子永禄和桃花站在那说话，是不是两人有那个意思？永禄是个好后生。"二旦白了媳妇一眼，嘴里说："不要瞎说！年轻人说说话能有甚。"心里也思谋：大嫂杨玉莲是杨家的大闺女，虽然大哥一家现在少名无姓，生死不明，弟兄姊妹永远是他们的亲人，当年他俩成亲时一直让两家大人纠结，现在还能再成一家？那个杨永禄虽然调皮点，但脑子活泛，只是家里太穷了。他大大虽然会拨拉算盘子，但地里的营生拿不动锹、扛不动犁，虽然过去有过钱，可现在一样是个穷人，一个不会种地的穷人。不过也是知根打底的善良人家呀！永禄要是吃不了他大种地的苦，那桃花可要受罪了……

姚二旦背着手想着事，在渠畔上走了一圈，绕道去了妻哥程三娃家，正好碰上刚从地里回家的三娃。于是，他一股脑向大哥把心事抖出来。三娃听了哈哈一笑，"这是好事呀，都是多少年知根知底的好人家。杨家过去是有钱财主，接济过不少穷人，两家本来就是亲家呀！你大哥龙旦和杨家玉莲成亲那天，我还是帮忙的，可真排场。这不是亲上加亲？前两天碰上杨婶，还让给二小子瞅个媳妇了。这门亲事我包了，放心，永禄肯定错不了！嘿嘿。"

事情传到杨怀义家。此时的杨怀义早不似往日，一天到晚几乎没话，也就不管家里事了，家里家外张柳儿说了算。杨怀义听到消息没说好，也没说不好。张柳儿是高兴，"桃花是看着长大的，那模样脾性还不敢高攀。"看着一脸傻笑的永禄，又担心起来说："你亲姐姐玉莲嫁给她的大哥，当时你大还不同意。不管现在你大姐是死是活，姚家大人也没了，可总归是亲家。这是亲套亲，按说自个儿过自个儿的日子，也不碍事。人家姚家现在好，要是不嫌弃咱们杨家没本事少吃没穿、少铺没盖这个样，咱们就偷笑哇！"杨怀义看着张柳儿半天，点了点头，张着嘴笑了，永禄也看着大大笑。张柳儿大声训永禄："平时你那耍泼顽皮劲儿去哪了，二十几的人不知道着急，就等打光棍哇，还不快请你三娃哥提亲！"永禄笑着提高声两手抱拳道："回禀父母大人，我马

不停蹄就去。"还朝着大大、妈妈使个鬼脸，恨不得一蹦子就跑到三娃哥家里去。杨永禄高兴得心里开了花，半路上张嘴唱起了王来响唱过的二人台《跳粉墙》：

> 一更里来跳过粉墙，
> 手扳住窗棂棂细细端详，
> 端详见小妹妹灯下坐，
> 手拿上绣花针刺绣鸳鸯……

唱到动情处，正好被渠畔上栽树苗的姑嫂金梅和桃花听见。金梅偷看看满脸绯红却又装得不动神色的桃花开起了玩笑："哎呀，永禄这歌是唱给哪个闺女听的？我早就看出来了，反正不是我们桃花。嘻嘻。"桃花更是低下头，"嫂嫂，你就瞎说耍笑人。"看着走过来的永禄，金梅咳嗽一声，"永禄，甚事情高兴成这样，还唱上二人台，第一次听见你有这么好的嗓子，呵呵。"永禄猛不防看见有两人在眼前，其中还有朝思暮想的人，顿时一张英俊的脸像盖了红盖头。不愧是从小机灵的杨永禄，轻咳了一声，扬起手捋捋头发，"噢，二嫂，栽树苗了？你猜对了，人逢喜事精神爽，你马上就知道了。"又看见桃花手指绕着大辫梢，低头笑着。他看见桃花的辫梢上挽着他上次回陕坝偷偷给她买的两根粉白的绸子，宛如两只蝴蝶落在桃花的胸前。他和二嫂金梅说笑几句，便快步向东头三娃哥家去了……

懂事漂亮的姚桃花和杨永禄举办了一个新式结婚典礼仪式，两家亲人和村委会围在新房的炕上，嗑着瓜子，吃着糖块，抽着纸烟，喝着茶水。墙上贴着一张大大的画，一个胖胖的娃娃骑着一条胖胖的大鱼。一对新人收到的礼物有村委会送的一对白瓷大茶缸，上面印有大字，一个是"新中国万岁"，另一个是"牢记阶级苦"。杨永禄的大哥、大嫂送了一对竹皮暖壶和一口六烧铁锅。姚桃花的哥哥姚二旦、程金梅两口子，姚三贵、杨板头两口子给了大妹妹压箱底的十块钱，又送了一块线毯子、穿衣镜、脸盆、毛巾、香皂和一对枕头套。

这对喜庆的粉红色的绣着鸳鸯戏水枕头套让全家人高兴得摸了个够，夸奖了半天杨板头的手艺。

老三杨永寿抱着水壶，看见谁跟前没水，赶紧给倒上。杨秀莲看到这一大家人都不敢进来，就知道个里外搜寻地干营生，推开门腼腆地笑笑，递给三哥永寿一壶水、一碗瓜子，冲着姚杏花笑笑。张柳儿说："看我们这个没出息的闺女，从小胆子小，见不了个人。"众人笑笑。金梅说："秀莲还小了，我们家杏花还不一样？看秀莲越长越袭人了！"杏花抿嘴羞怯地笑着，紧紧挨着两个嫂嫂坐着，嘴里慢慢嗑着瓜子。

早早没有了娘老子的桃花，有两个哥哥撑足了门面，心里自然是高兴和激动。又想到两个嫂嫂天没亮就过来给她梳头打扮，三嫂把她的两根辫子的辫梢和前面的刘海剪齐，把永禄买的粉白色绸子放起来，扎了一对水红的绸子，在她刘海两边扎了两根红头绳，围了一块翠绿的头巾。三嫂笑着对镜子前的桃花说："看我们的桃花妹子，比那开了的桃花都好看！"桃花穿着红花花棉袄、蓝老布棉裤，红线袜子套着一双黑条绒带襻的鞋，脸蛋红扑扑的，只是眼睛有点肿。临出门，杏花又拧了热毛巾在姐姐的眼睛敷了敷。要是爹娘活着该多好啊，他们能看到自己的闺女嫁人了。桃花忍不住偷着哭了几次。在众人的说笑声中，喜宴散了，妹妹杏花拉着姐姐走在人群后面，笑着对姐姐说："姐，我会每天来看你的。"姐俩抱在一起笑了，眼睛里又涌上了泪。

春节刚过，响应上级号召，一切公有制。差不多一年光景，成立了人民公社，吃大食堂，实行大集体劳动。

6. 工作组

又是一个麦收季节，好在麦子长势还不错。队长领着一个来大桥村蹲点的工作组人员，视察妇女劳动情况，说一个革命运动开始了。这个季节是最热的，看那一大片割麦的一群人你追我赶，走在最前头的是赵二家的，她站起来打腰子，汗水把一件白布衫浸湿了，要不是脑后那个瘦瘦的毛圪堵，以为女人堆里混进一个男人来。她的汗水流到眼睛里，也顾不得抹一把，生怕后面的张武老婆追上来。刘婶不甘示弱，头都不抬，一气追上前面的老王家的。程兴旺队长满意地对着工作组的人说："这些妇女都接受过很好的再教育，扫过盲，干力气活都能顶个男人。"工作组的人直点头，"你们这里的妇女同志值得表扬，要让其他村的妇女向她们学习。"两个人站着看了一会儿，拉了拉草帽走了。

毒辣辣的太阳把这群妇女湿透的汗衫晒干，然后又湿透，汗渍像一幅幅图画。正午时分，副队长喊："收工了！"几个大脚女人直起腰。从吃开大食堂，她们走起路还像忙着回家做饭。赵二家的凑近张武老婆低声说："那个工作组的白脸脸，脸还那么白，里头肯定更白。"听到这话的几个人大声笑起来。后面几个小脚女，紧走几步想听听，也跟着笑起来。

一开始人们不理解这个运动是什么意义，但这个运动以令人不可捉摸的速度蔓延，人们在似懂非懂的道理中，唱着革命歌曲，也只明白一句：毛主席使人民翻身得解放，他是人民的大救星。田间地头，劳动歇息，人们依然朗言笑语，东家长，西家短的。大脚踏着结实的土地，羊肚肚手巾罩在头上，要不是胸前那对高出平面的乳房，哪能看出这是群女人。

谁也没想到，这场运动开会要人们相互揭发，打倒地主、富农，揪出混在革命队伍里的特务，五花八门。这让平时走得近的人都不敢说真心话，人们只知道低头干活。揭发的典型首先降临到白葡萄身上，有人揭发她以前是军阀特务的女人，可她根本不知道军阀特务是个干甚的。这个能要她命的运动，让她胆战心寒。一夜之间，那个曾经夸奖她们妇女劳动赛过男人，又教她们唱歌的工作组姓孙的白脸脸，一下翻了脸，瞪着眼睛冷酷地说："老实交代，你这个隐藏在人民群众当中的特务！"白葡萄懵了。明知道阳婆才从东上来，走出会场天就黑了。几天下来，她气若游丝，半躺在炕头靠着墙，双眼紧闭，嘴唇干白，任谁说话，她都置身世外。

两天了，一堵快要倒塌的墙遇到倾盆大雨，不用上去推，就能倒下。妓女、土匪婆、军阀太太，人们甚至把她传成是武功相当厉害名副其实的双枪老太婆，说是她用枪逼着这个男人娶她的。这些说法，对于刚能填饱肚子的穷人来说不懂，他们也不想知道。他们整天只知道东阳婆背在西阳婆，刨闹那口吃的，听了这些话，就当听了一个故事！

她的男人张武硬是把这堵要倒下去的墙扛住。当过兵的人刚硬，在两只眼睛要喷出火的瞬间，让人看到了拼命，但这个动作被白葡萄一阵阵咳嗽和娃娃们的一顿叫声压住，他无法像一个失去理智的疯子乱喊乱叫。蹲在炉坑前，拉着风箱，锅里的面条咕嘟咕嘟翻了几番，但他还是拼命拉着风箱。听到锅里有响动，抬头一看，只见老婆用勺子往盆里舀快被煮成粥的面条。她声音稍有些沙哑却淡淡地对他说："不用烧火了，面早熟了。"

张武看着她像往常一样平和的脸，眼眶一热，他熟悉这个表情，熟悉这个声音，这是天下武力不能摧毁的那种淡定，那是他们打枪吓跑那两个抢东西的士兵后，决定逃命时，这个美丽女人表现出来的从容。她像一株干旱的草遇到阵雨，她要活了！

刘根小的老婆洪如花和赵二家的每天过来看她，帮着她照看三个孩子。

这天看着她吃下去四碗面条，她们的心才踏实下来。批斗张武家的，她们陪着；地里干活，左右跟着，生怕这个老姐妹想不开。用老邻居刘根小的说法，"讨吃要饭来的人，穷得要甚没甚。不管人家以前干甚的，那没有死就是不容易的事，能活到现在，你们看见不可怜？况且又没吃着谁喝着谁了，有谁们个甚事！"张武领着巴图和几个身强力壮的壮汉围住开会的工作组的人，那几个人一边指着这群人，一边往后退着说："你们想造反？等着，不会放过你们的。"急忙走了。队长程兴旺怕惹出祸，连忙找到这几个工作组的人，自己先认了错，及时召开全体社员大会，严厉批评张武以及带头的那几位，处罚他们连夜给地里浇水并给牲口割草。程兴旺又指派喜梅和春花帮着媳妇克西杀鸡捣糕，叫工作组的人到家里吃了一顿鸡肉蘸糕，让他们把两瓶二锅头欢欢喜喜喝下去，希望三位同志把这事压压，不要往上捅。趁着他们的高兴劲，事情好不容易被摆平了。

张武老婆从会场深一脚浅一脚回到家，躺在炕上。回想起前半辈子的遭遇，真是生不如死。刚活出个人样，又把她的臭老底挖出来，这样的羞辱比死都难受。活着也是受罪，还是死了吧。当她想着咋死也不能死在自家炕上，要不三个孩子会害怕。她听到一声脆脆的叫声："妈妈，饿了。"是儿子金宝。这个当时不满两周的孩子的叫声，又让她心如刀割，也让她一下子清醒过来。她不能死，孩子们不能没有妈，没娘的孩子可怜呀，就像她自己。她一下子清醒了，看到地下水瓮满满的，孩子们抱回来做饭的柴火，齐刷刷站着的两个女儿，一下子长足了精神，抱过儿子，在他肉乎乎的脸上狠狠亲了一口，塞给儿子一块窝头，赶紧和面做饭，懂事的女女烧起了火。这时张武回来了，还跟着不放心他们一家没有回去的巴图。

天一黑，张武家的打发三个娃娃睡着，三个大人坐在炕上，围住那盏煤油灯，如豆灯火无精打采忽闪着，每人脸上满是无奈。张武家的纳着一只小鞋底，用针在头发上慢慢地划着，心不在焉。张武和巴图吧嗒吧嗒抽着烟袋。最后，还是巴图说了句："搬到后山我那去住吧，省得在这受憋屈。早要听我的，哪能有这么些事。"这时张武忽然挺着身子说："我就不信了，没打过仗也听见过炮响，反正就是想活下来。谁敢闷棍往死打我，我就和谁拼命。等这件事过去，不用说咱们悄悄搬到后山，叫谁也找不到。"巴图说："好，这几天我不走，看看动静，好帮衬着你。"张武家的听到这些，眼泪在眼窝里直打转，心里突然卸下一块石头，抬头看着自己的男人那刚毅的眼神，一股幸福涌上心头，心里闪过一个念头，即使现在被批斗死了，她白葡萄这辈子有这样的男人，再死一回也值了。

　　白葡萄每天战战兢兢，听到点动静就吓得发抖。她本是死里逃生。老天灭她一次，身边的这些人拉她一把，救她一次。父子四人可亲的面孔，男人张武无所谓的眼神，给了她无限的光明和生的欲望，哪怕又梦见青面獠牙的恶鬼抓她，她也不惧。等那个工作组干事声色严峻地批斗完地主子女赵家几个儿子，又把曾经的军阀特务的老婆张武家的狠狠教育了一顿，张武老婆只是低着头抠着手指甲，心里着急儿子金宝饿了，肯定在哇哇大哭，张武不会做饭，只盼这些人快点骂完，要不上来打她两个耳光，让她滚也行。这时，工作组干事又让贫下中农代表讲话，程金柱站起来，老练地咳了一声，"是要狠斗这些地主富农，他们剥削我们，我们才穷成那么个，快饿死呀。他们那些地主一个个都吃成个肥油蛋，把穷人全饿成干棍棍。嗯，没了。"人们咬着嘴唇不敢笑出声。

　　好不容易散会，人们轰地往外走。程金柱紧走几步，撵上当饲养员的正接受调查的李守住，"守住兄弟，你明天过来给我看看我耕地使唤的那个牛，它不好好吃草，咋回事。""行了，明天一早去看。"李守住爽快地说。金柱又对赵四牛说："四牛，你那天说没烟叶子，我这有点好的了，蒸过的，要不现在拿走，反正还早了。"四牛应着撵上了金柱，相跟着走了。看这一点也不像刚开完批斗会，而且刚才他还强调立场分明，严厉在批斗他们，真是台上台下糊糊掺水一锅粥，该咋还是咋。

　　大集体食堂大锅灶上，王春花掌着大勺，手下打杂的还有五六个人。好多人眼里的好差事，交给平时为人做事谁都佩服的大猫。在大食堂掌勺，她是首选，男人喜在老实慈厚，公公刘根小还是贫协代表，而大猫本人手脚利索会计划，从小当家的一个人。村里人都夸刘婶是一个女人堆里的能人，现在是娶媳

妇踏婆踪，刘家门风好呀。排队来大食堂打饭的，大猫一视同仁，谁来都是一勺头，就是她大王贵仁打饭，她也不撩眼皮。只有一个人，她会不动神色多加一点，那就是张婶。在她模糊的记忆中，有一个干净的身上有股好闻味道的女人，在她和妹妹饿得哭不动时，送给她们一碗饭，这是世界上最香的一碗饭。人在绝望中看到一缕曙光，那缕曙光就会永远亮着，它是藏在心里头的。她感觉曙光在她心头无比明亮、无比温暖时，认定这个善良的女人就是没让她和妹妹饿死的恩人。她跟大大提起过，大大说："你要记着她的恩，就什么也不要说，用心去度量。"大猫儿记住了。她把张女女姐俩当作自己的亲妹妹，有她大猫在，别人休想欺负她们姐妹。她们的妈妈就是她大猫的娘。

7. 后山

　　在批斗白葡萄的那些天里，最难受的是大女儿张女女。这个平时言语不多文静的十五岁闺女念了两年书，学名叫张玉玲。别人那么对待自己的母亲，不客气地吼喊，父亲满腔怒火但不能轻易发泄的忧郁的脸，让她恨不得和他们拼了命。她不知道哭过多少次，每天活在恐惧中，以前充满欢声笑语的家，现在只有郁闷和轻声的叹息。她害怕妈妈突然离开她们，懂事的她每天早早起来做家务，给家里人做好饭，喂了猪和鸡，让全家人轻松。为了亲爱的大大、妈妈，哪怕让她去死。她让妹妹每天按时上学，她自己从他们开始批斗妈妈那天起，就再也不去学校了，说要在家好好照看拜爹巴图给她送来的弟弟。她每天盼望这个运动快点过去。每当妈妈回到家满脸疲惫还要摸一下她的头，她恨不得抱住妈妈大哭一场，但她不能让妈妈难受，她会给妈妈送一个深深的微笑，把弟弟哄得好好的，好让妈妈高兴。

　　她总是往北望去，希望巴图拜爹快点来。从小她对这个对她如亲生女儿的拜爹感情特别深，拜爹一来，她家就能吃好，奶酪、茶食、炒米，还能吃上糜糜饭拌酥油。八岁时拜爹领她去趟后山，和她同年的拜爹的女儿琪琪格是她最好的玩伴，她们在旷野上骑马，骑骆驼，追上羊群跑，半山腰上留下她们快乐的笑声。她多想念那个长满绿草的地方啊。现在她盼拜爹来，好给大大出主意壮壮胆。强壮有力的拜爹一直以来就像她家的保护神，他能套到一匹威风凛凛长鬃飘飘的大白马，单枪匹马打死两只偷袭羊群的狼，在她心目中，拜爹是战

无不胜的英雄。如果他来，就能吓跑那些欺负妈妈的人。她时常在心里呼唤：巴图拜爹快来哇，快来看看我们一家……她脑子里那个绿绿的草原，就是一片神圣的土地，无忧无虑，那么大的地方都是属于巴图拜爹的，巴图拜爹是个大英雄。她这样急切地盼着拜爹来，果真第三天，巴图就来到张武家。

巴图的到来使张武一家很高兴。巴图早已经把脾气耿直、善良的张武当作亲兄弟。当初在去包头的路上，碰到这逃难的一家子人，张武那双拼死的眼睛和一身无畏生死的气势，让巴图佩服，不忍心伤害他们，看见哇哇大哭的娃儿，让他想起家里差不多大小的女儿，他想，要是现在哭的这个娃儿是自己的女儿，会让他揪心的。他劝说头领不要害这可怜的三口人，又给他们放下点吃的。没想到，他做了这一善举，张武又救了他一条命，这是缘分啊！只要他们在一天，就是同生死的兄弟。每当看到让人心疼瘦小的女女，就像是看到自己的女儿一样，这更令他放心不下这一家子。

这次来，如果事态平稳一点，他打算让张兄弟一家搬到后山，毕竟那里他说话还是管些用的。如果大人执意不走，他一定把干女儿带走。这个懂事聪明的闺女心事太重了，这个不算太平的穷旮旯，会让这个不爱说话、胆小文静的闺女崩溃的，再说琪琪格早想念她这个同年的妹妹。他领走玉玲，也好让他们两口子少分点心，他们的心已经够累了。这回他又带来好多吃的，干羊肉，炒米，奶酪，这让张武两口子很是感激。他又问了这面的情况，当然比后山严重。不过现在全国各地都搞运动，他们又没犯什么错误，他劝张武两口子一定要挺住，没有过不去的坎。当他提出领走玉玲，玉玲很高兴，他们也就同意了。只是活泼的二女女玉英不想让姐姐走，玉玲告诉妹妹，她去串门很快会回来，这里还有妹妹那么多好朋友，还有弟弟，不会孤单的，玉英懂事地点点头，放开了紧紧抓住的姐姐的胳膊。

玉玲和拜爹骑在马上，望见越来越近的大山，玉玲激动得流出了泪水，她做梦都梦到大山和草原，这让她压抑许久的心豁然开朗。拿开放在拜爹肩上的手，她双臂伸开，对着空旷的山野大声喊道："啊，我来了大山！我来了，绿色的草原！"拜爹巴图也高兴地嘿嘿笑着，他没看错，玉玲是属于草原的，可怜的孩子，在这里，她才是真正的自己。玉玲忘情地大声喊着、笑着，不知不觉中，已满面泪水。

每个早晨，玉玲和琪琪格把羊赶到离山不远的草场，然后两个人高兴地跑到山里。昨天琪琪格就说，要好好领着玉玲看看大山。这是琪琪格前不久发现的一个好玩的地方。到那里一看，果然有许多看啥像啥的奇异石景，两人高兴地跑来跑去，这个像一只羊，那个像骆驼，山里回荡着她们咯咯的笑声。琪琪格指着远处两个突起的尖峰，对玉玲说："看像不像两只鸟在说话？"果然，像是两只歪着头说话的鸟。琪琪格又指着另一处，是孔雀梳理美丽的羽毛即将开屏。玉玲像是开了窍，看见像极了静静地在水里休闲自在游来游去的一条鱼，这个重大发现，让两人又高兴地抱着跳起来……玉玲的双眼欲罢不能，看不够这座大山，原来这不只有草原和羊群，还有这延绵不断的大山。一处处重叠的高峰像人工砌好的石墙，半腰中一株叫不上名的树开满素色的白花，迎着朝阳绽放，两个年轻活泼的小姑娘，怎么都攀不到它跟前。玉玲兴奋得满脸通红，这个世界多么神奇啊！而这种情景，她以前做梦都想不到。以前她来过这里，当时绿绿的草原就已经让她神魂颠倒，现在又有大山的奇景，怎能不让她欢喜。这里让她忘记了家里发生的所有不快，每天什么都不用担心，只有琪琪格和她的羊群。她觉得自己和妹妹玉英一样，是个玩起来什么也不顾的疯女子。她突然觉得大大妈妈不搬来这个地方住是个错误，这多好啊！玉玲痴痴地想着，没有发觉琪琪格冲着她一个劲儿地笑，是笑她刚才还像个疯子，一会儿就是一个乖乖的闭眼睡觉的女女。玉玲上去就挠琪琪格的痒痒肉，两人抱作一团，笑个没完。

转眼已到正午，她们吃了拜妈准备的酸奶和茶食，喝了身边冒出来的泉水，出了山沟，来到草滩的羊群旁边。琪琪格边走边告诉玉玲，听老阿爸讲，这里也有过美丽的凤凰，也有甜美嗓音的百灵，还有勇猛善战的神雕，还有灵兔、有鸿雁，到现在唯不见的是传说中的龙和凤……玉玲听着这些浮想联翩，这里还有那么多美丽的故事啊！北方是沙漠，有几处突起的山丘像哨卡，更给这无垠的戈壁滩增添了无尽的寂寞与遐想。她们赶着羊群来到一个小湖边上，

羊儿咩咩叫着低头喝起了水，紧靠水池有一眼拜爹自己挖的水井，又长又粗的水管通着一个长长的蓄水木槽，是给在不远处游走的几匹马和几头牛，还有群羊喝水的。空旷的四周，远处还有几户牧民的房子已升起炊烟。她们坐在绿绿的草地上，享受蓝天和清风。天黑下来，两人把羊群赶回家，拜爹和拜妈站在毡房前，笑盈盈地望着她俩归来。

8. 妇女队长

大桥村一望无边的地里，劳动队伍铁姑娘队由王春燕带头，人们赶着驴车排着队，往地里拉土送粪。西北风毫不留情吹透铁姑娘们的脸和手，吹出血裂子，没有穿袜子的一双双脚面子也冻肿了。她们心里盼着春天快点来吧，春天来了，就暖和了。

熬盼得过了年，人们开始把冬天拉到地里的土和粪撒匀。等到大地消融，岁数大的男人套着牛和驴犁地，女人帮犁，再拿着锹刨翻、平整地，男壮劳力拿着锹头整修渠道，拓宽挖深，一边唱着革命歌曲。

工作组提议要选妇女主任，于是两位队长在全村的女人堆里，展开选拔。在几轮选举投票和社员大会后，王春燕当选妇女主任。王春燕，现在很少有人叫她小名二猫了。长大了的春燕女大十八变，浓眉大眼，大骨架身材，地里的营生干起来比得上一个后生。她说话干巴利脆，爱说爱笑，一笑露出一口稠密的白牙，梳着两个大粗辫子，是个人见人爱的姑娘，可就是十八岁了，还没有一个合适的对象。队里的后生一见她，就像黄蜂看见花朵，只是这朵花浑身是刺，轻易不敢下手。慢慢地，人们知道了这个雷厉风行的王家二闺女，不知道她心里到底想着谁。春燕的心上人，是二十一岁和她从小一块长大的李守住。当出嫁的大姐大猫委婉地告诉大大王贵仁，妹妹二猫看上了李守住，说李守住也是个好后生，王贵仁的脸马上憋得通红，眼睛瞪得像核桃大骂道："有钱有势的财主大都是心黑手辣、翻脸无情的人，他的种子能好到哪去？过去的财主

李其谁不知道，和土匪都能结拜，他的败家儿李生财谁不知道，是个逆子！对老娘不孝，跑去住到闺女家多少年不回来，现在活得就是比死人多出了口气！嫁了这么个人家，等于是找死。她要是敢找那个姓李的小子，我打断她的腿！"

大大发这么大的火，是大猫长这么大第一次见。大大气得眼睛发了红，一口气骂完，咳嗽得半天出不上气来，大猫害怕了，赶紧给大大捶背，直怨自己的这张嘴。王贵仁咳得吐出两口痰，总算缓上了气，大猫给大大倒了碗水，让他喝了几口，又扶大大靠在被子垛上。

王二猫听姐姐告诉她大大不同意她和李守住的事，也吓得不敢吱声，只是开朗的性格变得不爱说笑了，没人的时候总是满腹心事，看见大大才勉强有了笑脸。以后不管谁给她介绍对象，她都用各种借口推得远远的，谁劝也没用，笑一笑，该干甚还干甚。只有姐姐明白她的心事，看看可怜的妹妹，叹口气，背地里抹眼泪。

二猫从小聪明伶俐。那个疯子娘在她三岁时跑得无影无踪，再也没找见回家的路，邻居帮着找遍周遭，活不见人死不见尸。一年后，王贵仁给疯老婆做了个衣服冢，尽了夫妻之情，也给女儿们做了交代。这么多年，也是大大辛辛苦苦拉扯着她们姐俩长大，更多的时候，是她和姐姐相依为命。十一岁时，看着村里的孩子念书，她眼馋，缠着姐姐说要念书。姐姐和父亲商量，说让妹妹念两天书吧。她答应了上门提亲的媒人，同意嫁给本村刘根小的大儿子刘喜在。刘家送的十块钱彩礼，她拿出一块钱给妹妹扯了一身衣裳，又缝了一个花书包，打发妹妹进了学堂。老师见这个轻灵瘦小、长相干净漂亮的女生，却叫了一个这么难听的名字——王二猫，当即给她起了个名——王春燕，春天的燕子，让人看到欣喜和希望。念了几天书的王春燕硬给姐姐改了名，叫王春花，说姐姐是春天开的打碗碗花。听妹妹这一解释，姐俩笑作一团。

如今的王春燕暗许芳心，面对大大，也只有先放下。李守住聪明好学，是一个有前途的年轻人。现在给生产队当饲养员，和一群哑巴牲口打交道的他，更没有了话，每天精心伺候着这群牲口，它们的使用权由他支配。春燕想着守住的处境，从小就是家里的顶梁柱，受过多少苦，心疼得偷偷掉过泪。这是命，她不断地鼓励着守住，要他扛得住，总有好日子来的一天。她偷偷给他做鞋、补衣裳，没人的时候说一些心里话。她经常远远望着守住在安顿好一群牲口后，主动出工挖土犁地，积极进步，她心里也暖乎乎的，浑身更有使不完的劲儿。她思想积极，又有文化，被村支部看中当选为妇女主任。

工作组的领导找她谈话，要她时刻牢记革命传统，防止阶级敌人、特务打入人民群众内部，要她严密监视张五老婆，虽然现在没有发现什么，但是千万不可麻痹大意，还有那个搞封建迷信又搞破鞋的吕愣老婆张水水，要严加看管。对于一个根正苗红，思想进步，成长在红旗下的青年，她有信心做好每件事。地里劳动的时候，她盯着她们，像没看见五愣老婆那眉头一皱偷剜她的眼睛。开社员大会，她把她们叫到最前面，每天至少去一趟她们的家。她面孔严肃，不冷不热说几句话，而张婶总是面带善良的微笑，不多说一句话，干活从不偷懒。那吕愣婶虽然心里不待见王春燕，但也笑脸相迎，死活让春燕吃一碗自己做好的面条，春燕挨不过面子，她和吕家大闺女吕秀英都是铁姑娘队的，两人私下关系不错。吕秀英和她大性格一样，不爱说话，个子不高，长相随了母亲的优点，家里地里干营生最快。兄弟姊妹几个，妈妈偏爱这个能干的大闺女，吕秀英也经常被评为生产队劳模。

王贵仁对二女子的工作看在眼里听到耳朵里，他多少年有咳嗽气喘的毛病，队长照顾他，让他给生产队放羊，全年记满工分。这天，王贵仁吃过午饭，见二闺女收拾停当，照着镜子，用梳子梳着头发，知道她又要出去，便说："二猫，等等走，大有话跟你说。"春燕看着大，"大，有甚事？快说，我还有点事情要出去。"二猫是和守住见面。守住要和她谈谈娘娘的事，守住说这么多年快把他憋疯了。这个二猫的心早就飞到他们常见面的地方——队里饲养员的下夜房。下夜的是守住的一个拐了几个弯的舅舅王侉子，他当然能给这两个年轻人行方便，而且是万无一失。

正当二猫狐疑大大知道她和守住见面了，听见大大又咳嗽了几声，脸憋得通红。通常只要有事，他的咳嗽就要多上几声。咳嗽声停了的王贵仁慢慢说：

"坐下，二女子，不要着急，大今天全跟你说了。你每天盯得最紧的一个人，批斗得最厉害的那个女人，你知道她是谁不？"王春燕奇怪地看着大大，"她是一个群众队伍里需要好好改造的一个人。咋了，莫非还是我亲娘不成？"又顽皮地伸伸舌头嘻嘻一笑。只见他大的脸绷起来，用少有严厉的声调说："那个女人是咱们一家的救命恩人，咱们要是做了对不起她的事，那可是要遭报应，天打雷劈呀！"说这句话的时候，长烟锅子磕着炕棱，当当响，剧烈地咳嗽了一阵。

王春燕一下子坐在凳子上，睁着大大的眼睛，看着大大。于是王贵仁把当年的三太太，现在的张武老婆怎样偷着给他家送吃的、送钱，救了他们一家子的命，全都讲给了王春燕听。最后，他不停地用手背抹眼睛，继而大声咳嗽了起来，春燕忙上去捶背。好半天，喘气平稳了，他又接着说："你大我没几年活头了，但是我要带着这个秘密进棺材。你也不是糊涂人，就是你的姐姐，我也不能全都告诉。这么多年，我装着不认识她，好让她心里不那么变扭。只要他们家我能帮上的，我是拼了命帮着。她是个苦命人，碰见个好男人，是她积德才有的。你遭逢的是个疯娘，不知道心疼你们。当年要是没有人家给那些吃的和钱，让你吃上穿上，就怕早没有你了。娃娃，人多会儿也不能坏了良心，你懂了哇！"

春燕没想到她懂事以来，她大第一次和她认真地说了这么多的话，而且完全是把她当成大人。她想起大大平时就是自己家的营生没有干完，也去帮张武叔家干，只知道她大和张武叔关系好，原来是报恩。这时，她想起张武婶以前也给她们姐俩缝缝补补。看着大大疲惫善良的脸，抓着烟袋的手微微颤抖，眼睛蒙着一层水雾，这是一个一辈子走过来的人，一个心上从来没有忘记过曾经救过他的人用生命守住的秘密。春燕真想抱住大大哭一场，但是她坚强起来，从凳子上站起来，扑通跪在大大面前。王贵仁继续慢慢抽着烟袋，没有看她。王二猫一字一句地说："大大你放心，我是你生的闺女，我懂你的心，以后张武婶就是我的娘，我要认她做我的干娘。我和女女从小是好朋友，张婶就是真的如他们说的那样，我也不怕，更不会为难她。"王贵仁在炕棱磕着烟袋，疼爱地看着他的二猫，眼睛透出的亮光，让王春燕觉得什么是伟大。

王春燕去了队房，李守住早在那里等着。一见面，说了几句家常，守住就说起最近他家的事情，姑姑一家被定为地主，姑父在他们那个地方被斗得死去活来，他的姑舅大哥已经声明和家里脱离关系，娘娘又得病了，恐怕不行了。娘娘捎话让他们姊妹几个过去看看，说非常想他们。春燕说："那就快去看看哇，八十多岁的人，有今天没明天。"守住又说："我前几年去看娘娘时，娘娘拉着我的手只是哭，只骂我大不成器，还说她死也不回去，也不想见她那个败家儿。几次想和我说什么，张张嘴又摇摇头。我老是觉得我家里还有什么我不知道的事。按说我家早被我大抽洋烟抽得一穷二白，还没有被定成地主也是幸运，听说那时候姑姑家很穷，现在却是名副其实的大地主，这就怪了。我这次去一定要弄个清楚。"春燕用鼓励的眼神望着他，深情地点点头。

一夜之间，春燕觉得她真正长大了，父亲和自己爱的人那么信任她，她的心慌乱地跳起来，世界上的许多事情并不是凭着一腔热血就能完成的，眼中的泪，不是想流就流，有些话不是想说就能说，好多事不是想做就能做的。她感觉脑袋有点晕，想去大桥上吹吹风，路上又看见姐姐家灯亮着，于是想平静一会儿，打算去姐姐家。姐姐的第三个孩子又快生了，她更得照顾姐姐和两个外甥。她来到桥头上，抬头望着天空，高空中的云彩仿佛有着太多的心事，烦乱地绕来绕去，厚的时候变了颜色，还滴下来泪水；淡的时候游移飘忽，被风轻轻一吹就无踪无影了，天空变得干干净净，湛蓝湛蓝的。她满含泪水的双眼望着蓝天，心里一下透亮起来。她从桥头下来，向右拐抄近路去姐姐家。跳过那条小渠，心里想着从小她的姐姐就像娘一样疼她，现在她还有好多话想对姐姐说。

9. 人人念着一本经

张玉玲从后山回来，走过大桥就是她的家。站在桥头上，她远远地看见大大，妈妈、妹妹、弟弟在院子里走来走去忙乎着。妹妹看见她，向她跑过来，亲热地抱住姐姐的胳膊问这问那。走到大门口，女女跑上去拉住妈妈的手，又抱着弟弟亲了又亲。看着春风满面的女儿，妈妈疼爱地看着，大大也在一旁笑着。一家人进了屋，女女一下子成了话痨，把在后山的所见所闻全部描述给家里人，妹妹羡慕地说：“下次一定领着我，我也要去。”吃过晚饭，女女还高兴地拿出一些奶酪，说要去看看二猫姐和喜人姐、克西姐。

当年，李生财的母亲受不了败家儿子的折腾，拿个烂包袱去了四十里远的闺女家。老太太当着女儿女婿的面抖开那个烂包袱，里面藏着五个金元宝、四根金条，一股脑倒出来，说：“这是你大一辈子的心血了，我要不离开家，迟早都被生财败完，以后他是死是活我也不管了。我也没有几年活头了，我要看着你们拿上这些东西做个正用，否则我死后也见不了李家土堆里的祖先。”此后，老太太住到闺女家，直到死。女婿行的孝子的礼节，体面地安葬了改变他人生的丈母娘。

老太太在世时，李守住去看过两回娘娘，第一回在十岁，吃了一顿饭，娘娘抱着他偷偷哭了一场，姑父一直没有说话，姑姑看着姑父的脸色不敢多说话；第二回是娘娘最后的日子里，他去看了。一进姑姑家，姑父不冷不热地说：“你这穷小子来了，就是替你大大尽孝也晚了。”守住看着面无表情的娘娘，端着姑姑盛上来的一碗饭，肚子饿得咕咕叫，也咽不下去。没人时，娘娘拉住他的手，用尽力气坚定地说："孙子，不是娘娘不疼你们，狠心，是你大大彻底让我凉了心。要是不这样，我也不得好死，没脸见你的爷爷。以后你一定要争气，千万不学你大那样，李家就靠你了。这么多年我不见你大大，我就心狠到底，死了也不能让他来！你走哇，以后也不要来了。"拉了拉守住的手，背过身去。守住几乎哭出声来，叫了声："娘娘……"守住回去三天后，娘娘就走了。李生财听说老妈妈死后，在炕上躺了三天三夜，眼睛红肿，到死他妈都不想见他，死后也不让他去棺材跟前，自己都觉得活得不如个牲口。守住接到口信，连夜去了姑姑家。亲亲的大孙子就是一个亲戚的待遇，他抱住娘娘的棺材头大哭一场后，守住突然悟道：人穷就是没吃没喝没穿，骨头穷了那真是一无所有。他第一次明白，他还是一个男人，造成今天这个局面，他真的不知道该恨谁。

李守住四岁时，正是他的大大败家的时候，爷爷李其出面，和一个陕西府谷老乡一个刚满月的孙女定了娃娃亲。这是娘娘在她知道自己时日不多时，告诉守住的，并拿出交换生辰八字的庚帖。这是李其看透了不争气的儿子后，为孙子做的让他死后放心的一件事。这实在让李守住哭笑不得，回去告诉母亲。母亲也说有这回事，不知道人家现在还承认不，家里早就穷得叮当，就是人家悔婚，拿上庚帖也二话不能说。李守住却巴不得人家悔婚，他心里已经有了王春燕。但不管怎么说，还是得家里出面，上女方家把事情了结，也就了了一桩心事。

没想到这事让几天不说话的大大李生财大发雷霆，吓得几个小点的早跑了。李守住对这个年轻时自私不懂事的父亲满肚子怨气，这回也乒乒乓乓发泄了一通。李生财拍了炕棱大骂守住："你这个不孝子，好好的一门亲事要毁了，要打光棍，老子赶你出门！滚！"守住腾地火上来，"我不孝？八岁出外砍柴火卖了供你抽洋烟，到现在你还在锅头上坐着！你没管过你妈，她死了都不让你到棺材前哭一声，是你自私伤了她的心，她才不愿意见你！"说到这，李守住憋不住哭出了声，把多年的不满和对娘娘的思念全发泄出来，"这个家

到了今天这个地步怨谁？你从来不反省自己！现在好不容易过上几天能吃饱饭的安稳日子，你又在这种事上逼我，好，我滚！我受够了！"李生财跳起来抓住擀面杖。守住妈看着平时和善的儿子现在五官都变了样，吓得颤着小脚满地转，揪着守住不住气叫着。李生财第一次见温顺的儿子这样顶嘴动气，还对他吼着说话，一时脸面挂不住，气呼呼出不来一口整气，抓起擀面杖打儿子，一把甩开揪他的老婆。老婆抱住他腿，一边哭喊着："守住啊，你快跑，让妈妈多活几天哇。"守住看一眼号啕大哭的妈妈，一跺脚哭着出了门，后面传来李生财放嗓子大哭："我的妈妈呀，我不活了，咋不让我死呀……"

几天后，李家又恢复从前的样子，守住大大李生财坐在锅头，抽着烟袋，没说什么。守住妈忙里忙外，两个闺女帮着妈妈，一个烧火，一个喂猪。李守住单枪匹马去王虎圪旦梁家，把爷爷给定的娃娃亲退了，当初送给人家的钱物，只字未提。没想到的是，梁家的痛快让守住想都不敢想，似乎只是娃娃们做了一场游戏，天黑了散了，各回各家。

守住从梁家出来，低头走得很快。他明白爷爷的一片苦心，也理解娘娘无情出走的做法，都是那世道害的，往远想想，他的大大李生财是受害者。那个愚昧落后的世道，像他大大这样的人不计其数。娘娘带走的那些金银财宝，虽说让他们雪上加霜，但事实上娘娘的做法，让他家在这个运动中消灾免难，相反那些财宝让姑姑一家遭了殃。当年姑父穷人乍富瞧不上他这个穷小子，结果命运对他们家开了一个大大的玩笑。他的那个姑舅大哥受不了地主子女被歧视，宣布和地主家庭脱离关系，听说姑姑气死过去，姑父上吊被人救下来。想到这些，守住的眼睛不由得湿了，他后悔那天对大大的态度，心里发誓，以后再不会有第二次，他要让自己安心地养活他们七口之家，不去伤害任何一个亲人。他的大大其实每天都在愧悔，守住想，大大的沉默不语就表明了他对亲人的亏欠。而守住不知道，其实他这个懂事孝顺的大儿子正是他大李生财能活下来的原因。生财有时很骄傲，本人不济，但这个人品长相出众的儿子是他的儿，他有权利要耍老子的威风，但他最亏欠的人还是这个儿子，想起儿子，他的心隐隐作痛，愧悔的眼泪就涌出来。

　　守住走上桥头，亲切的村庄就在眼前。一股凉风吹过来，他深吸了一口，正正衣领，大脑清醒，忘掉所有不快，快步走下桥头。那个工作组的人开社员大会告诉他们，要推翻一切封建思想，迎接光明世界。他的光明、他的世界就是他喜欢的春燕，他要把到梁家退了娃娃亲的消息第一个告诉王春燕。

　　又是一个秋高气爽、星朗月圆的晚上，春燕烧了一盆洗脚水，端到他大跟前，又说队里有点事，要出去，偷偷拿着给守住做的一双鞋出了门。刚走出门没几步，听见大大叫："二猫……"她应了一声，大大没说话，她停了一会儿，正要往回走，只听大大说："早点回来，明天还出工。"她提高声音又应了一声，边走边想：人老了就是爱叨叨，大大从来不安顿她出工怕迟，真是老了。春燕没有想到，她鼓鼓囊囊的裤兜，被大大看见了。

　　来到饲养员房，守住已经在等她了。春燕抿嘴笑着递给守住新做的鞋，守住接过来看，是双松紧口的黑绒布面实纳鞋，立马穿在脚上，高兴地嘿嘿傻笑，一边说着："好，正好，你每双咋做得这么合脚？你知道我穿多大鞋？"春燕剜了守住一眼，娇羞地说："成天见的人，还不知道你长多大脚？"

　　对于两个情真意切的年轻人，幸福的时光总是那么短，他们不得不面对的是眼前的大问题——春燕大大横刀阻拦。在所有人眼里，春燕是个大有前途的青年，虽然和守住是最匹配的一对，但是守住的家庭是摆在两人中间的大山。有主见的春燕早已在心中想过无数回，即使让她放弃一切，她也不会放弃亲爱的守住。两个人沉默了一会儿，守住说："以后我好好劳动，孝敬父母，教育好弟弟妹妹，替爷爷和大大赎罪，他们犯的错误我承担。我不相信，我好好做人，谁还能看不起我？我一定让你的大大相信我！"春燕爱怜地看着守住，坚决地说："不管怎样，我都等你！"

　　秋夜里，月光从那扇斜着的小木窗上照进来，凉爽的风吹进来，暖暖的情话沁入心脾。外面传来王侉子的咳嗽声，这是有人来的暗号，两人起身，从两个方向离开饲养房。春燕，这个能吃铁咬刚的妇女队长，面对大大王贵仁的反对，只能顺从地低下了头。无数次，春燕在日记里写道："亲爱的守住哥，这是在意料之外出现的一些不愉快，把父辈的过失强加在你身上，阻止我们相

爱，我心中无比惆怅。在未知的岁月里，只能和你一起坚强努力，一步一步地向前，同时盼到曙光和希望的那一天。"

程三娃给队里下夜，场面的一切全归他负责管理。平日里老婆去地里路过场面墙畔，他也粗神粗气地说："离远点走！"村里的娃娃在附近玩耍，他亮出那高喉咙大嗓门，吓得娃娃直跑，见了他就绕着走。天一黑手电筒不离身，一晚上，他在队里的粮仓、场面转好几圈。这不又到夏秋收粮季，只要抽烟的人让他看见，不管是谁，从不怕得罪开口训一顿："少抽一口要不了命，烟火不长眼，火星子一点害死人，往远走，再往远走！"这出了名的倔脾气，人们还不敢当面顶撞，乖乖收起烟袋，背地里偷偷叫他"杂毛勤老汉"。新粮食入仓，旧粮食出仓，必须有他用特制的贴签板认认真真盖满齐整的印章，由他亲自封死仓库口，然后别人才开始动手。就这样，队里的下夜营生，他是不二人选，一连干了十几年。

第一次运动中，他死命保护了姚柱一家没有戴上地主的帽子，而且为共产党解放做贡献的姚生源还在。就是他这个一贫如洗的贫下中农几次情真意切地诉说，才使上头的人重新调查了姚柱家，澄清姚家的历史，重新定位。至于土匪姚龙旦，早已尸骨全无，和死人有甚计较，一了百了。在姚柱的后事料理上，他就像打落的是他自己的长辈，出钱让儿子给姚柱戴了孝。至于姚生源，他每年都要到陕坝汇中堂盹一回，带上自己地里长出的稀罕菜，让生源叔尝个鲜。剩下的父辈不多了，他非常珍惜活着的长辈和弟兄们。他常常想，要是他可怜的大大活着，过过顿顿吃饱饭的日子该多好！

和三娃一起在队房住的王侉子给牲口喂了草，两人蹲在房头抽烟。三娃说："有良当兵走了，你高兴还来不及，咋还凹着脸？"王侉子吸了几口烟，唉了一声，"你知道有良他妈那个没脑子的半吊子，皮匠死后又走了一家，没过到头。前一个月路上碰见，她对我说娘家人不待见她，听话音想回我这来了。可是有良临上火车时还给我安顿，不要理他妈，说她这辈子是自作自受。这两天又听说，见我这边没动静，她又找了个人，看这回过得咋样。她就是那没主见的女人！"三娃听后笑了起来，"你还忘不了那个女人呀，她就是没主意的女人，脑子不在自己的脑袋里装着，听了疯子扬黄土。无条件离婚？离婚的没有几个好结果，前肠子后肚子，不是一条心。放心，是你的多会儿也是你的，只要你想收留。"王侉子假装咳嗽了几声，没有作声。

10. 寻无常

张武老婆回到家，麻利地做好饭，赶忙又去喂猪。一群鸡跟在她后边啄她的裤脚。吃饱的小猪摇摇晃晃跟在一群鸡后面，那只没逮着老鼠的猫，喵喵叫着跑出来追上小猪。狗扑了几扑，挣不脱那根铁链，冲着本该有它的队伍不满地叫了两声。正在吃饭的张武看见走在前面的老婆和后面的那支队伍，噗一声嘴里的面条喷到地下。从地里劳动回来，洗了手准备坐下来吃饭的女女奇怪地看着大大，"大，你咋了？"张武克制住没笑出声说："不咋，叫你妈快吃饭。"女女向外正要喊妈，也看见妈妈身后的这支队伍，一只鸡展开膀子还往前冲了几步插了个队，女女不由得咯咯大笑，张武放下碗也跟着女女大笑起来。

二女女每天放学回来就去掏苦菜，喂猪喂羊，做饭，指挥着弟弟做家务。这天中午时分，二女女眼睛红红地回来，比平时晚了点，不说话。大大问她咋了，她摇摇头，她妈也顾不上问她，匆匆拿了锄头去地里。张武悄悄问扇四角片片的金宝："你二姐今天咋了，和谁生气了？"金宝头也顾不上抬，"是和王枝枝吵架，人家骂我姐经由孩子，还说我妈是红鞋店的红人人。大，甚是红鞋店？"张武大吃一惊，手里攥着的放羊鞭掉在地上，幸好金宝看见一个半大小子跑着追了出去。张武的心咚咚跳着，他心疼啊，这个善良的女人跟他受苦受累半辈子，疼他，爱他，掏心掏肺和他支撑这个家。如果烂事重提，再让这个可怜的女人受委屈，那顶如是让她死啊。不行，这事一定不能让娃娃们知道，就是藏到心底沤烂，也不能让娃娃的妈知道。

他找到小儿子金宝，告诉他们："你们的妈妈是世间最好的妈妈，有人骂你们的妈妈，是小娃娃瞎说胡说。谁以后再胡说，回头告诉我，看我找他家大人！"金宝认真地点点头。张武的心悬了上来，没有不透风的墙，假如老婆知道了工作组又调查她底细的事情，她会受不了，万一要强的老婆有个三长两短，活不下去的就是他。

没有亲人孤苦的他自从认识了这个女人，才有人疼有人爱，感觉人活着有了意思。他忘不了那时当兵的苦楚，受人欺负、排挤，受了委屈，总能在这个女人这里找到亲人般的安慰。他做梦都想不到这个美丽的女人能成为他的妻子，有时高兴得能从梦中笑醒。他也忘不了他们一路逃荒相依为命，他从和他共同打拼这个家的女人身上学到了一种坚强，从而使自己成长为真正的男人。他把两个养女、一个养子视为己出，在不知情的人眼里这是一个多么幸福的家。同样幸运的是他结识了亲如兄弟的巴图，有时感觉那条逃亡之路是他幸福之旅的开始，最后住到这个有一群善良义气的人的村子里，所以他一定要拼死护着这个比他生命重要的女人和家。

这个似乎忘了自己名字的女人，又一次走进可怕生活的深渊。锄地走到半路，她想起忘了拿镰刀——她每天收工回来要给猪割草——折回家来拿，正好听到老汉和小儿子的对话，头一晕差点栽倒在地上，心一下子乱跳个不停。她拼命克制住自己的眼泪，赶忙向地里走去。空旷的地里还没有一个人，她坐在小渠畔上。一阵风吹来，她头上的几缕碎发迎风舞着，把她愁苦的面容显得更加无可奈何，阴魂不散呀。她最亲的人如果知道她年轻时的那些事情，那还不如让她死了。她胡思乱想着怎么个死法。

大地上有野花、野草，还有救过人命的野苦菜，如果没有人稀罕它，就是洪荒一片。这些花草已安然度过一夏，在秋天来临草木枯黄之前，还在挣扎着。渠畔的另一头，一只兔子卧在那里嚼着一个快要风干的萝卜，竖着两只警觉的耳朵，看着对面慢慢走过来的人。一片黑云彩移过来，遮住太阳，似乎配合了她的情绪，瞬间下起了淅淅沥沥的雨，把地上发黄的经过洗礼的草留给了

风。那只嚼萝卜的兔子已无影无踪。

白葡萄失神地走在地畔上，浑身微湿，这一场过云雨给她的心里增添了一种不可名状的感动，她的脚步越来越轻松，仿佛走到渠头她就解脱了。她没有犹豫直直走进渠里，像走在渠畔上，而且愈是走到水渠中间，心中愈是欢喜。她是该去这个地方释放一下了，她的身体再也承载不了人间的喜怒哀乐。

而在不远处，一个放羊的人看到渠水中漫过胸脯的人，发疯似的跑过来，当看清这个寻无常的人是白葡萄时，扑通跳到水里，三下两下把白葡萄拉了出来。王贵仁大声叫着面无表情，眼珠不转，像丢了魂似的白葡萄："他张婶！他张婶……"白葡萄转了一下眼珠子，看着王贵仁。王贵仁又大声说道："你要寻了无常，你就是没良心的人。张武多好的人。实心实意对你，三个娃娃齐齐楚楚，你倒舍得了？"听到三个娃娃，白葡萄像是一下子清醒了，她哇地哭出了声。王贵仁默默地掏出烟袋吸起烟。好半天，白葡萄哭声变成抽泣，王贵仁说："他婶，你就当我是你的亲人老哥哥，天下王姓是一家，有苦水就往出倒哇，要不憋坏了身体，你那一家子人可咋办呀。"

白葡萄听到这温暖的话，心里顿时一阵心酸，流着眼泪说出了她的怨气和害怕，怕自己以前的烂事被娃娃们知道了。王贵仁在地上唾了一下，"那是甚时候的陈芝麻烂谷子的事，你首先要忘了！你要刚硬地活着，让他们看看你是什么样的人，你是被旧社会害的，你要是死了，让人觉得你就是那种不清不白的人！"说最后一句话时，王贵仁的口气不由得提高，那就是骂她了，白葡萄憋不住又啜泣了起来。

太阳出来了，王贵仁又开导了半天，白葡萄的心才渐渐地平复下来。想到春花和结拜姐妹们平时对她的好，心里热了起来，似乎听到她心爱的娃娃们叫她的声音。人只要有良心，凭着良心做事，就会有回报的那一天。想着男人对她还是那副讨好她的神情，两个女儿和儿子那肉嘟嘟的脸，她就是受天大的委屈，也都于心不忍了。

中午收工回来，看到熟悉的家和老汉儿女，她心情平静了。发生的事情过去了，就好像重新活了一回，她赶忙烧火做饭，正低头往炉子里加柴。"姨姨，给你端碗凉粉。"她抬头一看，是赵二家的二闺女克西。这个长得像她妈妈但五官比例又比她妈妈小的闺女，一双大眼上面是一对柳叶眉，眉毛就像画出来的，鼻子大点，但是配在圆扁的脸上正合适，嘴当然没有她妈的大，但是薄薄的，越看越耐看，长得就是好看。克西将一个大海碗放在炉台上，笑着说："姨，我妈叫你尝尝她的手艺。"连性格都像她妈。克西爱说爱笑，从小就惹人喜欢，白葡萄摸了一下克西的头，"唉，看你妈，你家人多，做顿凉粉多不容易，还端这么多。"二女子跑过来，抱着克西的胳膊，脑袋向前闻闻碗里的凉粉，克西刮了一下二女女的鼻子，两人笑了。二女女把凉粉倒进一个小盆里，把大海碗刷干净递给克西，克西说了一声："姨，我走了。"

这年头能吃上凉粉的人家不多，老姐妹却还惦记着她，这让她的心涌进一股暖流，眼睛亮了一下。看见丈夫冲她笑，她站起来，挑了一小碗给金宝，挑了大碗递给张武，又把剩下的全倒进二女子碗里，摸摸二女子的头，说："快吃吧，妈怕凉。"金宝眼睛骨碌碌看看大大，大大点头说："吃吧。"随即狼吞虎咽地吃起来。二女子挑了一根尝尝，把碗递给妈妈。张武看看老伴儿，用低声却是不容置疑的口吻说："把这碗里的吃几口。"又吧嗒起了烟锅子。她想说不吃，但是她知道老汉的脾气，如果她不吃几口，他一定不会吃的，哪怕放在那坏了倒掉。她吃了几口，把碗递到张武面前，张武笑笑磕了烟锅子，接过来吃了一口，"嗯，挺香，这赵二家的手艺大有长进。"又把碗里的凉粉一股脑全倒进二女子碗里。

这天下午，春燕收拾了家，喂了猪和鸡，往张武婶家走去。今天不同往日，她的脚步那么重，心也突突地跳。幸好女女去后山不在家，要不她咋面对她的朋友。虽然女女小她三岁，但两人从小一起长大，形影不离，无话不说。她想象不出张婶会怎么对她。平时她对待人家是横眉冷对，阶级立场分明，人家唯唯诺诺，她认为是心里有鬼。她的出身，她的经历，这些只有少数人知道，并且只有少数人有资格对这个女人做出评判。为她保全名誉不要命的人那么多，包括自己的亲爹，而自己的命就是这个女人救下的。平日里的点点滴滴，让她不知不觉认定这是个不平凡的女人，她要重新审视这个女人。走到这

个小土房跟前，房后唯一的猪圈周围也被打扫得干干净净，院子里一尘不染，一方窗户用麻纸糊着，窗户中间是过年时贴的窗花，经过一夏太阳的暴晒，已变成粉色，有一处窗户纸烂了，又仔细补了巴掌大的一块，不细看根本看不出破绽，以为是一块变色的窗花。

春燕轻轻推开那扇沉沉的门。白葡萄正在补一件衣服，一会儿揉揉眼睛，一会用针在头发上磨两下，看似安静的脸，却藏着胆怯和无尽的忧虑，胳膊轻轻地一下一下拉拽着线，满腹的愁言缝进针脚里，密密麻麻的线头，拽出她无限的愁结。她心里又在想：要是她的妈妈和大大当初有一个活着，她的命运肯定不是这样，最起码她一直有家有亲人。现在倒是有个安稳的家了，又碰上这么多事情。真寻死了，又舍不下张武，更舍不下三个娃娃。现在老是动不动心慌，丢东忘西，没有精神，像魂不在身上，是自己的魂丢了？她想起白家的妈妈说过，黑夜不能剪手上脚上的指甲，天一黑魂就藏在指甲里了。她又想，好像有几回黑夜剪了，是不是魂没地方藏就走了？

她听见门上有动静，抬起头看见走进来的是春燕，赶忙下地，一脸惊慌，"春……啊，王主任，上炕坐。"春燕忙上去扶着张婶，看着这个可怜的高高瘦瘦的有点驼背的善良女人，想着以前对待她的种种，羞愧地流着眼泪，扑通跪在地上。张婶更加惊慌，慌忙往起扶春燕，"娃娃，你这是咋……"春燕流着泪冲着张婶磕了三个头。"起来，起来……"张婶慌了。两人坐到炕棱上。"张婶，我大都对我说了。以前我对不住你，你是我们家的救命恩人，我还那样对你，我就是想也不能往坏处想你，我要再做对不起你的事，我就不是人。从今以后，您就是我的亲娘，我就是您的闺女……"春燕说着已经泣不成声，扑到张婶怀里大哭了起来。张婶早已泪流满面，她做梦都没有想到，当年那一点施舍，换来的是她想都不敢想的亲情。王贵仁装作不认识，对她家全力帮助，救下她这从小没娘疼的苦命人，如今当年那个像猫一样的可怜的闺女，也报恩来了，这让她死灰一样的心突然感觉明朗了起来，人啊，总是有颗心的。

11. 胡麻开花蓝又蓝

春燕和往日一样早早起来，想着去哪里找点好吃的，大大病得厉害了，吃不下去东西。她看见姚三贵手里挎着一大筐苦菜，忙问："三贵哥，你在哪挖的苦菜？"

三贵躲闪着走得更快，一边低声说："在东边……"走了几步，停住，折回来抓了一大把递给春燕，又扭头走了，还是没有说话。那年头，人们的感觉就是饿。有饿得厉害的，坐在那里看见耗子，想着耗子都是一顿美餐。人们排队买回了无粮面，无粮面就是玉米芯经过粉碎加工成粉面，熬成糊糊，放点野菜，就是一家的饭。但是这种饭吃了拉不出屎，经常看到大人给撅起屁股的孩子用棍子往出掏屎。这种困难的时候，队里及时从粮库调回红薯面，抵挡了饿。王贵仁还是死了，几乎每天张五老婆把家里省出来的菜糠团子送过来，他却吃不进去。也许他觉得自己不需要了，也没有力气吃下去。就像他的名字贵仁，始终没有使他成为富贵人物那样，他悄悄地走了。

程三娃明白全家人从牙缝里省点吃的，是让他这个顶梁柱和儿子兴旺吃。饿的时候，他舀起一瓢凉水喝一顿。坐在地头，他终于明白他的大大为啥能吃下那么多饭。他也有这个想法，宁愿做一个吃饱撑死的鬼，也不想做一个饿死鬼。他要把地里的庄稼伺候好了，才能有饭吃。

二猫又给守住做好一双鞋，趁收工人少，偷偷递到他手里。两人一前一后

走着，不知不觉来到几块挨着的胡麻地里。胡麻正开着花，蓝莹莹的，这简直
是村野里最美的景致了，让人心旷神怡，陶醉其中。二猫顺着胡麻垄子走到地
中心一小片没苗的空地，就势坐下，长长舒了口气。一年多，她是累了，伺候
姐姐坐月子，伺候病中的大大。她日夜服侍大大，好让他那口气出得顺畅点。
她有时感觉伺候大大就像伺候一个婴儿。尽管没什么好吃的，她还是会想法弄
点吃的让大大吃几口。大大会怔怔看着她不说什么，但她好几次都看见大大悄
悄流眼泪。她理解大大的心思，尽最大的孝心送走大大。

　　一年过去了，都平复不了这颗失去亲人痛楚的心。这期间，守住暗里帮
她干着地里的活，用温柔怜爱的眼神给她好好生活的勇气。她的心始终坚强，
同时这颗坚强的心也被亲爱的守住融化成一汪柔柔的水。现在坐在对面的就是
她将来的男人，想到这，脸有点发烧。守住盯着她嘿嘿地笑，两只手揪起一根
野草，用嘴咬着，亮亮的眼睛充满无限爱意。守住终于开口说："我请根小叔
当咱们的介绍人，月底就到大猫姐姐家向你提亲。贵仁叔活着不同意咱们好，
我也没话，能理解。现在贵仁叔走了，但我要上他的坟头烧张纸，向他保证，
我会堂堂正正做人，一辈子待他闺女好，过上好光景，要有三心二意，天打雷
劈……"还没等他说完，二猫哭出了声，守住吓了一跳，急忙问："咋了二
猫，你不高兴，你咋哭了？"守住真是急了，半坐起来，一条腿跪着。二猫抹
了把眼泪，说："说话就说话，说甚死呀活呀，我不想听也不许你再说。"说
完，又抹了把泪。她看见守住跪着的样子，扑哧笑了。守住也笑了，重新坐
好。

　　守住动情地看着这个铁姑娘主任，原来她这么柔弱，从小没娘，现在爹也
没了，一个可怜的人。守住顿时觉得自己才是真正的男人，他不光爱眼前的这
个女人，更要给她一个踏实温暖的家。他拉住二猫的手，说："好，我以后再
不说乱七八糟的话，天不早了，回家吧。""嗯。"二猫微笑着小声应着。他
俩一前一后走出胡麻地，守住看着他心爱的春燕跳过了小水渠，往姐姐家方向
走去。他想，不久他将正大光明地提亲，娶回心爱的姑娘，从此再不用偷偷摸
摸地约会。用"偷偷摸摸"这个词，又觉着是对他们纯真的感情的亵渎，那不

叫偷偷摸摸叫啥？为甚不能肩并肩走着？有这样的非分之想，自己不好意思地笑了。

天稍暗下去，盛开的兰花没有了白天的艳丽，却在落日余晖下显得妩媚。渠里的水变成绿色，两只调情的蛤蟆一会儿蹦跳着前后追逐，一会儿互相偎依着，旁若无人发出呱呱的欢快的叫声。守住抬起头望着天空，天上只有一颗星星闪着光。他又满天搜寻，此时的确只有一颗，他的视野之内只有这么一颗星星了。他加快了脚步，和父母商量提亲的事。

一九六一年的秋后，春燕二十四岁，守住二十七岁，在村子里也是两个大龄人，有情人终于在一起，村里人提起这事都高兴。麦子收了一仓，李守住家开始张罗喝酒的事情，原计划要准备的东西不充足不要紧，那六盘大馒头是一定要蒸的。这是有讲究的，大馒头要有多大？每个四两面大，有大海碗那么大，每盘是八个，六盘就是四十八个，连数字都是有讲究的。要把新麦子加工成最好的白面蒸，刘喜梅又重新计划了一下，分成三两一个，蒸成两盘凑成十八个。订婚的日子是阴历九月初八，娶亲的日子是阴历十一月初八。

九月初七一大早，刘喜梅就过来帮忙。守住妈发了两大盆面，发好的面都溢出盆边。喜梅将袖子挽到半胳膊，利索地在面里放了碱揉匀，撒着干面粉揉起来，又揪成匀匀的三两大的小面团，揉成圆形。守住的大妹妹十八岁的金枝早已在灶里填满红柳，红柳在灶膛里噼里啪啦响，火苗呼呼地叫着好。李生财又抱回一抱红柳，轻轻放到地下，不顾金枝说用不着这么多柴火。自从守住和春燕的亲事说成以后，李生财除了黑夜上炕，别的时候都在外面找着营生干，凉房、猪圈、院子收拾得干干净净，一改往日那一副病怏怏的样子。他的二儿子也毕业有了工作，也谈了媳妇，人逢喜事精神爽啊。为此，守住妈高兴得哭过好几回。

锅里的水哗哗开着，喜梅把揉好的馒头一个一个拉开距离放到笼屉上，盖上锅盖，围得严严实实，嘱咐金枝必须用旺火，还不能让馒头开花，又点着了一根香，当香着到半截时，馒头就熟了，这不只是手巧，还是技艺。开锅的馒头香扑鼻而来，一个个瓷白瓷白，守住十六岁的小妹妹香枝喜滋滋地用筷头沾

着红纸泡的水，点到馒头上，白白的大馒头顶上是一个个调皮喜气的红点，发出亮亮的红光，又映亮了整个房间。接着，她又蒸第二锅。守住妈不住地说："走的礼数不能敷衍，要娶的是当妇女队长的媳妇。"看着老人的认真劲儿，一家人都笑了。

喜梅提前三天来帮忙，蒸炸烹调的手艺是得了母亲洪如花的真传。说起喜梅妈刘婶，在村子里针线、茶饭是数一数二的能手，过去还是有钱人家的小姐。喜梅现在的手艺比起母亲大有青出于蓝胜于蓝的势头，这几年几乎替代母亲，谁家的事宴，喜梅是第一个到。李守住和王春燕的喜事，从买新衣裳到梳洗打扮，又哪能少了喜梅。

李守住和王春燕的儿子李国裕蹒跚学步、牙牙学语时，爷爷李生财在一个晚上躺下再没有起来。那几天，李生财多年沉默无语却突然话多了起来，抱着孙子出外面晒晒太阳，和人主动打招呼，和几个儿女唠叨现在的日子，显出少有的慈祥，一家人的欢声笑语时常传出大门，传到村子的上空。他却在一个安静的晚上悄悄走了，他开始润朗的心门打开了，却关上了外面世界对他敞开的大门。儿女们大放哭声。第一个赶到的程三娃，拉开抓住大大的手不放的李守住说："守住啊，三娃叔是和你大大一起长大的，你大大其实是个没有心机的善良人，所以才有这么个好回世。他已经无牵无挂，你就让他走得痛快点。你们不要哭了，赶快穿老衣入殓。"程三娃端详着这个小时候的玩伴，此时他一脸安详，这个曾经让人又恨又怜的浪子，再也没有了能站在回头岸上的好日子。想起他们曾经互当马骑，有吃的总是分给他一半的玩伴与他阴阳两隔，程三娃不禁眼里涌出热浪，叹了口气。

打落李生财，守住姑姑家的大儿子也来送舅舅了。这个曾经和家庭划清界限的人，如今把孤身一人的老父亲接到盟里，和他住到一起。他孝敬老父的举动，让人忘掉他当年大义灭亲的举动。忏悔中，他也努力工作，现在是一家大单位的会计。

春燕自从公公去世，婆婆做不动地里营生，小叔子在外地工作不在跟前，两个小姑子又上学，家务多不免分心，辞去了妇女队长的职务。

12. 新妇女队长

　　大桥村妇女队长的职位也很快有了人选，就是在公公灵棚前梳头拜堂的赵四牛的媳妇单秀兰。按说，一个地主成分的人家的媳妇能当村干部？经过队长程兴旺的解释，工作组的同志又做了实地调查，最后任命单秀兰为大桥村妇女队长。程队长解释：第一，单秀兰出生在一个根正苗红的贫下中农家庭，本人立场坚定，是大桥村少有的初小毕业的有文化的妇女。自从过门，没见过地主公公的面，谈不上剥削、欺压，有权利代表农民说话。第二，在家里大事小事能做主，绝对能靠近共产党说话，改造好自己的男人——一个地主子女，和其他三家妯娌敌我分明，几乎不相往来，主动和地主婆婆住到一起，起到监督、教育的作用，能随时向工作组同志汇报工作。第三，劳动积极，干劲上来没人比得了，有很强的组织能力。

　　在得知工作组要调查单秀兰，程兴旺很晚才从赵家三兄弟家、刘根小家、吕愣家出来。调查结果比程队长说的还可靠真实。十来天后，社员大会宣布了这个扁脸、丹凤眼、鸡膛色皮肤的单秀兰当选为妇女队长。单秀兰那张会说话的薄薄的嘴更像抹了蜜，连看场面整天拉脸唬人的三娃叔，见了这位都是笑盈盈的。

　　前几年刚生了娃娃没有满月就出工，当听见娃儿粗声大气的哭声，四牛妈高兴地说："这媳妇从进门起就没有清闲过，伺候老的小的，搭理照外，这又给赵家栽下了一条根，娶回个有福的媳妇。"说得四牛呵呵笑。妈妈这一句

"搭理照外"说得好，儿子就叫赵里，等下一个生了，就叫赵外。果不然，生育稠密的秀兰三年生了两个儿子，原来苗条的细身段也丰满了，两根粗黑的辫子展油油掉在凹凹的腰间，把那个工作组的白脸人孙玉光看成了斗鸡眼。

城里人的审美和村里的人不一样，在村里，板身子、板脸、大花眼的女人最袭人，而城里人认为苗条清秀、眉眼端庄大方的最漂亮。两人因为工作关系走得近些，去公社开会经常上灯时分回来，骑着自行车一路不紧不慢，有说不完的话。有一次，有人看见两人在陕坝街上转悠。第二天，看见单秀兰头发上别了一个漂亮的花卡子。这还用问？肯定是工作组孙玉光给买的。单秀兰能有钱买这个？屁股蛋的两块补丁大过翘起的屁股，幸亏腿长，否则腿短的人补丁就到了脚后跟。

这事传到四牛的耳朵里，就有人听见四牛家里乒乒乱响，一阵炒豆般的争吵后，再没有任何声息。第二天单秀兰还和往日一样早早起来，做饭喂猪，第一个出工劳动，安排工作，只是眼睛稍微肿了点，晚上在社员大会上照常做了讲话。人们说不出个甚，内情只有单秀兰本人知道。其实，四牛的心里一直念着一个人，那就是刘喜梅。单秀兰和四牛是娃娃亲，也听说了四牛和喜梅的事，但是单秀兰在赵四牛面前放了话：他赵四牛的老婆现在是她单秀兰。问题是一个女人不追究不吃醋，一个男人家平白无故吃老婆的哪门子醋？阶级立场不分，恶意毁坏干部的名声，谁担得起这责任？大不了辞职不干这妇女队长，灭了赵四牛五尺男人的妒火！

本来这顶成分帽子就是四牛顶着。因为在划成分的时候，三个哥哥都成家另过小日子，只有四牛和大大一个家里住着，磨坊、粉坊、油坊在他们大院里，他理所当然替大大赵全福承担起责任。由于他善良、吃苦、能干，表现得好，媳妇又选上队委会干部，大会工作组的人表扬赵四牛明显靠近组织、靠近群众，可以成为一个改造好的典型。四牛心中的压力减轻了不少，两口子拌嘴，一会儿就没事了。

农村人养孩子也简单，吃饱后放在炕上小沙堆上，糊擦成个甚也不怕感染细菌，稀里糊涂中，两个儿子一个会跑，一个会走了，四牛两口子决心好好大干。突然常年有病的四牛妈中风了，抢救过来却是半身不遂。弟兄几个也忙，都是四五个、三四个孩子拉着破窝。老人一直跟着他们住，硬朗时候也能捎来带去做点家务，但是哄不了娃娃，现在病了，理所当然由他们照顾，明事理的四牛两口子当然没有意见。大哥把弟兄三家叫到一起说："老人病了，现在是由住在一个家里的四牛两口子伺候，其他几家不能不管，每天过来看看，看病吃药的钱均摊。老五还没有成家，就不给老四添麻烦了，没成家之前，在其他三家吃饭，一家一个月，一年的口粮全部留在老四家，你们看有没有意见。"二牛、三牛表示同意。三个嫂子中，只有三嫂嘴瘪了一下，三牛凶狠地瞪了她一眼，媳妇赶忙咳咳两声，说道："我没有意见，听大哥的，看两个嫂嫂的意见哇。"说完瞟了大嫂、二嫂一眼。

老大、老二这两个媳妇是赵家同一天娶进门的。大嫂是善良实在的人，赵家富裕时吃饱穿暖，也算享过几天福的人。这个时候她明白老赵家的成分是老四扛着，和自家男人一样心里歉疚着，连忙说："同意的、同意的。"二牛媳妇心里会盘算，本打算让五牛出口粮，哪怕是一半也行，但是又想二牛肯定不会同意，还是出不了二牛的扣，自家的日子宽裕不宽裕，二牛不清楚？又见老大、老三家的都同意，要是自己反对，这不是把自己往口袋里装，于是满脸不快但也说："同意，没意见。"大牛继续说："好，就这么定了。还有老妈妈，如果她提出来想去谁家住，就去谁家，孝顺老人都有责任，有空都过来帮老四家，不管家里还是地里。至于娃娃，谁家也都是几个，让大的哄小的，长大也快。家和万事兴，不能失了老赵家的脸面。"几个人听大哥说得在理，都附和，二牛媳妇噘着嘴心里骂道：都被打倒成了老地主，成天开会挨批斗，还顾着老赵家的脸面！

只听见门响，五牛一阵风来了，"开会了？嘻嘻。"二哥把全家的决定告诉五牛，五牛说："这没问题。不管在谁家，我都帮着干营生，但是我还是紧着四哥家的做，毕竟妈妈在这，腾出手多照应些。"斯文的五牛人不大，每句话说得也在理，不愧多念了几天书。大牛眼睛潮了，想到大大活着的时候不打骂他们弟兄，教育他们好好做人，今日才感到家风就是德、孝、和。几天后，

嫁到外村的两个闺女赵凤、赵二凤也过来，表示对大哥的安排很满意，还说以后多抽空过来洗洗涮涮照顾妈妈，赵家的事情算是圆满解决。程三娃竖着大拇指冲着弟兄几人说："还是赵家的家规正啊！"

五牛轮流在三个哥哥家吃饭，一家一月，口粮供老人吃喝，挣的工分还是自己的，大哥说让他攒着娶媳妇。单秀兰每天出工时在婆婆跟前放好一块两掺面的窝头或者干馍馍，一大茶缸水，把会跑的老大用绳子拴住，把刚会走的老二拴到奶奶伸手够着的地方，以免掉地。有时候，就把孩子交给不上学的几个侄儿、侄女。歇工时，她赶忙回家给婆婆吃喝，给孩子喂奶，给老的小的擦屎擦尿，把和了屎尿的沙土倒出去，再换新的细沙土，铺一块干净的大尿布，给婆婆翻个身，简单按摩按摩，然后赶忙出地，每天忙得昏天黑地。有人看见工作组孙玉光和单秀兰从玉茭林里钻出来，风言风语，四牛没有听见，只是单秀兰头上再没有别过漂亮的卡子。赵四牛浇秋水掉进深水渠，是媳妇秀兰拼死拉上来的，她把四牛紧紧抱在怀里，连搀带扶回了家。有人说，四牛行动利索，掉在河里哇还用人救？可人家两口子起早贪黑积极劳动，家里老的老小的小，看这媳妇和平时一样见人不笑不说话，这不是活见了鬼了。

在那个长满青草的渠畔上，那个为心爱的姑娘痛哭过的四牛，最终还是想开了。事实证明他的选择是明智的，这一生真正爱他的女人是他的媳妇单秀兰，他很满足了。她不嫌弃他穷，不嫌弃他地主子女成分高，一心一意伺候瘫在炕上的老母亲和两个儿子，还不想让他受委屈。她用自己的智慧做好妇女干部的工作，用辛勤劳动替自己的丈夫减轻罪责，用她自己的话说，身正不怕影子斜，走着看！他赵四牛相信自己的媳妇，用行动证明自己是一个心胸开阔的男人。

第二年的秋天，姚杏花和五牛自由恋爱，确定了关系。从小一块玩耍，一起上学的两人很快要成为生活中的小两口，赵五牛地主子女的身份也没有影响两人的爱情。五牛在妈妈病了之后，轮流在四个哥哥家吃住干营生，他勤快懂事，和嫂嫂们的关系处得像姐弟，当然，有这三个哥哥、嫂嫂相帮，成个家没多大困难。母亲瘫在炕上，和四哥、四嫂在一起生活，老房子归四哥、四嫂。

在离老房子不远的西北头，弟兄四人又给五牛盖了一间土坷垃房。杏花有二哥姚建业的支持，他夸五牛勤快好人品。姚杏花做好了一辈子跟着赵五牛吃苦的打算，何况自己本身就是受苦的农民。从小五牛的性格像个闺女，而杏花的性格泼辣像个假小子，小时候，每当有外村娃娃欺负五牛，杏花马上上去帮忙，娃娃们取笑说："杏花是赵五牛的媳妇。"杏花哼一声，大声和那群起哄的娃娃吵架，五牛的脸早红了。每次回忆这些时，杏花总是笑着嗔怪五牛："怂胆子，没出息。"五牛就笑笑低声对媳妇说："我以后一定对你好。"

公社下来的人组织村里的壮劳力挖三排干，走工两个月。四牛的蛮劲上来了，他想这是再次改造自己思想的机会。他挖土往出扔的速度总是比别人快一锹，担箩头送土总是在最前面。有一次下雨没出工，和好朋友程金柱抽着烟袋拉家常，"真的有点想家。"金柱抬眼看看他，挖苦地说："你是酸粥日囊得多了哇，脑子糊住了？"四牛认真装着烟袋，听出好朋友的弦外之音，他当然是听到有关媳妇的闲话了。四牛不动声色地笑笑，咳了几声，吐了一口痰。四牛还是没死没活地干营生，但是饭量比别人少一半。

由于又到了年年龙口夺食收小麦的时候，工地便歇工放半个月假，收完麦子继续干。人们高兴得都收拾准备回家，程金柱发现四牛精神不比往日，整个人又黑又瘦，心里有点担心，但又不便说，便过来帮着四牛收拾。其他人也不会在意，只认为干苦重营生的人哪有不黑不瘦的。回来收割麦子的这几天，下了一场雨，本来熟到的麦子，麦芒都兴奋地炸着，被雨这么一淋，好多穗头掉到地下，等到麦地地皮刚能踩上去，全村大小劳力集中开镰。

赵四牛在抢收小麦的最后一天，几乎没有歇息，一抬头眼前一片漆黑，顺势坐在地上，嘴里一股咸腥的东西涌上喉咙，哇，吐出一口鲜红的血。他突然想起大大是吐血死的，一阵心慌，过后慢慢平静下来，人人都是个死，不过他现在死了，也就没有好多烦心事了。他死了，他自己清静了，就是老妈妈和两个娃娃受罪了。老妈妈有兄弟管，娃娃倒是有娘，但是没有了老子，可怜啊。唉，生死有命，造下你井里死，河里死不了，想多少也没用。后边的人陆续上了地头，四牛赶紧抓了两把土把血埋住。麦子全部垛在场面，蔓菁种进地里，

四牛又吐了一口血。

单秀兰看到吃不多饭身体消瘦的四牛，劝他上医院看看，让工作组孙玉光在旗医院找找认识的大夫，四牛死活不同意。秀兰又和四牛的哥哥、弟弟说，让他们好好劝劝四牛早点看病，但是也没有说通。单秀兰偷偷哭了一场又一场，想到和四牛成亲正是公公咽气时，觉得不吉利，想是不是冲克了。她想找神婆张水水偷偷讲讲迷信，哪知和四牛一商量，四牛说他宁死也不讲迷信。秀兰哭着对四牛说："我不想让你早死，和你还没有过够，求求你去医院哇，要不这一家子咋办呀！"四牛停了好久说："那就去医院吧，医院的大门敞开的，不用这个姓孙的那个姓紧的找大夫。"单秀兰说："那肯定，听你的，咱们明天就去医院，谁也不用找！"

四牛这一去医院就没有回来，劳累过度，肝上得了灰病，没救了。秀兰抱住四牛哇哇大哭，四牛反而安慰媳妇："不要哭，天要收人由不得人。苦了你了，你要好好过日子，你好好养大娃娃，老妈妈还有其他弟兄管。"秀兰哭着抬头，将眼泪一抹说："赵四牛，我生是你的人，死是你的鬼，放心，就是你走了，我决不会嫁人，娃娃是我生的，我会尽到责任。妈妈这些年我也伺候惯了，翻身晒太阳，吃饭大小便我都掌握得清楚，去他们几家，我还真不放心了。"赵四牛流着眼泪握住媳妇的手，说不出话来。

四牛死了，几个弟兄把他用牛车拉回来。他们走到村口，见村里吕愣领着几个人拦住说："不是不让四牛进村，四牛年轻是个小口，如果进了村子，对村里的人不吉利，犯了忌讳，以后每年都会走一个年轻的。为了全村子的人，就在村外搭个灵棚，委屈四牛哇。"大牛一听来气了，"这个地方就叫赵家圪卜，是我们赵家挣下的，我们的家不能回了？"几个人吵起来。三牛冲到前头，红了眼睛，"谁敢拦！先和我的锹头说话！"一个年轻后生走上来说："地主分子还这么张狂，小心把你抓起来。"二牛赶紧拽了一把三牛。一群人顿时乱了起来，有往前拉牛头的，有往后拽的，不可开交。

听见有人说："三娃叔来了。"见三娃快步走过来，众人散开。他大声喊："干甚了！都住手！死人也不能安明了？"走到跟前，三娃拧着眉头说：

"你们看见赵家出了这么大的事，不糟心？还在这堵住不让回家？"拦牛车的几个人赶忙说："我们不是不让他们回家，这不是讲究小口死了不进村，妨活人了么。""放屁！"三娃生气地大声说，"四牛多好的人，活的时候谁有营生叫四牛，四牛没帮过？四牛这是苦重挖排干累出的毛病，没及时看耽闪的。现在形势变了，你们还瞎讲究！工作组的干部都夸四牛是好劳模，派人去医院看四牛，你们这么多年邻里邻居好意思了？"三娃说得情真，提到形势和工作组唬住了这几个人，谁也没有吱声。五牛呜呜哭出了声，大牛、二牛、三牛都抹开了眼泪，心肠再硬的人看见也受不了。拦车的几人倒过来牵住牛头往四牛家门口走，年轻的队长程兴旺和工作组的人迎头赶上，程三娃又大声喊："四牛，你回家了，不要怕！"拉长的声音，让每个人听了都心碎。单秀兰的哭声传遍全村，女人们噙着眼泪招呼秀兰。大牛媳妇看着炕上脑子不灵光的瘫婆婆，心里想：亏得糊涂，要不知道儿子死了，咋能活出来。三娃叔出来进去指挥着人们，沉重的气氛笼罩着赵家上下。

打落了赵四牛，过了七七，单秀兰把婆婆从老大家背到她家，第二天，就去队委会辞去妇女队长的职务。尽管几位队委会干部，轮番上阵劝说她不要辞职，单秀兰依旧是摇头。单秀兰要独自照顾婆婆，说是能有个说话的伴儿。她说为了两个娃娃，她要好好活着，给赵四牛守一辈子。

单秀兰伺候婆婆，让她安详地去世，又供着两个儿子上学，还是很开朗，见了人不笑不说话，闲时还哼唱一段二人台，只要过节，就去给四牛上坟烧纸，说一阵，哭一阵，待上好长时间才回家。多少年过去，单秀兰身材壮实，再难看出她曾经的苗条。人们说，四牛家那受苦的劲头比四牛活着时候还厉害。

13. 生娃娃是风火之事

自然灾害的年头，张武一家多亏了后山巴图的接济，他时常不短地送来一些风干牛羊肉和沙葱、奶酪、炒米等。要知道，这时候牧民也不好过，能这样接济朋友，让张武一家感激不尽。

睡在身边已经十岁的金宝醒了，白葡萄赶紧叫他起来撒尿。她亲亲金宝的胳膊，又把他塞进被窝里，不一会儿金宝又睡得香香的。张武伸手搂她，她翻身把张武搂得紧紧的，委屈的眼泪瞬间湿了张武的胸脯，张武像哄小孩一样拍着她的背。几年来，她提心吊胆地活着，生怕再有什么事情落到她头上，翻她的老底。这温暖坚实的胸脯就是她白葡萄的避风港弯，这里能容下她所有的委屈和伤痛。这胸脯是为她而存在，她是为这胸脯而活。多少年，她只要靠近这个地方，她所有的不幸就消失了，继而进入香甜的梦里。她就是死在这里，也是笑着的。

张武老婆有一个憋在心里的事，是她经常做同一个可怕的梦，在荒滩野岭上一人独自走着，忽然听到前面有许多怪兽的声音，吓得全身冒汗不敢动弹，想喊又喊不出来。正当她无助绝望时，有一个人救了她，让她摆脱了困境。有时醒来，眼角还挂着喜悦的泪水，她轻轻摸摸身边的男人和孩子，又一次满足地笑了。十年前，在她多次要求下，张武终于同意让巴图从后山抱了个男娃。很快，巴图又给他们牵来两只奶山羊。张武当初不同意，说已经有两个闺女了，老婆身体又不好，再养一个实在够辛苦的。村里人大多不知道白葡萄是谁，更不知道王叶芳，都叫她张武老婆。抱着儿子的她说："这个儿子和亲生的一样，生就那么生一下，务义的才更亲！"她给儿子取名叫张金宝。

这个现在人们都叫张武老婆的人醒了。她多年的习惯是先听会儿熟睡的三个儿女均匀的呼吸声和丈夫香甜的打鼾声，轻轻地穿衣下了炕。东方刚放白，满天调皮的星星还没有回家，深深吸一口新鲜潮湿的空气，幸福地觉着她还活着。她去地里给羊割捆草，给猪挖一筐野菜，把做饭的柴火抱回家，然后开始喂羊、喂猪、喂鸡，烧一锅开水，把浆好的糜糜倒进锅里，慢火熬着，一锅香喷喷的酸粥做好，将一盘红腌菜拌苦菜、一碗胡麻油炸辣子端到桌子上，等着从地里回来的张武。是的，她还好好地活着。为了活着，她感激所有人，甚至感激那个不是她祖先的王昭君的保佑，让她苦尽甘来，有了一个让她踏实的男人，一群支撑她生命的可爱的儿女。她的三个儿女如破土的竹笋那样成长着，像一只只喜鹊，每时每刻都让她充满欢喜和盼头。她总有使不完的劲儿，干起营生总是要张武吼喊着才停住，她在这个叫赵家圪卜的地方扎扎实实地生了根。

李面换的儿媳妇生娃娃，天一黑开始肚子疼得厉害，哭一阵叫一阵，动静比一般女人生娃娃大。老婆埋怨媳妇不支皮，说自古女人生娃娃哪有不疼的，打发面换把会接生的刘根小老婆刘婶赶紧叫来。李忠在院里转磨磨，老婆出来进去，也没了招。李面换又跑着去叫张武老婆："张婶，快点哇，媳妇生不出娃娃，麻烦过去照应照应！"刚睡着的张婶听到后应着一骨碌起来，一边穿衣一边轻声说："生娃娃是风火之事，快！"赶忙跑过去。刘婶两只手和衣服上都沾着血，低声对张婶说："接生过多少回，这是第一次接这么难生的，你过来多一个帮手。"

两人守着不停号哭的产妇。刘婶把所有经验都用上了，继续让面换提着茶壶从房上往下倒水，口里喊着："下来没？"面换妈紧着在下面应着："下来了！"张婶扶着产妇的腿，刘婶又在肚子上往下摩挲，口里念念有词，张婶身上也糊了血。几个人忙到鸡叫第三遍，下来一只小手。这是标准的悬生。刘婶喊着："快拿来盐！"面换妈抱着个咸盐罐子跑了进来，嘴唇抖着，"给，

他……刘婶。"刘婶抓了一撮盐放到娃娃的小手里,只见小手很快缩了回去,刘婶又一顿在肚皮上按摩、挤压、念叨,汗水从头发根流到眼睛里,只听哇一声响亮的哭声,生出来一个胖大小子,比一般刚出生的婴儿大很多。

产妇虚弱地闭着眼睛,满头满脸都是水。刘婶忙着伺候产妇,揉手搓腿捋耳朵,又喂了她几口红糖水,吩咐面换妈赶快熬上谷米稀粥、煮上鸡蛋。张婶已利索地包好婴儿,喊着面换进来看看。这时院子里的公鸡大声叫鸣,天大亮了。刘婶说:"天亮生出来的,这胖大小子就叫亮亮哇。"面换忙说:"好听,就叫亮亮!"刘婶又吩咐面换把后院奶娃娃的有良媳妇叫过来,让她给亮亮吃奶,面换欢喜地去了。过后刘婶说:"听老古人讲,生娃娃先下来手,是讨债来了,手里放点东西就回去了。这人活一辈子千万不能欠人钱财。"张武老婆是第一次听说,惊奇不已,说:"有这一说?哎呀,反正放了盐的手是回去了。"

早几年时,住在一起的几个要好的姐妹张武老婆、赵二家的、李存女、杨花眼是磕过头的结拜姐妹,除了李存女,本村的三人一直来往亲密。他们坐在地头歇息,说起面换媳妇生娃娃的事,张武老婆感叹地说:"人生人吓死人,风火之事,亏得刘婶经见得多,要不那是少见的难产,先下来一只手,那是讨债的!"杨花眼说:"娃娃就是让生出来好好长,肚里长那么大肯定难生,怀胎的时候就得少吃勤快点,等生的时候才好生。"赵二家的说:"现在的年轻人懒,像咱们没人管没人疼,生娃娃还在地里干营生,差点生在麦地里。再说,哪有那么费事,一泡尿就尿出来了。"说完自己就大笑起来。杨花眼笑着指着她说:"你呀……"

14. 女大十八变

过完年，张女女提出去拜爹家住一段时间。现在的张女女已经出落成一个大闺女，小时候稀薄的头发已经梳成两条大辫子，辫梢上挽着两个白粉色蝴蝶结，一身蓝布衣服打了几个补丁，一双带襻的布鞋洗得干干净净。她将一个包袱紧紧抱在怀里，从喜梅婶子家里出来往回走。一进家，她赶紧把包袱打开，抖开喜梅婶做好的新衣裳穿上，一件粉底白花黄花的外罩，一条蓝色咔叽裤子，高兴地比画。妈妈看了高兴地说："真好看，你大的眼光还行，老是说闺女大了穿得好点，好找个婆家。"女女心里一直是想和拜爹家的琪琪格做伴，将来嫁到后山去，然后把大大、妈妈也接过去，和巴图拜爹在一起，想到这，脸有点发烧。

张玉玲一直喜欢那个地方，父母也知道，还经常开玩笑说她是个野女子，就嫁到草原上去。玉玲悄悄告诉妈妈："我去了那个地方，就好像以前在那里住过，那么熟悉。从心里觉得高兴，那里的大山，我一看见就想爬到最上面。记得那年夏天去时草地绿绿的，有那么多的羊群，和琪琪格骑上马，看到那望不到边的草原，瞬间让我的心敞亮，高兴得直想哭。站在山上，我又觉得自己很高大，恨不得长对翅膀，飞到天上……"

女女平时言语不多，突然和妈妈说了这么多心事，白葡萄大吃一惊，眼睛热了。可怜的女女，妈妈每天忙着这个家，想着自己的事，忽略了长得娇弱胆小的闺女，一直当你是长不大的小闺女，如今都已经十九岁了。你是妈妈的命

根子。想当年，一眼看到像只小猫瘦小的你，心就揪住了，抱回家日夜精心喂养，当成是自己亲生的孩子，而你对自己的身世一无所知。如今你出落成一个清秀的姑娘，你是大大、妈妈的宝贝啊。想到这，白葡萄伤感地抱住了女女，眼泪流个没完。

女女一看妈妈哭了，以为惹妈妈生气了，赶紧说："妈，你别生气，我不走，就守着你，我以后好好伺候你和大大。"白葡萄就笑了，"傻女子，妈妈哪是生气，妈妈是高兴，你长这么大了，有自己的主意，让妈妈放心了。"女女听了，含着眼泪亲了妈妈一口，抱住妈妈。白葡萄抱着女儿，像抱着自己当初要活下去的勇气，抱着现在的幸福，抱着女儿如画的将来，她就这么抱着，紧紧地温柔地抱着……

女女拿着箩头和锹去地里，二女子从外面回来，打算拿铲子去给猪掏苦菜。这时，金宝跑过来说："我也这么大了，想干地里的营生。"妈说："等过了十二岁，有你做营生的时候，现在就多割草，把羊喂上。"

他家的房檐上有三窝胡燕，每年春，它们能孵出十几只小胡燕，飞来飞去叽叽喳喳，十分热闹。还有一窝小胡燕没出窝。有一只抢着吃食，不小心掉了下来。这只小胡燕只有头上、翅膀上长出一点薄薄的黑色绒毛，在地下吱吱叫，老胡燕低飞着绕来绕去，毫无办法，不停地发出悲鸣。张武婶赶紧叫金宝捡起来。两人上了房顶，张武婶把金宝的腿抓住，金宝把小胡燕放到窝里。看到小胡燕平安无事，老胡燕绕着窝飞了几圈又叫了两声，欢喜地去找吃的，母子俩下来。回家洗了洗手，张武婶对金宝说："你不是想做营生吗？你这就做了，还做好了，你让胡燕一大家子团圆了。"又递给金宝一把镰刀，让他割草时小心手。金宝接过镰刀，高兴地龇着牙笑了。几天后，女女穿上那身漂亮的新衣裳去了后山拜爹家，妈妈在她后面慢慢跟着，直到女女上了那辆唯一的通往后山的车，心里五味杂陈。

15. 人改性，要了命

后套的冬天，一到双日子，办红事宴的很多。大桥上路过娶亲的自行车队伍有三四对，迎亲送亲的人穿得整整齐齐，都骑着自行车，不再用骡马娶亲。自行车娶亲是新时兴的，车把上挂上大红花，铃铛一响，出溜溜从桥上下来，有千军万马下山之威。这是一辈子的大事，所以得替新人装门面，穿戴有的是借来的，自行车是一个村子或者几个村子凑来的，办事宴有需要帮助的，一呼百应，谁家不娶聘？这就形成一个规模，成为一道风景。

一队自行车的娶亲队伍从桥头上下来，自行车的车把上挂着海碗大的红花，走在最前面的是戴红围巾、穿红袄红裤红鞋的新娘。自行车顺溜溜随着下坡的惯性到了平路上，车把上的铃铛丁零零响了起来。一个放炮的年轻人跳下破旧的车子，因为没有支架立不住车子，就把车子放在地下，放了几个麻雷，噼里啪啦，扶起车子，按了几下铃铛。这自行车虽然破旧，车把上却安装了一个崭新的耀眼的铃铛，又一阵丁零零地响，年轻后生衮气地向北赶去。

不一会儿，又一支娶亲队伍上了桥头，同样车把上挂着海碗的红花，人们看着热闹。一个穿红衣红裤红鞋、戴红围巾的新娘第一个冲下桥头，许是新媳妇没有掌握好车把式，突然摔倒了，有人下车扶起新媳妇，那新媳妇起来拍拍身上，又跨上自行车上路。同样，看见村子就放炮，噼里啪啦一顿响后，喜车队伍继续向北。站在院里看热闹的杨怀义突然开口说："后面这个新媳妇以后过日子，肯定不如前面那个新媳妇，还是个短命人啊。"张柳儿小声训斥：

"大喜的日子不要胡嚼，不说话是不说话，一说就还在那鬼嚼，让人家听见你活不了，往家走哇！"张柳儿紧看着这个有时候糊涂的老汉，吼喊着。

当年杨家杨玉莲随着男人姚龙旦跑了，多年来，杨家受到不同程度的调查。解放后，杨家就没了田产，实际上已是一贫如洗，没有定成分。当时杨永寿正上高小，有这么一个跟上土匪男人逃跑的姐姐，接受不了老师、同学异样的眼光，连夜卷铺盖回家，不顾同村好友刘喜军的劝说，还是离开了学校，扔下他出色的成绩，还有双手开弓打算盘的绝活。后来刘喜军考上师范学校，两人一直保持联系。

杨永寿的算盘是他父亲留给他的一门绝技，父亲的心算能力也是无人能比，这让他很佩服父亲。他回到家看到妈妈憔悴了许多，父亲已经七十多了，成日里病恹恹的，爱神叨几句，也显苍老。他看见大大两手颤抖地往羊棒里装烟，却装不进去，上前帮着大大装上，一路上的抱怨、不满都没了。苍老的父亲，憔悴的母亲，现在他成了家里的顶梁柱。其实在他刚懂事时，那几百顷土地就没有了。胆小的妹妹站在墙角看着父亲，他再次认为选择回家是对的。两个哥哥都成了家另过，现在他必须要像个男人撑起这个家。他安抚了父母几句，匆忙走出去，到了好朋友程兴旺家。

杨怀义清醒的时候背着老婆张柳儿也和人说说过去的事，自从闺女亲妈死后，闺女很少上门，走时也没有告诉他，不知道现在在哪，听说早死了。唉，当时她嫁人，他就不同意。可是他在蛮会确实有过牛犋，雇过长工，娶了大小两个老婆，尽管土地早扔了，老婆现在也心甘情愿，可这总归是事实。杨怀义在外面转了一大圈，无精打采进了家，脱鞋倒在炕上。

老婆正在和面做饭，看见老汉青黄的脸，又白又干的嘴，不说一句话，赶紧倒了碗水端到跟前，想训老汉两句，又看见老汉一副可怜相，没有当年一点威风洒脱样，觉得他是真的老了。秀莲蹲在炉灶口烧火，锅里的臊子汤哗啦哗啦响。杨怀义闭着眼睛，心里却在想：我这辈子没有害过人，做人做事对得起自己的良心。二老婆连着生了三个儿子，第四个原承想肯定也是儿子，是他福禄寿喜的喜，等生出来却是女儿，他命里注定结局无"喜"，一场空啊，这真是命。

他睁开眼，看见水碗，欠身喝了两口，老婆张柳儿又端来一碗面条，他吃不下，哑着声说："我这辈子守着祖产过日子，没有霸占过谁的地、谁的人。你嫁给我做小，也是你自愿的，又没有逼你。人们说你要是同意就能离婚，现在是新社会了。"说完咳嗽了两声。张柳儿小声说："离婚？甚叫离婚？"杨怀义说："就是离开家，走了，不跟我过了。"张柳儿急了，"我的妈妈呀，你又瞎鬼嚼了，多大岁数了，娃娃一大群，叫我离婚……哎，这可是要干甚了！我可是不离，打死我也不走。我给你生了四个娃娃，现在孙子都四个了，躺下一堆，站起一片，占的卜滩比你大。六十的人了，让我离开这个家？门儿也没有？！"杨怀义噌地坐起来，呼哧呼哧把一碗面条吃光。他这个一家之主，现在什么话也不用说了。

他一辈子本来就没有几分胆量，如今一家老小平平安安就好。太阳偏西，深秋的天有了凉意。杨怀义躺在热洞洞的炕上，看着张柳儿做针线，目光移到她那张有皱纹的脸上，依稀看出她年轻时也是一个袭人的女人。只见张柳儿拿出杨怀义唯一的好衣裳——黑细布印花马褂。这块布是她生了二儿永禄后，他去陕坝郝记绸布店买的最好的布，是陕坝最好的苗裁缝给缝的，当时那个袭呀！现在磨出好几个窟窿，躺在柜底里多少年，抽抽得就像羊嚼了一顿，像他自己的命，这样想着，眼前又开始飘飘忽忽。

张柳儿用剪子把一面裁剪下来，补好他平时穿的上衣，剩下的给两个娃娃千补万纳的衣裳上补了一层，天天如此，为了日子熬红了眼睛。杨怀义一开口由不得又念叨开他这辈子无喜的遗憾。张柳儿停住手，狠狠剜了他一眼，"不要瞎鬼嚼了，儿子多你高兴了，我可受罪了。你不知道，儿多母受苦。这几年我一根线不敢往身上挂，攒下给儿子娶媳妇。有个闺女多好，帮我做饭、洗锅、喂猪，儿子能指上？从地里回来就是大爷，还得我伺候。还是闺女好啊，又听话还能帮我做营生，贴身的小棉袄。养儿你称心，养女我高兴，福气给我匀点，让我也享享。你整天念叨福绿寿有了，就缺喜，喜在我闺女这了！"杨怀义张张嘴，说不出话，嘿嘿，这老婆说得头头是道，想想不就是这么回事，

不能所有事情如你所愿，那人家就不能没点福气？这一军将得好啊，反倒是让他纠结了半辈子的心释然。这也是命啊，是张柳儿的命。他心一松，睡意来了，很快打起了呼噜。从外面抱回一抱柴火的秀莲，看见大大睡着了，赶紧给大大盖上一件衣裳，又轻轻坐在妈妈身边，看妈妈做针线。张柳儿笑着摸摸闺女的头，笑了。

永寿回来了，脸上红扑扑的，像有什么神秘的事。他把门关紧插上，回过头小声说："大、妈，兴旺哥让我不要着急，说大大过去是个宽厚仁义的财主，给打日本的队伍捐过粮食和钱。虽然有那么多土地，但是早就扔了，好多人都给咱们做证。人民的领导也是讲理的，姚家没事，我们也不会有事的！"杨怀义听说这些，感到宽慰，小儿子终于长大了。但他又想不通，他祖传的土地说不要也就不要了，可他坐的那把红木椅子不见了。他想起来就找，咋也找不见，问老婆张柳儿，她说搬家早搬丢了，问三个儿子，谁也说不知道，他又躺在炕上。杨怀义心头又新结了颗疙瘩，睡了一小觉，又思谋，他的那把椅子丢到哪里了？

那是他坐了几十年的椅子，冬暖夏凉，敦厚结实，他坐在上面，看过多少书，想过多少问题，办过多少事，双手开弓把那算盘打得噼噼啪啪的。那把椅子，他的几个孩子都不能轻易碰。记得那是他第一次随父亲去五原办事，当看到这把精致宽大的雕花红木椅子，喜欢得不得了，好话说了一大堆，父亲勉强同意，花了三块大洋买的。那个红木雕花大圆桌是他父亲相中的，才花了两个大洋。父亲回家请木匠做了几个凳子，放到圆桌子旁，当时父子俩不知道有多高兴！有了渠有了地，日子也要讲究些，每次吃饭，全家围坐在一起团团圆圆，那个袅气呀，就是吃个清茶淡饭，也是有滋有味的。他闲下来看书想事都会坐在椅子上，所以在他心里，这把椅子的分量不亚于皇帝坐的那把龙椅，没了龙椅，就没了江山，他是懂得自己的风水的。不行！得找见这把椅子，或许在菜窖里，也可能在房檐上。他呼地坐起来，趿拉着鞋就往外走。

张柳儿和秀莲趁他睡着后去永福家坐了一会儿，回来看见杨怀义灰头土脸从菜窖钻出来，大呼小叫："老东西你干甚了！"杨怀义像没听见。秀莲赶紧过去拍大大身上的土，杨怀义推开，走到梯子跟前就往房上踩。张柳儿又叫起来："不要命了！几十岁的人还往房檐上爬，快下来！"正喊着，永禄收工往回走，路过看见大大站在梯子上，赶忙跑过来，永寿也从外面回来了，房后住的永福两口子也跑来，几个人忙扶大大下来。永福问："大，你是要干甚？"杨怀义说："看看椅子是不是在房檐上。"众人你看我，我看你，大大这是咋了？永福说："唉，大呀，都多少年了，那把椅子搬来这就没有了，早在搬家路上丢了！"

以后的日子里，杨怀义就连梦里都想着那把椅子，觉得大呼小叫有失体统。这就是定数、天意，他本人的风水算是没了。他读过的《易经》《道德经》等，到了这时候全成一堆废品，被老婆卖给合作社，然后买了两斤棉花。只有他才懂得那些奇门遁、推背图的秘密，咋就没推出自己后半辈子是甚命？张柳儿骂他活傻了，儿女齐全，儿孙满堂不知足，一天到晚劳心劳肺！杨怀义越发不明白了，越不明白越要想。几麻袋装进脑子里的方块字成了一片空白，身体反而轻松起来，这就是看淡，放下，呵呵，杨怀义笑出了声。过了数月光景，杨怀义两眼无神，更是不说话，只有看见程三娃过来才简单说几句，不像从前那样轻易打开话匣子，更谈不上说古论今。程三娃看杨怀义性情大变，心想：人改性，要了命，时日不多了！

这时，永寿的一个住在邻村的女同学找来了，原来两人有情有义几年了，而且她还是小学老师。天大的好事情，哥哥、嫂嫂赶紧张罗办喜事。张柳儿用攒了好几年的棉花，缝了两床新铺盖。杨怀义奇怪地看着家里人笑着说着，但不管什么事，好像都和自己没有一点关系。

慢慢地，张柳儿不叫他吃饭，他也不知道饿，一旦吃起来不管不顾没个完，张柳儿越看越觉得不对劲，对儿子们说："你大是糊涂得越来越厉害！"就打发杨永禄叫个先生来看。先生号了脉，看看舌头翻翻眼睛，说："这是老糊涂病，一辈子动得脑子多了，伤着了。不要让他一个人出去，怕他认不得家门。"张柳儿心里叫苦，老天爷，这可咋办呀！杨怀义糊里糊涂了半年，清醒时少，半年里只和张柳儿说话，说得最多的是"吃饭哇"。

一天，他突然眼睛明亮，人像是清醒了，挨着看了几遍家里人，永禄、桃花、永寿、秀莲挨着叫了名字，眼睛又转了一圈，盯着桃花叫："玉莲……"永禄上去想对大大说甚，又把嘴闭上了。杨怀义的嘴唇嗫动了几下，又轻轻说了一句："我知道……"跟前站的人心里都不是滋味，不知咋说好，桃花眼含泪水往公公跟前凑了凑。杨怀义最后叫了永福和永福家的，就躺在了枕头上。大儿永福和媳妇徐丑女领着孩子杨大明走过来，看了儿子、孙子半天，他才说："儿子，我知道我不行了，寿数到了。我死了，把我埋在东面四大股渠下，离李其的坟不远，这样去了地下，我们还能走串。坐在我那把椅子上，我好好笑话笑话数落数落这个犟驴。唉，这不是黑老鸹笑话猪黑了？我不也是两手空空去了？噢，看那些风尘仆仆之人，必有未了之事……我走了……"说完就合眼了。这一走，再也叫不回来。

张柳儿哭着对儿女说："你们大大一辈子算是个有本事的人，就是爱神神道道，看书算卦，到最后就剩了这一盘炕，也清净了。你们就听他的，把他埋在东渠下哇，把你们大妈的坟也迁过来合葬了。"说完抽噎了一声，一口气没上来，瞪着眼倒在炕上，儿女们吓得哇哇大哭，"大大、妈妈、娘娘"喊成一团，永福、永禄边哭边窝妈妈的胳膊和腿。一会儿，张柳儿才缓上气，弟兄三人和媳妇们忙把妈妈扶起来。秀莲端来一碗水，张柳儿喝了几口，喘着气说："赶快叫你三娃哥过来！"永福忙说："打发永寿去喊了。"秀莲忙又应了一声，抹着泪也去了。

杨怀义走的日子是阴历九月十四，双日子死的，下葬时也要在双日子，所以停放了四天。打落的前一天，村里十个壮汉走蛮会，把樊东香的坟起出来，骨头装在提前打好的棺材里，抬回赵家圪卜，停放在杨怀义的青口旁。埋杨怀义烧的纸火、金银财宝，弟兄几人都是按照三娃哥的吩咐做的，又把大妈樊东香的棺放在杨怀义棺的右边，右为大，左首将来就是永福弟兄三人的生母张柳儿百年后的地方。

程三娃说："即使儿子多，常理也不能乱。"他们的大妈樊东香一辈子生了一个闺女，现在不知音信，永福、永禄、永寿弟兄三人为孝子，跪在樊东香棺前，叫着大妈，烧着纸钱，口中念道："大妈，你不要害怕，现在你回家了，和我们大大团圆了。"几个人用绳子轻轻把两具棺材放在深深的大青口里，永福在前，永禄、永寿在后，三人围着青口在棺材上撒了土，数把锹头往棺材上填土，填平堆起，隆起一个大土包。杨永福提前给做纸火的人加了钱，做了一把和他大生前坐过的一模一样的纸椅子，然后烧了，烧成一把灰。突然，一股旋风呼地把那团纸灰拥起来，缠绕着转了起来，太阳光被一阵突如其来的迷雾遮住，迷雾卷着尘土形成一股粗大的烟筒直插高空，越来越高，直至在空中慢慢散去，而烧过纸椅子的地面没有一点灰烬。

16. 明年盖个大粮仓

白葡萄在赵家圪卜的土地上闻惯了香味，听惯了这里的狗吠鸡鸣，看着每个人亲人般的面容，她像一丝气流融进大家呼吸的空气中，同样，她呼吸的空气中也有了大家的气流。巴图几次让他们全家搬进后山，开始她不同意，后来张武老汉也舍不得离开这个地方。

刚立冬，人们正在耕地，一年冬天拉土送粪的冬战马上要开始。队里要开会，天刚一擦黑，人们陆陆续续往队房走。到了会场，早去的男人盘腿坐在炕上，端着烟锅卷着旱烟，吞云吐雾，女人纳着鞋底，有的缝着旧衣裳，家长里短说不完，就像早已经堆了几箩筐的话，单等见了面往出倒。去的迟的人，女人在地下找个土圪垃或木墩子坐着，男人就地圪蹴着，梆梆敲着七尺烟袋，连说话也接了地气。几个娃娃在人堆里挤着绕来绕去，喊叫着，笑着捉迷藏，大人就是他们最好的隐蔽地。藏好了，找的人费点事，在人堆里无孔不入，或碰了大人的胳膊，或手托着大人的头过去，或踩着大人的脚，呵斥声同时从几个方向传出，大人们扬起手挥两下，最后落到自己的膝盖上。一盘火炕热烘烘的，饲养员吕愣知道晚上开会，早把麦枳子塞到炉子里熏着炕。

人们比在自己家里还自在，慢慢听，有人大声讲着喇叭里听到的新闻，有的低声讲一个笑话，肆无忌惮地大声笑着。平时不多说话的吕愣，也满面红光笑着，一会儿接上一句半句的。他的自留地快把一个粮仓堆满了，再不用像往年那样问人借粮。有人问吕愣："你那个粮仓有多大？"吕愣不好意思笑笑，

"不大，明年盖个大粮仓。"一群人呵呵笑了。

有几个年轻后生和姑娘，不自觉地凑到最后面，姑娘们互相搂着，小伙子们比着自己的嘴巴看谁会说，看见姑娘们捂嘴笑了，说明自己有魅力，于是更加夸张地比画着。另一个不甘示弱，就抬起了杠，姑娘们咯咯笑出了声，眼看抬杠的面红耳赤，就要打起来，听到靠近门口的人喊："悄声点，来了！"屋里顿时静下来，队长程兴旺走了进来。

17. 小插曲

　　一群妇女们排着长长的队伍唱着歌，声音不齐，有的唱得走了调。几个路边停着看的男人小声笑着，又有几个半大小子跟着唱歌的队伍，不时对自己的妈或者姐姐做个鬼脸。杨永福家的小女儿哭喊着找妈，徐丑女停止唱歌，拍了一巴掌，又大声喊着："大明，过来把妹妹领上！"继续唱起了"解放区的天是晴朗的天……"跑来一个十一二岁的小子，抱起妹妹走开。队伍进了会场。生产队召开全体妇女大会，由队长程兴旺主持，新选的年轻妇女队长讲话。最后宣布，在明天这个时候，还要学习一首新歌，希望全体妇女同志都要积极参加，一个不许迟到。

　　唱新歌也闹出了笑话，村里的老工作组孙玉光一直很健谈，跟大闺女小媳妇都混了个熟，挥着胳膊打着拍子。妇女们唱着新学的歌曲，"雄赳赳，气昂昂，跨过鸭绿江……"唱了几遍，有喊唱累了，歇息会儿。孙玉光提议让大嗓门徐丑女独唱。平时两人就能开玩笑，众人又应着，都喊着："老徐来一个！"不识字的徐丑女站起来笑笑瞅瞅众人，开口唱成："小九九，嗨昂昂，挎上孙玉光……"反应过来的一群妇女哗笑着按着肚子，东倒西歪，有一个从凳子上掉下来坐在地上，笑着喘不上气来。过后，免不了又让程队长训斥了一顿。

　　张金宝放学拿回一封信，信上写着"转王叶芳女士亲启"。收信地址是解放前的蛮会的老住址，和现在对不上号。信是姚校长给他的。白葡萄看到收信人是她从不提起的名字，而且没有来信地址。她想起，一次在人口普查时，她对两个头戴大盖帽的人说过她几乎忘记的名字。她愣愣神，催金宝去干营生，拿出信匆忙看完，惊恐地放回去，重新把封口封好，拿出女女的钢笔，在信封上歪歪扭扭写下"查无此人"，嘱咐金宝把信退回去。

收工回来的人吃了午饭后都歇晌了，张武老婆没有睡意，她拿着镰刀来到渠畔树荫下，靠在树上，浑身再不想动了。她想到那封令她毛骨悚然的信。她想起救她跳出火坑的姚龙旦，但是信不会是他写的，他没有那个脸写信。况且在包头的时候，听说这一家人没了音信，生死不清，现在怎么会出现？

她闪过虎头虎脑的虎虎，梳着两个小辫子的慧慧，还有缠着她的小丑丑。好娃娃们，你们都好，难为你们还记着有过一个三妈，有这颗心就够了。我现在挺好，你们就当我死了吧。她想起信里满是思念和忏悔的话，两颗泪珠顺着嘴角流到脖子里。张武老婆头靠着树闭上眼睛，她不想再睁开了。她抱着金宝，两个闺女牵着她的衣襟，向着对他们招手的张武走去。张武抱着一个大哈密瓜，也向他们走来。一家子轮流抱着哈密瓜闻着，笑着。她想笑一声，一激灵醒了，嘴上还笑着。嗨，她笑了，打个盹儿，还做了梦，站起来拍拍屁股后面的土，快步向地里走去。

18. 都去赶交流

　　小麦收割后，公社召开交流大会，村里号召社员都去赶交流看大戏。除了过大年，这赶交流是村民最大的喜事，谁还有不想去的理由？一早，张女女、张二女姐俩忙着洗锅刷碗扫地，妈妈喂完猪喂鸡，没有出去玩的金宝乖乖地坐在小凳子上看着两个姐姐干营生，听着她们小声说赶交流的事情。张武喂完羊回来，两个闺女互相看着不吱声。

　　赶交流的人多，队上套了三辆骡马大车，又给每户借三块钱，拉着社员，能走的都走。这可急坏了每家的娃娃，缠着大人死活要走。二女女看见大大、妈妈谁也不吭声，噘着个嘴，眼泪鼻涕一齐下来，抽噎着。

　　张武见二女女流泪耍惫的样子，知道她想干甚，偷笑了一下，绷着脸说："这是咋了？"二女女还是噘着嘴说："我们想赶交流，我妈说瞎花钱，不让走。"说完委屈地快哭出声。张武哄着说："不就是赶交流看戏，去去，让你妈把你们都领上。"老婆剜了张武一眼，"看甚戏了，家里好好坐着做点营生。大闺女家的，还想干甚就干甚？不去。"

　　姐俩知道喜人、克西她们几个姐妹都去，两人恨不得飞到交流会场。有了大大出面，女女扯扯妹妹的胳膊，偷看她妈的脸色。二女女早不哭了，对姐姐挤挤眼睛，理直气壮地说："咱村里，我们这么大的人都走了，你不让我们走，以后不给你做营生掏苦菜喂猪。"张武老婆也斜眼偷偷看看两个闺女，忍住了笑，收拾起姐俩干了一半的营生，女女赶忙上去抢过来做。

　　张武说："你们跟上你妈，领好弟弟。金宝好好听，话不能乱跑！"金宝一听，门都来不及关一溜烟跑了。两个闺女高兴得一起说："行！"又看着妈妈，等着妈妈发话。她妈说话："你领着两个闺女去吧，我不想去。"张武提高声音，"女人才爱看戏，大男人有几个看戏的，去，拿上。"说着递给老婆几块钱。张武老婆看了男人一眼，"你把两闺女惯得上头了。"两只湿手在袄襟上擦擦，接过了钱，捋捋头发，对欢天喜地的两个闺女说："快换衣裳，领上我三个宝贝看戏去！"金宝又跑回来着急地拉着大姐、二姐的手，在地上直跳，嚷嚷着："妈，快点走，大车套好了！"

19. 嫁女

当年秋天，二十岁的张女女穿上蒙古新娘礼服，骑着马嫁到后山一个蒙古人家，谁也没感到惊奇。

白葡萄从箱底拿出那个破烂包裹里包着的紫红色大棉袄，让刘婶给二女子改成一件夹外罩，二女女往上一穿，人们看了都说像电影里的人，由想不得上去摸摸，又怕手不干净，在自己的衣襟上蹭蹭。这件紫色带花点缎面衣裳，即使现在穿出来也不过时，不光质地好，当时也是包头最好的裁缝手艺。这件棉袄经过千难万险随白葡萄来到赵家圪卜，一直用一块千补万纳的布包着，还用它当过枕头。直到张武用木板做了一个箱子，她把这个烂包袄放进去，也封尘了一段岁月。

秋天，有人上门给不上学已经十八岁的二女女提亲。对方是一个从村里走出去，现在在一个煤矿上班的工人。张玉英相中了这个长相好，有出息的后生。秋收忙完后，男方家就催着择日子娶媳妇。其实给二女子介绍对象的那家人，偶然见到玉英和自家的几个娃娃，她的长相和动作与自家人一样样的，咋看咋像是扔到红柳林的五闺女。当他们听说白葡萄的事情后，就确信这女女是他们养活不起扔到红柳林的第五个女娃。但是张武两口子不说，别人也没有证据，他们悄悄认定是自己的闺女，介绍了一个当工人的好后生，弥补一下丢弃骨肉受到的谴责。张武老两口背地里商量，不能伤了二女子的心，先不告诉二女子是从野地里捡的，顺其自然吧。张玉英欢喜地嫁了一家好人家，白葡萄的心就像西沉的阳婆，不舍蓝天又无可奈何，擦抹了一把光雾，最后还是落下了。

两个闺女过年都要领着女婿回来拜年，张武老两口商量多置办点年货。张武找来柳木，抽空做了几个小板凳，又炒了葵花籽，天一亮就去陕坝的大转盘市场上变卖。晚上，他欢喜地从麻袋里掏出准备过年的东西。年前来娘家小住的两个闺女高兴的，一个给大大倒水，一个给大大端饭，金宝手忙脚乱地把东西往整齐收拾。这下好了，还有巴图拿来的一些干羊肉，要过一个好年了。白葡萄那张虽然苍老，但还是很白的有些疲惫的脸，露出了笑容，那张有些许纹路的嘴角向上弯着。多久了，她没有这样开心过。

赵二家的大女子喜人也娉了。这户钱姓人家与他们是府谷同乡，赵喜人从小许配给对方。钱家是从蛮会搬到米仓县，两家人家时逢过节一直来往，两个娃娃都是大人看着长大的，都没挑的。到了谈婚论嫁的年龄，两家人自然高高兴兴。喜人的公公头脑活泛，会做一些小买卖，是生活殷实人家。米仓县被改成三道桥，政府又迁移回陕坝，这家人又举家搬到陕坝。喜人嫁给了好人家，村里人知道钱家底细的都跟着高兴。赵二老婆想闺女，把家务交给老汉和儿子锁锁，领着二闺女克西去眊大闺女喜人。二十多里路程走了一半，克西脚上起了泡，对妈妈说："大姐聘得这么远，走一趟真费事，要是我……"话还没说完，她妈就说："那就近点，给你打问个合适人家。"克西低下头不吱声了，脸热热的，脚也不感觉疼了。

克西早看上了比她大四岁的程兴旺，他年轻有才，诚实稳重，是赵家圪卜举足轻重的一村之长。这个浑身有使不完的劲儿，散发着诱人的朝气，永远穿得干干净净的年轻人，每次从铁姑娘队经过时，绝对是满满的回头率。年纪小的克西，个子算最高的，而且干起营生一点不比她们差。兴旺走到哪里，克西的目光就追到哪里，无意中两人对视，克西满脸通红赶紧躲开。两年一届的队长选举，程兴旺都是不二人选，克西心里比谁都高兴。她下定决心，非兴旺不嫁，又担心别人把她的兴旺哥抢跑，偷偷地给兴旺做鞋，劳动休息时拿出来缝上几针。别人问她给谁做，她说是给兄弟。在家里，家务干完了，她到没人处纳底子。虽然克西是第一次做鞋，但也不次于一个针线好的老手，麻绳勒得手

指青一股白一股，针锥子扎烂的手指总是有血痂，不敢让妈妈看见，偷看大姐咋做，又去看别人的做法，慢慢揣摩。鞋做好了，她的针线活也拿出手了，比姐姐做得还要俏。这也让她明白一个理，只要认真做，坚持做，没有做不好的事情。

从陕坝大姐家回来，心直口快的克西就把那双充满爱意的鞋瞅个机会悄悄放到兴旺的衣裳兜里，红霞满脸，明艳娇羞，转过身甩着两条大粗辫子跑着离开。这是让兴旺想不到的事情。女追男，隔层纱；男追女，隔座山。这可是克西主动出击。能说会道的兴旺队长，一激动就成了个生瓜蛋子，没了队长的威严，一句话不会说，心跳声自己都听得见。

从十六岁开始当副队长，少年老成的他一心扑在自己的事业上，每个人的信任，就是他坚持这么多年的动力。自从当了队长，不论地里营生的安排，还是和各种人打交道，还没有哪件事让他既高兴又一时不知怎么办才好。他没想到这个人才出众的克西会钟情他。

他赶忙把当天晚上开的民兵例会推迟到第二天，回到家有点难为情地、吞吞吐吐地向大大说明，三娃自然高兴。兴旺已经二十五岁了，自己的事情从来不着急，一拖再拖。每逢谁家办事宴娶媳妇，兴旺妈眼热得想哭。程三娃早就要给儿子张罗，总是被儿子这事那事耽闪，当了队长真是事多又忙，打算秋收下来长远给他说个媳妇，不能再拖。程兴旺回来这么一说，没问题！赵家的二女子，长相、本事没说的，明天就去和赵二说！兴旺妈杨花眼听见父子俩叨啦，高兴地挠着两只和面手走到父子两跟前，一个劲儿地说："咋了？啊，重说一遍。"父子俩哈哈笑了起来。

克西过了门的第二年，程三娃盖了新房子，打倒旧房子的地基，又往前挪了一米。二儿子程发达当兵留在部队，眼前他们就是和兴旺两口子住。新房的格局是一进两开的东西厢房，中间隔了一个做饭和吃饭的大空间，共盘了三个炉灶，东西房通火炕各一个，中间还有一个直灶，夏天做饭使用。老两口住东房，兴旺两口子和刚出生的儿子住西房。

这新房可是村里数一数二的好房子。雕花窗户糊上白白的光连纸，又大又明，向南的大通炕，一整天被太阳晒得暖暖的。窗户和门刷了明黄色的漆，家里四面光洁的泥墙，用四锅米汤浆出来。浆了七八遍的炕棱，当时又在抹细莦泥时专门把鸡蛋皮掰碎洒进去，星星点点的白色碎点，像画上去的。来看新房的人啧啧得嘴都干了，谁能有这么大本事，盖这么大、这么好的房子？当然是程三娃了。人们议论程三娃卖柴火挣下了多少钱！可是人们还能看到天刚下过雨，程三娃提着箩头掰蘑菇，下雪天还能看见三娃捡柴火。

病恹恹的杨花眼自从有了孙子精神大涨，每天煮饭喂猪喂鸡，带孙子。程三娃起得更早，有人说这老汉就是不睡觉的人。兴旺、克西两口子无后顾之忧，在村里，男人当队长，女人当劳模。杨花眼每天把浆米罐子往宽敞的灶上一放，心就跟着敞亮起来。每天早上，她早早起来用慢火做的那顿酸粥又黏又香，将胡油炸的辣子往酸粥上一抹，苦菜倒上酸盐汤一拌，吃饱饭碗一丢，下地劳动的人都走了，剩下的营生她慢慢做。地里出工的女人们互相一问："吃的甚了？"回答都一样："酸粥抹辣子。"乐呵呵，昏天黑地。

20. 缝纫机、喇叭匣子

几年后，在程兴旺的几次劝说下，媳妇赵克西终于买了一台缝纫机，可这也成了村里人公用的机器。有了这台机器，真是省了不少的手工。二妈刘喜梅手巧，人们把她裁剪好的衣裤拿到克西这里，不一会儿就做好了。谁家婚丧嫁娶大忙活，克西这是小忙活。更有年轻的姑娘媳妇补个补丁，都要拿过来，说机器轧出来的比手工缝出来的好看。克西就让她们自己蹬着练，还说，铁疙旦东西哪能用烂!

最忙的还是过年，男人剃头找兴旺，女人剪个头发找克西。女人时兴剪个"二帽帽"头，心灵手巧的克西拿起剪子一顿修剪，来的人就像换了个人。兴旺念了几天书，毛笔字倒写得不错，每到过年，村里的对联，一半是他写，一半是姑父姚建业写。桌子摆到当炕，好几天写得不下炕，程三娃对兴旺骂骂咧咧，说这是给懒人找了个营生，不用忙过年了，等现成的，兴旺只当没听见。其实当了多少年队长的兴旺一年忙了队里忙家里，就是这几天闲下。程三娃骂着，心里却为儿子能文能武骄傲。上了四年级的孙子程军写作业都是在爷爷的炕上放一张小方桌，晚上也是和爷爷奶奶一起住，二孙子程刚、孙女小慧和父母住。

农村的日子简单，大忙来了，白明黑夜忙一阵，忙过后，一日两餐就是个事。

队房的院子里高高地架了一个大铁铃，出工的时候，队委会的人敲一阵，和学校上课铃声一样。后来，村里拉了线，家家户户装了红色的喇叭匣子。突然有一天，匣子里响起了队长熟悉的洪亮有力的声音，"社员同志们，出工的时间到了，抓紧时间出工……"人们才知道广播匣子里的声音是通过扩音器传到每家的。从此，那个高高的喊人们出工的大铁铃消失了。现在，这个让人们感到新鲜欢喜的喇叭匣子每天早中晚定时播新闻，放歌曲，村子上空回荡着满满的回音。郭兰英唱的歌，人们百听不厌。程三娃就爱听郭兰英唱，不住地夸道："好嗓子！好嗓子！"

这喇叭匣子也有招全村人烦的时候。有天夜晚，劳累一天的人们照样早早睡下，喇叭却没有按时关掉，开始人们听听晋剧、样板戏还高兴，睡意来了，任何美妙的歌声也是多余。那声音不大却没完没了地播放，人们终于忍不住愤怒，愤怒的表现是扯断了喇叭线。第二天出工，有一半人迟到，原因是有一半人没有在早上接上喇叭线，没有听到队长喊出工的声音，队长大发脾气。在晚上召开社员大会前，所有人才知道，前一天晚上，程兴旺的儿子程军和几个半大小子偷偷听了广播，又想起要套麻雀，拔腿跑时忘了关扩音器，又不知咋调弄的，家里人愣是没听到声音。程兴旺知道后，把程军狠狠教训了一顿。

21. 杀猪

　　小雪、大雪砸旮旯，后套杀猪季节来了。夜里呼呼的西北风刮得天寒地冻，连狗吠声都听不见。早上风一停，那光秃秃的大地和掉光树叶的秃树，显出格外宁静的氛围，人们轻轻地在自己的院子里走动，猪鸡羊牛马也悄悄地等着阳婆升得再高些动弹。农村的冬天是清闲的。

　　打破这宁静氛围的是从程金柱家传来的一阵阵猪嚎声，随之而来的是整个村子能动能呼吸的从嘴里冒出的气流，如锅里沸腾的水形成的蒸汽冲向了天空。

　　程金柱家喂起两口大肥猪，一顿杀猪烩菜是少不了的，前一天就把人请到了。平时刘喜梅起早贪黑，再忙再累，每天也要掏回来两箩头野菜。儿子程兴顺分家另过，孙子程明已经上学，学习好又听话，放学回家饭碗一放，就帮大人干活。程三娃对兄弟一家过的光景真是一百个放心。这不兄弟家杀猪，程三娃早早过来帮忙。这几年也用不着他上手了，就是过来看看。程金柱和兴旺、兴顺小哥俩都有一把杀猪的好手艺，加上兴顺年轻、力气大，这程家人干此活不费力气。程兴顺的大舅舅刘喜在和大妗王春华也过来帮忙，他们七岁的女儿一路上跳着皮筋也跟了过来。兴顺的好朋友李面换也来了。

　　几个人按倒嚎叫的猪，只见猪四蹄连蹦带踹，猪身上的几个人纷纷落马，猪趁机逃跑，兴顺一个鲤鱼打挺上去揪住猪尾巴，几个人又趁势将猪按倒，兴旺瞅中猪脖子的穴位，一刀捅进去，肥猪一声不哼，猪血流了半盆，冒着热气。凉房的大锅已烧开了水，几人把猪抬到锅口的大案板上，将热水浇到猪身上，把猪毛褪干净，又把猪吊立在凉房门口的木梯上，开膛破肚。几个人干得利索，割下猪槽头，递给喜梅，一会儿猪肉的香味飘了出来，也传出几个做饭女人的说笑声。

刘喜梅用铲子不停搅着大半锅猪槽头肉，锅里的油滋滋往出冒。赵克喜和兴顺媳妇切好葱和蒜，切了两大盆酸白菜。刘喜梅把葱姜蒜和酱油往肉锅里一倒，又用铲子搅匀，添上水盖上锅盖炖肉，让人直流口水的香味从锅盖缝里漫出飘到村子中央。肉入了味，克西把洗了两遍的酸白菜和土豆放到锅里，水加到漫过菜，盖好锅盖开始慢火炖。

请到的人们陆续来了，程金柱把客人让到炕上，在炕上铺了一块过年时铺的天蓝色大油布。兴旺的老丈人赵二和赵三牛是正席，两边是李忠和刘根小，程三娃挨着刘根小，程金柱和妹夫姚建业依次坐下，炕上另一桌坐的是程兴旺他们小一辈。一个桌子上放了一瓶二锅头。来的男人们将两张大炕桌坐满。杨花眼给小孙女小慧换了一套过年的衣裳，还没进家，小慧就跑过去和几个女娃跳起皮筋。克西和兴顺媳妇一人提着个瓷壶给来人倒上砖茶水，一会儿，又给每个桌子端上两盘凉菜，一盘胡油炝葱花调豆芽，一盘酸蔓菁条条，人坐定后，端上了烩酸菜。

刘喜梅的好茶饭手艺让众人大饱了口福，大块的猪肉香而不腻，土豆块入口就化，酸菜微酸，绵烂正好。王春华的糜糜饭焖的火候正好，又香又精。颠着小脚的大婶大娘也来了，女客们在西房兴顺的炕上又坐了一桌。女客们穿着干干净净的衣裳，杨花眼招呼着："快来快来，半天了就等你们了，坐坐，坐。"程金梅提着茶壶过来倒茶，张水水看着笑吟吟的金梅夸道："看他姚婶袭人的，多会儿也不老。"金梅说："哪能不老，都当了奶奶、姥姥的人了。"张水水又说："姚校长是有文化的人，多会儿也没个脾气，会和老婆叨啦，哄老婆高兴。人心里高兴，就显年轻。"说着说着，就说起李存女，直夸那个死了的吴皮匠其实是个好男人……刘婶洪如花、张婶白葡萄、赵二家的听张水水说着，话也多了起来，平常也见面，今天格外热情高兴，说不完的话。

　　那边的男客边吃边劝着酒，说笑声一个比一个高，年轻人开始猜拳行令。院里的几个女娃娃跳着皮筋，口里大声念着："马兰花开二十一……"把几只芦花鸡撵得满院飞。吃一顿杀猪烩酸菜，就像过一个年，热热闹闹。一直到太阳偏到老西头，人们才散去。

　　村里还有一个人一年四季都忙，没歇空，就是姚三贵。程金柱叫他吃杀猪烩菜，他都顾不上来，媳妇杨板头有点感冒也没来，喜梅装了满满一大海碗烩菜，打发兴顺媳妇端了过去，又给走不动的赵大牛老两口、没有过来的赵二牛老两口端了一大盘，最后也没忘给四牛的媳妇单秀兰端一碗。

22. 姚三贵发了家

冬天人们消闲围着火炉，姚三贵却担着箩头走村串户收猪毛、猪肠子，然后骑上车子去陕坝收货场卖，一冬天也挣个二三十块钱。以前姚三贵最穷的时候出门，和老婆穿一条裤子。他把裤子穿走，老婆又把那条千补万纳已经剪成半裤腿的裤子穿上，出不了家门。爱哭的大女儿翠翠眼睛没有干过，那是饿的，甚时候能吃饱饭就不哭了。

天暖和了，他就去陕坝买上一些针头线脑等妇女用品回来倒腾一下，也能挣几毛钱，买些粮。眼看老婆要生，愁人呀！三贵偷偷摸摸，隔三岔五向队里请假出趟门挣个块二八毛。没几次队上知道了，队长找他说："再不改，就给你扣帽子呀。"三贵心想：再扣帽子，也不如我闺女吃饱肚子要紧！只是没敢说出来。两天后，队里又开批判会，新的蹲点干部严厉批判了他，说他不好好劳动，不务正业，走的路线不对，要他改过自新。他一肚子怨气冲不出嘴。

这天晚上后半夜，老婆生了，有二嫂金梅守着，他心里不慌，要不是刘婶大声对他说是个小子，他还迷糊着哩。生了儿子高兴，更高兴的是他这几趟出去挣的这几块钱，给媳妇坐月子买红糖、鸡蛋是够了。他心里不服气地想：我还要偷着做，起码饿不起我儿子，你们能把我咋了？哼，桁也桁不动。正好，老婆要给儿子起名，他随口说，就叫桁不动！

三贵偷偷摸摸多买回点东西，白天劳动，晚上走村串户。挣了些钱，他给老婆扯了一条黑老布裤子，夫妻俩总算一人一条裤子了，总算喝糊糊拌野菜

能吃饱。一年以后，全家青黄柳绿的脸还没变了色，有人把他告到大队委会，说他投机倒把。队里立即通知他开会，给了他严厉警告。那时候整风，流行一句口号："搬开社会主义前进道路上的绊脚石。"由于他这块绊脚石，大队书记受到工作组的批评，程队长挨了大队书记的批评，说他们队的社员思想没有贯彻好，工作作风有问题。也有人提出要把三贵当作典型狠狠批斗一回，队长摇摇头，把这件事悄悄压回去，只是三日一批两日一检查。三贵瞅开空又出了门，他已经走出了门道，为了一家子吃饱肚子的问题，他豁出去了。为此，大队书记亲自跑到大桥村，指明批评姚三贵，说如果队长还不搬开这块绊脚石，就要撤了他的职务。三贵媳妇又要生了，三贵安分在家等媳妇坐月子，孩子一生出来，又是一个小子。穷汉儿多，三贵高兴之余又开始惆怅，添人进口，多张嘴更得好好刨闹，心劲又上来。看看这粉白的黑眼睛的儿子，三贵心想：想把我这块绊脚石搬开，我儿子就不答应。好，取名顺口就来——搬不倒。

几年后，南方的春风刮到了赵家圪卜。大桥村，姚三贵是第一个开始往外跑的人，他的脑子活套，能倒腾点家里的东西，换回些新鲜的东西。大小人除了在队里穿得最好，还是第一个买回手提录音机、九英寸黑白电视的人家。这可是惊天动地的事情，不光程兴旺队长被请到当炕，全村男女老少都来看稀罕，三贵索性把电视搬到外面，让人们过瘾。他抽着纸烟，背着手，上房摆弄摆弄天线，到电视机跟前换个台，按钮转个不停。有人背后撇嘴说三道四，说三贵的尾巴翘到天上了，哪天被割了尾巴就不轻了。三贵听了哈哈一笑，心想：现在政策变了，你们是眼气我姚三贵。看着刚出生几天的小闺女，三贵亲了口闺女的小肉脸，你们眼气我，白眼气，哎，闺女，你就叫白眼气！除了大闺女翠翠像个人名字，底下三个，那叫甚名字！媳妇不止一次狠骂姚三贵，每次听三贵的艰难奋斗史，也就说不出个甚。哎，这个姚三贵。

张金宝娶的媳妇，两年没有生养，张武老婆就到嫁到后山的女儿那里抱养了一个蒙古女娃，亲手务义起来，取名拉弟。她又想起当年让巴图给她抱养来的金宝，也是来自一户善良的蒙古族人家。当年作为母亲的她，又一次用尽全部的爱，把儿子拉扯大。这么多年，她甚至已经忘记儿子是抱的，而金宝好像压根不知道这回事，难为这孝顺的儿子了，她常这样想。如今，金宝的大闺女拉弟也是她这个娘娘一手拉扯大的。喜的是拉弟来到这个家的第三年，就拉出一个妹妹，二闺女取名引弟，继续张家的香火，过了两年又引出一个弟弟，取名乐乐。如今三个孙子活蹦乱跳，爷爷、娘娘不停叫着。张武老婆每天看着孙子们，心里喝了蜜似的。

收了麦子打完场，下了一场大雨，穿过大桥的那条黄土大路，像和了泥一样。这时，从大桥上下来一个人，肩上扛着自行车，自行车后座还驮着一个大箱子，箱子用塑料雨衣包着。平时是人骑着自行车跑，现在是自行车骑着人走。下雨天人们闲着无聊，站在院里就当西洋景看。几个半大小子浑身糊着泥在外面玩，还笑着追路上的这个人。见被自行车骑着的人径直走到村子里，朝这群娃娃说着什么，几个娃娃放雀似的连跑带跌领着那人到了姚三贵家。

一顿饭工夫，人们就知道了，这是和三贵经常偷着做买卖的一个朋友，他本打算弄点货往别的乡里去，由于下雨天气又晚，就近拐进姚三贵住的村子。姚三贵成天往外跑，朋友多好客，自然欢迎。那人在三贵家吃了饭歇好，打开那个宝贝箱子，是街里女人都时兴穿的白漂布半袖，领口处有两颗紧挨着的宝石蓝有机扣，前襟五颗，袖口处各两颗，真是好看。村里的小媳妇、大闺女不一会儿便跑到三贵家看衣服，大门口都站满了人。白色能衬脸白，青春不丑，穿到谁身上，立马有了精神，长了姿色。三贵做中间人，看上的便宜点卖。人们刚收割完麦子，拿不出现钱。于是，三贵又和那人商量成十斤麦子换一件。人们想也合算，送上门的东西，还穿上这时兴的衣裳，把地里那些麦穗捡回来，就是一件衣服。女人们挤到三贵家，拿起这件放下那件，好像衣裳是白给的一样，直往回搂，嘻嘻哈哈挑够试够，得了宝贝似的。

这个被自行车骑来的人，真是歪打正着，坏事变好事，心里很得意，正思谋下次来再贩卖点甚。张金宝也提上麦子，来给十岁的拉弟换了一件。七岁的引弟长得瘦小，穿上像裙子，没给她买。拉弟左照镜子右照镜子，美得不得了，她的娘娘也在那笑着，眼里笑出了光。

23. 姚校长

姚校长姚二旦的儿子姚新为领着媳妇、抱着孩子回来了。这是大舅舅程三娃放出来的消息。村里人看稀罕似的，去看这个考上大学的新为领回个甚样的在大城市长大的媳妇。新为高兴地把叔叔婶婶、大爷大娘介绍给媳妇，媳妇礼貌地一一叫着认识，还给来人沏茶倒水。金梅抱着孙子出来进去不放手，姚校长的嘴合不拢。人们羡慕姚二旦，又替他高兴。

其实姚家当初最可怜的是姚二旦，就是如今当了多半辈子的大桥小学校长姚建业。当年父母死后，他拉扯弟妹过日子。三年后，在人们的推荐下，这个从小爱看书写字的只有十九岁的二旦，去刚成立的民办学校大桥小学任老师。那天姚建业好容不易平息了那颗狂跳的心，开始认真地装扮自己，黑黑蓬松的头发梳了个流行的四六分，穿了一件平时舍不得穿的对襟白布衫和一条发旧的黑老布裤子，脚穿一双刘婶做的方口鞋。两个妹妹在背后偷偷笑出了声，二旦回头做了个鬼脸，精神抖擞地去了学校。他无比光荣地站到讲台上，接受学生们的眼光，突然紧张得腿有点发颤，一路上的雄心万丈、豪情满怀，被这鸦雀无声的气氛生硬挤出一层薄薄的汗。他强作镇静地咳了一声，自我介绍。不愧是先生，姚二旦越说越顺畅，越说越有的说，好像天生就是一个讲课的老师，让学生听得眼皮都不愿眨一下。

父母未过世，大爹姚生源的土地就易了主，勤快的人把好地租种了。解放后，土地按荒地大分，所以姚家没有定任何成分。姚生源的身份是陕坝有名的老中医大夫，如今不问凡尘世事，一心行医看病。

二旦去陕坝办事，顺便看生源大爹。姚生源一件白色长袍，留起了三寸长的胡须，一副仙风道骨、健朗平和的模样。谈到当年离开蛮会的事情，姚生源笑笑，轻轻摇了摇头，摸摸桌子上那尊红亮的马雕像。看来，这一切就像是老天安排好的。当年姚生源为了给程天保家孩子治病，没有赴宴，彻底得罪了李其。这慢慢结下的梁子没有解开，害得姚生源有家难回，走上另一条改变初衷的道路。要不世上就多了一个乡绅，少了一个医生。而姚生源看好的这个孩子，就是三娃叔放话要给姚建业做媳妇的金梅。

二旦又问起过兵哥和几位弟妹的事，生源大爹笑笑，说都过得好，过得自己想过的生活，如今还在努力刨闹生活。儿孙自有儿孙福，瞎操心没用。二旦也跟着笑笑，心里却想：这姚家祖上可真是冒了大股青烟，有地下工作者，有快修成仙的医生，有丢盔弃甲逃跑的土匪，又有政府官员，有为追求精神生活出走家门的，有小投机商，还有他这个为人师表的教师。

从生源大爹家出来，他一路上还在想家里的事，那个当土匪的哥哥早已没了音信，那家人在他们的印象里和外人一样，如果都活着，侄儿侄女的年龄比弟弟妹妹小不了几岁。父母临死前的惦记，也是那一句"枉生了这个大儿"。二旦和弟弟、妹妹紧刨闹没饿死。长大的三贵调皮捣蛋，不爱干地里营生，却爱捣鼓做个买卖，带上几个鸟去蛮会、陕坝卖，把家里的白菜、山药也背上，天生就是借米的腿把子。倒是两个妹妹听话懂事，他早早送她们到学校念书。他的担子更重了，除了养家糊口，教育好弟妹，还要教好书，感觉就是为责任活着，所以千难万难不能退缩，一股热浪涌上心头，湿了眼眶。

二旦又想起那件多少让他难为的事。姚三贵领回一个梳着大辫子的姑娘，一双毛豆豆的大眼睛，面黄肌瘦，一件洗得发了白的花布上衣，胳膊肘打了两块蓝补丁，白灰色的裤子膝盖处也打着补丁。这是一个漂亮朴素的姑娘。三贵这个四处野跑不务正业的人，竟然领回一个如花似玉的大姑娘，如在村子里放了一个炸弹，首先炸得姚二旦傻了眼。来看姑娘的人一拨又一拨，这姑娘也表现得大方得体，始终面带微笑。本来房子不大，桃花、杏花长大了，在西边又

接出一间小房，让她俩住。这下倒好，不明不白添了一口人，房子显得更小了。这个叫杨板头的姑娘和两个妹妹挤着倒是很乐意。

二旦背着姑娘骂了三贵，但不管用，急得二旦只好去找三娃哥。程三娃一拍大腿，说："这是好事啊，赶紧打发闺女先回去，咱们随后就去提亲。这上门的好事，不能塄了，只是委屈你二旦了，就先给兄弟娶哇，赶紧操办。"二旦把平日积攒的几个准备给自己说媳妇的钱全部拿出来，又问学校的同事借了一些，和两个妹妹出外借了两间房，把老房子留给弟弟。那个新媳妇杨板头的父母刚从山西遭灾逃难来后套，大小孩子九个，两个闺女在这里寻了头主。这是十六岁的三闺女自己找的主，虽然有点丢人失面子，但只要饿不死，男人不瘸不瞎会过光景，也主要是自己寻的没怨头就行，大人同意了这门亲事。姚家尽量走着大面的礼节，给三贵娶回了媳妇。

好事还在后头，两个月后，程三娃提出把自己懂事温柔、长相清秀的妹妹程金梅嫁给姚建业，这是姚建业做梦都不敢想的，这么漂亮又能干的媳妇，白跟了他。程三娃说："我这个妹子刚生下得病差点死了，是姚生源救下的命。如今娘老子不在，我就做主把她送给你们姚家，也了了我大大一辈子报答姚家的心愿。从今以后，咱们是实实在在的一家人！"

姚建业和人们说了这么多往事，感觉就像在说别人的故事。喝着的茶水，在别人一声声感叹中已经凉了，他站起来又赶紧续上。阳婆婆立端端站在西山，高兴得合不拢嘴的金梅不得不让媳妇抱着孙子，侍弄老母猪给几个小猪仔吃奶，小猪仔满足地吱吱叫着。时间过得好快呀，姚家兄妹四人的日子都过得好，下来的小辈们都不错，姚新为成家立业，事业有成，两个女儿，一个师范毕业，一个高中毕业当了小学老师，但都成家过着安稳的日子；桁不动、搬不倒弟兄俩不爱念书，但都是他大大的好帮手，错不了；桃花、杏花的娃娃都是念书材地。现在想想，一茬顶一茬，把人都顶老了！噢，人上了年岁，总爱叨啦以前的事情！程金梅接过话茬，"他是一天到晚闲的！"是闲了，特别是这两年，老梦见大哥姚龙旦，难道他还活着吗？唉！

24. 还唱二人台

春天里的玉凤银雨经常光顾这片地方。这大桥旁边的拦水闸上下两层，两面各有七个小台阶可以上到最上面，可以看到赵家圪卜的全貌。那个大大的铁齿轮，可以调节闸板高低，能控制水流速度。这个闸和桥同样是村子里的一道风景。每当四大股渠流满黄河水，手工摇动的齿轮咯吱咯吱地响起来，像一首歌谣，让发黄的洪流注入麦田。而住在渠下游的人，只能眼睁睁看着上游的肥水流到人家的田里，心中多少有点不平，却又无奈。而住在上游的赵家圪卜的男人，在下游村的人们吆五喝六、低头掘土、挖渠、打堰子时，早就在队房墙根晒出一身臭汗，畅快地说笑着。

聚到一起的人们，说着家长里短，免不了插上几个段子。"赶了几天大胶车的赵三牛回来了，人们到了半夜听他们的房，月亮地里，从窗户往里一眳，只见赵三牛老婆浑身光溜溜的，睡得贼香，哈哈。"赵三站起来就追着打，"你小子再鬼嚼牙叉股，小心打断你的腿。"这里刚消停，就听见长不大、调皮猴性的杨永禄嘴里含着用新柳树皮做成的柳笛，吱吱哇哇地瞎吹，开始人们听不清，细一听，"李忠老汉搓麻绳，唱二人台就等女人来。"听懂的人哄堂大笑。等李忠也听清后，站起来要打永禄，永禄嗖地跑开，看见李忠没追上来，又吹开："大叔，不敢了。"李忠刚坐下，永禄又吹开："老汉拧麻绳，就等女人来，开口才唱二人台。"李忠站起又要追，永禄又吹起："大叔，不敢了。"众人大笑不已，李忠也憋不住扑哧笑了，边骂道："哎呀，杨怀义蔫

了吧唧的人，咋养下这么个混孙。"曾经是李其的管家的李忠，当初拉家带口来到赵家圪卜，又把从老家上来的老乡拉扯到这里。

李忠会一种独门手艺，是在山西时他爷爷传下来的拧麻绳，人送他外号麻绳匠。他还会另一门手艺，有一副好嗓子，唱二人台。闲时，他嗓子一吼，刘根小的嗓子也痒痒，两人一拍即合，配合了多半辈子。王来响拉起二胡那更是青红不顾，戏瘾上来也和刘根小唱上一出。多数是王来响拉二胡，麻绳匠扮男，刘根小扮女，唱《走西口》《挂红灯》《种洋烟》等，人们百听不厌。笑过之后，人们提出让在场的李忠清唱一出《小寡妇上坟》。杨永禄大声说："欢迎李忠大叔来段清唱。"带头把巴掌拍得山响。李忠说："岁数大了，气不够，让年轻的女娃娃们听见唱这些酸不溜丢的东西，老没味了。我给你们抖几句山曲儿。"他清清嗓子唱道：

要穿红来你呀一身身红，
走起来就好比蓝河畔放河灯。
要穿蓝来你呀一身身蓝，
走起来就好比河畔上水推船。
要穿灰来你呀一身身灰，
走起来就好比鸽喽喽飞。
要穿白来你呀一身身白，
走起来就好比白鹅鹅落在女女怀。
…………

众人齐声叫好。

赵家圪卜最红火，二人台听得最过瘾的是正月十五那天，唱戏的打着脸子，画着粗黑的眉毛，描黑的眼睛吊着梢，擦粉的脸蛋白白的，打着腮红，嘴抹得红红的。方周二围来看戏的可谓人山人海，一睹几位唱了一辈子二人台的老汉们的风采，他们是赵家圪卜的大明星。刘根小穿了一身新做的红绸上衣、绿绸裤子，一根假麻花大辫子垂到屁股上，脸蛋和嘴唇染得通红，染到牙齿上，喝水抹糊到碗沿上，又用手轻轻往下擦了擦。胸前衬两堆棉花，像女人的一对大奶子，在台上扭扭捏捏，千娇百媚。

李忠响亮的大嗓门一吼，黄绸衫、绿裤子放着光，崭新的白手巾罩在头上，台风大气，跟着节拍抑扬顿挫，动作夸张，十足的幽默。一群看热闹的孩子在人群里捉起迷藏，玩起来比大人看二人台还过瘾，鼻涕都蹭到人们腿上，谁也顾不上理会。王来响摇头闭眼起劲地拉着二胡，杨永禄首次登台哨起了楣。李守住安安静静坐在那打着扬琴，台下的连襟刘喜在纳闷，李守住这小子多会儿学会这一手？只知道聪明的守住当了饲养员，现在已是队里的兽医。再看这唱戏入迷的李忠、刘根小私下里耕犁种地是朋友，台上是"哥哥亲来妹妹爱"，真可谓台上台下一辈子的老搭档呀。

李守住的扬琴也是李忠老叔教给他的，学起来简单。几次下来，他就能配合王来响的二胡了。永禄也爱唱，和好朋友经常在一起唱二人台，耍丝弦。守住是在公社兽医站的人来给牲口看病时，偷偷学会的，特别是骟骡子、马，技术难，他还专门请教过兽医，后来慢慢也就会了。这些牲口长时间和他在一起，关系很是亲密，不畏惧他，他给它们灌药、打针很方便。他学会这个手艺，有吕愣和老王侉子帮忙就够了。在骟完骡子、马后，要有专门的人骑上它们走动，不能让牲口闲着，更不能让它们卧倒。于是骑骡子、马走动的人就被称压骡子。压骡子的人骑着骡子、马四处走，走村串乡，甚至到陕坝镇上。这个差事还得是个好骑手，王侉子和张武就得到了这好差事。张武甚至被允许到后旗他的结拜兄弟那里去，回来时，他给队里驮回一只种山羊，给队里的羊群换了种系，增加了羊毛产量，还受到队长程兴旺的表扬。

25. 她会打枪，会武功？

赵家圪卜还有一个好差事，就是赵二每天放羊的营生，用赵二的话来说，给个皇帝的差事都不干。放了半辈子羊的赵二，每天都是满工分。几个孩子都不小了，在家都是劳力，只有小女子小霞刚上初中。放羊回来的赵二要吃饭，锅里的烙饼有点黑，随口骂了老婆。老婆在地里干了一天，受得没黑没白，还口也没有好气。赵二越骂越来气，上去就要打老婆。他家住在路边，正好张武老婆背着一捆草路过，看见赵二要驴脾气，扔下草，上去挡在赵二家的前面。赵二没把她放在眼里，还往上扑，张武老婆用尽全力一推，赵二向后退了几步，掉进下过雨的积水坑。她又摆了一个擒拿的架势，想吓唬吓唬赵二，恰巧被几个收工的男人看见，"啊呀，这老婆就是不简单了，还会武功，有两下子，真是真人不露相呀。"一传十，十传百，传得有鼻子有眼。张武老婆只是心里苦笑，说给张武听，张武笑得把喝到嘴里的水喷到地下。

地里的小麦全收进仓，人们又可以歇几天。渠里的水晒得滚烫，一群女人把衣裳和拆洗的被褥拿到渠边来洗，东西南北扯起个没完。吕愣老婆张水水说："他张武婶，听说你本事不小会两下子，男人也打不过，咋学会的？"白葡萄笑着说："不要听他们瞎说，我哪会了。"程三娃的老婆杨花眼说："人家呀，年轻时可不是一般的袭人，比那画上的还好看。"吕愣老婆偷偷地嘴一瘪，"听说他张婶过去是穿金戴银，吃香的喝辣的，骑马打枪，跟上男人走南闯北……啧啧……"白葡萄脸色一变，猛地停住洗衣的手，脸憋得通红，牙咬着嘴唇，顿时，不争气的眼泪哗地流下来。人们都停住说笑，一时不知咋好，只知犯了张武老婆的大忌。"张神婆！"只听赵二家的站起来手指着吕愣老婆骂道，"你不要脸还笑话人？撒泡尿照照自个儿是个甚东西，男人还前院后院养两个，哼！"赵二家的连骂人都不拐弯。其他几人听了硬憋着，不好意思笑出声。

伶牙俐齿的张水水却被噎得泛不上一句话，嘴唇发抖，指着赵二家的半天才反应过来，"单偏头！我把你个单偏头！你不光头偏，心也偏！你咋向她说话？啊？"赵二家的从八岁以后第一次听见有人叫她的名字，还是在这种场合，呼地扑到张水水跟前，张水水吓得退了一步，知道这个男人性子的女人，自己根本不是她的对手，打也白打。其他人赶紧把她们拉开，张水水明显风头弱下来。

最后赵二家的骂道："不看在平时的交情上，今天皮给你扒了。"张水水快嘴回道："不是看在平时的交往上，我能让过你，脸给你划了门帘子。"杨花眼大声说："行了，不要瞎死声了，不让人笑话你们！哎？把个人了？"人们才发现白葡萄不知什么时候已经走了，几个女人顿时都没了声息。杨花眼埋怨道："他吕愣婶，今天是你的不对，哪壶不开提哪壶。其实，那才是世上最可怜的人。"张水水也后悔地说："都怨我这张不值钱的嘴，这么好的一个人。回头我给说好话！"赵二家的又狠狠地剜了她一眼，哼了一声。刘根小的老婆洪如花一直默默地洗着衣裳，看到白葡萄红着眼睛走开，她心里翻腾得五味杂陈，偷偷流了几滴泪。几个女人默默地洗完衣裳，各怀心事回了家。

26. 还是回了家

　　赵家圪卜的人，这几天最高兴的是老王侉子王成安。他以前的老婆给他做了一件崭新的中式白布衫，这是他多少年一直爱穿的样式，老婆还记得。碰到有人问起衣裳的事，他有点不好意思，又炫耀地用侉子话说："有良他妈给缝的，我们感情还有。"原来这个脑子像进水的李存女，找了八个男人，他们都没有陪她到头，最后她还是守了寡，而且走到哪家再没有生育，只有和第一任男人王侉子生了儿子王有良。有良还挺争气，当了兵。

　　现在李存女孤零零一人，想到年轻时的冲动，想到王侉子的好，悔青了肠子，鼻子哭了无其数。她转了一个弯子，如今只有第一个男人王侉子还在，还没有忘了她，还不嫌弃她。儿子当兵转业，在大队干了几年干部，现在娶媳妇生子，日子过得安稳，她孙子都有了。她知道王侉子心里一直有她，就给王成安做了一件衣裳送到家里。老汉当然高兴，只是儿子没给个好脸，孙子都躲得远远的，媳妇像招呼一个邻居大婶、大娘，李存女端了碗饭，吃得喉咙上疙疙瘩瘩。王侉子知道儿子是恨这个当妈的，就向三娃说了事情的原委。

　　三娃溜达到王有良的地头，说了顿庄户的事，就说起了老人："有良，我和你大我们这茬人都是一辈子的人了，黄土埋到了脖子上，盼你们一辈比一辈好，我们老的就甩手走了。可这人老了，甚事也能想明白，有些事就是做错，后悔也晚了，该原谅就原谅哇。再说你大大老了，也不能就指着你们儿女伺候，有一个说话的伴，头疼脑热时，她给端碗水就知足了。你大大一个人来后套不容易，拉扯你，供你念书、当兵，把你培养成个人。现在你大老了，你就替他想想。他想让你妈回来，一家子团团圆圆多好，这是你的亲大、亲妈呀。你妈是做得不对，可那是年轻时不懂事，一步错，步步错。现在老了也知错了，她也想回来伺候你大，就圆了你大、你妈的心哇！"有良抹了一把又一把的眼泪，最后站起来说："就听三娃叔的，我妈想回来就回来哇。"三娃笑着，看着有良，亮亮的两束光让有良感到妈妈是他的耻辱的念头飘到九霄云外，他要亲自去刘婶家把妈妈接回家。

27. 刘婶

刘婶家里，刘婶正在劝说哭得一塌糊涂的李存女，说的话多了，你一句我一句，不免又说起自己以往的事情。嫁给刘根小前，这刘婶是财主家的小姐，叫洪如花，人如她的名字一样美貌如花。嫁到刘家后，她的名字没有被人记住，刘家媳妇、刘婶就是她的称呼。她一辈子默默做着她的事情。家里的大小事，只要当家的高兴，她就愿意。伺候公公、婆婆走了，女儿、儿子的日子过得美满幸福，她心里无比满足。当年她以长媳的身份出现在这个家时，她才知道生活在富裕之家的她什么营生也不会做，埋头苦干，人们似乎忽略了她的美貌。庆幸的是她的丈夫虽然不算英俊，但勤劳能干，还爱唱个戏，又是一家人的顶梁柱。那个来后套抽大烟、赌博，使家道败落的公公，在新媳妇刚进门时，烟瘾慢慢发作起来，脾气暴躁得吓人。她谨记母亲和婶娘的礼训，孝敬公婆，尊重男人，伺候小姑子、小叔子……每当劳累过度闭上眼睛歇息时，她想起小时候在娘家的日子多幸福。

那时的洪如花一袭紫红色碎花旗袍，一双暗绿色绣花鞋套在三寸多的金莲上，黑亮的大辫子甩在腰后。当父亲领着她第一次来到包头城，看到花花绿绿的街道，让她知道原来世界还能是这个样子！本来就瓷白一样的脸，此刻由于兴奋，脸颊上的红云像花瓣般娇艳，引得众人放慢脚步，这让骄傲的父亲有一丝丝担心。最后，父亲领她去有钱人和时髦人去的照相馆里，记录了她满足后的欣喜。父亲宠爱这位宝贝大闺女，尽管良田百顷，富甲一方，长工几十号，是大河套数得着的厉害人物，可对于闺女，他是慈父。念过几天私塾的他，尽管知道女人得三从四德、不抛头露面、笑不露齿等，但面对唯一的闺女时，体现了做父亲的慈爱。

在那个以小脚为美的标志的年代，闺女的脚也缠上裹布。当闺女疼得哇哇大哭，她的母亲和本家婶娘偷偷把裹布放开，他对这样的大事睁一只眼，闭一只眼。心爱的闺女的一双脚没有成为当时最美的样子，但毫不影响她的美丽，夏天，一身白绸衣把她衬托得像天女下凡；冬天，穿棕红带花棉袄、油绿带花棉裤、绣花红棉鞋，连院子里的小狗看见都忘了学叫。谁都知道远近闻名的洪聚财财主有一个漂亮的闺女，名字叫洪如花。

摇晃的喜轿车，渐渐地远离她熟悉的房子、熟悉的地。看不见她深爱的亲人们、疼爱她的爹娘，离家的愁，第一次无情地涌上心头。从懂事开始，耳闻目睹了许多婚丧嫁娶，生离死别。她只知道在她姹紫嫣红的生命里，那是别人的事情。现在她明白了这一自然规律，即使她有一个能力非凡富有的父亲，也终究改变不了她的宿命。无论好坏，无论贫富贵贱，她只能像她的母亲及婶娘们那样过细水长流的日子，去和一个从未谋面的男人过一辈子。她早已哭得一塌糊涂。

在她十六岁时，母亲给她生了一个弟弟。这使她自然地走出母亲的视线，更自由地黄河边玩，随着羊群去绿绿的草地里，在田间地头见到了许多不得不到地里干活、挖野菜的同龄女孩。由此，她的富裕，她的穿衣打扮，她的高贵气质，都成了女伴们梦寐以求的生活。

她十九岁了，按说早该到了出嫁的年龄，但她的父亲总是吞吞吐吐。她也隐隐约约听说，她三岁时已经许配人家，只不过那户人家几年前已破落。根深蒂固的传统思想，使得父亲绝不能背兴弃义。比她小两岁的那户人家的儿子未成年时，他要让闺女在娘家过上最好的生活，以弥补定下娃娃亲的草率。面对二十几口人说一不二的大家长，在爱女面前的柔和态度，让人难以想象他是雄霸一方的洪聚财大财主。他要为闺女陪送一笔大嫁妆！

初冬里的一天，声声唢呐吹打，车骡大马的迎亲队伍候在洪财主家门口。

红红的新娘装束，脸敷脂粉，乌黑的大辫子在脑后梳成一个髻，稍显稚嫩的脸，有一种好奇，有一种无奈。三婶娘为她开脸，母亲眼睛红肿着躲开了。在蒙上红盖头的瞬间，她看见围在自己身边的众多亲人，窗外边爬着不能在新人跟前露面的毛头小子，还有和她朝夕相处的堂妹。她这就要离开他们了吗？鼻子一酸，流下一行清泪。

到了婆家，她很疼爱年纪尚小的两个小叔子、一个小姑子。很快，他们把他当成最好的朋友，最亲的亲人，更庆幸的是她遇到了天底下最好的婆婆。对她的笨手笨脚，善良开明的婆婆从没给过脸色，也没指责过她，反而像对亲闺女那样待她。婆婆给予她的一切生存技能，是她那财主父亲不曾给她的，如果不是那时的饥荒战乱，她的嫁妆也许能改变现状。在以后极度的贫穷中，婆婆教给她的那些手工本事，加上自己聪明能琢磨，和丈夫维持一大家人的生活。她的婆婆不是一般女人比得了的，家里门外，大凡小事，全指着她。而且她胆量过人，半夜拿着棍棒出外面拿贼，毫不惧色。过路的匪兵惩罚军人，将其悬捆在树上，酷暑天，奄奄一息，婆婆偷偷给了一碗水，救了那个人的命，深深地震撼了她这个弱不禁风的富家小姐！在婆婆、公公相继去世后，为躲避官兵，全家随着走西口的人来到后套。

她学会婆婆灵巧的纺线技巧，拿手的挽面、切面、做凉粉的手艺，还会酿造黄酒，帮人接生孩子。为减轻一大家子的负担，她总是拖着疲惫瘦弱的身子，外出挖野菜，帮着一天爱唱二人台，但脾气越来越大的丈夫干庄稼活。

她的头发早已长及腰际，一丝不苟向后梳了一个髻，露出高高宽阔的额头。即使在穷困的日子里，她每天都梳理她的长发，从黑亮黑亮变成花白，从没剪过。那份从容高贵，任岁月无法洗去。那双经历太多苦难和辛酸的大眼睛依然美丽，瘦弱的身体积蓄了所有的能量，取代了年老的婆婆，就像现在自己的大闺女喜梅取代了她一样。

河套地区时局平稳一些，她颠着一双稍大的小脚，到繁华的陕坝卖炒熟的瓜子，赚几个活钱补贴家用。这时她才深深地感激父亲，没有给她一对三寸金莲。并且她有着和父亲一样聪明的脑瓜，又曾随父亲外出几次见过世面，还学会了婆婆的泼辣。她常常觉得，除了饥饿，再没什么能使她害怕了，哪怕是性命。她想父亲，也想母亲。走在行人匆匆的大马路上，她恓惶地哭了，又累又饿，突然觉得自己是那么无助。从她嫁过来，已经十一年了，只回过一次娘家，是给二弟过满月。母亲自她出嫁连着生了三个，顾不得想她。父亲在一次外出倒卖牲口的路上，遭遇土匪，被抢一空，回到家连病带气，一个月后过世。

她的四个儿女也长大了，五十二岁时，她抱上了第二个孙子，才又回了一次娘家。那是他们一家逃荒到西口二十八年来第一次回娘家。现在，这里是一个崭新的世界，沿着熟悉的大渠坝，勾起她无尽的回忆。父亲死后，家道中落，弟兄几个分家另过。那曾经宽大的房屋已经没有了。当她旅途劳顿后，看见年迈的老母，噙着眼泪，深一脚浅一脚扑到跟前叫着妈妈。只见她的妈妈把她往开推，还骂道："哪来这么个疯女人！"那一场亲人相见抱头痛哭的场面，多少次湿了她的枕头。时光无情，令人好不心酸，好在弟弟、妹妹都过得挺好。终于，母亲的记忆回到了大女儿身上，摸着她的脸，留下了浑浊的泪水。

当她从娘家回来，向程三娃老婆、张武老婆、赵二家的说起这些时，她们都难过地流下眼泪。说到这，刘婶也哽咽地说不下去。看到有良抱住妈妈，母子俩这么多年第一次亲近地抱在一起，都恓惶地哭了。刘婶长长舒出一口气，无常的命运反反复复，不免又一阵心酸。

沉甸甸的麦穗向厚重的大地点着头，仿佛跪乳的羔羊，回报母亲的滋养之恩。不论沧海桑田，不变的是朝霞和暮光的流转。每当大桥村的第一缕炊烟升起，人们对新的一天的希望也就越来越高。一个娇羞的新娘让人想起三月的桃花，一个呱呱坠地的婴儿让桥村的土地又有了新的主人。这里发生的所有故事都诉说着一个主题——粮仓。

又是忙忙碌碌的日子。天明了，甚至不知道夜晚是咋过去的。天气真好，虽说是早春，已经是暖融融的。洪如花晚上就把秋天新打的糜糜泡了两升，准备做一顿米凉粉吃。第二天上午，她在锅上架好小石磨子，圆圆的两扇石头中

间被一个轴承固定。轴承的旁边有一个小圆口，上面的一扇石片上安了一个木头把子。她把泡好的糜糜舀进圆口里，抓着把子，左右手轮换围转起来。不一会儿，白色糊状的东西不停地流到锅里，洪如花一手不停地转着磨把，一手不停地从磨里的窟眼里舀着浸水的糜糜。这是个力气活，也是个技术活，不见得有几家人家会做，而且会做的没有刘家老婆洪如花做的好吃，洪如花的茶饭在村里是数一数二的。

大约两个时辰，终于磨完了两升糜糜，洪如花出去抱了红柳烧起火，用擀面杖不停地搅着锅里的糊糊。把糊糊煮熟后，洪如花又到凉房拿出用高粱秆缝好的几块大箅子，清洗后，用勺子舀了一勺米糊糊倒在上面，然后用刀摊匀，端到外面晾凉，再摊下一箅子。中午收工的人快回来了，米凉粉做好了，洪如花坐下剥了几头蒜，捣了半碗蒜末，用胡油炸了红辣椒末，又往勺头里倒了些胡油，炝了葱花，然后把勺头里炝好的葱花油往腌酸蔓菁的盐汤里一倒，香味飘了满院，又漫到村子上空。

程金柱和喜梅一家、喜在和春花一家都来妈妈家吃凉粉，他们看到妈妈一个人张罗这么多人吃的凉粉，赶紧洗手帮忙。喜梅用刀把凉粉切成条，放在碗里。喜梅看见大大和小弟弟喜胜、弟媳妇花花都收工回家，侄儿、侄女放学，在凉粉上浇了汤端在桌上。喜胜说："大、妈，二哥来信说，五月端午全家要回来！"他妈一听更高兴，"喜军就爱吃凉粉，等回来再吃一顿！"全家人吃凉粉的吸溜声和说笑声，让风听到了，风传给绿绿的糜苗苗，这些肥壮的绿苗恨不得一夜抽穗谷黄，延续人们的快乐和激动。

28. 再赶交流

时光流逝，到了大包干的一九八〇年。喜庆的鞭炮声响彻祖国大地，地动山摇，翻天覆地。当我慢慢长大，能清醒地看清这个世界，对是非有个判断，对曾经爷爷、奶奶辈们的那些烦人的絮叨觉得是如此珍贵。这本是三十年前的事情，如今再一次回味，且不谈论日子的曲折是非，云高水低，如今庄户人吃窝头是稀罕事。改革开放，随着收入的增加，迎接美好日子的希望也越来越大。儿子多的人家，不再担忧，不怕打光棍，可以随便开仓卖掉几袋麦子，扯上几块布料，全家一人做一身新衣裳。爱显摆的后生买上一辆崭新的自行车，没上几次路，父亲一声令下，就挂到了凉房的房梁上，等找上媳妇再卸下来。

每年收割完小麦后，公社就召开物资交流大会，这是一年一度农村人盼望的事情，要唱晋剧、二人台戏，商品集中，种类多，人流量大，人们多数是步行，少数人骑着自行车去。

交流会比起前十几年要红火许多，首先是看不到穿打补丁衣裳的人，而且款式多样，五颜六色。人挤人，几大巷的商品让人眼花缭乱，大到锹头镰刀，小到针头线脑，还有不少港台明星的画。南北一个巷道上，十三岁的张引弟和程小慧、刘小拉三人拉着手看完衣服，又到小百货铺里左挑右选，一人买了一个红发卡。汗流了不少，觉得口渴，一人买了一瓶汽水，又买了几张明星照片和头上扎的小卡子。等挤出巷道，三人的脸都红红的，他们走到一个阴凉处歇了一会儿，看到一个摆小人书的书摊，一分钱看一本。引弟还有三分钱，小慧

有五分，小拉翻遍口袋没有一分钱，笑着说："口袋比脸干净。"三人一合计，五分钱买了一块冰砖，你一口我一口地吃起来，还有三分，一人拿了一本小人书看起来。引弟看了一本《燕归来》，小慧看了一本《流浪者》，都是选的彩色封面上有漂亮女人的书。小拉说头疼没看，坐在那闭眼休息。

小慧看完发现还有一本下册，意犹未尽。引弟看完，还想看那本《苦果》，可只剩下一分钱咋办？摆书摊的老汉铁面无情，不可能让她们一分钱看两本。引弟眼珠一转说："咱俩猜拳，谁赢谁看。"另外两个十二三岁蹲下来也看小人书的男娃抬头看着她们，又低声窃笑，她俩不好意思。小慧实在想知道拉兹最后的结局，可还是说："别划拳了，你看吧。"引弟对小慧挤挤眼，笑了。刚才吃冰砖剩的最后几口，小慧、小拉没吃，让她吃了。引弟说："你看的是上下册，接着再看下册，我不想看了。"说完坐到阴凉处，挨着小拉闭起眼睛。小慧津津有味看完下册，发现引弟睡着了，挠挠她的胳肢窝，引弟醒了，问小慧："这么快就看完了？"小慧嗯了一声，边往起拉引弟和小拉边说："来这不是睡觉的，继续转。"整理完她俩的头发，又开始转巷道，看着那些新鲜的东西，她们又来了精神。三人商量看完所有巷道就回家。

鞋摊旁有两个中年妇女在卖烟叶，两个地摊紧挨着，卖货的人几乎紧紧挨着。一个穿戴整齐的中年男人站到烟叶摊前，两人几乎同时招呼这个人，同时热情地抢着和他搭话。靠西边蹲着的妇女看见即将转身的这个男人，又说了一句："你要买就便宜点。"这个男人还是摇摇头走了。蹲在东边的妇女嘴一撇，发起了飙，"咋，贱了人家也没搭你的茬？"蹲在西边的妇女狠狠剜了东边的妇女一眼，又朝地上吐了一口。东边的妇女挑衅，"咋，不服气？自己贱了还没人要。"靠西的妇女嘴张了张，憋得满脸通红，眉头皱了起来，最终忍住没有发火。

小慧、小拉和引弟好长时间都在争论这个问题，这两个女人到底谁厉害。这个交流会真是没白赶，从此她们学会了无休止地争论，包括学习方法上，对人的看法上，对衣服的穿戴上，她们的感情更是达到难舍难分的地步，上学一块，有时晚上睡觉都要在一起。放学回家，一路上风暖花香的风景全被他们饿得咕咕叫的声音淹没。这个时候，她们没有力气斗嘴，最大的愿望就是赶紧回家吃饭，吃饱喝足了，又一起拿着箩头、铲子挖苦菜去。

29. 包产到户

　　阳婆婆亮亮堂堂照在队房的房顶上，一股轻烟直冲云霄。房里的人坐在烧过火的热炕上，吵吵嚷嚷大包干的事。队里的地按好赖等级区分，分为一等地、二等地、三等地、等外地。全村十九户人家，大小人一百零二口人，包括怀孕的四人，冬天要往回娶的媳妇是三家。土地按人头均分，分地办法是抓阄。又有人问："快聘的闺女分不分地？"吕愣也提高声音，"我的小闺女找的市民，她的户口还在我这，这还能分了哇！"众人都看着兴旺。

　　兴旺自从开始实施土地承包以及农具、牲畜、余粮的分配规划以来，日夜操劳，头上的白头发猛生。新上任的会计杨永福对着老账本，双手拨拉算盘，让人眼花缭乱。现在所有人的目光都集中到程队长身上。兴旺清清嗓子说道："关于这些问题，我们前几天在乡里都讨论过。队里所有土地，除了每人一块自留地；其他的地打乱重分。媳妇带上户口回来，就是咱们这的人，当然有地，刚出生的娃娃也有地，未出生的，等生下来再分；去世的老人和聘了的闺女户口到了婆家，地都要往回抽。这些地是一年一调整，分给后出生的人口。聘到城镇的闺女，女婿是市民户口，本人户口还在本村的，咱们这给自留地，其他地方没有，这是我争取到的，最起码有口粮，不至于受婆家人的白眼。"

　　程兴旺刚说完，杨永福直接说出每人大致分几亩地，众人啧啧称赞一番，心服口服。杨永福虽然上点岁数，但脑子非常清晰，村里这么大的事情，特别是关于土地承包的大事，必须有他。此时，他的家传绝技派上了用场。程兴旺找他，让他再次出山。响应新政策，他心中高兴，浑身一身轻，想都没想一口答应。二儿也当了兵，他心里高兴，这是多好的事。程三娃开会一直没有说话，当宣布承包分地正式抓阄时，众人都高兴地喊好。程三娃也直点头，刚想开口说话，就有一口痰上来，地上人多没有地方唾，站起来打开那扇比他头大不了多少的窗户，向外吐了一口惊天动地的痰。众人哈哈大笑了起来，程兴旺看着他这脾气倔强的大大，也被逗笑了。

30. 意外来信

　　姚建业的大哥——后套有名的土匪姚龙旦来信了，信辗转多日到了姚建业手上，不亚于三月天的一声惊雷。当他拿到这封信时，信皮上有好多污渍，但封口的齐缝章原封未动，光看几个航空邮戳和邮票，也知道这是不远千里甚至万里、十万里飞来的。姚建业头发花白，一身合体的洗得发白的中山装很精神，严肃的神情有些激动，捏着信皮看了一遍又一遍，眼睛里满是复杂。父母走后，自己辛苦地带着弟弟、妹妹生活，多亏有好心的邻居照顾。姚龙旦的逃走，从一方面说是他目光短浅、自私，于常理不顾，另一方面说，也免除了当地的后患，否则真刀真枪地打起来，遭殃的是当地百姓。他想到当时父亲的绝情，母亲的无能为力，眼睛里涌出一股热潮。他想到，姚龙旦是孤独的。

　　姚建业当校长三十年来，把自己一身的才学、仁礼，毫无保留地教给学生，问心无愧，桃李遍后套。每有一个学生出息了，他就有一种成就感。到他退休时，不少家庭的三代人都是他的学生，说起姚校长，在当地老少皆知。此刻，他捏着这封信手有点发抖，说真的，姚建业无数次梦见过大哥，只是不敢讲出来，一奶同胞啊。记得当时大哥硬塞给他五块银元，他没敢告诉两个老人，偷偷藏起来，直到料理二老的后事，他才拿出来用。实际上打落老人用的钱，还是这个不孝的大哥的钱。听到大哥已死的消息，他不敢明着烧一张纸给大哥，只是在父母坟前一并念叨几句。他对老伴程金梅说了此事，金梅也愣了，"这是人是鬼呀？"他扯开信封，展开信纸，信纸皱巴巴的，有湿痕的印迹。信上写道："父母大人，我给您二老磕头！兄弟妹妹们，哥哥没有照顾过你们，对不起！我愧对生我的父母，愧对我的父老乡亲，愧对我的手足，我跪求向所有人谢罪！"姚建业双眼蒙上泪水，他无法看下去。他没法评判龙旦当时的做法，只看到当时为了儿子而痛苦的父亲，儿子没像常人之子守仁、守孝，父亲没像常人之父享受天伦，他们是两个极端，为了生存，形同陌路。那皱巴巴的纸里浸透着一个浪子忏悔的泪水，"七个孩子都过得很好，他们的母亲都健在，身体都不太好，相处得还像姐妹。当初到了异乡土地，多亏杨玉莲那个匣子里的陪嫁。如今孩子们都各自过着自己的日子，经常提起三妈（能打问一下王叶芳或是白葡萄的下落吗）。现在我和玉莲一起生活，春梅随女儿丑丑（姚莉姝）到美国给看孩子，假期就回台北。大儿子虎虎（姚向东）有一家自己的公司，与大陆有贸易往来……"

姚建业如释重负，坐在那里半天，整理了思绪，把这消息告诉杨家吧，这些同父异母的弟妹对这个姐姐没多少记忆，更没多少情义，而且每次运动来临，都对这个当了土匪老婆的姐姐的话题很敏感。他得告诉张武老婆，姚家的孩子想念他们的三妈，可是对这个可怜的女人不亚于揭起伤疤再撒一把盐，不能让她来之不易的平静再有波澜。如今活着的只有张武老婆，过去叫王叶芳的女人早已不存在了，现在也没几人知道白葡萄。这样对她公平些。算了，让一切都过去吧！让这一切就当没发生一样，就像一杯适度的酒，不必勾兑任何酒精或香料。

四十多岁的姚三贵，浑身有使不完的劲儿，铁打的胳膊，钢铸的腿，二哥姚建业从小骂他长了两条"借米的腿把子"。姚三贵做小买卖多少年，不用借一分钱，买了一辆四轮车，这可是大桥村第一辆有四个轮的车。大女儿翠翠已出嫁，十九岁的桁不动和七岁的搬不倒都学会了开车，都不爱念书，只有小女儿白眼气学习最好，每次考试全年级第一名。一放学，弟兄两人争抢着开四轮车。家里的庄户第一个拉回家，他还出外拉砖、拉沙子，搞点副业，从陕坝镇回来捎带点新鲜蔬菜，到了村子里，有钱的拿钱买，没闲钱的挖点麦子换，有上岁数的、腿脚不利索的，给他们送去尝尝。

当三贵听二哥说大哥还活着的消息，愣了一阵，腿都有点发软，骨肉相连啊，心里也说不清难受还是高兴，鼻子酸酸的。弟兄俩坐在三贵家的方桌旁，三贵媳妇倒了茶水。说实话，三贵对大哥印象模糊，但是大哥名气大得怕人，小时候只要看到大大因大哥失望痛苦的脸和妈妈哭得红肿的眼睛，他就感到恐惧，恨不得没有这个大哥。从小，是二哥把他和两个妹妹拉扯大。二老走后，兄妹四人相依为命。三贵千方百计为家里减轻负担，不怕辛苦，冒着风险倒腾东西换钱，贴补家用。而二哥省吃俭用，先给他娶了媳妇，还供两个妹妹上学，这是他永远都忘不了的恩情。

他给二哥递上最上档次的青城纸烟，抽了几口才开口说话："那么，二哥，大哥还活着的事情通知桃花和杏花不？"姚建业声音低沉，"说上一声吧，大哥这么多年没音信，都以为是死了。他还不忘这里的亲人和乡亲，说是要资助咱们这个地方，修一条从蛮会到赵家圪卜的路，表达对这片故土的养育恩情，我们咋能不高兴，只是暂时不要声张。至于两个妹妹，悄悄告诉就行了，先别告诉两个妹夫，毕竟大哥的身份特殊，还是低调为好，以后的政策不知道会不会变。"三贵看着哥哥，认真地点点头。

从三贵家出来，姚建业背着手走上桥头，大渠两边的大树上，喜鹊、麻雀欢跳着飞来跃去，渠水掩映在树荫里，拉长他的影子，轻风吹过，水波纹打乱树影，也惊跑了慵懒的鱼儿，皱起一条长长的细纹，流向远方，像极他这颗紊乱的心，万语千言必须一吐为快！于是，他走向妻哥程三娃的家。程三娃刚吃了饭，红光满面，看见妹夫进来，说："二旦，你坐。"揪了一根扫炕小笤帚的棍棍剔起牙，又递给妹夫一根羊棒。二旦接过羊棒放在炕棱上，没有抽，从衣兜里掏出信，说："我大哥姚龙旦来信了，还活的了。"三娃盯着二旦，嘴里的棍棍扎到牙缝里，以为自己听错了，又问了一遍："你说甚？"二旦声音提高，"姚龙旦还活的了，来信了！"三娃吐出糜棍棍，一把抓过信，翻过来倒过去看了一顿，又递给二旦，他忘了自己大字不识一个，半晌说了一句："活的就好哇。"姚建业又拿起了羊棒。

31. 彩电搬回家

一上冬，程兴旺搬回一台十四寸彩色电视，把姚三贵家看电视的人分流了一半，人们不用再每天挤得丢鞋捡帽子了。搬回了彩色电视，就是搬回了大桥以外的另一个五彩纷呈的世界。一群人帮着忙乱半天，把天线杆栽到房上。从屏幕上出现等待正片开始的不动的图像，到演完所有节目变成的雪花，人们的耐心不亚于孩子等待一件过年时将要缝好的新衣裳，那种喜庆的心情也好似锅里沸腾着的饺子。

程兴旺家今年也杀了两头大肥猪，第一天的猪槽头肉烩酸菜是少不了的，请的请，送的送，差不多全村人都吃上了这顿杀猪菜。晚上赵克西把猪肉炼好腌到瓮里收拾利索，第二天又叫帮忙的人吃了一顿饭，除了请几个年轻帮忙杀猪的人，又叫了吕连成、李守住、刘喜在、赵五牛、二爹程金柱一家，又吩咐二儿子程刚把两只红公鸡杀了，剁好猪骨头，说是要做一顿猪肉勾鸡。猪肉烩菜谁家都吃，已经不稀罕了。猪肉勾鸡的做法是克西到陕坝姐姐家串门，学会的一道新菜。

有了二妈刘喜梅这个好帮手，赵克西家里来多少人都不愁做不出饭。二妈刘喜梅打下手不慌不忙、井井有条，克西胸有成竹，都不用闺女小慧剥葱剥蒜，克西提前做好了准备。她把杀好的红公鸡褪毛洗净剁块，又切了肥肉炼出油，把猪骨头放到热油锅里炒变色，再把鸡块放进去炒，炒得没有水分，再把葱姜蒜和酱油倒进锅里继续翻炒，骨头全部上了色，添温水慢火炖，骨头炖

熟，放上土豆块。这道不同于猪肉烩酸菜的做法和滋味，又让人开了胃口，开了眼界。

　　一九八二年，程兴旺的大儿程军考上了中专，大桥村人庆贺的方式，就是每天来看彩色电视的人又增加了一倍，外村来看稀罕的人挤得没个地方站。与程军一同考上的还有刘根小的孙子刘润祥，他考上内蒙古工大。刘喜在高兴地卖了一仓麦子，凑足学费。王春华看着有点心疼，刘喜在一边把粮仓抹好，一边说："放心，这个粮仓，明年还是满满的，我多会儿不会让它空着。今年开翻出来的地，明年就能捉苗，就种麦子套种葵花。"

　　刘润祥和李国裕相跟着走来，国裕没有考上，准备补考，明年再战。国裕和抹粮仓的大姨、大姨夫打过招呼，就到屋里收拾润祥哥用过的学习资料。

32. 李守住开了兽医站

李守住和媳妇春燕商量许久，要开个兽医站，因为国裕补考一年后，考上了大学，他们供个大学生也需要花很多钱。这个计划终于在秋后实施了，在房子的东头靠路面那边，把院墙拆了，盖了两间土坯房，墙刷得雪白，请姚校长在门头上用大大的正楷写了三个字：兽医站。李守住爱看书学习，特别是在队里当饲养员的那几年，细心了解牲口的习性，牲口吃草料有哪些喜好，平日里牲口有什么毛病，他参照着书治疗，慢慢总结了一套经验。不吃不喝的牲口经他之手，一会儿活蹦乱跳。方周二围的村子里，有那么多的牲口，确实少不了这么个就近能给牲口看病的人，要不还要到乡里兽医站。

更让守住名气大振的是，三娃叔最心疼的那头牛卧倒不起来，嘴都不张。人们都说不行了，赶紧杀了肉还能吃。程三娃心疼，实在舍不得杀，找到守住说，死牛当活牛医。守住过去一看，拿起大头银针，照着老牛的眉心扎去放血，大约放了半碗血。他说牛是出汗受凉，风热感冒，又来回搓着老牛的肚子，说牛和人一样，老了没有抵抗力。大约一袋烟工夫，老牛的头动了，守住又给牛饮水，牛喝了起来，不一会儿站起来，哆哆嗦嗦吃起了草。神了！人们一片赞叹，程三娃又高兴又有些激动地对守住说："你小子还有这好手艺，你可是给你爷爷李其争气了！"说完，乐呵呵地笑个不停。

33. 修桥

杨家的三儿子杨永寿在包产到户以后，发挥了能写、会算、好口才的本事，后当选为队长。这是一个有内涵、有思想的中年人。他将压抑多年的怀才不遇的精神包袱卸了并且扔得远远的，他要重新活出他的人生。他和最好的同学刘喜军一直保持联系，对方不间断地给他寄来许多书，使他在劳动之余，大大丰富了自己的精神生活，获得了宝贵的知识财富。喜军鼓励他，说他不鸣则已，一鸣惊人。

他做的第一件事是动员村民们修路修桥，这座桥除了在解放后修过，这是第一次。三娃叔走过地头，绕着桥过来说："这座桥民国时候也修了一次，那时材料普通，没几年人走上去打战。一到水下来，人在上面真有点害怕。解放后，又修过，人工背石头、扛木头棒，几个村的壮劳力过来帮着修了一多月，修得真结实。后来又小修过几次，到现在近四十年了。这次重修，政策更好，条件也更好，肯定能修得更好！"永寿更增强了信心，并且通过村支书程兴旺上报到乡里，得到支持。他还把那条通向桥外的刮风扬黄土、下雨和泥的大路用灰渣垫起来，硬实了许多。杨永寿的工作一炮打响，有知识，思想积极，工作认真，两年后，被任命为副村支书。后来，经过程兴旺的极力推荐，他又被提拔到乡里，成了副乡长。

34. 缝寿衣

有一颗爱美的心是不分年少老幼的，对美敏感的往往是女人。特别是上了年纪的女人，她们坐在一起谈论起死的话题越来越多。她们还往往喜欢回忆年轻时的事，看着穿得花里胡哨的姑娘、小媳妇，也悄悄叨啦起她们的时兴。可是这个岁数，时兴离她们太遥远了，能展示她们最后风光的就是死时穿的那身老衣。张武老婆说她到时想穿一件旗袍。旗袍对她来说是在她第二次重生遇见的祁连长那时穿过。穿上旗袍，她就想起年轻时向往的梦，那些好时光，那些她觉得幸福的时日，然而她总会轻叹一声，双眼迷蒙。

赵二家的说："我这辈子就想穿一件桃粉颜色的缎面夹袄。"刘婶说："穿上一身白绸子，像天上的仙女。"吕五愣家的说："我穿大富大贵的红绸子、黄绸子，下辈子再不受穷，风风光光地躺在土坑里，唉……"眼睛里闪着光芒，欲言又止。程三娃老婆笑着说："人死了，还能咋？还想知道甚？随儿女哇，反正是要穿一身新衣裳。活着好就行，死了眼一闭，甚也不管了！呵呵。"

她们坐在那棵大柳树下，传来秋蝉的一片赞同声，阳光转动着，从树荫的间隙射下几缕明亮的光线，几张面孔在明暗交替中变得朦胧，看不清皱纹，她们竟然重返青春！这一片树荫，其实是在给她们制造梦境，是那曾经年轻时想不到的，壮年时不敢想象的一片片如花如烟的梦。

又一个交流会上，张武老婆扯了一块漂亮的花绸面料，叫来刘根小老婆帮

她缝制。当刘根小老婆把旗袍围在张武老婆身上，灵巧的手指在忽闪的睫毛下专注地盘着一个个桃花疙瘩时，张武老婆明白了眼前这个女人名字的含义，洪如花，仿佛那团花里有了她的出现，升腾起一层水雾，只有她是那朵艳压群芳的花。她曾经得有多么美啊！刘婶盘好最后一个桃花疙瘩扣，缝到领口，两人都有些激动，各自想着那时她们穿上最美的衣裳时的心情。

如今她们干瘪的身子套在这件花旗袍里，美的是那颗女人的心。她们不厌其烦穿上脱下轻轻摩挲，在镜子前不由得哈哈笑了起来。她们满足地叠整齐收起，再穿的时候就是闭眼走的那天了。刘婶告诉张武家的，她走的时候就穿一身白色的绸衣绸裤，这是她最喜欢的，已经准备好了，又说："这一缝就上瘾了，赶紧让赵二家的买料子做，要不眼睛一天不如一天，做细料营生就是得眼明心细。"

35. "吕太君"发威

吕愣老婆如今活到"太上老君"的级别，儿媳、闺女、孙子前拥后呼，她把任何人都疼得放不下，谁的闲事也要管，一声喝到底。殊不知她老了，儿女们哄她高兴，由着她换个家和太平。她人老了，还是爱说爱笑招人气，白天编棍棍（玩纸牌）、晚上闲叨啦的人踢踏门斜，四儿三女一表人才，越长越漂亮，有这么出众的娘，能生出丑娃娃？还个个聪明伶俐，说媒提亲的碰破头。当然家里大凡小事都得她应了声，儿子娶媳妇不愁，三个闺女都嫁给城里的工人，老汉吕愣更是遭惹不起她。自从大儿结婚后，他们另盖了房和大儿住在一起。起初，大儿媳爱面子不好意思说长道短。等孩子过了一周岁，婆婆张水水就把孙子抱过去和她住，说是一天不见孙子就想得不能。可是人家儿媳妇从心里嫌弃公公，尽管这吕愣当了二十几年队里的饲养员，住在队房，只回家吃饭，儿媳妇嘴上不敢说甚。

现在大集体解散，一切都承包给个人，孙子也有了娃娃，张水水老婆又把重孙子抱来哄上。一辈子就知道干营生的吕愣，现在就连简单地给羊喂把草的事情也都做得勉强，老了！"人老没坐处，皮袄烂了没放处。"手迟脚慢，免不了受点闲气。这天，吕愣饿着肚子回了家，唉声叹气。老婆水水没好气地问："咋了？丧着个脸。"吕愣揭开锅，看见锅里的馒头，拿起就吃。水水明白了，下地倒了一碗水端到吕愣跟前，问清缘由，头发也没拢，趿拉着鞋就往外跑，迎头碰上来编棍棍的几个人，李忠问她："着急慌忙干甚去？"水水没好气地说：

"没你的事！"

不一会儿，听见前院传来一片吵声，张水水的声音在赵家圪卜的上空如同一场足球赛的解说员，惊动得人们从四面八方赶来看热闹。已经抱了孙子的大媳妇还真不是婆婆的对手，一阵儿工夫，人们都明白媳妇没给老公公吃饭，媳妇委屈地号啕大哭。孙媳妇上前替婆婆辩解了两句，被老婆婆张水水劈头盖脸呛了一顿："这没你的事，把你的事管好，不要跟你婆婆学！"吓得孙媳妇舌头一伸，再没敢吱声，心想：怪不得亲妈常对她说，这家人家不好惹，自己嘴少点！怨谁？怨自己死活要嫁姓吕的男人！只听老婆婆最后冒出一句："我明天就让我儿吕连成休了你，不是好人家调教出来的子女，叫你虐待老人！"说完这句，张水水突然偃旗息鼓，众人认为她这个婆婆占了上风，出了气了。一群人连拉带劝把她劝回家，"人家伺候公公几十年了，就这么一回半回，原谅媳妇还年轻，以后肯定不会，快回家哇。"

张水水没再说甚，转过身跟着一帮劝架的往自己家走。其实她没再骂人，是看到程三娃停住脚往这边看！她心一慌，闭住了嘴。唉，自己这么多年为什么就怕程三娃这个龟孙子！一看见这个人，自己就成了低眉顺眼大气不敢出的真孙子！呸！但这个心结连她张水水都想不到，在她临死前，纠结多年的这个结才解开。

张水水心里头一团麻似的进了家门，冲着吕愣说："以后不要给那白眼狼一家干营生，就在炕上坐着，我倒要看看他吕连成咋把他大大饿死！"吕愣看了一眼给他出头的老婆，心里也高兴，儿媳妇以后肯定不敢再给他甩脸子。他没对老婆说实情——今天他不想吃儿媳妇做的烙饼，实在太硬，没牙咬不动。

家里坐的人也你一言我一语，"连成是个好娃娃，谁不知道，人家媳妇也是当婆婆的人了，家里七肠八肚子的事多，照料老的，还得顾小的，难免不周不到，慢慢往开想了哇。"赵二家的说："你在人家小媳妇面前也没给留个面子，都让着你这个老不死的，你不要得寸进尺，不要生气。"李忠笑着说："骂一顿也好，给没有牙的人吃个干烙饼，给做一碗面糊糊也比那强，他们也有个老的时候，叫那些小的们听听。你呀，这是给老汉出头了，好样的！"冲着吕愣老婆竖起了大拇指。李忠这是第四次给张水水竖大拇指，第一次是在她给大儿盖房娶媳妇，第二次是她给二儿张罗盖房娶媳妇，第三次是她给三儿盖房娶媳妇。作为女人，在遇上一个懦弱的男人时，确实要有超人的魄力，而且人情世理不出差池，送给王来响的小儿子，她给的关心一点不比家里的三个儿子少。"这张水水了不得呀，换了今天就是旗委的妇女主任，也是个小官儿。"李忠常这么说。只见张水水长长出了一口气，没有说话，喝了半茶缸子水，把大重孙子递到吕愣怀里，"让你太爷爷哄着。"甩开纸牌又编她的棍棍。

不知什么时候，张水水感觉自己没精力玩牌，而且来她家的人越来越少，有的是永远来不了了，感觉自己真的老了。这一夜，她做了很多梦，梦见她还是那个饿着肚子想唱戏的姑娘，又像戏里那样，有一个高大英俊、勤快暖心的男人在她身边。她最初碰到了这样的男人，和这个男人生儿育女过日子，她好好地持家相夫教子。可是怎么有好多人唾她，指着骂她不要脸无耻，她低着头脸热了，想哭，哭不出来，只听见耳边乱糟糟的，有人叫她："妈，你醒醒，醒醒，妈妈……"她睁开眼，身边围着好多人，她渐渐看清楚，几个儿女在她跟前哭成一团，她想用手摸一下他们，问他们为甚哭。

她感觉自己浑身无力，真的是要死了。而她的心里明白，其实她一辈子也挺好的，儿女孝顺，男人对她好，由着她，可是有谁能懂得她心里的苦啊。现在剩下最后一口气了，只想让一个人料理她的后事，在众人面前念叨她几声好，念叨她这辈子不容易，她就知足了。这样，她就能升天。下辈子她要做个好女人，守妇道过日子。她累了，很快就要睡过去，但胸口憋着咽不下那口气。迷糊中她听见很多人慌慌张张走来走去，还有人急切地喊："快去叫三娃叔过来！快去叫！"过了一会儿，又听见有人大声叫："三娃叔来了！"她的心倏地平静了，静看到一片明亮圣洁的地方，那里开满鲜花，心中充满了欣喜。然而人们看到的是，咽了气的张水水安详的脸上停留着两颗豆大的泪珠。

36. 二人台冷场

　　队房的大场面上，一群人在碾场。他们把麦垛用镰刀抛下来，再拿四股叉挑匀，围成一个大大的圆圈。四轮车拉上大石碾子转着圈子，其他人不停翻抖着麦子，直至把麦秆压成金黄色，再用叉子挑出去，用手推板将麦粒和麦枳子推成大圆堆，顺着风向用木锨扬麦子，麦枳子随风轻飞出去，饱满新鲜的麦子留下，不过麦子上还有少量的麦枳子，再用一个长长的新扫帚轻轻浮扫就可以。这一连串的作业需要技术。用大扫帚扫完之后，新麦子就可以装麻袋归仓，比以前人工碾场省力轻松。人们的心情在此时是最开心幸福的。刘根小家里围了一圈又一圈的人，又在打坐腔。有人提议打坐腔不如打起脸子扭开来好看，李忠当场表示，八月十五唱一天。

　　八月十五那天，人们期待李忠和刘根小两位老戏子的演出。虽然他们老了，少了张力，但嗓音还是有往年的风采，曾经倾倒无数人的打着脸子、穿着彩装的二人台，稀稀拉拉坐了一圈，都是老汉和老太婆。电视机里港台剧远远胜过他们的表演，世界的变化远远超出他们的想象。但是这班曾经的明星唱得投入，稀稀拉拉的掌声、哄笑声还在响起，这是一出百唱不厌的《五哥放羊》：

　　　　正月里来正月正，
　　　　正月十五挂红灯，

红灯挂在大门洞，

单等五哥来上工。

二月里来是春风，

三妹妹爱抹红嘴唇，

多擦点胭脂少擦点粉，

柳叶弯眉杏核花眼，

你看妹妹袭人不袭人。

三月里来是清明，

五哥放羊转周城，

羊群在前人在后，

只看见黄尘看不见人。

等唱完，又走了几个有毛病的，实在坐不住了。十五的月亮又圆又大，皎洁的月光照着大地一片水汪汪的，李忠喘着气扯下头上崭新的羊肚子白手巾，对刘根小说："老了，也就是演这一出了。"刘根小没有说话，抽着烟锅，抬头盯着天上那个银盘。

37. 照相

从村子通向外面世界的大桥终于完工了。那个修桥的技术人员还抱着个少见的玩意儿——照相机，对着人忽闪一下，几天后你就是那纸片上的人。能和这个人说上话的，他都给照一张。技术员临走时，凡是照了相的人家挨着叫他吃了一顿好饭，技术员不免感叹："这的人真憨厚。"

冬去春来，那种为每日两顿饭惆怅的日子一去不复返。春天，人们忙碌穿行在属于自己的地里，连地上的青草，水里的芦苇，树上的喜鹊都散发出一种生气勃勃的光彩和抑制不住的欢畅，这一切的后盾就是那只要有了房就会有堆满粮食的粮仓，而这很自然地使整个村子时时刻刻被喜气罩着。

夏天里，葵花怒放，绿绿的玉米秆长得像优雅茂盛的仙女草。一场久违的大雨，让大地喝足，除了在大热天给人们带来清凉以外，最爽的是人们不用去地里干营生。这难得歇息的一天时间，年轻人也能找着让他们释放劳累狂欢的聚会——每人出一点钱，买上几斤猪肉，放上山药、豆腐、粉条子，一顿精杂烩，一瓶河套二锅头，不用炫富，也别哭穷，谁家收了几千斤麦子、几千斤葵花、几千斤玉米，心里了如指掌。除了种口粮以外，明年改种一些新型的经济作物。

他们的话题永远是庄稼和收成。今年的话题稍有改动，他们从中午叨啦到太阳下山，说种地一年不如出去打工一年挣得多，把地包出去，剩下的自己种，好多村里的人都这么做，跑出去做买卖打工，小打小闹，又有粮食，又有现钱花，偷茄子摘葫芦两头不误。有人说好，有人说不保险。但这是新鲜又刺激人的信息。有些晕晕乎乎的赵里胳膊一扬，"我要走出去！"但人们只是看着这个平时就爱仰头看天的赵里笑笑。对于这个新话题带来的新鲜劲，不管是谁怀着蠢蠢欲动的心思也好，还是说过就忘了也罢，星宿一全，月亮上来，倒头就进入梦乡。

几只母鸡钻到红柳林里疯狂地觅食，一只跳来跳去的蚂蚱闪过，几只母鸡停止啄食，一窝蜂追赶着蚂蚱。一只威风凛凛的大红公鸡站在一片蠕动的小虫面前，大声咕咕叫着它的一群妻妾，母鸡们停止追逐蚂蚱的游戏，你追我赶来到公鸡的身边，头一扬食起美味，大公鸡满足地看着，昂着头又到别处找食去了。

地上那些圪圪梁梁都拾掇得平平整整，更奇怪的是，人们能把连草都不长的地用铁锹和铁犁整成一块好地，细琢磨，就是头上的汗水混进土里起了化学作用。供全村用的那口井还在村子中央，两根横梁打成十字，吊桶挂在上面，轻松地上来下去，担一担水，还能唱一段山曲。据说这是村里了不起的人物二人台老明星李麻绳设计的，那只吊桶上拴的粗麻绳是他的手艺，说这绳用了三十年也没换过。想来附近玩耍的小孩子，被程三娃的一嗓子喊得跑远，连影子也不敢靠近。

又一个年来到，人们储备过年的吃喝，欢天喜地过了一个从头到脚都是新的新年。当广播里零点的钟声响起，外面爆竹震天，这惊天动地的喜悦，使人们没有了丝毫的睡意，电视机、收录机这新鲜玩意儿进入人们的心里，连小娃娃都被这东西乱了睡觉的钟点。农民此刻的满足，不仅仅是收获了一座堆满粮食的仓，更有那颗如石头般跌在肚里的心。好好地犒劳一顿，做一个隆重的席面，全家围坐在一起，品尝着硬四盘——酥鸡、丸子、猪肘子、炖羊肉，说着、笑着熬一个团团圆圆的年夜。第二天，兴高采烈地在厚重的土地上踩着轻快的脚窝，去给由每串脚窝纵横交错的充满甜蜜和福气的家拜个年。吃饱饭的人脸上是有光泽的，洋溢着喜气，一身新衣服，从里到外散发出一种重生的独一无二的光彩。

38. 老了

　　没过完十五，人们就开始在地里忙活，拉土送粪，平展土地。傍晚，倒春寒的风顺着窗户吹进来，暖暖的炉火把吹进来的风焐热了。程三娃听着收音机里的晋剧，满足地喝着砖茶水，炉子上的水在慢悠悠地冒着热气。他想着高兴的事，面露笑容，抬头看着老婆，老婆老了，那曾经毛花的大眼睛已经陷到眼窝里，白净的瓜子脸，如今颧骨突了出来，小巧的嘴已经瘪了下去，只有那神情，那遇事捻着衣襟的无助，是曾经让程三娃心跳的女人，是那个叫杨花眼的女人。老了，三娃心里叹息道。

　　老婆不经意地抬起头看着老汉，奇怪地看了他一眼。程三娃笑了笑认真地说："你说这不是风水？这么多年赵家圪卜出了五六个考上学校的人才，你再看村子里的闺女都长得那么袭人，娶回来的媳妇哪个村子能比上。这个赵全福说得对，这是个'蛇盘兔，必定富'的地方，有风水。"老婆也笑着说："咋不是，这么一说，就是呀。"程三娃心里自豪起来。

　　程三娃其实是不相信什么福气，但他的一生就是那么传奇。他送走多少熟悉的人，从没有害怕过死人那么一说。他按着死去人的意愿安慰着他们的亲人，使他们信以为真减少悲伤，让人看到他就有安全感、依赖感，红白事宴都少不了他。就是谁家有矛盾，经他说和，也就大事化小，小事化了。他是一个知理说理的人，村委会碰到难题，也听他一个公道的评判，因为他决不会偏袒当队长的儿子兴旺。这都归功于他有一双看惯云高水低的眼睛，不管富有也好，贫穷也罢，他默默地看着这一切。他又极像一个在这片土地上修行的人，几十年，鸡一叫他就起炕，每天不到地里转转，身上就痒痒得难受。冬天地里已经光秃秃的，他也出去捡些柳枝回来，这样早上做饭的柴火就够了。

然而就是这么一个人，却后院起火。程三娃家起火闹起了家庭矛盾，是能干善良的媳妇赵克西和公公吵了一架，是家里财政大权下放的问题。程三娃的父亲从府谷一人闯到后套，历经艰难挣下家口，挣下儿孙满堂，通情达理，家里门外也算得上顶天立地。自从程三娃有了自己家的那天起，便是家里的顶梁柱，为了生活起早贪黑，受过牛马的苦，吃过如猪狗食的饭，小到油盐醋酱，大到吃穿用行，一厘一毫都经他手。哪一个上面计划不到，全家就有一顿吃不饱的可能。从有了第一个孙子程军起，他更是精神百倍，恨不得天不要黑下来，他有的是精力。他要过好生活，每顿饭吃得饱，吃得好，就是豁出命，他也心甘情愿。

可是光景越过越好，家里的麻烦事情也越来越多。如今大孙子考上中专，学的桥梁建筑工程。初中没毕业的二孙子程刚要买四轮车跑运输，那算什么玩意儿，不吃现成的草，还要喝掏钱的油。他大骂一顿，最后买回一头岁轻力气大的大青骡子。程刚一看买车不行，就要跑到外面学修车技术，反正不想念书。他不明白，好好的家里不待跑到外面给人揽长工，吃的喝的堆山积垴，活不下个你？他死活拦住，不出钱，这样二孙子哪也走不了。程刚不想在地里受苦，程兴旺骂了一通，他又回到学校。程三娃想着和睦的一大家子，吃饱喝足了没事干，生这么一些闲毛烂事。

赵克西不这样认为，这次说成甚也不依着公公，解释不通，吵了几句，最后说："你上了岁数，有吃有喝就行了，把握住钱，谁也花不上一分钱。眼看我们都是给孩子娶媳妇的人了，还在你手心里活着，二十年的媳妇真窝囊。"媳妇一顿呛，噎得程三娃换不上一口气，大喊一声翻了桌子，克西气得号啕大哭。程兴旺夹在中间手足无措，力气再大也无用，多少年的老队长、老支书，解决过村里大到路线成分问题，小到鸡毛蒜皮的事情，如今家里的事，他只有叹一声气躲出去，真是清官难断家务事。等到一个个火气消了，再劝说哇。

程兴旺从懂事起，就被大大强大的威力震慑着。尽管大大也是慈爱的，没有打骂他们兄妹三人，但大大用眼睛看他一眼，他就知道大大的眼睛里有他能读得懂的东西。他尽量做让大大高兴的事情，比如早起。奶奶疼他，但也没有惯他睡懒觉，会早早喊他："快起，你大早起来了。"他就认为他必须早起，起得要比大大还早。只是等他醒来，大大不知什么时候已经走了。他时常想：大大起得这么早去了哪里？问了娘娘，娘娘说："去地里。"问妈妈，妈妈说："地里。"妈妈起早贪黑顾了家里顾外头，和娘娘就像亲母女。他上了学的第二年，娘娘没了。他有一段时间像没了主心骨，再也看不见最疼他的娘娘，又看到大大、妈妈熬红的眼睛，习惯着没人絮叨的日子，好像一下子长大了，那年他才十岁。

他的二弟程发达十八岁高小毕业就当兵走了，一直留在部队娶妻生子，成了公家的人。大大有一个让人羡慕的头衔：军人家属。全家人都感到光荣。他分明看到大大的眼睛里，一说起二儿子的那种自豪。只有过年才领着妻小回家团聚一次的二弟从心里感激大哥、大嫂和老人过在一起，走着一个门，多少年如一日照顾二老。平时弟兄俩书信往来。妹妹一家过着普通庄户人的日子，大大、妈妈很是放心。

这一吵，胆小怕事的老婆当场气死过去。兴旺叫来二爹程金柱和姑父姚建业，都没起作用。最后他们都扔下一句话："人是老翻了。"程家的这档事传遍全村，最有家法的程三娃家都"家神不安，灶君不灵"了，这世道不一样了哇。这家的事还没完，李忠老汉也和儿子、媳妇分家了。这是赵家圪卜出了不孝顺的鬼了哇，要不咋这种事一出接一出。人们看见拿着锅子抽烟，从家里出来的李麻绳泰然自若，消瘦了不少，脸色确实不好看，但看起来好像什么事也没发生，不禁失望。人们问起他："人老了，咋另起了炉灶，可怜呀，现在的年轻人心坏了。"李麻绳听了笑了笑，提高嗓门说："不是你们说的那回事，儿子、媳妇不让我和他们吃一样的大锅饭，要单给我做。他们怕孩子们眼馋，就在我那头做偏食，我能吃得下？干馒头咋了，香喷喷的，还有咸菜。我狠狠骂了他们一顿，好好的光景，不能造孽。我一时半会死不了，还要好好活的了，哈哈！"

说完，他清了清嗓子，唱道：

老将黄忠八十三，

听见打仗心喜欢。

他唱了几句，有口痰上了喉咙，咳嗽起来。李忠的两句唱听得程三娃心里疙疙瘩瘩，唉，本来也没有什么事，这么多年，儿媳妇高一碗低一碗伺候一大家子，从没有过脾气，那天回嘴其实也是为过好日子，况且儿媳妇哭得眼睛红红的，也没误做一大家子的饭，还和往常一样先给他盛了第一碗，倒是他要了性子，二话不说，眼皮也不撩，下了炕赌气不吃饭，来到外面攒堆的人群里。看来不服老是不行了，老婆骂得对，黄土埋到脖子上的人了，还要逞能要强，放手让娃娃们做事哇，真是个老脑筋老不死的！唉，就是靠墙晒洋洋的这群人，都是吃饭不管闲事的人，对过去的威风也只能是提提，过过嘴瘾，开口就说："我们那时候……"说得遍数多了，不见得有几个人听。是不是自己也到甩袖子的时候了？唉，真是造孽了，年轻时饿了吃不上饭，人老了却是有饭不吃饿得慌，没事干找死了，三娃心里骂上了自己。

当程三娃和媳妇赵克西吵架想通后，大权一放，一身轻松，每天教育三孙子程海。从古到今的故事听得多了，三孙子的弯筋捋顺了，学习突飞猛进，补习一年考上中专农牧学校，程三娃高兴得喝了二两烧酒，悄悄拿出本该上交儿媳妇的两百元钱，塞给孙子。赵克西假装甚也不知道，内心却很感激公公，去供销社买家用的东西，给公公买了一盒青城牌纸烟。

程家的家庭矛盾在三娃想明白后，就化解了。二孙子程刚，自初中毕业回家务农，满心欢喜大干一番，看着村里一起长大的桁不动和搬不倒哥俩的四轮车，眼热得要命。他在地里早出晚归，好好大干了一年，和大大、爷爷好说歹说，买了一辆四轮车。割倒的麦子，成捆成捆一行一行摆在地里。程刚把四轮车开到地头，开始装麦子，全家一直装到阳婆落山，成群的蚊子像扬场的麦

303

枳子向人们扑来。程兴旺扇着蚊子说："哎呀，这喝油的铁东西不怕蚊子咬，要是牲口早就站不住了，自个儿拉个车能跑回家，这个铁家伙就是有这么点好处。"儿子程刚说："好处太多了，慢慢就知道了。"

秋收后，开着四轮车出去打工的程刚，油门一踩，冒了一股烟，他大兴旺拦不住，爷爷的大嗓门喊上，他也听不见。赵四牛的大儿赵里，撇下老婆和两三岁的娃娃，也和朋友去后山倒卖羊皮羊毛，一时间出去做买卖的、打工的在村里形成一个风气。

不久李忠病倒了。这个李麻绳得的是噎食症，一口水都咽不下去。程三娃去看他，他有气无力地说："我和你大大这茬人，过去少吃没穿，现在过好日子了，也该死了。我比你大大强，有福气，多活几十年，又有这么好的儿子、儿媳伺候。可我没你大大那点福气，他死也是饱死鬼，看我死了是饿死鬼。"李忠用他特有的幽默说完，还笑了笑，扯开被子想坐起来，起了两次没成功又躺下。程三娃看见李忠叔脚心里长着毛，左脚稀稀疏疏，右脚黑黑的，想起多年前杨怀义说他是飞毛腿。他一辈子精神抖擞行走如飞，山曲、二人台唱得勾魂摄魄，如今有气无力躺在炕上，干枯的脸上还挂着笑。三娃握住李忠叔只剩一把皮的手，心里一阵难过，眼泪流出来。

李忠死了，儿子李面换抱着大大骨瘦如柴的身子痛嚎。这个在育婴堂用半袋面换回来的孤儿，从小被大大宠爱，他要星星，他大恨不得连月亮摘下来，四个姐姐嫉恨，大大就是一顿训斥。亲生不亲生，对李面换没有概念，亲生的又能咋，因为他知道他就是大大的眼珠子、命蛋蛋，而且事实就是他就有一个大大，大大就他一个儿子！李面换心疼大大水都咽不下一口，最后像抱着一个婴儿一样，大大在他怀里咽了气。李面换跪在大大的棺材前，手里拿着出丧棒，对来祭奠的人不停地磕头，他能做的是多磕几个头，免除大大在阴间地下少受点罪。来的人擦着眼睛说："面换是个有良心的人，亲生的儿子又能咋样。"

39. 赵里、赵外

八十年代初，村里出生率有所下降，原因是国家提倡计划生育，只生一个好。从小家口算，生两胎的还是占大多数，实际上家家还是四口往上居多。六十年代出生的人长大了，城里的生活吸引着农村长大的年轻人，他们就像得了传染病，一窝蜂似的去城里打工。

从赵家圪卜走出去的赵里发了财，从小倒小卖羊皮、羊毛到成了大羊绒贩开了厂子，确实是个有本事的人。赵里成了一夜暴富的大款，又听说媳妇还明一个暗一个。赵里没有留在家里，在外面发了财，老二赵外却守在家里种地养家，还成了村长。人们笑着说，赵四牛这两个儿，"搭里"的跑到外面打拼，"照外"的却是守家在地，可惜他大福薄命短看不到。而赵里对这片土地没有像弟弟那么热爱。

他的记忆里永远是妈妈单秀兰忙碌的身影和她在煤油灯下轻轻地啜泣。妈妈劳动时为了节省时间，把长及腰的大辫子剪短，剪下的辫子拿在手里端详了半天，最后拿到供销社换了两只碗，又把短发塞到耳后，用小卡子卡住。这以后，他很少看见妈妈照镜子。每天临出工，她还要给瘫在炕上的娘娘喂几口饭，喝几口水，把尿湿的裤子晒出去。有一天，他觉得这些营生能干时，便从妈妈手里接过给奶奶喂饭的勺子，他看见妈妈的眼睛一下子亮了。从那一刻起，他暗下决心，长大了，一定要过上好生活，不让妈妈受苦。慢慢地，他成了妈妈的得力帮手。娘娘临走的一天，始终抓着妈妈的手，抓得紧紧的。他理

解了娘娘的心情，决定以后加倍孝敬妈妈。

初中一毕业，他在地里劳动了两年。赶上包产到户，哥俩用赵家人的勤劳，使得地里的收成不输任何一家人。冬闲下，他不顾妈妈的阻拦，去烧砖的窑上背砖，将平生挣的第一笔钱给了妈妈。妈妈的眼泪哗地流下来，哽咽地说："要是早有钱，你大就不会早早死了。"于是，让母亲高兴成了借口，多挣钱成了他唯一的理想。摸爬滚打几年，他在城里买了房，把妈妈、媳妇、孩子接到城里，原本想让受了大半辈子罪的妈妈享享福，可妈妈只住了两天，就要嚷着回去，说是住不惯，没有说话的人，想他们的婶娘，想老地方的人。他想不通，为什么妈妈受了那么多委屈和辛酸，却还念念不忘那个地方？是那个当初爷爷发现的秘密，现在只是茶余饭后的传说蛇盘兔？唉！

一天夜里，赵外的媳妇突然出血不止，赵外叫了养车的搬不倒连夜将媳妇送到旗里大医院。医生说是宫外孕，紧急做手术抢救。由于血库B型血告急，要人工输血，情况紧急。姚三贵知道后，告诉二儿子搬不倒连夜回到村里，用面包车拉了满满一车壮年人去了旗医院。采血、验血后，有四个人配血成功，每人输了三百毫升血，没有耽误事，赵外媳妇平安度过危险期。一帮人折腾到天亮，赵里拉着他们去订好的饭店，这群人不同意，说："都是自家人，去什么饭店，每天习惯汤汤水水吃点面。"赵外也说："这些人就这脾气，随他们吃点面吧。"

赵里领着他们来到一家大拉面馆。一进店，张金宝问："多少钱一碗？"胖胖的老板答："两块钱。"金宝又说："我们给你七块钱，多切一块钱的肉。""好。"老板答应完，又打量了这群人几眼，扑哧笑了，心想：这是群什么人，赶紧准备拉面。从这群人的大声谈话中，胖老板听说他们献过血，就舀出一盆面汤，放到桌子上，"你们先喝点汤，暖暖身子，面马上来！"十来碗热腾腾的面端上来，肉块是不少，只听稀里哗啦，盆光碗净。赵里看着他们吃完，第一次感觉自己兜里的钱没有了分量。搬不倒开着车过来了，几个人上了车，回去还要浇秋水。张金宝对赵里说："兄弟放心，不要担心，赵外就在这陪媳妇，家里有我们这群人，赵婶的营生也有人做。"赵里用力点点头，他觉得自己的眼睛有点热，身上也暖暖的。看着车离开，他转头和弟弟赵外商量着把弟媳转到盟里的医院继续治疗。

第二年，正要好好享福的单秀兰走了，好好的人得了急病没有抢救过来。守了一辈子寡的赵四媳妇，也是赵姓人的骄傲。儿子、儿媳、孙子加上四房侄儿、侄女、侄孙，都穿着孝衣跪了满满一院，场面空前盛大。这个时候再说单秀兰一辈子不容易就多余了，她养育了两个优秀的儿子，这么庄重的葬礼，就是对她最好的回报。有时候人就是这样，失去时才知道珍贵，而一个女人孤零零地在煤油灯下流泪，有谁能看见。赵里、赵外兄弟俩像孩子一样趴在母亲的棺材头上放声大哭，还是三娃叔大声吼起来："哭一阵行了，要不你们的妈妈到了你们大大那里，也放不下心。"三娃叔有条有理地安排，全村人几乎都来帮忙。

事宴上，饭菜由刘喜梅领着七八个妇女操持，吊唁、鼓匠、纸火、跑腿的事情由程金柱安排操办。守灵的是赵家小辈，从早到晚三班人马轮流，腾出时间让赵里、赵外休息。赵里和弟弟商量，他不怕花钱，费用全由他出，让受罪的妈妈体体面面出殡。赵外说："也不能都让你出，妈是咱们的妈。"赵里调动自己厂里的车和人马不停蹄采买东西，而且买最好的。程三娃叫过赵里说有事商量，两人蹲在房后人少的地方，程三娃说："里子，你们弟兄两人的心情谁都理解，你们的孝心全村人都看到了。你大死得早，你们没孝敬上，全补在你妈身上，你们的大大泉下有知也心安了。你大大活的时候是个仁义的人，你们有今天，就是你大大积了德。你再铺排，还不是给人看？你们挣下的钱实在不容易，没必要乱花。花红柳绿再好看，还是一把火烧没了，吃的花样再多，一碗也就饱了。你的爷爷一辈子勤快节俭，救了多少走西口逃难上来的人。人们记住赵家圪卜，就是记住赵全福，那是他自己挣下的名声。如今他的孙子有出息了，全村的父老乡亲替老赵家的先人高兴呀！"说到这，三娃叔重重唉了一声。

赵里早已控制不住呜呜哭出了声，一阵比一阵高。他的委屈和不公在心里压抑了多少年，此时全部发泄出来。这里才是他的根呀，不论穷富，这里的人

永远把他当亲人看待，在这里，他可以是个任性的孩子，他的悲喜都有人当回事。这段时间，他深深感觉到，他没做的事，有人做了；他没想到的事，有人想了。多少年失眠，回到这里却睡得昏天黑地，自己都奇怪。三娃叔等他哭够了，拍拍他的肩，又忙去吼喊。赵里走上渠畔，慢慢环视这个熟悉又陌生的地方，这是抚养他长大的地方呀！爷爷、娘娘、大大、妈妈，还有活着的亲人都在这里，这是多么熟悉又可亲的家呀！他长长吐出一口气，又深深吸口新鲜空气，闭着眼睛任由泪水流着。

张金宝领着几个壮汉打青口，刚从东边四大股渠回来，王来响自告奋勇和一个阴阳先生把四牛的骨衬拼起来，装进一个小一点的棺材里。鼓匠吹吹打打，随着赵里、赵外往坑里扔了几把土，两具棺材合葬在一起，堆起一个大大的坟头。

40. 传承

这下咱们大桥村的二人台戏，后继有人了！李面换的儿子李永亮师范毕业后当了教师，由于文笔出众，被调到旗里宣传部工作，专门研究地方戏曲。从小他在爷爷李忠的耳濡目染下，从众人口中了解了二人台，拿着爷爷留下的唯一一把四胡，把工作做得风生水起。旗里的传统戏曲二人台几次走进自治区的演播大厅，李永亮功不可没。李永亮说他喜欢地方戏曲，其实是在怀念爷爷和爷爷辈的一种精神。他要搜集地方史料，将它流传下来。他感到生在这里是他的骄傲和财富。

李永亮回到家里，招呼过大大和妈妈，顾不得喝口水，找到新上任的村书记赵外，聊了他最近的创作计划，"爷爷辈们都是走西口来到当地开荒种地的人，还有唱二人台的明星，这本身就是文化。虽说没留下只言片语，但是留给我们一种精神，如善良、勤劳、热情以及特有的地方语言。我想把这些素材搜集起来，写成一部书，让生在这里的子孙后代有个了解，有个传承。"赵外认真地点点头，两人的眼睛里都闪着亮光。

其实，在我的叙述当中，程三娃这个人至今都活着，是一个百岁老人。他活着本身就是个传奇。

41. 小康村

小康村？二〇〇六年，昔日的赵家圪卜现在的大桥村的人们整整一年的话题就是将村子规划成小康村。这个有着近百年历史的村子，如今要全部推倒房子，重新建成一模一样一排排整齐漂亮的房子。这段时间内，人们三五成群谈论着，到哪都是同一个话题，如建这个小康村修路是好事，盖成一模一样的房子，那地方是不是小了？像现在能扩多大扩多大，堆山积塄的柴火也够烧几年，起脊梁房是好，可收割回来的东西在哪晾？有的赞成规划盖房，院里硬化好，东西就放在院里，不像以前，下了雨和泥，自己人都走不出去。这也好，规划得整整齐齐，一砖到顶，鸡羊猪圈都有。众口不一，每天都这样争论一顿，然后脸上的皱纹和太阳一样光芒万丈，美滋滋地回家吃上两碗腌猪肉焖面。

月饼吃过，沙瓤西瓜皮一扔，告一段落，挥起铁臂，脚下虎虎生风，手起秆倒，又一年画上句号。

九十岁的程三娃，坐在那堵泥院墙底下，死活不让孙子拆他的老院子，那院墙是他三十年前，抽空和儿子兴旺垒的，加上众人帮扶盖起来的，房里面的苒墙和那盘炕用了几锅米汤浆出来，后来又刷上白泥。当时根基挖得深，填进去几大胶车的石头沙子。好好的房子院墙拆了，这不败家？他用辛苦和汗水结成的果实，这么随便就毁了，他怎能罢休，要拆等他死了拆。他每天早起晚睡看着这堵墙，但还是没有看住。在他熟睡时，大孙子程军率领人推倒那堵墙，并用三米高的铁丝网面做墙，围成三个区，分别是猪、牛、羊的圈舍。等程三娃睁开眼跑到跟前，一切已成定局，两个孙子讨好地对着爷爷笑着。程三娃看看墙，看看孙子，知道老房子也保不住了，一跺脚，叹了一口气，走出院门，慢慢上了路。大孙子程军想去追，兄弟程刚拦着，"不用，爷爷会想开的。"三娃路上走着，一边想着，自己是到了死的时候了。真是奇怪，这一向他老是做梦，梦见他小时候的事情，哄不好孩子，李其老婆用笤帚疙瘩抽打他。唉，都活了一辈子的人了，心里咋还放不下这些？

程三娃站在新修好的大桥上望着新盖好的小康村，一辈子真快呀。他无数次站在这个桥上，有过无数次的希望。他的记忆中，这是第四次修这座大桥了。第一次是在民国十九年修的，当地有钱人集资，上头也有人来看过，不过那时整天打仗，上面那些人露了几次面，就没影儿了。那时他还年轻，担过土、锯过树。

第二次修桥是刚解放后，国家派来技术人员监督修桥。这是一项大工程，看新鲜的人还不少。村里还精挑出修桥的民工，他们为此感到自豪。桥架为松木结构，还有图案造型，这次修得结实。记得完工后，他们坐在桥上还高吼二叫地唱了一顿。平时没事的时候，他们也要上桥走走看看。几年后，桥得名，叫大桥村。

第三次修桥是包产到户的头一年，当了村书记的程兴旺监工，队长杨永寿亲自设计指挥。车辆来来往往，拉沙子、水泥、钢筋，施工半个月完成。桥上通过的各式各样车辆让人稀奇，当时城里技术员还拿着照相机给村里人照了相。大渠两边柳树成荫，人可以站在桥头观看四路风景，这里也成了大桥村人叼啦攒堆的好地方。这次修桥展示了杨永寿的才能。经过程兴旺的推荐，他调到乡里，不久就升为副乡长。

这次修桥就是第四次修了。他的大孙子程军也参与了设计方案，他上学学这个专业。这次他还把桥身放低不少，说是使用的先进技术，前不久刚完成。程三娃当时对孙子说："修得结结实实，几十年不用再动。"孙子说："那当然，设备越来越先进，水渠道已全部用水泥砖块砌好，减少水渗漏，节约水资

源，桥的坡度也用不了那么高。"现在站在桥上看，四野空旷，中间立着排排整齐的房子，都是一样样的。

炊烟淡淡地笼罩着洁白新鲜的村庄，雾蒙蒙的。村子的根基还是蛇盘兔的地方。多少年了，不管谁家的鸡打鸣，全村的鸡都会跟着叫，还有那狗吠声，孩子们玩耍嬉戏高声大嚷，大人唤孩子回家的声音，这是程三娃一辈子熟悉的声音。他明白了这里为什么是有风水的地方，如果赵全福还活着，他会好好和赵全福叨啦叨啦这"蛇盘兔，必定富"的缘由⋯⋯

三娃抬头看看天，斗大的阳婆和他一样悠悠地向西晃着，阳婆大月亮大，可它大不过人的两只眼睛，它就是斗尺那么大。什么最小呢？小不过的是人的心呀。

麦子又丰收了。金黄金黄的麦浪在阳光的照耀下，金光闪闪。赵家圪卜被这光芒罩着。但在这麦收季节里看不到人们忙碌的身影，只听见机器的轰轰声。收割机扫过麦子一大片一大片地倒下，后面流出来的麦粒已经装进袋子里，赶上来的人扎紧了口子。"这真是神了！"三娃自言自语。

大桥村已经有二十多户人家，是整整齐齐一色的青砖红门，烟囱一起冒烟，鸡狗一齐欢叫。张武老婆一直保持着一个习惯，睡觉要抓住老汉的手才睡得踏实。三个儿女都有了自己的家，过着好日子。她如今儿孙绕膝，子孙们最大的心愿就是让二老的晚年过得更好。夏天时，大女儿带父母看看草原，看山上的羊、马、骆驼，小外孙骑着马跑来跑去扬鞭喊着，引得姥姥、姥爷高兴。二女儿把老两口接到陕坝，可他们住不惯。看看这个变化太大的老地方和已经抱上孙子的二闺女，他们心里更踏实了。白葡萄本想告诉闺女，让她和她的亲姐妹弟兄好好交往，又一想，女儿也是五十的人了，也是过来人，自己会处理好的。他们老了，看着闺女幸福的生活，心里真是说不出的高兴。

儿子张金宝现在当了村长，这个有着明显蒙古人特征的儿子，脾气直爽，做事雷厉风行，但只有在二老面前温顺。他躺在妈妈的腿上，让妈妈像小时候那样给他掏耳朵，一旁的大大微笑着看他这个长不大的儿子。金宝带领村民开荒扩地。和他同年的发小姚新为考上大学，来信告诉他，自己在大学被聘为教授，也算继承了他父亲一辈子教书育人的事业，培养出更多的人才。张金宝告诉父母，他没考上大学也不后悔，将来这大桥村就是他显身手的地方，他要是显不出来，还有他的儿子。张武看看儿子呵呵笑了说："三十六行，行行出状元，只要有心去做事，没有做不好的。"白葡萄也说："姚二旦老两口这回更放心了，儿子也当了老师。"金宝说："人家那是大学的老师，他大是小学老师，不一样。"张武一本正经地说："大学也是从小学上去的，他姚新为再了不起，还能比他大袤了？"金宝看着大大认真的脸，坐了起来，眨眨眼，对着大大竖起大拇指，"大大说得太对了！儿子再袤，他能袤过老子？"白葡萄看着一脸木然的老汉张武，笑得眼泪都出来了。

张武老婆站在路口望着南面那片红柳林，她觉得她的儿子就是这片土地的主宰者，他正在用他强大的力量壮大这片土地。这里是她生命再生的地方，又是她生命的全部。"老婆回来哇，风这么大。"一个再熟悉不过的声音响起。她回过神，手挂着一根棍子，颤巍巍地向站在大门口已经驼背的老汉走去。

在旗里响应政策把赵家圪卜建成小康村时，张武婶走了。她是睡着后再没有醒来，是手拉着她十七岁的孙女引弟的手睡过去的。一辈子早起的人，睡了一个长长的懒觉。她是做了一个梦走的，穿上那件自己缝好的漂亮的旗袍走的。

那个无依无靠抱着死去的父亲号啕大哭的女娃，那个在红鞋店里强颜欢笑的女人，那个走在绿草与大山之间一袭红衣的女子，那个在芦苇丛中白衣白裤的美丽女人，所有伤心、羞辱、痛苦，再也没有了。泪眼中总是能看到曙光的那个善良坚强的女人永远地走了，成为这片土地上一个名不见经传的过客。

又是程三娃吼喊着送她的。九十岁的程三娃虽然老了，精神头很大，他是自己跑来的，孩子们是不想打扰他的，尽管他很硬朗。他对这个活着时善良热心的女人，打心眼里佩服，所以对她的后事更是细心安顿。他让她的儿女们一日三餐前，日出日落时必须烧纸钱，夜半人静时也必须烧，灵堂前寸步不能离人，续上香烟。他还念叨让他们的母亲不要害怕，因为他们的母亲胆小。这群眼泪没有干过的儿女和孙子们，对他的交代一一照办。看似粗犷心地善良的儿

子金宝几天几夜没有睡觉，众人让他睡一会儿，他说，就让他好好陪陪老人最后几天吧，他能扛得住。村里的人们怀念这个勤劳善良的老人，把她送到了属于她的那片安详圣地。

放声痛哭的还有天，那天送葬的人回来，突然阴云密布下起了雨，还打了几声雷。喝了两小盅烧酒的程三娃，对几天没有说话的张武说："我这辈子送走多少人，见过他们年轻时的风光，也看见他们毫无牵挂躺在棺材里埋到土里。人就是这么回事，我也活得不耐烦了。在别人眼里，我程三娃力气大得刀枪不入，胆子大得神鬼不惧。可我什么都不相信，只相信一句话，人活着要相信活命的根本，那就是，人哄地皮，地皮哄你肚皮。你再说得天花乱坠，到头来没有地，你还是一场空。"他手指着赵全福说的蛇盘兔的地方，"这里以前埋着多少冤魂死鬼，谁看见过？就是这片地养活你、我和我们的子孙后代。现在那么多跑来绕去的蛇和兔子，我们都看见了！"

第二年，悲伤的张武也追随老婆走了，温顺地躺在老婆的身边，继续着他们的爱情。

42. 栽苹果梨树

　　李守住的儿子李国裕从农大毕业，被分配到旗里园林局工作。二儿子李国民在家种地，全套的现代化设备，播种机、收割机、种葵花机、除草机、铺薄膜机……两口子轻松种着八十多亩地。国裕回到家乡动员村民栽种苹果梨，他亲自剪枝、嫁接，挨家挨户指导工作。大部分村民各自在自己的田间忙碌，没几家敢冒这个险。村长赵外是第一个在他的三等地上全栽了梨树的人。国裕手把手教会了他嫁接的技术。四月间，几家人家的十来亩梨树争相开放。赵外和国裕站在梨花树下的地畔上，国裕欢喜地说："看这势头，今年会结不少果，往后一年比一年多，就等着装钱吧。"赵外担忧道："结出的梨有销路才能看见钱，结的大、匀称好吃，这是关键。"国裕说："肥和水跟得上，引进上好优质的苹果树苗，没有问题。以少带多，多种经营，这是农村的发展势头。"

　　四月的天，娃娃的脸，说变就变。西北风发怒呼呼刮一夜，枝头上的梨花七零八落。赵外的媳妇早上发现赵外不在，着急万分，这是梨树扬花的季节，花让风刮跑，去哪结梨蛋子？呼天抢地大跨小步来到梨树地。只见赵外和李国裕正在侍弄梨树。国裕给赵外和弟弟国民还有其他几位讲道："花儿开得太稠密，结的果子虽多但小，当然不好吃。如果没有这场风，花还得打下去点，这样结的果子自然就大。咱这地区地理位置好，日照时间长，昼夜温差大，果子能增加糖量，所以苹果梨的特点就是脆、甜、汁水大。这场风，实际上是帮了忙。"几个男人点着头。赵外媳妇似懂非懂，回家的路上还埋怨赵外："葵

花、玉米、小麦保保险险不种，种这些生瓜蛋子，能不能有个收入。"赵外嘴上说媳妇不要胡说乱想，心里也是打着一面鼓。

机械化取代了犁耧锄耙后，兽医李守住也就失业了。春燕在旗里给国裕哄孩子，旗里村里两头跑。城里人时兴跳广场舞，聪明的王春燕学会，回来教村里的妇女。现在的大桥村是离山远点，离车马大路也不近，四面空旷。就是这个地方，几十年来除了考上学校、当兵离家的，没有人搬离这里。

赵外退休后，大家一致推选程刚为村长。程刚一上任，把村委会重新翻盖，买了桌椅板凳、象棋扑克、健身器材、音响设备，把门前的场地扩大并用沙石水泥硬化，成为让人眼前一亮的活动场所。他大程兴旺过来里里外外看了一遍，说他们年轻时条件不如现在，但每个人有颗积极向上的心，现在的年轻人比不了。嗵嗵嗵，扭秧歌的锣鼓声震得大桥都晃动，妇女们在春燕的带领下，穿着一色的红衣裳，舞着各色的绸子。程三娃拄着的拐杖是一根葵花秆，是自己精心挑选的，经过二孙子程刚简单雕琢似一个龙头造型。他每天拄着这根"龙头"拐杖转来转去，看着这群扭着秧歌的妇女开心地笑着，他想起李忠和刘根小的二人台，王来响拉起二胡的那股子激情，那才看了过瘾呢！可是这些人如今都到那边去唱戏了，心里一热，提着那根拐杖背着手，走到了他熟悉的地头，刚犁过的地，泛着红光，不用说，拖拉机耕地比那犁划子又快又深，地里墒保得好，庄稼捉苗捉得好。

43. 姑侄旅游

秋高气爽，气温适宜，正逢旅游盛季，杨世平想出去转转，怕人多车杂，给自己添堵。这个师范毕业留在旗里重点中学教书的杨世平是杨永福的四儿子，学校国庆放长假，他想来想去，还是拉着姑姑回老家吧。"走在哪里好，也不如老家乡亲。"这是他经常探望的秀莲姑姑常说的一句话。

杨怀义和张柳儿的小闺女杨秀莲，和母亲张柳儿长得一模一样，但生来胆小，小时候陌生人多看一眼就会吓哭，长大后见人害羞，一句话都不敢说。父亲杨怀义不是很喜欢她，因为他企盼的福禄寿喜齐了，就是他下半生一语道不尽的辉煌，可是天不遂人愿，等来的却是这个细声细气爱哭的女娃。当时如从万丈高渊跌落低谷的心情无人能理解，这就是他说的命。当他看到会笑的闺女用黑豆豆眼睛看着他时，他对张柳儿说："别看这个闺女弱不禁风哭哭啼啼，她不会经历什么磨难，一辈子会无忧无虑、平平安安。"这话让担心瘦弱的闺女有什么闪失的张柳儿，顿时心落在肚里。

秀莲有了母亲的爱，好在没看出大大不待见她时，大大就去了。而后，她真的有个好命，家里什么事都有三个智慧的哥哥操心，有个勤劳又格外宠她的母亲。该嫁人时找了个教师，她就一直在学校打杂勤，没在地里风吹日晒干活。三个哥哥很疼这个妹妹，连老了的母亲都没用她伺候，都是三个嫂嫂跑前跑后。按教师待遇退休后，她在家哄孙子，给几口人做做饭，生活得无忧无虑，悠闲自在。

　　媳妇和孩子跟着一个旅游团去了杭州，杨世平驾着车，接上姑姑回老家赵家圪卜。路上他和姑姑说："要是三爹、三妈没出去旅游，一并拉上他们回老家。"杨永寿老两口早已退休，每年出去旅游两次。退休后的永寿除了旅游，最大的爱好是收藏石头和古董，被聘为旗里古玩协会的会长，去那里发挥余热，经常参加外地石头展。杨玉莲告诉世平："你三爹一辈子爱看书学习，肚子里装着东西了。"

　　世平开着车慢慢行驶着，一个半小时的行程，却走了三小时，为了沿途欣赏美景。往常他来去匆匆，忙着办事，一路风景一闪而过，姑姑也不经常出门，今日，就来个"陕赵痛快游"。从陕坝到赵家圪卜，是杨世平设计的一条绕道回家的路线。沿路宽敞的柏油路两旁绿树成荫，绿化带在秋阳高照下，泛着白油油的光芒，蜿蜒伸向前方，绿草间夹杂着盛开的花朵，无比鲜艳。只一年的时间，路边的建筑更多了，并且更加漂亮夺目，清一色深灰的墙面，乳白的瓦，庄严大气，干净整洁。整齐的广告墙面，尽显中国风情：孝道，礼仪，一派国富民强。一路走来，人们的欢欣喜悦尽收眼底。

　　杨秀莲不时感叹几十年前后经历的大变化，还是新社会的新时代好呀。姑侄俩说到高兴处开心地大笑起来。走到一半的路程，近年开发的一个湖映入眼帘。湖被路面隔断，南北湖隔路相望，各有景象。湖南，湖水波光粼粼，有几处造型精致的凉亭小阁，周边游人如织。湖北，大片野鸟在水面上下翻飞嬉戏，不时激起的水纹宛如舞出万丈绸缎。杨世平好不容易找了车位停下，环绕湖边欣赏，放眼千里，空气清新，让人神爽气畅。不远处，未收割的葵花秆、玉米秆，黄森森一大片一大片，不失为后套秋天的一大景观。只听姑姑轻声说："不用说，这又是一个丰收年。"

　　一群群说着本乡方言的人们，拍着照，笑着、说着。听着后套地道、经典的二人台《五哥放羊》，杨世平牵着姑姑的手，看着老人的笑脸。姑姑说："他们现在唱的二人台，比那时刘根小和李忠的嗓子还差点。"停了一下又说："就是感觉不如那时候唱得好，其实现在的丝弦乐器是比以前的好，可听起来没以前的那种味道。"是啊，人在心底最深处的记忆，是最美好的，咋能忘掉！不过，她年轻时听村里的那些人唱二人台时，还没有侄儿杨世平呢。想到这是侄儿让她高兴而安排的，不禁眼眶发热，看着这个和他爷爷长相神似的小侄儿，已满头白发的杨秀莲内心感慨万千，时间过得真快啊。

出了陕坝向北走，道路两边是荒滩碱地，现在盖了不少的厂房、养殖场、砖瓦厂，和镇里几乎连成一体。离家乡越来越近了，新建的小康村渐渐清晰，粉刷一新的深灰墙面和紫色的盖顶，新房一排一排。片片绿草植被和整齐的矮松，围绕着整个村。要不是偶尔听到高墙大院里传出的羊叫狗吠声，还以为来到了远郊别墅区。有的人家大门敞开着，向院里望去，黄澄澄的玉米棒，黑压压的葵花籽，堆满了硬化了的院子，猪舍、羊圈、鸡棚统一布局，牲畜统一圈养。

杨世平对姑姑说："回想小时候村庄的样子，土墙破院，鸡飞狗跳，猪羊乱跑。一条黄土大道，车辆经过后，尘土遮天雾地。看看现在，天翻地覆的变化，真是今非昔比呀！"姑姑说了一句："咱村子多少年也没有搬家的，这是个'蛇盘兔，必定富'的地方。"杨世平笑着说："这是我爷爷说的吧？我爷爷也给村里留下不少传奇故事呢，还是个懂易经八卦看风水的人呢。其实那时候是草肥水美生态好的缘故，你看现在，退耕还林以后，多少年看不见的野鸡成群结队地来。环境好，空气又好，没听说有人家要搬呢，人家也不会离开这块风水宝地的。"姑姑说："这可是挣下赵家圪卜这个名字的老人赵全福看见蛇盘兔的地方。"杨世平扭头看了看说话认真的姑姑，伸伸舌头调皮地眨了眨眼。

时下，还流行一句，有土地就是地主。姑侄俩高兴地走进有着几十亩土地的杨世平的大哥杨大明家，一进大院，秀莲高声叫着大嫂："地主婆，快把腌猪肉烩葫芦往上端。"第一个走出来的是笑盈盈的八十岁的杨永福、徐丑女老两口，后面跟着杨永禄、姚桃花老两口。几家的孩子大都在街上买了房子，家里就这一群老的，每天在一块。他们不是迎接城里回来的杨世平，是知道小妹妹秀莲要来。

赵外家的大院子更是忙乎，院里停着一辆跑运输的小卡车，老婆、儿媳

妇和几个妇女正在选梨，用纸包好，装到纸箱里，往车上装。梨结得又大又匀称，半脸红红的，很诱人。车主搬不倒忙着吼喊，嘴里还吃着梨："好吃，皮薄肉厚，汁水多，又甜又脆。"一个媳妇笑着说："哟，搬不倒，你这是打上广告卖上了哇？你三毛钱收上我们的梨，去街里倒腾一下能赚多少？"

这个姚三贵的二儿子继承他大的遗传，倒腾小买卖发了家，兴奋地说："分两个等级，五毛钱到六毛钱，明年的梨多质量好，我可以联系外地往出运货，不怕卖不上钱，就怕货不做主。今年算账，比起种经济作物，每亩多收几百块。这东西便宜又放得时间长，而且一年比一年结得多。"搬不倒又问往车上装梨的赵外："赵外哥，听说今年栽梨树的人家多了，明年收成更好了哇。"赵外说："庄户人就这样，一家干甚都干甚。程刚说不能都栽梨树，还要栽上枸杞，那枸杞更金贵，听说在国外是大补品。咱们也得多种经营，不能吊在一棵树上。"搬不倒兴奋地说："对，我把梨树、枸杞都栽上。"赵外老婆说："那你更富得流油了。"嘴快的搬不倒接上说："流吧流吧，流得把赵家圪卜填满。"一群人大笑了起来。

44. 百年老地方，百岁老人程三娃

当他们要挖南面的那片红柳林时，正是开花时节，一片粉红。芦草微倾，蝴蝶翩跹，欢快的麻雀在乱舞。几天后，枸杞的树苗已经取代了那片红柳林，就像终结了一段故事，开启了另一个不容分说的精彩。赵家圪卜一排整齐的房子四周，一片翠绿，唯一的制高点就是最南端的连接东西、延绵四大股渠的大桥。喜鹊叽叽喳喳满足地在大渠两边的树上跳来跳去，燕子低飞，剪出一道道优美的弧线，与贪嘴的麻雀嬉戏。北面是逶迤古老的阴山，南面是滋养这片土地的黄河，河水散发着光亮，与无垠的天际连成一片。空旷的大地充斥着四季交替的声音，而春天的风让大地万紫千红，此时的河套歌舞升平。

倒下去的那片红柳还是粉艳艳的，没有花瓣，依然美却不娇。又过了一些时日，随着每家烟囱飘出的烟雾，人们闻到了馒头里混着红柳的清香，这是几辈人熟悉的味道。村里大变样，排排整齐的房子，周围全是绿树，人也大变，只有三娃爷爷胡乱叫着人家都已经抱着孙子的人的小名：大猫、二猫、桃花、杏花。这些人满脸堆笑，慢悠悠地和他们的三娃哥、三娃叔说一顿话，然后才走开。

在家里，程三娃吃饭时一直坐主位，从炕桌到茶几，一直到现在的宽敞的大圆桌，一大家子围着吃饭。七十多岁的程兴旺挑起一块绵软的肉夹到父亲的碗里，程三娃用仅剩下的几颗牙吃着。玄孙子的小手抓着的饭粒掉到桌子上，三娃用手捏起来放到嘴里吃了。儿媳赵克西无奈地看了一眼，又耐心地对公公

说："大，小孩子掉的饭就不要吃了，现在不缺这口吃的。"九十六岁的程三娃依然头脑清晰，耳聪明目。他听明白媳妇说的意思，就说："娃娃的饭干净的，没事。"吃完抹抹嘴，站起来往外走，兴旺喊道："大，羊不用你喂，我已经喂了。"身体硬朗的程兴旺，有大大在，不敢老去。

这里的人，多少年的喜怒哀乐、生离死别几乎都离不开这个快百岁的老人，他的存在就是这百年老村的历史，他见证了赵家圪卜几代人的日子。如今，他们过着梦里都想不到的好生活。他时常背着手在田地里四处转悠，或望着不远处的阴山，在庄户地里或渠畔上，他时常看见跑来跑去的兔子和一尾一尾蠕动的长蛇、小蛇，但是他说给谁，谁都不听，只是看着他笑。他走在四大股渠畔下的坟湾地，这里埋着越来越多的熟悉的人。站在渠畔上，垂柳弯腰，顺着垂柳划出一条条弧线，天空下的一切进入程三娃的眼睛里，不合时宜的风，愣是没有使这倔强的眼神颤动一下。

四年后的2016年，我和引弟、小霞、小慧几个从小长大的好朋友，在每年夏天的麦收时节，不约而同地回到生养我们的这个老家。那一片土丘似的旧屋根基，已变成一块块耕地，地里的麦穗低着头，沉甸甸的，麦芒风头正起，示威似的朝天炸着。只听一阵隆隆声响过，麦子平和地躺在机器的大槽里，机器的尾部挂着蛇皮袋子，脱出来的麦粒水流似的钻进袋子里。十几亩麦子半天就收回去，看不到过去全家人出动抢收小麦的情景。我们几个正在感叹着，看到住在紧靠马路边的小慧家，从地里回来的兴旺婶赵克西拉着小重孙子，另一只手提着一篮子豆角、黄瓜。兴旺婶知道我们几个和她闺女小慧是同年的好朋友，热情地招呼着我们到她家里坐坐。她一边给我们洗黄瓜一边说，小慧一家三口去北京旅游，过几天才能回来。我们说，已经知道了。

我看见已经百岁的程三娃爷爷坐在椅子上，他眼里闪着喜悦的光芒。虽然他认不出其中任何一个人，但他的笑脸告诉我们，我们是这片土地上的人，是喝一口井水长大的一群娃娃。他用没有了牙齿的嘴嚷道："我走不动了，快死的人了。"我们说了一堆祝福的话，又看到他的儿子程兴旺大叔背着手，有点驼背，慢慢走到渠边，看着渠里的水流到麦地，好像看到二十年前的三娃爷爷。兴旺叔也做不动这些活了，现在这是儿子程刚和孙子程浩业的事业。程三娃爷爷的眼睛里放出一束光，指着光秃秃的麦田，用稍有含糊的音对我们说："熟了的麦子赶紧收，不能下雨，雨打了麦穗就减产。"说完，已经瘪下去的嘴一直咧着笑，我们似乎看到了一个兴奋的婴儿。这个饱经风霜的程三娃看惯了百年的春夏秋冬，看着多少初生啼哭的娃儿，又送走多少熟悉的人，如今依然淡看花开。他已经走不动了，只能坐在窗户下看着外面不远处的那条渠和那片土地。

程刚的媳妇哄着自己刚学走路的孙子。这个叫程幸福的小男孩，跌跌撞撞来到老人跟前，怔怔看着他的老太爷爷，呀一声哭起来，程三娃笑了。这是他的第五代孙，他做梦都想不到的好日子，如今实实在在地过着，五世同堂。只见三娃爷爷边比画边说，意思是，小孩子是有灵性的，当看到一个运气不好或将要死的人，就会哭起来。

程三娃的孙子程刚从外面回来，看到我们高兴地打过招呼后，说今年夏天他们兄妹几个要给爷爷庆百岁寿辰，这是家里的一大喜事啊。我们也跟着高兴，内心由衷地祝福这个百岁老人健康，再长寿。

45. 这片土地的桥、路和我们

在当地地图上还找得到这片土地。如今重视传统文化，政府又恢复了它的旧名：赵家圪卜。这是不忘初心。天气非常好，没有夏季的闷热。一阵轻风吹过，让我们忘记时间，但眼前的绿是清晰的。上了这座赵家圪卜标志性的桥，我们没有喘息，四周风景依旧。百年前的一场走西口的大剧落幕，意想不到成了今日的盛典。

又要分别了。我们是一群最早从大桥上走向远方，尝试寻找另一种生活的人。嘈杂拥挤的空间里，是汗水穿透硬冷的水泥路面扎下根的草，它们生活在阳光和空气有限的区域里。一夜醒来，一架通向高空的铁梯竖了起来，新的高楼又要建起，临睡时散步的柏油路已挖出了一溜沟。现实在错觉中变化着，我们只有接受。只有在这里，在这空旷的土地上，我们才能闻到母亲的味道，家的气息。已是中年人的我们又拥在一起，相互看着鬓角的白发，说了一声："岁月不饶人啊。"我们总是笑着说祝福。

走到那条过去是黄土大路现在是笔直的柏油马路上，两排树又比去年长高了不少。这里有我们多少开心的笑声和渴望。这座桥是我们第一眼看到的希望。一排排整齐的房顶冒出的烟雾穿到白云之上，这里才是让我们的灵魂真正安静的地方。

我记得引弟那次抱住我痛哭，是在她的奶奶——那个叫白葡萄的老人——刚堆起的新坟头上。走在这条宽宽的路上，突然想起，也是在这条路上，父亲无数次用手拉着七岁的我走着。我的名字就是被从小溺爱我的父亲整天这么拉着得来的——刘小拉。听说，从不到周岁时，父亲就拉着我在外面走，只要一天不被父亲拉着出外走一趟，我就能昏天黑地哭起没完。三月里，满天飞的杨柳絮毛弄得鼻子痒痒的，用父亲的手蹭蹭，却闻到一股特别的香味，令我不想放下他的手。我狠劲地闻着，大概父亲感觉出我呼出的气息，轻轻甩开了我的手，让我自己走。然而这种我从来没有闻过的味道，咋都忘不了。我对母亲说过几次后，终于有一次母亲撑不住哈哈大笑起来，说："那是你大抽烟留在手上的油烟味。"我又听见母亲对父亲悄悄说起这事，大概我是冒了傻气，让不苟言笑的父亲呵呵笑了几声，我的信念轰然倒塌。可是那种特殊的香香的味道，让我至今觉得那是世界上最好闻的味道，是父亲的味道。所以我看着这个叫刘喜在的地地道道的农民笑盈盈的脸，都是小心翼翼的。

一切都是绿的，大片大片的小麦绿充斥着人的视野，看到千里麦浪，如山的粮仓。那座大桥守望着一代又一代属于赵家圪卜的人，那条百年老路，笔直地通向大桥以外更远的地方。喜鹊跳过一个又一个地头，和地里啄苗的麻雀吵起架来，引来渠里的蛤蟆一片呱呱的笑声。